Emma Hamberg
Bonjour Agneta

EMMA HAMBERG

Bonjour AGNETA

ROMAN

Aus dem Schwedischen
von Wibke Kuhn

dtv

Von Emma Hamberg
ist außerdem bei dtv erschienen:
Merci Agneta

Deutsche Erstausgabe 2024
6. Auflage 2026
dtv Verlagsgesellschaft mbH & Co. KG,
Tumblingerstraße 21, 80337 München
produktsicherheit@dtv.de

Titel der schwedischen Originalausgabe:
›Je m'appelle Agneta‹
Erschienen 2021 bei Piratförlaget, Stockholm

Redaktion: Elisabeth Mahler

Umschlaggestaltung und Illustration: www.buerosued.de
Satz: C.H.Beck.Media.Solutions, Nördlingen
Druck und Bindung: CPI books GmbH, Leck
Printed in Germany · ISBN 978-3-423-26386-3

1.

»Selbstbetrug.«

»Was?«

»Zwölf Buchstaben, dritter Buchstabe ein L. Synonym für *sich belügen.* Selbstbetrug natürlich.«

»Hast du übrigens die Hähnchenhaut aufgegessen?«

»Was? Also nein, natürlich nicht. Wie kommst du darauf?«

»Weil sie gestern Abend nicht mehr auf der Arbeitsplatte lag, als ich abwaschen wollte. Und in der Mülltonne hab ich sie auch nicht gesehen.«

»Das waren doch garantiert die Katzen. *Unter den Augen bei Müdigkeit*, zehn Buchstaben? Augenringe natürlich. Heute ist das Kreuzworträtsel aber wirklich einfach.«

Selbstverständlich habe ich die Hähnchenhaut aufgegessen. Das ist doch das Beste am ganzen Brathähnchen. Knusprig, fett, würzig und mittlerweile in unserem Haus verboten. Ja, Magnus hat nach dem Sommer definitiv Ernst gemacht mit unserem neuen Ernährungsplan: Auf der schwarzen Liste stehen rotes Fleisch, Gluten, Kaffee, Alkohol, alle Formen von Zucker und am liebsten auch noch alles, was fettig ist. Und so sitze ich jetzt hier, an einem Frühstückstisch direkt aus der Hölle: eine schlichte Tasse Tee und kalter Haferbrei. Ich habe die Hähnchenhaut aus stillem Protest gegessen. Und weil sie lecker war. Ich hätte nicht gedacht, dass Magnus unseren Müll kontrollieren würde. Ein bisschen phantasielos von mir. Eigentlich ist Müllkontrolle typisch Magnus.

»Du solltest allmählich einen Zahn zulegen. Wir müssen in einer Dreiviertelstunde da sein.«

Auf gar keinen Fall werde ich in einer Dreiviertelstunde da sein. Ich habe meine eigene schwarze Liste, und die wird nicht angeführt von »meinen Körper in einen Neoprenanzug zwängen und im Oktober in einem Brackwassersee wie dem Edsviken rumschwimmen«. Wenn ich genau überlege, habe ich Magnus seit seinem Fünfzigsten fast nie mehr ohne Neoprenanzug gesehen oder diese eng anliegenden Radfahrerklamotten. Er fährt in Leggins und mit Helm zur Arbeit. Kommt von der Arbeit zurück in Leggins und mit Helm. An Wochenenden wird der Neoprenanzug oder die grüne Birdwatcher-Kluft rausgeholt. Ich fühle mich manchmal, als wäre ich mit einem Superhelden verheiratet, der seinen Anzug nie ablegt. Obwohl, Superheld ist wahrscheinlich der falsche Ausdruck. Ich weiß nicht, was für Superkräfte Magnus besitzt. Vielleicht, dass er von kaltem Haferbrei satt wird?

Ich hingegen habe tatsächlich eine Superkraft. Ich kann mich unsichtbar machen. Besser gesagt: Ich *bin* unsichtbar. Obwohl ich in einem Zimmer sitze, bemerkt mich kaum jemand. Nicht mal Magnus sieht mich, obwohl ich auf der anderen Seite des Frühstückstisches sitze und Kreuzworträtsel löse. Neulich haben wir im Büro diesen Test gemacht: Anscheinend kann man alle Menschen verschiedenen Farbgruppen zuteilen. Man kann rot sein, wenn man viel zu sagen haben will, herrlich gelb kreativ, harmonisch grün oder prinzipientreu blau. Auf mich passte überhaupt keine Farbe. Ich bin nämlich durchsichtig. Das ist ein Typ, der in diesen populärwissenschaftlichen Büchern nie beschrieben wird. Wenn man den Persönlichkeitstyp »durchsichtig« erklären wollte, könnte das vielleicht so klingen:

Durchsichtige Menschen lassen sich in zwei Kategorien unterteilen: die unfreiwillig und die freiwillig Durchsichtigen. Diejenigen, die schon von Geburt an durchsichtig waren, und die, die sich in die Durchsichtigkeit zurückgezogen haben, damit sie nicht ins Stottern kommen oder in Panik geraten oder sehen müssen, wie der Witz, der in ihrem Inneren noch total komisch war, laut ausgesprochen total in die Hose ging. Aber wie bei allem, was sich »freiwillig« nennt, liegt auch der freiwilligen Durchsichtigkeit meistens doch ein Zwang zugrunde. Die freiwillig Durchsichtigen haben vielleicht mehrere Farben durchprobiert, haben ihre grünen, roten und blauen Seiten gezeigt. Aber wenn ihre Umgebung das nicht versteht oder die Durchsichtigen selbst zu sehr unter Druck geraten, sodass sie die Farben nicht mehr richtig hervorbringen können, kann die Durchsichtigkeit wie eine Befreiung für sie wirken. Am Ende (und das gilt sowohl für die freiwillig wie die unfreiwillig Durchsichtigen) wissen sie nicht mehr so recht, wer sie sind oder was sie wollen, und dann hängen sie sich gerne an andere dran, die ganz genau wissen, was sie mögen, und eine richtig deutliche, grelle Signalfarbe haben. Die Durchsichtigen stehen selten im Mittelpunkt auf einer Party, was irgendwie schade ist, denn durchsichtige Menschen können sehr lustig sein. Tatsächlich sogar lustiger als die meisten anderen. Aber eben nur innerlich.

Nein, was an ihnen lustig ist, fällt fast nie außerhalb ihrer Haut auf. Apropos Haut. Die Durchsichtigen (ich jedenfalls) haben zudem eine Doppelmoral, indem sie so tun, als würden sie sich an die deutlichen Regeln ihres Partners halten, zum Beispiel »keine Hähnchenhaut essen«, aber insgeheim machen sie doch ab und zu, was sie wollen. Deswegen sind durchsichtige Menschen gerne leicht übergewichtig (ich jedenfalls), besonders wenn sie über 45 sind und ihr Stoffwechsel vollkommen zum Stillstand gekommen ist. Durchsichtige Menschen können sowohl an Selbstüberschätzung leiden als auch an tiefem Außenseitertum, und das …

»Agneta, JETZT SOFORT!«

Huch, steht Magnus etwa schon mit seinem Neoprenanzug und der Badekappe auf dem Flur? Ja, und er hält seine Schwimmflossen in der einen Hand und meinen Anzug in der anderen. Ich habe ihn zu meinem Vierzigsten bekommen: Er ist von allerhöchster Qualität, versteht sich, und verspricht, dass ich mich »allen Herausforderungen in offenen Gewässern in vollkommener Sicherheit stellen kann«. Aber ich will mich gar keinen Herausforderungen in offenen Gewässern stellen! Vielleicht will ich mich mal einer windstillen Bucht im August stellen. Aber ganz sicher nie dem offenen Meer, zusammen mit einer Gruppe überehrgeiziger Sportjunkies. Im Oktober!

»Du, dieser steife Nacken, den ich gestern schon gespürt habe, der ist jetzt schlimmer geworden. Sobald ich den Kopf drehe …«

Mit schmerzverzerrtem Gesicht versuche ich mich zum Küchenfenster zu wenden.

»Ich kann nicht mitkommen. Leider.«

Magnus steht stumm und mit leerem Blick in der Diele. Dann lässt er meinen Herausforderungeninoffenengewässernstell-Anzug los und fängt an, sich seine Radfahrerhose über den Neoprenanzug zu ziehen.

»Okay. Dann nehm ich das Fahrrad.«

Zieht der jetzt allen Ernstes den Helm über die Badekappe? Ja, allen Ernstes. Klar, man kann Sicherheitsvorkehrungen nicht ernst genug nehmen.

Sobald er mit dem Fahrrad auf der Straße verschwunden ist, gehe ich in den Keller. Mache die große Tiefkühltruhe auf, und da liegt mein verborgener Schatz: das Hefeteigbrot. Nicht mal Sauerteig, einfach nur weißes, unnützes Glutenmehl. Hinter der Tiefkühltruhe steht das Glas Aprikosenmarmelade. Magnus war unglaublich gründlich darin, wirklich ALLES wegzuwerfen, was uns in Versuchung führen könnte, also wurde jedes einzelne Marmeladenglas entsorgt und mit ihm Butter, Nutella, Zucker und ... na ja, eben alles, was lecker ist. Es ist mir lediglich gelungen, eine Flasche Burgunder mit Schraubverschluss aus den Fängen des Todes zu retten. Die liegt jetzt unter meinem Bett. Langsam, aber sicher fühlt es sich hier an wie in den USA während der Prohibition: Etwas, das die Moral stärken sollte, artet komplett aus. Das Ganze explodiert in Bestechungsgeldern, Alkoholschmuggel und Mord. Das ist meine Zukunft hier im Hasselvägen 84.

Gestern Abend habe ich mir ein Glas gegönnt, als ich auf Instagram gesehen habe, dass fast mein gesamter Buchclub (außer mir und der Frau mit der schiefen Brille) unterwegs war und Wein trank und sich in einer total netten Weinbar in der Stadt total gut amüsierte. Ich likte das Foto nicht, sondern ging sofort in mein Schlafzimmer, nein, mein persönliches *Speakeasy*, und schenkte mir ein Glas Wein ein. In meinen Zahnputzbecher. Schnupperte am Wein, wie es sich gehört, schlürfte, als ich ihn in den Mund sog, gurgelte und machte genüsslich *mmmh*. Ja, ja, Magnus hat mir beigebracht, wie man das macht. Also – vor dem Alkoholverbot.

»Und dann hab ich ein Selbstgespräch geführt. Wie jetzt. Laut und einfach so in die Luft. Ich habe einfach unendlich viel Redestoff in mir. Wenn die bloß alle wüssten, dass ein so stiller Mensch eigentlich ununterbrochen plappert. Sobald Magnus aus dem Haus ist, rede ich laut mit mir selbst, wenn er zu Hause ist, bin ich ein bisschen leiser. Nicht aus Unsicherheit, sondern vielmehr, weil Magnus nicht versteht, wovon ich rede. Das hat er noch nie. Zu Anfang sprach ich seine Sprache, wie man es eben macht, wenn man geliebt werden will. Das funktionierte sehr gut. Das Problem war nur, dass ich mir irgendwann vorkam wie in nicht enden wollenden Sprachferien. Drei Wochen in Bournemouth oder vierundzwanzig Jahre in Magnusland – dasselbe in Grün. Pass dich an die örtlichen Gebräuche an, sobald du ankommst, müh dich mit Englisch ab, sei offen für die neue Kultur, tu so, als wäre Nierenpastete dein Leibgericht, und sprich bloß nicht Agnetisch, denn dann versteht deine Gastfamilie kein Wort. Und du willst doch, dass dich deine Gastfamilie mag. Magnus war meine Gastfamilie. Er mochte mich. Ich kann richtig gut Magnusisch sprechen, wenn ich mir Mühe gebe, man hätte fast glauben können, ich wäre ein Magnus. Magnus staunte Bauklötze, als sich herausstellte, dass ich eine Agneta bin, mit einer ganz anderen Kultur und einer Sprache, die seiner Meinung nach eine fragwürdige Grammatik hat. Inzwischen spreche ich nur noch zu Hause Agnetisch. Magnus hat es immer noch nicht gelernt. Also reden wir die meiste Zeit aneinander vorbei. Wenn ich so zurückdenke, bin ich eigentlich mein ganzes Leben in Sprachferien gewesen. Ich bin in so viele Länder gereist, aber nirgendwo hat man meine Sprache gesprochen. Nicht mal in meiner Ursprungsfamilie, ich hätte genauso gut adoptiert sein können. Meine Kinder sind dreisprachig aufgewachsen, sie sprechen Magnusisch, Agnetisch und ihre eigene Sprache. Aber ich kann ihnen ansehen, dass sie die Grammatik meiner Sprache auch ein bisschen mühsam finden. Sie verstehen zwar, wovon ich spreche, aber es amüsiert sie nicht. Gott sei Dank kann ich ihre Sprache, also lässt sich das Ganze normalerweise lösen.«

So, jetzt ist das Brot im Toaster fertig!

Ich streiche mir dick Marmelade aufs Brot und betrachte die Scheiben. Ein bisschen können sie schon noch vertragen. Also trage ich eine weitere Schicht auf, beiße einmal ab, schlurfe zum Sofa und knipse unterwegs ein paar trockene Blätter vom Ficus ab.

»Nun ja. Sprachbarrieren und kulturelle Unterschiede stören ja gar nicht so sehr. Die Kinder sind mittlerweile ausgezogen, und Magnus sitzt oft bei geschlossener Tür in seinem Zimmer und beschäftigt sich mit seinen Vogelfotos. Er muss sich schließlich um seinen Instagram-Account kümmern. Nie stellt er Fotos von mir, den Kindern oder auch nur den Katzen ein. Nein, nein, immer nur Vögel. Alles Gute zum Kiebitz-Tag! Und daneben ein Bild von einem Kiebitz im Gegenlicht. Nie ein Glückwunsch zum Hochzeitstag und ein Bild von mir in schmeichelndem Licht. Er ist wohl nicht das, was man einen Romantiker nennt. Ich ja auch nicht. Es ist auch nicht so, dass ich Bilder von ihm im Gegenlicht einstelle und etwas über die Kraft der Liebe dazuschreibe. Meistens führe ich nur Selbstgespräche, während Magnus im Edsviken rumschwimmt. Magnus ist einfach ein Mensch, der sich ständig mit anderen messen muss: Alles, worin man einen Wettkampf bestreiten kann, ist gut. Wer schwimmt im Oktober am schnellsten durch den Edsviken? Wer schafft dreihundert Kreuze in irgendeiner Vogeltabelle? Wer kann alle Vögel auf Latein katalogisieren? Magnus natürlich. Sein Hirn ist so gestrickt. Alles, was er liest, behält er. Ich behalte grundsätzlich nichts. Ich fände es zum Beispiel interessant, ein für alle Mal zu verstehen, was es mit Israel und dem Palästina-Konflikt auf sich hat, also lese ich ein bisschen darüber, aber nach zwei Stunden ist alles wieder wie ausradiert. Dafür weiß ich noch, wie Paris Hiltons alter Chihuahua hieß: Tinkerbell. Sie ist vierzehn Jahre alt geworden. Als Tinkerbell starb, trauerte nicht nur Paris, sondern alle ihre Fans. Das hab ich 2015 in einer Klatschzeitschrift bei meinem Friseur gelesen. Warum kann ich mich daran erinnern, aber nicht, was mit Israel und Palästina los ist? Ich *kann* mir Sachen merken, das steht außer Zweifel. Aber was, ist sehr willkürlich. O Mann, ist das lecker! Toastbrot mit süßer Marmelade. Ein bisschen Butter wäre natürlich auch schön gewesen, aber das hier ist auf jeden Fall unendlich viel besser als kalter Haferbrei. Als die Kinder noch zu Hause wohnten, hatten wir immer Butter im Haus. Butter und Leben. Jetzt gibt es nur noch kalten Haferbrei und totale Stille.«

Ich lege mich aufs Sofa, ziehe mir die Decke über die Beine, knabbere weiter an meinem Toastbrot und schaue durch das große Fenster. Auf der anderen Seite schleicht eine von unseren Katzen im Nieselregen vorbei. Mit einer Maus im Maul glotzt sie mich mit totem Blick an.

»Nicht mal mehr die Katzen brauchen mich. Die können sich auch selbst gut versorgen. Wenn sie sich nicht gerade schreiend in den Büschen paaren. Ein bisschen so wie meine Kinder. Nur mit dem Unterschied, dass unsere Katzen mich nicht anrufen und darum bitten, ihnen Geld per Swish zu überweisen.«

2.

Du hast was verpasst! Wir sind bei der Tankstelle runter, du weißt schon, wo die Brücke ist. Das Wasser hatte zwar nur zehn Grad, aber das war richtig erfrischend. Diesmal haben wir aufs Begleitboot gepfiffen, damit wir uns noch freier fühlen. Wir haben fast zehn Kilometer geschafft.«

»Zehn Kilometer?«

»Ja, aber nächste Woche wollen wir noch was drauflegen. Wir haben nämlich über den Ärmelkanal gesprochen.«

»Den Ärmelkanal? Warum das denn?«

»Wir wollen ihn durchschwimmen. Ich muss mich natürlich erst mal in das Thema einarbeiten, konzentrierter trainieren, und natürlich liegt das noch ein paar Jahre in der Zukunft. Das werden dann vierunddreißig Kilometer, und zwar ohne Neoprenanzug.«

»Warum ohne?«

»Die Überquerung wird nur dann anerkannt, wenn man ohne Neoprenanzug schwimmt.«

»Ach, die Überquerung zählt nicht, wenn man einen Neoprenanzug anhat? Aber überquert ist doch überquert, auch wenn ihr in Skihosen schwimmen würdet.«

»Warum sollten wir denn in Skihosen schwimmen?«

»Das war doch nur ein Beispiel.«

»Natürlich kannst du auch im Neoprenanzug den Kanal durchschwimmen, aber das zählt nicht! Dann wirst du nicht bei der Channel Swimming Association registriert.«

»Eine entsetzliche Vorstellung.«

»Aber man kann sich ja mit Wollfett einschmieren und das Unternehmen im Frühling angehen, dann ist das Meer nämlich noch warm. Na, na – nicht so viel Öl!«

Ich halte inne beim Zugießen des Olivenöls, während Magnus unseren Buchweizensalat kritisch inspiziert.

»Du weißt doch, man braucht nur ganz wenig Öl.«

»Aber Wollfett ist erlaubt? Am ganzen Körper?«

»Was?«

»Ach, nichts.«

Magnus hält mir einen Granatapfel unter die Nase und strahlt übers ganze Gesicht.

»Antioxidantien, Antioxidantien, Antioxidantien! Gut gegen alles!«

»*Gegen* alles?«

»*Für* alles! Fürs Gedächtnis, für mehr Leistungsfähigkeit und mehr Ausdauer.«

»Der Ärmelkanal wird euch um Gnade anflehen.«

»Weißt du eigentlich, wie man einen Granatapfel entkernt?«

»Na ja, man schneidet ihn wohl auf und kratzt die Kerne raus, oder?«

Magnus schnaubt verächtlich. »Ach was, das gibt eine Riesensauerei und du zerstörst die Kerne. Pass auf, ich zeig dir jetzt mal was!«

Er legt die Frucht auf das Schneidebrett und holt mit einem Küchenmesser weit aus. Jetzt bekomme ich also eine Lektion (um die ich nie gebeten habe), wie man auf die absolut beste Art und Weise einen Granatapfel entkernt. Ich kann mich vor Begeisterung kaum halten.

»Meine Sinne sind aufs Höchste gespannt, du kannst loslegen!«

Jetzt wird systematisch geschnitten, gegen den Uhrzeigersinn gedreht, mit einem Kochlöffel draufgeschlagen. Ich weiß nicht, wann genau Magnus so geworden ist. Oder besser gesagt, wann es mir zum ersten Mal aufgefallen ist. Denn wenn ich so darüber nachdenke, ist er wohl immer schon so gewesen. Sein Optimierungswahn. Alles kann man auf die beste Art machen, alles muss absolut top bei den Warentestern abgeschnitten haben (dabei verlässt er sich nicht mal auf die Warentester, sondern kontrolliert alles noch mal auf geheimen amerikanischen Webseiten nach), warum sollte man sich mit halben Sachen begnügen? Magnus findet, dass ich mich viel zu leicht zufriedengebe, und damit hat er recht. Aber ohne jetzt gemein sein zu wollen: Wenn mir nicht von Kindesbeinen an eingebläut worden wäre, mich schnell zufriedenzugeben, hätte ich Magnus niemals geheiratet. Ich weiß, das klingt gehässig. Aber ich bin kein gehässiger Mensch. Ich bin einfach nur kein Mensch, der permanent nur das Meiste und Beste vom Leben verlangt. Zu behaupten, dass ich mich zu schnell zufriedengebe, ist trotzdem nicht ganz richtig. Denn ich bin ja gar nicht zufrieden. Natürlich auch nicht unzufrieden. Ich … lebe einfach so vor mich hin. Ein Studium hat sich bei mir einfach nicht ergeben. Magnus hat einen Platz an der TU in Dresden bekommen, und ich bin mitgegangen, weil meine Mutter meinte: »Das ist eine Riesenchance. Dresden zusammen mit Magnus – mein Gott!« Nun war das wohl eher eine Chance für Magnus als für mich, aber so was kann man leicht mal übersehen, wenn man mittendrin steckt. Das gilt ganz besonders für meine Mutter, die findet, dass man jeden, der sich mit mir abgeben will, gut behandeln muss. In ihren Augen war es eine Riesenchance, dass mich überhaupt ein Mann haben wollte. Während Magnus dann also Ingenieur wurde, brachte ich unsere Kinder auf die Welt und spielte die Hausfrau. Diese Riesenchance sah am Ende dann so aus, dass ich zuerst einen Kinderwagen durch grüne Parks in Dresden schob und später durch grüne Parks in Sollentuna, und als irgendwann Schluss war mit Kinderwagenschieben, fühlte sich die Idee mit dem Studium unendlich fern an. Mein Vater bekam eines Tages Wind davon, dass die Stadtverwaltung Stockholm eine Archivarin suchte, und das wurde schließlich mein Beruf. »Eine Riesenchance!«, spulte meine Mutter wieder ihr Programm ab. Dass sich so eine Möglichkeit *genau* dann ergab, als ich sie brauchte. »Stell dir vor, Agneta, jetzt hast du einen Mann, Kinder, ein Haus *und* eine Festanstellung beim Verkehrsplanungsamt.« Eine Riesenchance, ja, ich weiß. Es war ganz praktisch, als die Kinder noch klein waren, nur jetzt sind sie gar nicht mehr klein, aber ich habe keine Energie mehr, meine Karriere anzugehen. Jetzt plagen mich diese ganzen Umstrukturierungen und Systementwicklungen, und bald habe ich nicht mal mehr ein eigenes Büro, sondern sitze in einem Großraumbüro – hurra!

»Sehr gut. Ich merke, dass du dich voll konzentrierst. Nächstes Mal kannst du es selbst machen.«

Magnus drischt noch einmal mit dem Kochlöffel auf den armen Granatapfel. Vierundzwanzig Jahre sind wir jetzt zusammen. Ich könnte nicht behaupten, dass er unsere Beziehung mit der gleichen Hingabe behandelt, mit der er gerade den Granatapfel traktiert. Aber ich will nicht ungerecht sein. Es ist nicht so, dass ich nachts wach liege, um informative Youtube-Clips darüber anzuschauen, wie man seine Ehe optimieren kann. Allerdings kann ich einfach nicht genug von dieser französischen Serie bekommen, in der alte Landhäuser restauriert werden. Magnus würde seine Zeit nie mit so etwas vergeuden, wenn man doch stattdessen alles über die Vorteile von Wollfett lernen kann.

»Nicht ein einziger beschädigter Kern!«

Auf dem fast fettfreien Buchweizensalat prangt ein Turm aus rosarot glänzenden Kernen. Wie immer ist alles perfekt.

Magnus schiebt seinen Teller beiseite und tupft sich mit der Serviette den Mund ab.

»Das ist ja schön mit Lisas Prüfung.«

»Hat sie dich angerufen?«

»Nein, sie hat mir eine Nachricht geschrieben. Zum Telefonieren hat sie keine Zeit, und das kann ich auch vollkommen verstehen. Wie damals bei mir, als ich in Dresden studiert habe. Na ja, du weißt es ja selbst. Da war immer Höchstgeschwindigkeit angesagt. *Vollgas!*«

»*Vollgas?* Also mir fehlt es manchmal, mit Lisa zu reden. Und mit Ludvig. Als die beiden noch zu Hause gewohnt haben, hatte ich irgendwie immer alles im Blick, auch wenn wir nicht über alles gesprochen haben. Es reichte schon, dass sie zu Hause waren. Jetzt bekommen wir vom Leben der beiden nur noch Bruchstücke mit. Wenn sie eine Prüfung haben oder nach Kopenhagen fahren. Aber nichts von den Kleinigkeiten. Zum Beispiel, ob sie sich die Zehennägel geschnitten haben.«

»Ob sie sich die Zehennägel geschnitten haben?«

»Das war eine Metapher für Einzelheiten aus ihrem Alltag. Ich will eben alles wissen, mit dem sie sich so beschäftigen. Aber schon klar, dass sie mich nicht anrufen, um mir so was zu erzählen.«

Magnus stochert sich zwischen den Zähnen herum. Offenbar hat sich dort einer von den professionell geernteten Kernen verklemmt.

»So hat das schon seine Richtigkeit.«

So hat das schon seine Richtigkeit. Was ist das denn für ein Spruch … In diesem Moment klingelt das Handy. Es liegt auf dem Tisch und vibriert. Magnus wirft einen Blick darauf.

»Deine Eltern.«

»Über FaceTime?«

»Ja.«

Magnus steht auf, spült seinen Teller ab, stellt ihn in die Spülmaschine und verschwindet nach oben zu seinem Vogel-Instagram-Account. Er stellt am Sonntagabend immer einen »Sonntagsgesang« ein. Einen Vogel, den er aufgenommen hat und der für die vergangene Woche singt. Offenbar gehen in Vogelbeobachterkreisen die Likes für so was tierisch ab.

Ich greife nach dem Handy und setze mich aufs Sofa. Meine Kinder rufen nicht an, um mir von ihren geschnittenen Zehennägeln zu erzählen, meine Eltern dagegen tun das sehr wohl. Um meinen Mann zu zitieren: »So hat das schon seine Richtigkeit.« Die sonnenverbrannten Gesichter meiner Eltern tauchen auf dem Display auf. Die beiden sitzen an einer Bar mit Palmen im Hintergrund und brüllen ins Handy, wahrscheinlich so laut, dass ganz Teneriffa erzittert.

»AGNETA! HALLIHALLO! WIR WOLLTEN UNS NUR MAL MELDEN, DAMIT DU WEISST, DASS WIR NOCH AM LEBEN SIND!«

Ihr Geschrei wird vom Handy verzerrt. Hilfe!

»Na, ihr seid ja offenbar quicklebendig. Geht's euch gut?«

Meine Mutter schiebt sich näher ans Display heran, mit Lippenstift auf den Zähnen und einem Glas Cava in der Hand.

»Also, du kannst dir ja gar nicht vorstellen, wie wir das hier geniiießen. Dein Vater hat heute eine phänomenale Runde hingelegt. Nach diesen Wochen wird sich sein Handicap enorm verbessern, das kannst du mir glauben.«

Jetzt kommt mein Vater ganz nahe ans Display, ich sehe nur noch seinen Mund, der sich öffnet und schließt.

»Ja, die Golfplätze hier sind phantastisch, du solltest herkommen und auch ein bisschen spielen, mein Schatz.«

»Aber ich spiel doch gar kein Golf. Habe ich noch nie und werde ich auch nie.«

»Du solltest damit anfangen. Deine Schwester spielt auch,

und was für ein Handicap hat sie jetzt noch mal? Wie auch immer – es tut gut in jeder Hinsicht, man ist an der Luft, hat Bewegung, kommt unter Leute und hat ein … Hobby!«

Jetzt sieht man den Mund meiner Mutter in Nahaufnahme. Ich weiche unwillkürlich zurück, ich kann ihr quasi bis in die Kehle schauen. Sie nimmt einen Schluck von ihrem Cava und schmatzt dann einmal, wie sie es immer tut, wenn sie etwas »Ernstes« sagen will.

»Agneta, mein Schatz. Dein Vater und ich haben uns über dich unterhalten. Du solltest dir Hobbys zulegen, damit du rauskommst, ein paar Leute kennenlernst, schöne Sachen unternimmst, das Leben *geniiießt.* Du bist immer für Magnus und die Kinder da gewesen, jetzt musst du auch mal etwas für dich tun. Seit wir mit dem Golfspielen angefangen haben, hat sich uns eine ganz neue Welt eröffnet.«

Dann kommt wieder der Mund meines Vaters in Nahaufnahme.

»Golf ist überhaupt kein versnobter Sport mehr, weißt du, mittlerweile machen alle mit. Wir haben hier so eine lustige Truppe, das ahnst du nicht. Im Dezember fliegen alle zusammen nach Benidorm zu einem Seniorenwettbewerb.«

»Ein Wettbewerb, wer als Erster die Erde durch Flüge kaputt kriegt?«

Jetzt sieht man beide Münder in Nahaufnahme.

»Was? Wir hören dich so schlecht. Hier wird nämlich gerade Musik gespielt, mit Kastagnetten und so, das ist richtig toll. Warte, wir zeigen's dir mal. Oje, wie ging das jetzt noch mal, dass man die Aufnahme umdreht?«

»Du musst auf dieses Viereck drücken.«

Ihre Finger drücken auf dem ganzen Bildschirm herum. Na endlich! Jetzt darf ich verwackelte Bilder von einer Strandbar mit weißen Plastiktischen bewundern, und dann sehe ich die ganze Szenerie. Man macht Musik und stößt in grellen Röcken herumtanzend wilde Schreie aus. Die Stimme meiner Mutter schreit aus dem Handy.

»Hast du was von Ludvig und Lisa gehört? Ich schicke ihnen die ganze Zeit Bilder, aber krieg nie eine Antwort.«

»Denen geht's gut. Lisa bekommt unten in Lund Supernoten, und Ludvig hat seine Skilehrerausbildung oben in Lofsdalen auch so gut wie fertig, es geht ihnen also prima, sie …«

Meine Mutter unterbricht mich mit einem gellenden Schrei.

»Mann, hier kommt ja unsere ganze Golftruppe. HIER SIND WIR! HUHUU!!«

Die sonnenverbrannte Nase meines Vaters nimmt jetzt das ganze Display ein. Er sollte sich mal die Haare in der Nase rasieren.

»Wir müssen jetzt auflegen, aber kümmer dich mal bisschen um dich. Du siehst etwas müde aus. Hej, hier ist noch Platz! Ja, klar, einfach hinsetzen. Bussi Bussi, meine Liebe! Dos botellas de cava, por favor!«

3.

Ich starre auf den Inhalt meiner Lunchbox: der Buchweizensalat von gestern, garniert mit makellosen Granatapfelkernen. Meine Kollegen Lotta S., Lotta B., Stålis, Kåken und Bahar machen sich ihre Mahlzeiten in der Mikrowelle heiß und plaudern über das vergangene Wochenende. Jetzt kommt auch noch Blomman aus der Abteilung für Verkehrsabfragen. Unsere Abteilung ist angeblich eine der lustigsten im ganzen Verkehrsamt. Nach der Systemumstellung wurde sie umbenannt in Registratur für Anmeldung und Transfer, Spitzname RAT, und das wurde gefeiert mit einem riesigen Gumminagetier, von dem sich alle bedienen durften. Und dann gab es noch ein Wettrennen mit Aufziehmäusen. Lotta S. und Stålis gelang es sogar, im Konferenzraum der IT-Abteilung miteinander Sex zu haben. Ich habe ausnahmsweise ein bisschen zu viel Wein erwischt, was in Kombination mit dem Gumminager nicht so günstig war. Magnus musste mich bereits um halb zehn abholen, ich wiederum musste mich bereits übergeben, noch bevor wir an Solna vorbei waren. Die Kinder verstanden gar nichts mehr, als sie am nächsten Morgen in die Küche kamen und kein Frühstück auf dem Tisch stand. Sie wären einfach verhungert, wenn ich es nicht geschafft hätte, mich aus dem Bett zu quälen, Tee zu kochen und ein paar Brotscheiben abzuschneiden. Völlig ratlos standen sie neben dem Kühlschrank. Nein, Lisa und Ludvig sind nicht besonders selbstständig. Das wurde nie von ihnen verlangt, als sie heranwuchsen.

»Wir gehen doch in Therapie, wie ihr wisst, und da haben wir als Hausaufgabe aufbekommen, KEINE herabsetzenden Sachen zueinander zu sagen. Wir sollen entweder gar nichts sagen oder etwas, das dem anderen ein gutes Gefühl gibt. Da war's abends ganz schön lange still am Esstisch, muss ich sagen.«

Lotta B. plappert weiter darüber, wie sie sich zwei Wohnungen leisten können, wenn sie ihr Haus verkaufen, während Bahar von ihrem neuen Friseur erzählt, der ihr eine absolute Wunderkurpackung verpasst hat, und Kåken gleichzeitig berichtet, dass seine Söhne irgendeinen Fußballpokal gewinnen könnten. Ich esse schweigend meine Antioxidantien. Lotta B. gehört zu den Leuten, die völlig problemlos über ihre schlechte Ehe reden können und dass sie sich in ihrer Einsamkeit einen Drink gönnt oder sogar total entnervt ist von ihren Kindern, und nichts davon hört sich wirklich schlimm an. Es kann sogar total gemütlich klingen! Sobald sie den Mund aufmacht, wollen alle anderen auch was sagen, und schwups geht das Geplapper los. Wenn ich hingegen den Mund aufmache, wird es ein Stimmungskiller, egal was ich sage. So war das schon, als ich noch klein war. Oder vielleicht ist »Stimmungskiller« ein bisschen zu dramatisch formuliert, aber es ist nie besonders lustig, wenn ich von meinem nicht existierenden Sexleben erzähle, von der unter dem Bett versteckten Rotweinflasche und den Kindern, die immer nur wollen, dass ich ihnen Geld per Swish schicke. Es kommt dann immer so was wie … Oje, vielleicht solltest du dir mal Hilfe suchen? Eine Flasche unterm Bett, hast du gesagt? Du trinkst also alleine?

Es kommt nie so rüber, wie ich es eigentlich gemeint habe, weil ich immer so nervös werde. Besser gesagt wurde, denn inzwischen würde ich gar keinen Versuch mehr unternehmen. Früher war ich ein nervliches Wrack, wenn ich einer neuen Situation gegenüberstand, weil ich Angst hatte, ein nervliches

Wrack zu sein, und dann konnte ich nachts vor lauter Nervosität nicht schlafen und wurde deswegen ein nervliches Wrack. Voilà, die Selffulfilling Prophecy in Reinform. Am ersten Tag an einer neuen Schule oder am neuen Arbeitsplatz bin ich grundsätzlich todmüde und steif wie eine Leiche. Freundliche Menschen stellen mir Fragen, ich gebe wortkarge Antworten, die oft grob fehlinterpretiert werden, und auf einmal bin ich nicht nur steif und nervös – ich bin auch noch ein Arsch! Tag zwei. Meine Nervosität ist auf dem nächsten Level. Jetzt gilt es, das Ruder herumzureißen – alles muss besser gehen als am Vortag. Ich werde am Kaffeeautomaten über die richtigen Kommentare lachen und Anekdoten erzählen, die genauso lustig sind und mich weder dastehen lassen wie eine komplette Alkoholikerin noch eine zynische Mutter. Mit diesem Druck im Bauch sinke ich tiefer hinab denn je, bis ich unausweichlich feststecke im Steifigkeitsmorast. Nach einem Monat bin ich wirklich langweilig. Aber nicht nur das, sondern in meinem tiefsten Inneren fühle ich mich überlegen. Klassischerweise finde ich die anderen trist und banal, und so ist es direkt ein Gewinn, dass ich kein Teil dieser jämmerlichen Truppe sein muss. Ich weiß natürlich, dass das ein reiner Überlebensmechanismus ist. Ja! Ich weiß – meine Selbsterkenntnis ist umfassend und tief. Aber nicht so stark wie meine alten Gewohnheiten, die ich seit meiner Kindheit habe und …

»Zeit fürs Tageshoroskop! Dann schauen wir mal. Stålis, du bist doch Krebs, mit dir fangen wir an.« Lotta S. liest von ihrem Smartphone ab: *»Auf Sie wartet ein wundervoller Tag, wenn Sie mit einem Partner zusammenleben. Je mehr Zeit Sie miteinander verbringen, desto näher kommen Sie sich. Wenn heute ein Termin ansteht, sollten Sie sich von einem Anwalt beraten lassen.«*

Man hört vereinzelten Beifall und Gelächter.

Lotta S. fährt fort: »Bahar, du bist Löwe: *Wegen einer*

Herzensangelegenheit leiden Sie womöglich unter Schlafproblemen. Suchen Sie deshalb Rat und Unterstützung bei Kollegen und älteren Verwandten. Wenn eine Reise bevorsteht, rechnen Sie mit einem langwierigen, öden Erlebnis, das aber letztlich auch ein Gewinn für Sie sein wird.«

»NEIN! Ich fahr doch nächste Woche nach Åland! Langwierig und öde also?«

»Langwierig und öde. Lotta B., du bist doch auch Löwe, also gilt das auch für dich. Agneta, du bist …«

Jetzt bin ich aber gespannt, ob sie sich erinnern. Nein, natürlich nicht. In jeder Mittagspause verliest Lotta S. das Tageshoroskop. Sie weiß von jedem das Sternzeichen, nur an meines kann sie sich nie erinnern.

»Du bist Waage!«

Na, was hab ich gesagt?

»Nein, Zwilling.«

»Ja, stimmt ja, Zwilling: *Angesichts der Ereignisse in der letzten Zeit sind Sie ziemlich gereizt, wenn Sie nach Hause kommen. Ansonsten sind Sie heute der perfekte Anführer im Büro oder in anderen arbeitsähnlichen Situationen. Mit einer Reise sollten Sie jedoch bis nächste Woche warten.* Okay, Agneta, mit anderen Worten: Du musst heute zu Fuß heimgehen. Kåken! Unser aller Jungfrau, jetzt wollen wir mal schauen, was bei dir …«

Ich bin gar kein Zwilling. Ich bin Steinbock. Außerdem total krank im Kopf. Warum lüge ich bei meinem Sternzeichen? Hab ich so panische Angst, dass das Horoskop die Wahrheit über mich sagen könnte? Dass alle im Pausenraum mich, mein Leben, meine Gedanken, meine ungedachten Gedanken sehen könnten, wenn sie mein Sternzeichen wüssten und irgendeinen Unfug darüber hören würden, was der Tag für mich auf Lager hat? Ich hole mein eigenes Handy aus der Tasche und suche das Tageshoroskop für Steinbock: *Sie langweilen sich im Mo-*

ment besonders leicht. Ihre Ruhelosigkeit könnte auf einem Ungleichgewicht in Ihrem Leben beruhen. Versuchen Sie, ungeklärte Dinge zu Hause oder an Ihrem Arbeitsplatz in Angriff zu nehmen, und schieben Sie nicht alles auf die lange Bank. Dabei müssen Sie sich anderen Menschen gegenüber nicht erklären, denn man könnte Sie leicht missverstehen.

Ich werde niemals zugeben, dass ich Steinbock bin. Diese Astrologin ist ja richtig hellsichtig.

»Ja, das war ein bisschen unglücklich, als die Drucker im Städtischen Bauamt ausgefallen sind. Aber wie immer gibt es natürlich eine Erklärung. Lotta und Kåken, nächstes Mal, wenn ihr auf eine Computerschulung geht, zieht bitte nicht den Stecker raus, an dem alle Drucker hängen.«

Vereinzeltes Gelächter im Konferenzraum.

»Dann geht's weiter mit unserem gewohnten Mantra – wir müssen unser Budget weiter zusammenstreichen. Wir müssen alle Bußgelder noch mal unter die Lupe nehmen, vielleicht können wir an irgendeiner Schraube noch ein bisschen drehen …«

Die Majorin – so nennen wir unsere neue Abteilungsleiterin. Sie ist früher Majorin gewesen. Diese Information trifft zweifelsohne zu. Die Montagssitzung unserer Abteilung nimmt ihren üblichen Verlauf. Wir trinken dünnen Kaffee, knabbern trockene Kekse, hören uns Vorschläge an, wie wir unsere Ausgaben senken können, und über allem mein ewiges Gefühl »*Wie bin ich hier nur gelandet …*«. Und damit meine ich nicht nur diesen konkreten Konferenzraum in dieser Abteilung im Verkehrsamt. Sondern mein ganzes Leben. Ich bin neunundvierzig Jahre alt. Ich bin nicht dumm. Von Kindesbeinen an kannte ich den Ausdruck »Midlife-Crisis«. Als unsere Nachbarn in der Reihenhaussiedlung sich scheiden ließen, flüsterte

Mama etwas von dieser Krise. Als der beste Freund von Papa sich ein Motorrad kaufte: Midlife-Crisis. Als Mamas Freundin Lisbeth sich die Haare blond färbte und auf Finnlandkreuzfahrten mitfuhr, statt zu Hause bei ihrem langweiligen Mann zu sitzen, echote das Wort Midlife-Crisis zwischen den Reihenhausmauern. Heutzutage bewältigt keiner mehr um die fünfzig Krisen mit Motorrädern und Scheidungen. *Vorwärts* lautet die neue Devise! Weiterentwicklung! Wieder jung sein! Fünfzig ist das neue Vierzig, Vierzig das neue Dreißig, und eigentlich sind wir doch alle achtzehn! Aber wie ist es möglich, mit achtzehn schon so viele Falten zu haben? Das geht natürlich überhaupt nicht! Also botoxen wir alle Altersspuren weg. Ich war kaum achtzehn, als ich achtzehn war, also heißt es bei mir eher »Achtzehn ist das neue Neunundvierzig«.

Als ich um die zwölf war, hatte ich hingegen noch Träume, saß in meinem Kinderzimmer im Reihenhaus mit einer Baskenmütze und sehnte mich nach Frankreich. Bis dahin hatte ich nämlich eine beste Freundin gehabt. Maja. Sie kam in der vierten Klasse zu uns, direkt aus Göteborg via London via Paris, und hatte eine elegante Mutter, die sich *Poison* von Dior hinter die Ohren tupfte, und einen Vater, der Geschäftsführer eines großen Unternehmens war. Jetzt sollte er in der schwedischen Hauptniederlassung ein paar Jahre den Chef spielen, und sie zogen in ein großes Einfamilienhaus neben unserer Reihenhaussiedlung. Maja verstand mich. Sie war nett, hatte teure Klamotten, und die coolen Mädchen in unserer Klasse versuchten, ihre Gunst zu erlangen, bis ihnen klar wurde, dass sie eine andere Sorte Mädchen war. Sie war nämlich von meiner Sorte. Maja sah mich. Wir waren Banknachbarinnen, und Maja fragte mich nach allem, musste laut lachen, wenn ich ihr stotternd antwortete, schnupperte an meinem Duftradiergummi, und ich durfte nach der Schule auf einen Imbiss mit zu ihr gehen. Ihre

Mutter hatte tolle Käsesorten im Kühlschrank und tolle Gedanken im Kopf, und wenn ich so an ihrem großen Tisch saß, Käse verkostete und auf Fragen antwortete, die mir noch nie zuvor jemand gestellt hatte, war es … einfach himmlisch. Ich begann, mit ihnen zu reden. Sie waren nämlich neugierig.

In der Klasse gaben wir ein ungleiches Paar ab. Maja mit den teuren Klamotten, dem Geschäftsführerpapa, die eine schlechte Wahl getroffen hatte und mich allen anderen vorzog, wurde für unsere Mitschüler schnell »die, die sich für was Besseres hält«. Und ich, die sich für überhaupt nichts hielt, bekam auch was davon ab: »Die, die sich für was Besseres hält, weil sie mit der rumzieht, die sich für was Besseres hält, was sie gar nicht ist, aber vielleicht glaubt sie es doch, und das ist das Schlimmste überhaupt.« Das war wirklich hart.

Maja und ich hatten zwei Jahre. Dann musste ihr Vater wieder zurück nach Paris in die französische Hauptniederlassung, und schwups, war sie wieder weg. Wir schrieben uns, und ich bekam mit der Post eine Baskenmütze, aber auf die Dauer hielt es nicht. Vor allem nicht aufseiten des Mädchens, das nach Paris gezogen war und dort neue, spannende Schulen besuchte und deswegen keine Zeit mehr zum Briefeschreiben hatte und das sein Selbstbewusstsein überall mit hinnahm, egal wo es war. Schlimmer war es für das Mädchen, das zu Hause geblieben war. Also für mich. Ohne Maja und ihr Selbstvertrauen war es trostloser denn je. Ich träumte von Frankreich, dass ich als Au-pair nach Paris gehen und wieder die beste Freundin von Maja sein würde, und dann würden wir uns von eleganten Franzosen umwerben lassen, die mein mausbraunes Haar als blond bezeichneten. (Ja, das war in den Achtzigern, als es noch nicht als dumm galt, wenn man als Objekt gesehen werden *wollte*. Objekt zu sein, war etwas richtig Pfiffiges, etwas Herrliches, worauf ich mich freute.) Meine Mutter schnaubte nur verächtlich.

Sie hatte Majas Familie nie leiden können, weil sie aufgeblasen waren und sich für was Besseres hielten, und gleichzeitig hielt sie sie ja selbst für was Besseres, denn sobald sie auftauchten, wurde meine Mutter nervös, plapperte zu viel und verhielt sich seltsam. Wenn ich nach Hause kam und von den spannenden Käsesorten erzählte, unsere Gespräche wiedergab oder berichtete, das Majas nach *Poison* duftende Mutter uns in ihrem kleinen Sportwagen in das französische Restaurant *Cassi* mitgenommen hatte, riss meine Mutter die Augen auf und schaute mich an, als wäre ich eine von ihnen. Und dann erklärte sie mir, dass ich mit den anderen Mädchen spielen sollte, statt mich mit Maja zu isolieren und zu glauben, mir gehöre die Welt, denn dem war nicht so. Außerdem war es gar nicht die richtige Welt, daran ließ meine Mutter keinen Zweifel. Das Leben von Majas Familie war ein Traum, den wir nicht träumen durften, das würde lediglich Unglück bringen. Rechtschaffene, normale Träume von normalen, rechtschaffenen Dingen, die durfte man haben.

Aber ich träumte ja gar nicht davon, Majas Leben zu leben, ich war nur glücklich, eine Freundin zu haben, die mich verstand. Meine Mutter fand, dass ich ein bisschen mehr wie meine kleine Schwester sein sollte. So ein einfaches, fröhliches Mädchen, das mit allen Gummitwist springen konnte, im Sportunterricht immer als Erste in die Mannschaft gewählt wurde, davon träumte, in den Sommerferien nach Gröna Lund zu fahren, und nicht alleine dasaß und grübelte. Mein Vater wiederum regte sich richtig auf, als ich erwähnte, dass ich in der Oberstufe Französisch lernen wollte. *DEUTSCH* ist viel wichtiger! Deutsch *IST EINE WELTSPRACHE*, in Deutschland ist es *GEMÜTLICH*, in Deutschland herrschen *ORDNUNG UND STRUKTUR*, und außerdem braucht man mit dem Auto nicht so lang dorthin. In Frankreich geht es zu, da hupen alle auf der Straße und halten sich nicht an die Regeln. Mein Gott, wie herrlich, dachte ich mir, schrieb mich dann aber doch für Deutsch ein.

Das mit dem Umworbenwerden von Franzosen trieb mir die Oberstufe auch schnell aus. Während ich in der Unter- und Mittelstufe noch ein bisschen schüchtern gewesen war, könnte man sagen, dass die Oberstufe ohne Maja endgültig die Nägel in meinen Schüchternheitssarg schlug. Jetzt wurde ich richtig schüchtern. *Willkommen im Leben.* Aber das sind wohl die ausgetretenen Pfade, schätze ich. Es gibt doch diese Redensart, »auf ausgetretenen Pfaden wandeln«. Und ich sehe es auch ganz deutlich vor mir: Ich sitze in einem Wagen und wandle auf diesem ausgetretenen Pfad, kann unmöglich abweichen. Neben dem Pfad sehe ich Mohnblumenfelder, Rehe, malerische kleine Landgasthöfe und Abenteuer, die auf mich warten, aber solange ich im Wagen sitze, kann ich nie abbiegen. Dazu müsste ich aus dem fahrenden Wagen springen. Und diese Art von Action liegt mir nicht sonderlich.

»… und das war's auch schon. Danke euch allen, und denkt bitte daran, dass wir den Kollegen bei dem großen Bau auf Kungsholmen unter die Arme greifen müssen. Vor allem dürfen wir nicht vergessen, dass wir den Gürtel enger schnallen müssen …«

4.

Ich muss mir eine neue Radhose kaufen. Die alte ist schon ganz zerschlissen im Schritt, und im Moment haben sie beim Radfahrermagazin ganz viele Sonderangebote. Da sollte man zuschlagen.«

Magnus schaltet sein Tablet an und beginnt nach »silikonbeschichtetem Beinreißverschluss« zu suchen.

»Diese hier hat 4-Way-Stretch, das ist gut, und sie umspannt den Muskel sehr schön. Perfekt. Lass mich noch mal schnell schauen, was die für Bewertungen hat …«

Den Blick auf diese ganze Muskelumspannung gerichtet, löffelt er seinen kalten Haferbrei in sich hinein. Schon wieder Sonntag. Die Wochen fühlen sich an wie halbe Stunden, so schnell vergehen sie. Ich habe mal einen Artikel darüber gelesen, warum wir das so empfinden: Unsere Gehirne wissen nämlich genau, was als Nächstes passieren wird. Wenn man erwachsen ist, arbeitet, mit seinem Mann zu Mittag isst, wie man es schon seit gefühlt tausend Jahren macht, abends dann ein Glas Wein aus der Flasche unterm Bett trinkt und alles immer so weitertuckert, braucht das Gehirn sich nicht anzustrengen. Es weiß, was passieren wird, und muss sich nicht mit neuen Informationen auseinandersetzen. Voilà – deswegen vergeht die Zeit so schnell. Oder zumindest *fühlt es sich so an*, als würde die Zeit schnell vergehen. Je älter wir werden und je routinierter wir sind, desto schneller vergeht für uns die Zeit. Für Kinder hingegen ist alles neu, und deswegen fühlt sich für sie der Sommer an wie eine Ewigkeit und ein Abendessen mit alten Verwandten wie ein ganzes Leben.

Die einzige Art, wie wir Erwachsenen die Zeit wieder verlangsamen können, ist, indem wir etwas Neues erleben, wie zum Beispiel einen schrecklichen Unfall. Dann fühlen sich sieben Sekunden an wie eine Unendlichkeit. Das Gehirn muss all diese neuen Inhalte verarbeiten, und dann fühlt es sich so an, als würde die Zeit stillstehen, denn wir sind dann ganz in diesem Augenblick.

So ist es auch bei Annika aus dem Lesezirkel gewesen, als sie ihrem Mann eröffnet hat, dass sie sich scheiden lassen will. Ich zitiere Annika: »Er hat mich eine Stunde lang angestarrt.« Das hat er natürlich nicht, vielleicht waren es nur zehn Sekunden, bevor er hinausgerannt und ausgerechnet nach Västerås gefahren ist, um sich volllaufen zu lassen. Auszusprechen, dass man sich scheiden lassen will, ist nichts Alltägliches, also war Annikas Gehirn schwer beschäftigt. Das Gehirn ihres zukünftigen Ex-Mannes wahrscheinlich ebenso. Die Dauer der Autofahrt muss sich für ihn angefühlt haben wie eine Weltumseglung. Das heißt mit anderen Worten, dass ich die Zeit dazu bringen kann, langsamer zu vergehen, wenn ich das will. Ich muss mich bloß neuen Erlebnissen stellen. Und schwups, schon ist mein Gehirn schwer beschäftigt, und ich habe das Gefühl, länger zu leben. Wenn ich das wirklich will. Es ist ein bisschen so wie in *Catch-22*. Momentan vergeht mein Leben schnell, ist aber nicht besonders lustig, also ist die Kombination im Grunde okay. Wenn mein Leben langsamer vergehen soll, muss ich aus diesem ausgetretenen Pfad raus.

Ich beiße ein Stück von meinem Brot ab, das fast schwarz ist vor lauter Ballaststoffen. Auf den kalten Haferbrei soll ich mich zum Nachtisch stürzen. Sonntagskreuzworträtsel, während ich auf meinem Stift herumkaue. *»Das Wesentliche erfassen.«* Fünfundzwanzig Buchstaben senkrecht. Endet auf »treffen«. Einfach. Den Nagel auf den Kopf treffen. *»Lebenslust.«* Waagrecht sechs Buchstaben. Endet auf o.

»Hier ist so ein Paar Rennradschuhe, die könnte ich auch brauchen. Sehr gut verarbeitet, mit Kohlenstofffasersohle und einstellbarer Powerzonen-Drahtführung. Die sind auch im Angebot: Neupreis 3190 Kronen, jetzt für 2750.«

»*Lebenslust* mit sechs Buchstaben?«

Magnus starrt in die Luft, die Finger noch auf dem Bestellbutton für seine Rennradschuhe mit der einstellbaren Drahtführung. Plötzlich hellt sich seine Miene auf.

»Libido!«

»Libido?«

Ich schreibe Libido hin, es stimmt natürlich. Wenn Magnus etwas sagt, stimmt es immer.

»Ich dachte immer, Libido hätte bloß mit … Sex zu tun. Dass man …«

»Damit bist du nicht die Einzige, alle denken dabei immer an Freuds Triebtheorie. Aber im Grunde steht Libido einfach für Lebenshunger, dafür, dass man großen Appetit aufs Leben hat. So, und ich klicke jetzt auf Kaufen!«

Magnus kauft sich seine Rennradschuhe, während ich das Wort »Libido« in meinem Kreuzworträtsel betrachte. »Großen Appetit aufs Leben«. Klingt ganz schön anstrengend, wenn man die ganze Zeit hungrig rumlaufen muss. Wenn man die Hähnchenhaut des Lebens direkt aus dem Abfalleimer essen muss, um mal ein bisschen poetisch zu werden. Ich bin nicht hungrig, aber weiß Gott auch nicht satt.

»Hast du eine große … Libido?«

Magnus blickt von seinem kalten Haferbrei auf.

»Ja, würde ich schon sagen.«

»Aber …«

… wir schlafen doch nie miteinander, wollte ich schon fast sagen. Aber das geht natürlich nicht. Denn wir reden nicht über Sex. Das ist ein No-Go, wie man so schön sagt. Denn wir schlafen *nicht mehr* miteinander. Aber offenbar kann Libido ja auch Lebenslust bedeuten. Also spule ich zurück und ändere meine Frage ein bisschen ab.

»Aber wie äußert sich die?«

»Was meinst du? Na ja, ich liebe Fahrradfahren zum Beispiel. Hab mir gerade ein Paar phantastische Rennradschuhe gekauft, mit denen ich noch viel besser fahren kann. Fürs Schwimmen brenne ich auch. Und vor allem für die Vogelbeobachtung. Aber ich geh auch in meinem Job *All In*. Ich habe viele Leidenschaften in meinem Leben. Ich glaube, diese Frage solltest du dir lieber selbst stellen.«

»Wie meinst du das?«

»Na ja, wofür brennst du? Kreuzworträtsel?«

»Meinst du das ironisch?«

»Nein.«

»Ich … Aber ist das wirklich eine starke Libido, wenn man furchtbar viel Fahrrad fahren will? Ich glaube nicht, dass Freud das gemeint hat mit seiner Triebtheorie.«

Ups, da bin ich vielleicht ein bisschen zu weit gegangen. Jetzt hebt Magnus tatsächlich die Stimme.

»Agneta. Du hast so viel Zeit. Die Kinder sind aus dem Haus, du hast einen Job, der dich nicht wirklich anstrengt, und was tust du? Du machst Kreuzworträtsel und schaust dir schlechte Fernsehserien über alte Landhäuser in Frankreich an. Du kommst nicht mit zum Schwimmen, du magst nicht mit mir Rad fahren, und du interessierst dich auch nicht für meine Vogelexkursionen.«

»Aber das sind doch alles *deine* Interessen.«

»Es würde dir sicher auch gefallen, wenn du nur mal mitkommen würdest. Außerdem solltest du dich öfter mal bewegen.«

»Wie bitte?«

»Du solltest dich öfter mal bewegen!«

»Warum?«

Ich weiß schon, warum er das denkt. Weil ich es wirklich sollte. Weil ich langsam, aber sicher dick werde. Weil ich langsam, aber sicher aussehe wie das, was ich bin: eine Frau von knapp fünfzig Jahren mit einem breiten Hintern, einem faltigen Bauch, Dehnungsstreifen und schweren Brüsten. Wenn ich mir eine Idealfigur antrainieren wollte (die einer superfitten Dreiundzwanzigjährigen, die nie ein Kind ausgetragen hat), müsste ich rund um die Uhr Fahrrad fahren.

»Weil wir Menschen das brauchen. Wir sind dazu gemacht, ständig in Bewegung zu sein.«

»Ständig?«

»Du musst aber auch jedes Wort auf die Goldwaage legen! Kannst du dich nicht einfach mal nur normal unterhalten?«

»Wenn du ein bisschen *Landhäuser in Frankreich* mit mir anschaust, dann fahre ich auch ein bisschen Fahrrad mit dir.«

»Ich weigere mich, meine Zeit mit dieser Sendung zu verschwenden. Die spekulieren doch nur auf Zuschauerinnen wie dich. Solche Formate werden extra produziert für Hausfrauen, die sich mit Süßigkeiten vollstopfen. Damit sie was zum Träumen haben, etwas, womit sie sich ihr erbärmliches Leben schöner machen können, wenn die Kinder aus dem Haus sind. *Erhebt euch, Frauen, und kauft euch eure eigenen Landhäuser in Frankreich!*«

»Was für eine interessante und gleichzeitig herabsetzende Art, diese Sendung zu beschreiben. Von welchem Geld sollen wir uns die Landhäuser denn bitte kaufen?«

»Tja, dann müsst ihr euch eben scheiden lassen, das Haus

verkaufen und mit dem Geld ein *Bed and Breakfast* in Frankreich aufmachen. Dort könnt ihr dann weiter putzen und kochen. Und dann könnt ihr eure Lebensgeschichte in irgendeiner Zeitschrift erzählen. Ich hab diesen Traum nie verstanden.«

»Meinst du, wir sollten uns scheiden lassen?«

»Nein! Ich meine bloß, dass ihr Frauen immer vor irgendwelchen Fernsehsendungen sitzt und träumt und …«

»Magnus, jetzt reicht's mir aber. *Ihr Frauen sitzt da und träumt?* Sind wir jetzt im falschen Jahrhundert? Und was ist mit dir? Du fährst immer nur Fahrrad und schwimmst und kannst nicht eine Minute still sitzen – wovor fliehst du eigentlich?«

»Ich fliehe nicht. Ich treibe Sport. Weil es mir Spaß macht! ICH AMÜSIERE MICH DABEI! Und Sport ist gut für den Körper, gut für die Seele und gut für die Umwelt. Aber vor der siebten Staffel von *Landhäuser in Frankreich* auf dem Sofa rumzuliegen, ist völlig nutzlos.«

»Was weißt du schon davon?«

»Jetzt spiel nicht die Dumme.«

»Ich spiele überhaupt nichts. Ich frage nur.«

»Ich glaube, dass so was falsche Hoffnungen darüber weckt, was das Leben zu bieten hat. Das Leben serviert dir keine französischen Landhäuser auf dem Silbertablett. Was du im Leben haben willst, musst du dir selbst erarbeiten. Mein Gott, Agneta, seit die Kinder aus dem Haus sind, hast du dich vollkommen verändert.«

»Ich habe unter anderem angefangen, *Landhäuser in Frankreich* anzuschauen. Wie schrecklich. Ruf am besten gleich mal bei der Krisenberatung für Ehemänner an.«

»Ich glaube einfach, dass du ein Hobby brauchst, irgendwas anderes als die Kinder. Damit du nicht zu so einer Tante wirst, die nur noch auf dem Sofa liegt und Soaps schaut.«

»Soaps? In welche Zeit sind wir denn jetzt gefahren mit unserer Zeitmaschine? 1987?«

»Du weißt genau, was ich meine.«

Magnus schlürft den letzten Rest seines Tees in sich hinein, der mittlerweile kalt geworden ist. Kalter Haferbrei, kalter Tee – das nenn ich Libido!

»So, und ich fahr jetzt zum Schwimmen im Edsviken. Kommst du mit?«

»Danke, aber ich geh mit Karin spazieren.«

Die Miene von Magnus hellt sich auf.

»Das ist ja wunderbar! In der unteren Kommodenschublade im Flur liegen Gewichte, die du dir um die Knöchel schnallen kannst.«

»Ich habe bereits Gewichte am Bauch, aber danke für deine Fürsorge.«

Seufzend geht Magnus aus dem Zimmer und kommt mit diesen albernen Gewichten zurück, die man sich mit Klettband an den Fuß- oder Handgelenken befestigen kann. Als ob ich mit Fußfesseln rumlaufen würde, wie ein Verbrecher unter Hausarrest. Magnus lehnt sich ein bisschen zu nachdrücklich vor mir über den Tisch.

»Grüß Karin schön von mir.«

»Natürlich.«

Ich habe Butter, Kaffee und sogar H-Milch hinter dem Gefrierschrank versteckt. Es ist ziemlich kühl im Keller, deswegen klappt das prima. Kurz darauf liege ich zugedeckt auf dem Sofa, mit meinem Milchschaum-Kaffee und einem Toastbrot, auf dem die Butter leicht angeschmolzen ist und sich mit der Aprikosenmarmelade vermischt hat. Draußen geht ein starker Wind, und die roten Blätter wirbeln von den Bäumen. Mit Karin habe ich schon seit Monaten nicht mehr geredet, und ein Spaziergang mit ihr steht natürlich nicht zur

Debatte. Dafür denke ich laut über dieses eine Wort nach: Libido.

»Also, Magnus hat eine starke Libido. Er liebt es, kalte Grütze zu essen und im Oktober im Freien zu schwimmen. Vielleicht will er auch Sex haben. Aber davon merke ich nichts mehr. Er sah ziemlich gut aus, als wir uns auf der Party an der Technischen Hochschule kennengelernt haben. Kicki hatte sich in einen Typen verguckt und wollte ihn auf dieser Party beobachten. Also musste ich mit. Nein, schau mal an, da kommt ja unser Kater! Fridolf? Na komm, Fridolf!«

Fridolf ignoriert mich komplett. Als wäre ich nur ein Zierkissen, das da auf dem Sofa liegt. Na vielen Dank! Fridolf streicht weiter in die Küche und wedelt träge mit dem Schwanz, als würde ich überhaupt nicht existieren.

»FRIDOLF! Wenn du dich fragst, wer dir dein Futter in die Schüssel getan hat – das war ich. ICH!«

Auf jeden Fall saß ich damals auf besagter Party an der improvisierten Bar, die Jacken von Kicki und mir auf dem Schoß. Da kam Magnus daher, groß, elegant und aus irgendeinem unerfindlichen Grund interessiert an mir. Wenn ich mir alte Fotos anschaue, muss ich allerdings zugeben, dass ich eigentlich gar nicht so übel aussah. Und im Nachhinein hat Magnus dann ja auch recht behalten. Er fand eine Frau, die ihm niemals die Show stehlen würde. Und am Anfang können sich solche Gegensätze ja anziehen. Der eine hält Vorträge, der andere hört zu. Der eine macht Karriere, der andere kümmert sich um die Kinder. Der eine treibt Sport, der andere isst. Einer hat den Kopf voller Fakten, der andere null Interesse am Quellenstudium. Auf jeden Fall gelang es Magnus trotz aller Jacken auf meinem Schoß, sich mir anzunähern. Er war der zweite Mann in meinem Leben. Mit meinem ersten Freund, Roger, muss ich zugeben, war es nicht so toll. Ich glaube nicht, dass einer von uns beiden begriff, was wir da taten. Mit Magnus war es etwas schöner. Sein Eifer machte mir gute Laune, und genauso intensiv, wie er sich heutzutage ins Thema Radhosen vertieft, wollte er damals *alles* über das weibliche Geschlechtsorgan wissen. Das hat unserem Sexleben einen gewissen Schub gegeben. Keine Frage, er war motivierter im Bett als ich. Das muss man ihm lassen. Meine Kombination aus Schüchternheit und fehlendem Selbstbewusstsein hat mit der Zeit offenbar auf alles abgefärbt – nicht mal im Dunkeln unter der Decke kann ich laut schreien. Obwohl Magnus alles über die Klitoris gelernt hat, wo sie anfängt und aufhört und dass sie noch ein Stück bis in den Oberschenkel hineinreicht, und wenn man da richtig hartnäckig streichelt, kann die Frau anscheinend einen Orgasmus bekommen. Wenn ich Sexologin gewesen wäre und unser Sexleben mit Stift, Papier und Lesebrille studiert hätte, dann hätte ich ihn wahrscheinlich nach einer Weile unterbrochen mit: »Hey, warte mal kurz! Sex ist nicht nur Technik. Das ist kein Kurs, den du an der Technischen Hochschule belegen kannst. Dafür braucht man auch Sinnlichkeit.« Doch Magnus ist nett und klug, das musste ich ihm schon damals lassen. Er hat tatsächlich einen messerscharfen Verstand. Auf jeden Fall, wenn es darum geht, zu lernen und IQ-Tests zu absolvieren. Wie unflexibel er ist, sieht man ihm ja von außen nicht an. Im Gegensatz zu mir: Ich habe eine dicke, unflexible Schale, aber ganz tief drinnen steckt eine ziemlich lustige Person. Sollte ich mir vielleicht noch einen Toast gönnen?

Magnus kann jeden Moment nach Hause kommen. Rasch beseitige ich alle Spuren. Spüle meine Kaffeetasse ab, stelle sie zurück in den Schrank, wedle den Geruch von gebratenem Speck weg, den ich mir zufällig zum Mittagessen gekauft hatte, entsorge die Abfalltüte mit der Speckverpackung, ziehe meinen

Morgenmantel aus, quetsche mich in mein Sportzeug und sammle alle in der Wohnung verteilten Bestandteile der Zeitung für die Altpapiersammlung ein. Ich halte inne, um das Bild von einer breit lächelnden Frau neben einem Whiteboard zu betrachten. »So sind Sie erfolgreich im Job«, lautet die Überschrift. Ich sollte diesen Artikel lesen, aber dazu habe ich nicht die geringste Lust. Allerdings … weiter unten sehe ich die lustigen privaten Kleinanzeigen, in denen Leute versuchen, ihre Schallplatten zu verkaufen, alte Autos zu kaufen oder vielleicht jemanden kennenzulernen. Wer liest heutzutage eigentlich noch solche Anzeigen, und wer antwortet darauf? Was sehe ich denn hier, war da ein zu Späßen aufgelegtes Kind am Werk?

Älterer Junge braucht Hilfe. Sofort. Essen kochen. Kleider waschen. Riesiges Haus putzen. Sehr wichtig: jeden Freitag um 17.00 an der Bar sitzen. Muss Schwedisch sprechen! Der Junge wohnt in Saint Carelle. Provence. Frankreich. Antworten an barfabien@gmail.com.

5.

Ich schaue Magnus an, der auf dem Rücken neben mir liegt. Dann auf die Uhr. 2 Uhr 35. In vier Stunden muss ich aufstehen. Das Schnarchen meines Mannes dröhnt durch die Dunkelheit. Obwohl wir so nah beieinander liegen, noch dazu nackt, fühle ich mich einsamer denn je. Als Magnus heute nach Hause gekommen ist, hatte er eine Plastiktüte mit seinem Neoprenanzug in der einen und einen frischen Biolachs in der anderen Hand. Wegen seines schlechten Gewissens, das hat er zugegeben. Für seine harten Worte.

Der Lachs wurde gedämpft, genauso wie der Brokkoli, und dazu gab es ein Dressing aus einer verquirlten Mischung von ein paar Tropfen Sesamöl, heller Sojasauce und Limettensaft. Dann haben wir gegessen. Zuerst schweigend, dann begann Magnus von einer Linda zu erzählen, die in derselben Schwimmgruppe ist wie er. »Linda ist so lustig, und sie erzählt ja so urkomische Geschichten … Linda schwimmt so schnell … Linda ist so furchtlos … Linda sieht viel jünger aus, als sie ist.« Er unterbrach seine Linda-Huldigung und prostete mir mit seinem Wasserglas zu. Und begann darüber nachzusinnen, was wir versäumt hatten. Dass er etwas gegen sein Schnarchen unternehmen würde, damit wir wieder im selben Zimmer schlafen können. Dass er in einer wissenschaftlichen Studie gelesen habe, »wie wichtig Sex fürs Wohlbefinden auch bei älteren Menschen ist«. Dass wir das wirklich mal in Angriff nehmen müssten.

Die meisten Frauen hätten sich wahrscheinlich über solche Neuigkeiten gefreut. Lachs, gedämpfter Brokkoli und ein Mann, der endlich wieder Sex von ihnen will. Ich habe versucht, begeistert zu sein. Ich habe Magnus ebenfalls zugeprostet und zu ihm gesagt, absolut, aber ob er nicht mit dieser Linda schlafen wolle, denn es scheine ja so, als habe sie seine Libido geweckt.

Nein, das habe ich natürlich nicht gesagt. Aber Gott kann bezeugen, dass ich es *gedacht* habe. Danach spülten wir unsere Teller ab, stellten sie in den Geschirrspüler, schauten die Nachrichten an, wobei jeder an einem anderen Ende des großen Familiensofas saß, schliefen vor einer neuen Krimiserie ein, wachten gegen halb elf wieder auf und putzten uns die Zähne mit unseren elektrischen Zahnbürsten.

Als wir ins Bett gingen, war ich eigentlich schon auf dem Weg in mein Zimmer, doch da räusperte sich Magnus plötzlich auffallend laut. Ich habe im ersten Moment gedacht, dass er sich übergeben müsse und dass der Magen-Darm-Virus diesen Winter aber früh kommt. Aber sein Räuspern war als ein »Hallo?«-Räuspern gemeint. Dann nahm er meine Hand, und wir gingen in sein Zimmer. Er zog sich aus, ich zog mich aus, und dann legten wir uns in unser altes Doppelbett. Das war alles schön gemeint und respektvoll, aber trotzdem empfand ich es als einen Übergriff. Ich wollte nicht. Aber Magnus ist nun mal mein Mann, wir sind verheiratet und haben schon seit einem Jahr nicht mehr miteinander geschlafen. Nein, seit drei Jahren, wenn ich ehrlich bin. Ich kann mich kaum noch an Körperlichkeit erinnern. Ich kann mich auch nicht mehr an Magnus' Körper erinnern. Danach haben wir einfach nur geschwiegen. Keiner von uns hat etwa gesagt, dass es schön gewesen war, sich mal wieder so nahe zu sein, oder dass der andere dabei schön ausgesehen hat oder so was. Ich musste an Linda denken. Dass es für mich okay wäre, wenn er mit ihr schlafen würde. Mit dieser Frau, die jünger aussieht, als sie ist. Anstatt mit mir, die so aussieht, wie sie eben aussieht. Ich habe seit dem letzten Mal sechs Kilo zugenommen und war erleichtert, als er das Licht ausmachte. Also war es besser, dass wir es im Dunkeln gemacht hatten, dann konnte ich eine andere sein. Sowohl für mich als auch für Magnus. Schließlich war Magnus gekommen. Ich kam nicht. Danach zog ich mich sofort in mich selbst zurück, und dort blieb ich auch.

Es ist 3 Uhr 12, und ich kann immer noch nicht einschlafen. Ich habe null Libido. Null! Keinen Lebensfunken, der mich antreibt. Kein Feuer in mir, das auf die Konventionen pfeift und darauf, was man darf oder nicht. Keine Flamme, die mich einfach machen lässt. Ich kann nicht mal mehr mit meinem Mann schlafen. Denn ich fühle nichts. Doch, ich fühle schon etwas. Nämlich, dass ich nicht will. Ich habe sozusagen eine Anti-Libido. Ich sage aber nicht *Nein, danke.* Ich sage auch nicht *Ja, gerne.* Ich sage einfach gar nichts. Ich halte meine Klappe. Eine ziemlich lahme Art, Widerstand zu leisten.

Mir reicht es. Ich stehe auf, gehe in die Küche und suche nach etwas zu trinken.

Dann gehe ich in den Keller hinunter, hole meine H-Milch, gehe zurück in die Küche und gieße mir den letzten Rest Milch ein, den ich dann in der Mikrowelle erwärme. Die leere Milchpackung verstecke ich ganz unten in der Mülltrennungsschublade für Kartons. Ich nehme eine von den Zeitungen aus dem Altpapier, um mir die Zeit zu vertreiben, bis die Mikrowelle piepst. Es ist der Teil mit den Kleinanzeigen. Mit dieser seltsamen Annonce von dem älteren Jungen in Frankreich, der Hilfe braucht. Ich lese sie noch einmal. Langsamer.

Älterer Junge braucht Hilfe. Sofort. Essen kochen. Kleider waschen. Riesiges Haus putzen. Sehr wichtig: jeden Freitag um 17.00 an der Bar sitzen. Muss Schwedisch sprechen! Der Junge wohnt in Saint Carelle. Provence. Frankreich. Antworten an barfabien@gmail.com.

Wo liegt eigentlich dieses Saint Carelle? Ich ziehe das Tablet von Magnus zu mir heran und gehe auf Google Maps. Gebe Saint Carelle ein und PLING ist die Milch fertig. Ich hole mir die Tasse Milch, setze mich wieder an den Küchentisch, nehme einen Schluck, starre auf das Tablet, und plötzlich bin ich mitten in diesem kleinen Städtchen, stehe auf einem winzigen Marktplatz mit … Ich gehe auf Straßenansicht. Ein winziger Marktplatz mit Postamt, Bushaltestelle und einem alten Brunnen. In einiger Entfernung sind ein Tabakwarengeschäft und eine Bäckerei zu erkennen. Kleine Ziegelhäuser mit Fensterläden in verschiedenen von der Sonne ausgebleichten Farben säumen die umliegenden Gassen. Es sieht alles etwas verfallen und menschenleer aus. Wohl kein Ort, der von großen Reisebussen angesteuert wird, möchte man vermuten. Eine Bar mit orangen Plastikmöbeln davor und einer Tafel mit dem Tagesmenü. Was steht da? Ich zoome weiter ran und lese: *Vendredi soir: Tartiflette. Samedi midi: Bœuf à …* Ich kann die Beschriftung nicht genau erkennen, es ist zu verschwommen. Etwas weiter weg, mit Blick über den Marktplatz, sehe ich ein prächtigeres Haus mit zwei französischen Flaggen über dem Eingang. *République Française, liberté, égalité, fraternité.* Ich gebe es in Google Translate ein. *Freiheit, Gleichheit, Brüderlichkeit.* Ja, das klingt wirklich schön. Ich nehme noch einen Schluck von meiner warmen Milch und suche nach weiteren Informationen über Saint Carelle. 2301 Einwohner, und die Gemeinde liegt im Bezirk Aramon im Arrondissement Nîmes.

Was ist ein Bezirk? Danke, Wikipedia, dass es dich gibt und du mir Sachen erklärst, die ich mich nicht traue einen lebenden Menschen zu fragen. Gut, dann wollen wir mal sehen. Okay, Frankreich ist unterteilt in eine Menge Regionen, die unterteilt sind in Départements, die unterteilt sind in Arrondissements, die wiederum unterteilt sind in Kantone, die schließlich unterteilt sind in Gemeinden …

Ich zoome weiter raus, auf die Landstraßen, Richtung Nîmes. O mein Gott, ist das schön! Ewig lange Alleen mit hohen Bäumen, deren Stämme weiß gefleckt sind, als ob sie ein Tarnmuster hätten. Weinberge, Olivenhaine, bewachsene Mauern, hinter denen sich interessant aussehende Häuser verbergen, Flüsse, hohe Berge … Was ist das? Ein Aquädukt aus dem Mittelalter in drei Etagen? Ich zoome weiter an den Weinbergen entlang, und jetzt bin ich in Nîmes, und mitten in der Stadt steht ein riesiges Amphitheater. Und dahinter ein …

Plötzlich ein Miauen.

»Hallo, Fridolf.«

Noch ein Miauen.

»Und hallo, Selma. Aha, jetzt passt es euch also in den Kram, mit mir zu reden? Aber jetzt kann ich nicht mit euch reden, ich bin nämlich in Frankreich.«

Die beiden stellen sich beleidigt neben ihre leeren Futterschüsseln und schauen mich vorwurfsvoll an.

»Okay, okay.«

Ich schütte ihnen Trockenfutter in die Näpfe, und sie beginnen schon zu fressen, während ich noch immer schütte, sodass ihnen die einzelnen Bröckchen auf die Köpfe fallen. Während diese Hyänen, nein, ich meine natürlich *Katzen*, ihr Futter runterschlingen, starre ich auf die Küchenuhr. Gleich halb fünf. Der Regen peitscht gegen das Fenster, ich höre das Rumpeln des Pendelzugs und aus der Ferne das warnende Piepen eines rückwärts fahrenden Müllwagens. Kein Amphitheater weit und breit. Ich schließe die Augen und fahre stattdessen mit einem Fahrrad durch schattige Alleen. Stelle mein Rad vor der Bäckerei ab, und in meiner Phantasie spreche ich natürlich fließend Französisch. Ich kaufe massenweise Baguettes und Croissants. Meine Tasse Milch hat tatsächlich gewirkt, wenn auch anders als geplant. Plötzlich bin ich putzmunter. Ich kann genauso gut jetzt gleich zur Arbeit fahren.

6.

Was kann einem älteren Jungen wohl passiert sein, dass er bei so vielen Dingen Hilfe braucht? Sind seine Eltern gestorben? Ist er schwer behindert und kann sich nicht bewegen? Aber dann müsste er doch wohl Hilfe von der Gemeinde bekommen. Vielleicht ist es ja ein schwedischer Junge, der kein französischer Staatsbürger ist? Aber warum schicken sie ihn dann nicht einfach heim nach Schweden? Weil seine Eltern tot sind? Oder wohnen alle, die er kennt, in dieser Ortschaft? Aber dann müsste er doch wohl Französisch sprechen, oder?

Ich gieße mir Kaffee nach und kippe noch ein paar Döschen Milch in meine Tasse. Die Montagssitzung der Abteilung ist in vollem Gange, und die Majorin kommt uns noch ausgelassener als normal vor, während sie unablässig über das ewige Thema *Einsparungen* redet.

»Wir arbeiten gerade daran, dass die Polizei bei der Registrierung ihrer Fälle automatisch mit unserem System verlinkt ist. So kommen alle Fälle direkt ins System, was wiederum unglaublich viel Geld sparen wird und …«

Moment mal. Was hat sie da gerade gesagt? Dass alle Fälle direkt ins System eingegeben werden? Aber es ist doch *mein* Job, diese Fälle zu registrieren und dafür zu sorgen, dass sie an der richtigen Stelle landen. Sagt die Majorin etwa gerade, dass sich das zukünftig vielleicht von selbst erledigt? Lotta B. blättert in ihren Papieren und verkündet, dass der Plan doch ganz gut klingt. Ein paar andere rufen laut »Mann, das hört sich echt gut an«, und dann kommt ein junger Mann von der IT-Abteilung herein, und, aha, jetzt beginnt eine kurze Präsentation. Das neue System steckt also bereits in der Entwicklung, und das ist natürlich ein Durchbruch. Und der Zeitplan? Na ja, innerhalb einiger Monate, maximal einem halben Jahr, sollte der Systemwechsel in vollem Gange sein. Na, das seien ja wunderbare Neuigkeiten, finden die Majorin und alle anderen am Tisch. Auch ich nicke aufmunternd, vor lauter Begeisterung ob meines eigenen Untergangs. Na ja, Untergang ist vielleicht übertrieben – aber zumindest dürfte meine Versetzung anstehen. Wer braucht schon einen treuen Mitarbeiter für die Dateneingabe, wenn alle scheiß Daten per Klick ins System befördert werden können?

Es surrt in meiner Tasche. Eine SMS von Lisa, die fragt, ob ich ihr 450 Kronen für Kurslektüre swishen kann, begleitet von jeder Menge Herzchen und weinenden Emojis. Ich bin nicht blöd, »Kurslektüre« heißt übersetzt »Alkohol für die Partys im Studentenwohnheim«. Ich swishe ihr 450 Kronen und lausche dann weiter den Plänen der Majorin, die mich in großen Schritten meiner Arbeitslosigkeit näherbringen.

Pendelzug. Nieselregen. Meine Mutter und mein Vater lassen sich auf FaceTime lautstark über Teneriffas »absolut wuuunderbarsten Golfplatz« aus. Unser Sohn stellt tausend Selfies von sich vor verschiedenen Bergmotiven auf Instagram, schafft es aber nicht, meine SMS zu beantworten. Unsere Tochter schwindelt mich weiter wegen Geld an. Mein Job ist wahrscheinlich bald futsch. Und zu Hause muss ich feststellen, dass mein Mann ungewöhnlich gute Laune hat.

»Im November fahren wir zu mehreren nach Öland, um Meeresvögel zu beobachten. Ich hab immer noch den Wellenläufer und den Atlantiksturmtaucher auf meiner Liste. Und dazu kommen natürlich noch die ganzen Sperlingsvögel – stell dir mal vor, wenn wir eine Schieferdrossel zu sehen kriegen würden!«

Mit entrücktem Blick und geröteten Wangen zählt Magnus eine Vogelart nach der anderen auf, und offenbar haben er und seine Freunde auf Öland die Chance, sowohl den Graubruststrandläufer als auch den Grasläufer zu sehen zu bekommen, und diese phantastische Neuigkeit muss er jetzt unbedingt seinen Followern auf Instagram mitteilen.

»Ich weiß schon, was für ein Bild ich jetzt hochlade! Du weißt schon, dieses Pallasschwarzkehlchen, das ich vorletzten Herbst fotografiert habe.«

Mit diesen Worten stürmt Magnus die Treppe hoch und verschwindet im Schlafzimmer. Die Tür wird zugemacht, und ich höre, wie er auf die Tastatur einhämmert. Das Schlafzimmer bebt nur so vor lauter Libido.

Etwas später liege ich im Bett mit meinem Laptop auf dem Schoß und dem letzten Rest Rotwein im Zahnputzglas. Online spaziere ich durch die engen Gassen von Saint Carelle. Dort gibt es eine Bäckerei, einen Gemischtwarenladen, eine kleine Bibliothek und eine Bar. Auf dem Dorfplatz gibt es fast täglich einen Markt. Die Einwohnerzahl allerdings sinkt laut Statistik jedes Jahr weiter. Das kann man auf den Bildern sehen. Die Straßen sind gelinde gesagt menschenleer.

»Das ist ja schon an der Grenze zu ausgestorben«, murmel ich vor mich hin. Was sich aber irgendwie auch verlockend anfühlt. Wäre das Dorf ganz entzückend gewesen, voller Baskenmützen und malerischer Ansichten, wäre das nichts für mich gewesen. In solche Umgebungen passe ich einfach nicht. Das ist was für Frauen mit rotem Lippenstift und tollen Kleidern. Aber für ein fast schon ausgestorbenes Dorf könnte ich mich durchaus begeistern. Darin würde ich mich eher … wiedererkennen.

Ich schütte den restlichen Wein in mich hinein und schaue in die Dunkelheit hinaus.

»Das mache ich jetzt. Komm, Agneta, tu's einfach!«

Hej. Ich heiße Agneta Strömberg. Ich kann putzen, kochen, spreche Schwedisch und kann jeden Freitag um 17.00 Uhr in eine Bar gehen. Ich habe zwei inzwischen erwachsene Kinder, also bin ich an den Umgang mit Jugendlichen gewöhnt. Wann soll ich kommen?

Schöne Grüße

Agneta

Ich drücke auf *Senden*.

7.

Ich schaue permanent in meinen Posteingang. Nur jede Menge Spam. Ich checke meine Mails im Bus, auf der Toilette, im staatlichen Getränkeladen (wo ich mir eine neue Flasche Rotwein für mein altbewährtes Versteck kaufe) und in der Käseabteilung des Lebensmittelmarkts, während ich mir ein großes Stück Délice de Bourgogne in den Einkaufskorb lege. Als ich später in der Küche stehe und ein Hühnchen häute, glaube ich, den Benachrichtigungston meines Handys zu hören. Ich versuche, meinen Posteingang durch Antippen mit der Nasenspitze zu öffnen. Meine Hände sind nämlich viel zu glitschig. Aber nein – nichts.

Vielleicht ist die Anzeige ja nur ein dummer Scherz? Vielleicht lebt dort ein Typ, der bald heiratet, und seine Kumpels machen sich einen Spaß daraus, massenweise schwedische Frauen nach Saint Carelle zu locken, wo aber in Wirklichkeit überhaupt kein verlassenes Kind auf sie wartet, sondern ein alberner Junggesellenabschied. *Überraschung!* Die würden vielleicht staunen, wenn ich dort auftauche. Vielleicht nicht so ganz ihre Vorstellung von einem schwedischen Au-pair-Mädchen. Eine Frau mittleren Alters in Barfußschuhen mit hundertprozentiger Zehenfreiheit und Windjacke. Nanny McPhee statt Inga aus Schweden.

»Papa spendiert dir eine Grüne Karte!«

Der Mund meiner Mutter füllt das ganze Display aus. Es

sieht aus, als würde sie gerade frittierten Tintenfisch essen. Jetzt nimmt sie einen Schluck Wein und spricht danach weiter.

»Damit du auch mal ein bisschen rauskommst. Anna hat letzte Weihnachten eine bekommen, und jetzt kann sie mit dem Golfspielen gar nicht mehr aufhören. Du weißt, dass sie mit uns nach Benidorm kommt, oder? Vielleicht mit den Kindern. Stell dir vor, wie schön das wäre, wenn auch Lisa und Ludvig noch mitkommen könnten.«

»Ja, das wär wirklich schön.«

»Dein Vater genießt das hier alles in vollen Zügen. Gerade sitzt er an der Strandbar mit Ragnar, Kjell, Ingemar und Bengt, deswegen hab ich mir gedacht, wir beide könnten ein bisschen plaudern – nur wir Mädels. Rate mal, wo ich grade sitze?«

»Ich weiß nicht. Aber ich glaube, dass du Tintenfisch isst.«

»Wie um alles in der Welt hast du *das* denn erraten? Stimmt! Der Tintenfisch ist ganz frisch, direkt aus …«

Pling!

Es ist 22 Uhr 34, und ich habe gerade eine Mailnachricht bekommen. Meine Mutter redet weiter von Tintenfischen und Menschen, die ich nicht kenne, während ich in meinen Posteingang schaue. Da ist tatsächlich eine Antwort. Von *barfabien*.

»Mama.«

»Und dann Ingmar: ›Nein, nein, mein Lieber, das geht nicht‹, und wir haben so lachen müssen …«

»MAMA!«

Der Mund auf dem Display erstarrt.

»Magnus ruft mich, er braucht anscheinend meine Hilfe. Wir müssen später weitersprechen. Grüß Papa und Kjell und Ingemar und wie sie alle heißen. Hab dich lieb!«

Endlich! Mir schlägt das Herz bis zum Hals, während ich die Nachricht öffne.

Guten Abend Agneta!
Gut, du kannst viele Sachen! Alles, was er braucht. Viele sind Fragen für dich? Eigenes Zimmer, eigene Toilette, Essen kann man immer haben, 200 Euro Lohn der Monat. Das ist keine große Summe. Dasselbe Geld Au-pair andere. Bonnibelle weiß das, seit das die anderen Generationen waren. Aber badet der Wein in meiner Bar! Wie oft du brauchtest. Wie singt das?
Adieu. Fabien.

Fabien. In diesem Moment sitzt also ein Fabien in diesem fernen Örtchen und schreibt mir in etwas seltsamem Schwedisch. Scheint nicht unbedingt seine Muttersprache zu sein. Aber er besitzt offenbar eine Bar, in der ich meinen Lohn in Form von Wein bekomme. Eine gar nicht mal schlechte Bezahlung, wenn ich darüber nachdenke. Ist ja nicht so, dass ich da wirklich hinfahren und arbeiten würde. Ich amüsier mich nur ein bisschen. Und kann mir alles Mögliche ausmalen.

Guten Abend zurück, Fabien.
Danke für deine Antwort, das hört sich für mich gut an. Besonders das mit dem Baden in Wein. Erzähl mir doch noch was von dem Jungen, wobei genau braucht er Hilfe?

Au-pair. Das wär mal was mit neunundvierzig Jahren. Haha, da würden sie ganz schön schauen im Büro. Agneta? Die hat gekündigt und arbeitet jetzt als Au-pair. In Frankreich! Ob Agneta Französisch spricht? Nein, absolut nicht. Aber sie wird anscheinend mit Wein bezahlt. Magnus? Der ist überhaupt nicht damit einverstanden, der sitzt jetzt allein im Haus und isst kalten Haferbrei.

Das ist *so* lustig. Ich brauch jetzt ein Glas Wein.

Routiniert krieche ich unters Bett, rolle die Weinflasche

nach vorne und den Käse auch gleich mit. Ist sicher das Klügste, wenn ich den gleich aufesse, sonst wird er noch schlecht. Ich muss laut auflachen, als wäre ich in einem Film und die Handlung hätte den Punkt erreicht, an dem die Zuschauer die Hauptfigur wirklich verstehen sollen – sie verliert gerade den Verstand. Dann lässt man die Frau laut auflachen.

»HAHAHAHAHA!«

Ich steigere mich richtig in die Rolle hinein. Stehe da mit einem Zahnputzglas voll mit dunkelrotem Wein in der einen Hand und dem Délice de Bourgogne auf einem Stück Knäckebrot in der anderen. (Ich muss auch mal wieder ordentliches Brot kaufen, ich kann doch so einem guten Käse kein dunkles Knäckebrot zumuten!) Mein Schlafanzug sitzt schlecht, das eine Hosenbein hat sich über meine Wade hochgeschoben und schlägt Falten, am Bauch sitzt er sowieso zu eng, und er hängt über meinen Hintern. Meine Haare stehen in alle Richtungen vom Kopf ab, die Lesebrille hab ich mir auf die Stirn geschoben, und dann schaue ich mich im Spiegel an.

»Prost, Agneta, auf dich! HAHAHA!«

Die verrückte Frau. Vielleicht sollte ich mir ganz spontan die Haare abschneiden? Mit wahnsinnigem Blick überm Waschbecken? Wenn es ein richtig schlechter Film wäre, würde ich das jetzt machen.

»Bonjour Fabien, bonjour mein kleiner Junge. Je m'appelle Agneta. Je suis dein neues Au-pair. Salut!«

Pling!

Eine Antwort! Ich werfe mich zum Laptop auf das Bett.

Agneta, ich bin nicht ich selbst. Ich bin in meiner Bar. Bist du du selbst? Entschuldige wenn es fieberhafter Text wird, aber ich verwende Google Translate. Er heißt Einar. Höchste Zeit er spricht nur Schwedisch. Seine Freunde verstehen nicht. Sehr

schwer! Dann einsam, sehr traurig und sehr unordentlich. Jetzt nur die Katzen. Wir lieben Einar. Mehr können wir nicht. Die Zeit ist klein.
Fabien

Google Translate kann alltägliche Texte wirklich in Poesie verwandeln. Nein, ich muss noch so ein Brot mit Käse haben. Mit dem Finger trage ich den weichen Käse dick aufs Knäckebrot auf. Dieser Käse ist, wie wenn man einen Bissen von einer weichen Wolke im Himmel nehmen würde. Oh, das klingt ja, als hätte es Google Translate geschrieben. Dann schauen wir mal. Ich lege mich auf den Bauch, schwenke meine Beine in der Luft und antworte.

Fabien,
es klingt so, als würde Einar wirklich Hilfe brauchen. Wie alt ist Einar? Wie lange würde er Hilfe brauchen? Ich glaube …

Es klopft an der Tür. Normalerweise klopft es nie an meiner Tür. Jetzt geht sie auf. Und da steht Magnus, in Unterhosen.

»Ich hab mir gedacht, vielleicht möchtest du zu mir hochkommen und …«

Ich liege da, wo ich liege. Mit einem Batzen Käse in der Hand und einer Flasche Rotwein auf dem Nachttisch. Erwischt, sozusagen.

»Was machst du da?«

»Einen … Mitternachtssnack.«

»Das ganze Zimmer riecht nach Käse.«

»Stimmt. Der Mitternachtssnack besteht ja auch aus Käse.«

»Und Wein?«

»Ja, Wein auch.«

Magnus steht unter Schock. Er schaut sich mit starrem Blick

im Zimmer um, als könnte wasweißich auftauchen. Ein heimlicher Liebhaber im Kleiderschrank zum Beispiel.

»Wein? Allein?«

»Was soll ich sagen? Ja.«

»Aber wir haben doch beschlossen, dass …«

»Nein, nicht *wir*, Magnus. Das hast *du* beschlossen.«

»Wir waren uns doch einig, Agneta, eine neue Lebensweise auszuprobieren, und zwar *zusammen*. Du warst dabei, als wir das beschlossen haben.«

»Nein. Ich war dabei, als *du* das beschlossen hast.«

»Also sitzt du hier, während ich Sport treibe und mich gesund ernähre und versuche, mich fit zu halten, und … frisst dich in die Hölle der Dekadenz?«

»Die Hölle der Dekadenz?«

»Ja! Was bist du eigentlich für ein Mensch, dass du heimlich Wein trinkst und Käse isst? Und jetzt weiß ich auch, dass du das warst mit der Hähnchenhaut! Und dann hast du die Schuld auf die Katzen geschoben? Du bist wirklich tief gesunken!«

Jetzt wird er laut. Magnus ist feuerrot im Gesicht und zieht sich die Unterhose hoch.

»Ich erkenne dich nicht wieder! Ich sitze oben in meinem Zimmer und glaube, dass du hier mit deiner französischen Serie im Bett liegst. Dann entschließe ich mich, runterzugehen und dich zu mir zu bitten, in *unser* Bett. Eine HAND auszustrecken! Und was bekomm ich dafür? Agneta, du hast wirklich absolut kein Rückgrat.«

Ich kein Rückgrat? So was hat er noch nie zu mir gesagt. Magnus setzt neu an, und ich nehme nervös noch einen Schluck Wein.

»Und du hast dich nicht getraut, für dich selbst einzustehen? Erbärmlich. Verheimlicht, gelogen und geschmuggelt hast du.

Ich dachte, wir hätten ein *gemeinsames* Projekt, aber hier ist überhaupt nichts Gemeinsames. Warum hast du nichts gesagt?«

»Weil ich, wenn du erst mal was entschieden hast, nicht …«

»Wie kannst du aus freien Stücken hier unten sitzen und dir das Leben nehmen? Alkohol erhöht das Krebsrisiko, du nimmst zu, deine Haut wird schlechter und die Fruchtbarkeit bei Frauen geht massiv zurück!«

»Ich bin in den Wechseljahren, Magnus. Also das mit der Fruchtbarkeit ist sowieso schon durch.«

»Die Wechseljahre. Ja, vielleicht ist es das. Hast du dich deswegen so verändert?«

»Es ist doch nur ein bisschen Käse und Wein, deswegen bin ich doch kein anderer Me…«

»Nennst du das hier etwa eine Ehe?«

»Jetzt warte mal, ich bin doch nicht fremdgegangen. Ich liege mit einem Stück Käse im Bett, nicht mit einem anderen Mann.«

»Es gibt Frauen, *viele* Frauen, die dankbar wären für einen Mann wie mich. Einen Mann, der Sport treibt, sich geistig fit hält, der unternehmungslustig ist, gutes Geld verdient, treu ist, putzt und bei dem die Kinder immer an erster Stelle waren. Ich bin ein guter Mann!«

»Ich weiß.«

»Linda hat das neulich auch gesagt beim Schwimmen. ›Du bist ein guter Mann‹, hat sie gesagt.«

»Wie bitte?«

»Agneta, was ist eigentlich los mit dir? Warum kannst du dich nicht einfach benehmen wie ein normaler Mensch?«

»Ich bin so normal, dass ein Bild von mir auf Wikipedia stehen könnte, wenn man ›normal‹ googelt.«

»Was du da grade gesagt hast, beweist wohl, dass du nicht

normal bist. Wieso sollte Wikipedia ein prädikatives Adjektiv mit einem Foto von *dir* illustrieren? Du bist betrunken. Und du bist *nicht* mehr willkommen in meinem Schlafzimmer.«

Damit dreht sich Magnus um und knallt die Tür hinter sich zu. Dann macht er sie wieder auf.

»Du wirst von Jahr zu Jahr seltsamer. Du warst schon ein bisschen seltsam, als wir uns kennengelernt haben, und jetzt … bist du völlig jenseits von Gut und Böse. VÖLLIG!«

Woraufhin sich die Tür wieder schließt. Seltsam bin ich also. Nicht schüchtern, nicht introvertiert, nicht irgendwie krank. Ich bin einfach nur seltsam. Kann gut sein. Deswegen hab ich auch die ganze Zeit geschwiegen, deswegen habe ich mich unsichtbar gemacht, damit nicht alle dahinterkommen, wie seltsam ich bin.

Mein Handy macht *pling!* Es ist Ludvig, der fragt, ob ich ihm jetzt gleich dreihundert Kronen per Swish schicken kann. *Emergency*, behauptet er.

Wie viel *emergency* kann wohl dahinterstecken, wenn er genau dreihundert Kronen an einem Donnerstag um 23 Uhr 05 braucht? Ich schicke ihm das Geld. Schaue dann wieder auf die Antwort an Fabien, die ich angefangen hatte zu schreiben. Ich schaue auf die geschlossene Tür. Muss an die letzten Tage denken. Wie ich so ein Gefühl im Bauch hatte, nachdem ich auf die Anzeige geantwortet hatte, ein Gefühl von … Leben, oder eine schwache Ahnung davon, wie das Leben sein könnte. Mein Leben. Ich müsste nur noch … Ja sagen. Das ist das Einzige, was ich tun muss. Schreiben: »Ja, ich komme.« Und hinfahren. Dann hat vielleicht alles seine Richtigkeit.

Guten Abend.
Ja. Ich komme. Geben Sie mir die Adresse von Einar, dann verspreche ich, innerhalb einer Woche da zu sein.

Mit freundlichen Grüßen,
Agneta

Ich drücke auf *Senden*.

8.

Im Zug auf dem Weg zur Arbeit. *O Gott, was hab ich bloß getan?*

Bei der Morgensitzung. *O Gott, was hab ich bloß getan?*

Am Kaffeeautomaten. *O Gott, was hab ich bloß getan?*

In der Mittagspause. *O Gott, was hab ich bloß getan?*

Als Lotta S. mich fragt, was für ein Sternzeichen ich bin. *O Gott, was hab ich bloß getan?*

Als es in meinem Posteingang pling! macht und ich die Antwort von Fabien sehe. *O Gott, was hab ich bloß getan?*

Die wundervollen Nachrichten! Agneta, ein Engel mit heimlichen Flügeln. Meine Telefonnummer ist +33 643 288 267.
Du bist da, ruf an! Adresse: Einar für Rue Saint Denis 3. Ruf zuerst an. Heiß willkommen!
Fabien.

Auf dem Heimweg durch das stille Wohngebiet. *O Gott, was hab ich bloß getan?*

Ich werde von unseren Katzen ignoriert, habe immer noch kein Dankeschön von Ludvig für das Geld bekommen, dafür jedoch drei muntere SMS-Nachrichten von meiner Mutter mit Ausrufen wie »Du solltest dir mal was gönnen, meine Liebe!«, gefolgt von Fotos von meinem Vater und einer Strandbar mit schwedischem Namen. In der Spüle liegen ein Teller, ein Glas und Quinoareste. *Agneta! Was hast du bloß getan?*

»Lustig, dass du das fragst, Agneta. Ich glaube, ich kündige gerade – meinen Job, meinem Mann und meinen Kindern.«

Du hast gekündigt – das sind aber harte Worte.

»Vielleicht nicht direkt gekündigt, aber ich habe mir eine Auszeit genommen. Ja, genau das mache ich jetzt. Ich nehme mir eine Auszeit. Von dem ganzen Mist.«

Du bist seltsam.

»Ja. Zum ersten Mal folge ich meiner inneren Stimme. Dieser seltsamen Stimme.«

Und damit gehe ich in mein Zimmer und buche eine Zugfahrt von Stockholm nach Saint Carelle. Einfach.

9.

»Willst du mich auf den Arm nehmen?«

Magnus regt sich entsetzlich auf. Dieses Sonntagsfrühstück unterscheidet sich deutlich von dem, wie es sonst abläuft. Jetzt wirft er seine Teetasse in die Spüle. Brei spritzt ihm entgegen und auf seinen Morgenmantel. Gereizt versucht er, die Flecken rauszureiben.

»Also wirklich, Agneta. Man kann doch nicht einfach wegfahren, weil man irgendeine alberne Anzeige in der Zeitung gesehen hat. So läuft das im Leben nicht.«

»Wie läuft es denn dann?«

»Es läuft so, dass du am Ende als die Gelackmeierte dastehst. Da wird es gar keinen armen Jungen geben in diesem Ort, da steckt was anderes dahinter. In einer Woche bist du wieder zu Hause, ohne Handy, ohne Geld und ohne Koffer. Das geb ich dir schriftlich.«

»Du meinst, derjenige, der die Anzeige aufgegeben hat, lockt Menschen in diesen Ort, um sie auszurauben? Klingt ziemlich umständlich.«

»Du bist so unendlich naiv, Agneta. Wie alt bist du? Zwölf? Hast du diesen Fabien denn überprüft? Hast du mit den Eltern dieses Kindes gesprochen?«

»Ich weiß, wo Fabiens Bar ist.«

»Weil du eine Bar auf Google Maps gesehen hast? Erlaube, dass ich lache: HAHAHAHA!«

Gleich wird Magnus selbst ins Bad gehen und sich die

Haare abschneiden, er sieht tatsächlich total verrückt aus. Das Schlimmste ist – er hat ja recht. Ich sollte auch ins Bad gehen und mir die Haare abschneiden. Denn ich bin nicht ganz richtig im Kopf. Aber jetzt ist es passiert. Ich habe meinen Job gekündigt (die Majorin konnte ihr Lächeln nicht unterdrücken, hat mir aber einen anderen Job in der Abteilung für Verkehrsplanung versprochen, wenn ich zurückkommen will), ich habe meinen Kindern eine Nachricht geschickt (die mich allen Ernstes gefragt haben, ob man aus Frankreich auch Geld swishen kann und ob ich zu Weihnachten nach Hause komme, was ich versprochen habe), und meine Eltern brachte ich zum Schweigen durch meine Mitteilung, dass ich probeweise einen Job in Frankreich angenommen habe. Magnus geht zwischen Küchentisch und Spüle auf und ab.

»Au-pair? Du kannst doch nicht mal Französisch. Wie hast du dir das vorgestellt?«

»Ich hab mir eine App zum Französischlernen runtergeladen.«

»Eine App? Ach so, na, dann sprichst du ja im Handumdrehen fließend Französisch.«

»Nein, aber vielleicht kann ich genug lernen …«

»Du bist der am wenigsten sprachbegabte Mensch, den ich kenne. Wie lange hattest du an der Schule Deutsch?«

»Fünf Jahre.«

»Richtig. Außerdem haben wir in Dresden gewohnt und jeden Sommer Urlaub in Deutschland gemacht, aber trotzdem kannst du kaum ein Weißbier bestellen, ohne Fehler zu machen.«

»Der Junge ist doch Schwede!«

»Der Junge? Du sollst dich also um ein Kind kümmern?«

»Kinder sind sowieso lustiger als Erwachsene.«

»Du benimmst dich tatsächlich wie ein Kind, da ist es nur

logisch, dass du dich lieber mit Gleichaltrigen umgibst. Wenn dieses Haus und dieser Junge überhaupt existieren. Vielleicht musst du dich ja um eine ganze Verbrecherbande kümmern? Ist dir der Gedanke schon mal gekommen?«

»Ob ich Au-pair für eine Verbrecherbande werde? Magnus, wer ist jetzt der Zwölfjährige?«

»Was werden unsere Kinder sagen? Und die Leute? Die werden dich alle auslachen. Auslachen! Weil das einfach zum Totlachen ist.«

»Aber sich mit Wollfett einschmieren und nach Frankreich schwimmen ist nicht zum Totlachen? Find ich nämlich schon! Ich für meinen Teil nehme jedenfalls den Zug, ganz ohne Wollfett.«

»Das Schwimmen ist etwas, was ich gründlich durchdacht und geplant habe, das war kein spontaner Einfall. Schwimmen ist kein Transportmittel – das ist ein Hobby!«

»Genau! Und jetzt mache ich nur das, womit ihr mir alle die ganze Zeit in den Ohren gelegen habt: Ich lege mir ein eigenes Hobby zu!«

»Ein Hobby? Du bist die Karikatur einer Frau in den Wechseljahren, die sich die Haare rot färbt und glaubt, dass sie anderswo glücklicher wird. In Frankreich zum Beispiel. Das ist so ein Klischee! Glaubst du vielleicht, dass die französischen Männer hinter dir her sein werden? Glaubst du das? Deine Zeit ist vorbei. Vorbei!«

Jetzt stehe ich auf, denn jetzt hat er eine Grenze überschritten. Ich schließe mich in meinem Zimmer ein und schaue auf den großen Koffer, der auf meinem Bett liegt. Auf meine sorgfältig zusammengelegten Sachen. Alles ist frisch gewaschen, gebügelt und auf einer Liste abgehakt. Ich höre Magnus' Stimme vor der Tür. Sie klingt jetzt viel weicher.

»Agneta, entschuldige. Das war gemein. Ich hab's nicht so

gemeint. Aber ich frage mich, ob die Hormone in dieser Sache nicht auch eine Rolle spielen. Vielleicht solltest du mal einen Termin bei deiner Gynäkologin machen?«

Der Pass ist eingepackt, ebenso das Ladegerät fürs Handy und vier Bücher, die gute Kritiken bekommen haben.

Magnus klopft an die Tür und spricht mit sanfter Stimme weiter: »Weißt du, was das Erfolgsrezept des Menschen ist? Die Forschung hat gezeigt, dass Tiere, die mit einem einzigen Partner ihr Leben lang zusammenbleiben, klüger sind als die Tiere, die ihren Partner jedes Jahr wechseln. Das ist eine Tatsache. Deswegen geht es uns Menschen so gut. Weil wir klug sind und verstehen, wie wichtig es ist zusammenzuhalten.«

Ich glaube, dass eher Magnus mal zum Gynäkologen muss, um seine Hormone checken zu lassen.

»Agneta?«

Lieber Koffer. Morgen steigen wir, du und ich, in einen Zug nach Kopenhagen.

10.

Zug 533, Wagen 4, Platz 27. Abfahrt 6 Uhr 11. Es ist erst halb sechs und ich stehe schon auf dem Bahnsteig in der kalten Oktoberdunkelheit. In meinen Rucksack habe ich einige belegte Brote und eine Thermoskanne mit Kaffee gepackt. Während ich mir meine Brötchen in der Küche geschmiert habe, hat Magnus mir zugeschaut, noch im Morgenmantel. Da war es auf der Küchenuhr 4 Uhr 30, und er hat behauptet, er habe die ganze Nacht kein Auge zugekriegt. Dabei habe ich ihn schnarchen hören, und ich habe auch gehört, wie um vier sein Wecker geklingelt hat, also kann er mir nichts vormachen. Denn *ich* habe nämlich wirklich kein Auge zugekriegt. Auf klassische Magnus-Art hat er sich auf den Morgen vorbereitet.

Seiner Ansicht nach gibt es keine Zufälle. Also hat er eine große Rede darüber gehalten, dass es ein Unterschied ist, ob man sich ein Hobby zulegt oder Hals über Kopf in ein anderes Land geht. Dass ich noch nie zuvor allein verreist bin und dass das nicht so ist wie im Lifestyle-Magazin. Dass ich eine *Mutter* bin (hier hat Magnus seine Stimme angehoben, um diesen Punkt ganz deutlich herauszustreichen) und dass ich diese Verantwortung auch nach dem Auszug unserer Kinder nicht einfach ablegen könne. Ich habe geantwortet, dass ich ja nicht die weiße Massai sei, die in die Serengeti zieht, in einer Hütte wohnt und Ziegen hütet. Ich wolle nur einen Zug in die Provence nehmen und dort eine Weile als Au-pair arbeiten. Zu

Weihnachten würde ich ja wieder heimkommen. Ich habe mich gefragt, ob er seine Rede nicht eher für sich hielt. Als ob *er* sich selbst davon überzeugen musste, bis ans Ende unserer Tage mit mir zusammenzuleben. Und davon, dass er *Vater* ist und sich ja so viel kümmert. Ich weiß nicht, wann er unseren Kindern zum letzten Mal etwas Geld gegeben hat … geschweige denn, wann er sie zum letzten Mal gesehen hat. Wir haben uns zum Abschied nicht umarmt. Magnus war sehr aufgewühlt.

Langsam fährt der Zug ein. Ich bin auf seltsame Art ganz ruhig.

Als der Zug an Norrköping vorbeifährt, ist diese Ruhe allerdings wie weggeblasen. Ich fühle eher blanke Panik.

Kopenhagen: Ich muss in den Zug Richtung Fredericia umsteigen. In den Zügen riecht es nach Chlor und Frittierfett. Nicht wie zu Hause, überhaupt nicht wie zu Hause. Meine belegten Brote habe ich nicht angerührt, weil ich einerseits Panik hatte und mir andererseits schlecht geworden ist in diesem verdammten Schnellzug.

Die ganze Strecke bis Fredericia starre ich vor mich hin. Versuche ein hochgelobtes Buch von Murakami zu lesen, aber ich denke nur an Verbrecherbanden, die alleinreisende Frauen kidnappen und umbringen, um ihre Organe dann auf dem Schwarzmarkt zu verkaufen. Ich google sogar nach *Organhandel* und finde heraus, dass man mit Lungen, Herzen, Milz und Nieren das ganz große Geld machen kann.

Ich entscheide mich, in den Zug nach Hamburg umzusteigen. Denn von dort ist es einfacher, nach Schweden zurückzufahren. Die Brote habe ich immer noch nicht gegessen. Stattdessen lese ich im Internet etwas über Menschenhändler, was meine Laune auch nicht gerade hebt. Weder meine Kinder noch Magnus oder meine Eltern haben sich gemeldet. Und kein Ton von meinen Kollegen, aber das überrascht mich nicht.

Auf dem Hamburger Hauptbahnhof herrscht Hochbetrieb. Was für ein Getümmel. Irgendwo in der Nähe muss ein Fußballspiel stattfinden, denn überall sieht man brüllende Menschen in verschiedenen Trikots und mit Bierflaschen bewaffnet. Ich halte meinen Koffer fest an mich gedrückt, während ich gleichzeitig versuche, die Abfahrtstafeln zu durchschauen. Ja, es geht ein Zug zurück nach Kopenhagen. In einer halben Stunde.

Den nehme ich. Ich war wohl nicht ganz dicht! Alleine in die Provence zu fahren, um mich erst ermorden und mir dann die Organe rausnehmen zu lassen. Was hab ich mir bloß dabei gedacht? Ich habe ein großes Haus mit Erdwärmeheizung, einen Mann, der mir nur Gutes will, eine Arbeit, in der mich niemand mobbt, und zwei gesunde Kinder. Wovor will ich weglaufen? Und wohin flüchten? In einen Tagtraum? Magnus hat ganz recht, ich hab zu viele Serien über französische Landhäuser angeschaut. Ich habe mich damit ködern lassen, dass es woanders besser ist. Magnus will doch nur, dass es mir gut geht. Dass ich mich gesund ernähre, keinen Alkohol mehr trinke, abnehme, länger lebe und damit aufhöre, mich so seltsam zu verhalten. Und tatsächlich: Wenn mein Mann, meine Eltern, meine Schwester, meine Kollegen und vielleicht auch meine Kinder mich alle seltsam finden, dann bin ich vielleicht wirklich seltsam. Und zwar so richtig.

Ich fahre tausend Rolltreppen rauf und runter und wieder rauf, und zum Schluss erspähe ich einen Automaten, an dem ich mir eine Fahrkarte nach Kopenhagen kaufe. Jetzt sind fast meine gesamten Ersparnisse aufgebraucht, ich habe nur noch zwanzig Minuten bis zur Abfahrt, und auf einmal merke ich, was für einen Hunger ich habe. Der Hunger ist in der Sekunde gekommen, als ich wusste, dass ich wieder nach Hause fahren würde. Im Hauptbahnhof sind die Bars, Restaurants und Cafés alle nebeneinander, und überall drängen sich die Leute. Irgendwo in dem Gewühl bewerben Schilder Würstchen und Bier. Perfekt. Ich wurstle mich zwischen Reisenden und Fußballfans hindurch, und als ich fast an der Theke angekommen bin, sehe ich nebenan ein Schild mit leuchtenden Buchstaben: Healthy Snacks! Eine Gesundheitsbar, die *»Null Kalorien«* verspricht. Okay. Ich bahne mir den Weg dorthin.

»Ich möchte …«

Ich überlege kurz.

»Ich möchte ein Hähnchen ohne … Haut.«

Die Verkäuferin schaut mich müde an.

»Ohne Haut?«

»Ja, ja! Ohne Haut! Und ein Bier ohne Alkohol. Bitte.«

Dann mache ich ein Selfie vor dem *»Healthy Snacks!«*-Schild. Das schick ich nachher Magnus, wenn ich im Zug Richtung Heimat sitze. Als Beweis dafür, dass ich wieder zur Vernunft gekommen bin.

Während die müde Bedienung mein Hühnchen in ein glutenfreies Brot rollt und mir einen Salat ohne Dressing dazustellt, ändere ich die Sprache auf meiner Lern-App in Deutsch statt Französisch. Ganz sicher werde ich ein bisschen Deutsch sprechen, wenn wir im Sommer nach Dresden fahren, das wär doch gelacht. Dann gehe ich auf Instagram. Ich hab das Gefühl, als wäre ich mehrere Jahre weg gewesen. Was machen die mittlerweile alle zu Hause? Der Lesezirkel trifft sich weiter, als hätte es mich nie gegeben. Ludvig ist mit seinen Kumpels auf einem hohen Berg und hat eine neue Mütze auf. Das also war sein *emergency*. Lisa hat ein Foto gepostet von sich an einer Bar, umgeben von feiernden jungen Menschen und mit einem riesigen Tablett voller Shots in verschiedenen Farben. Magnus wiederum hat ein Bild vom Vogel des Tages eingestellt, der

Nordamerikanischen Pfeifente, die er auf einer Amerikareise abhaken konnte.

In meinem Posteingang macht es *pling!*.

Sich zu treffen ist lustig am Dienstag. Bonnibelle und ich fangen dich auf. Du rufst mich an und wir gehen Einar zusammen. Willst du ein Freund auf Facebook werden? Hab eine angenehme Reise. Fabien.

»Ihr Hähnchensandwich. Das macht dann zwölf Euro, bitte.«

Oje, ab mit dem Handy in die Tasche, Visakarte raus zum Bezahlen, die Tüte mit dem Sandwich und dem alkoholfreien Bier nehmen, und dann nichts wie weg. Als Nächstes versuche ich rauszukriegen, zu welchem Gleis ich muss. Das ist alles viel zu groß hier. Kopenhagen: 23 Uhr 12, Gleis 13. Okay, dann muss ich rüber zur anderen Seite. Wie spät ist es jetzt? Ich schiebe meine Hände in die Hosentaschen. Moment ... habe ich mein Handy überhaupt eingesteckt? Ich taste meine Hose ab, die Innentaschen meiner Jacke, starre die Leute an, die in alle möglichen Richtungen rennen. Habe ich es vielleicht in dem Imbiss vergessen? Nein, auch dort finde ich es nicht. Kein Handy weit und breit. Es ist weg.

Niemand kann mich jetzt erreichen. Niemand weiß, wo ich bin. Und ich weiß nicht, was die anderen machen.

Ich versuche, ganz ruhig zu atmen. Um mich herum herrscht reges Treiben, besonders vor den Essensständen.

Plötzlich fühle ich mich völlig frei. Ich kann zurück nach Schweden fahren, wenn ich will. Der Zug fährt in fünf Minuten ab. Aber ich kann genauso gut nach Saint Carelle fahren. Fabien freut sich darauf, mich kennenzulernen. Er will mein Freund auf Facebook werden. Sollte er auch nur die geringste Ähnlichkeit mit einem Organräuber haben, kann ich jederzeit wieder nach Hause fahren. Aber dann bin ich zumindest mal in Frankreich gewesen. Das ist die *Riesenchance*, von der mich meine Mutter immer zuquatscht. Aber ausnahmsweise ist es dieses Mal eine Chance für mich, nicht für jemand anders.

Also vergesse ich erst mal die Tüte mit dem kalorienarmen Sandwich. Und bestelle mir ein paar Schritte weiter dreimal Currywurst mit Kartoffelsalat und vier Bier zum Mitnehmen.

11.

Ich bin noch nie gerne geflogen, das löst in mir immer eine regelrechte Todesangst aus. Magnus störte sich sehr an diesen »irrationalen Neurosen«. Flugzeugabstürze seien so selten, es sei gefährlicher, über die Straße zu gehen, und bla, bla, bla. Ich weiß! Aber ich mag das Gefühl eben nicht, so eingesperrt zu sein, nicht rauszukönnen. Und das auch noch mehrere Kilometer hoch in der Luft. Und dann ist da noch die Zeitfrage. Fliegen geht mir einfach zu schnell, da komm ich nicht mit. Mein Kopf hinkt quasi ein paar Tage hinterher, hängt fest an dem Ort, an dem ich losgeflogen bin, sodass mein Körper ganz alleine am Reiseziel herumlaufen muss. Wenn mein Kopf endlich meinen Körper eingeholt hat, geht es schon wieder nach Hause, wo mein Körper dann ganz einsam ist, bis mein Kopf sich wieder zu uns gesellt. Und dann auch noch die Frage mit der Umwelt und dem Weltuntergang und den ganzen Tierarten, die aussterben, nur weil ich mich unbedingt auf Mallorca sonnen will. Ist doch immer schön, wenn die Neurosen mit dem Weltgewissen zusammenarbeiten.

So ein Zug reist im selben Tempo wie ich. Langsam fahre ich an lehmigen Kartoffeläckern und Fichten vorbei. Ich sehe, wie sich die Landschaft öffnet, dazwischen Backsteinhäuser mit spitzen Dächern. Das gelbe Laub ist plötzlich wieder grün, und aus Nieselregen wird Sonnenschein. Jetzt sind die Häuser aus Steinen gebaut, mal verputzt, mal nicht, mit Fensterläden aus Holz. Höfe, hohe Berge, blühende Täler, große Städte, triste

Hochhäuser und noch tristere Hochhäuser und dort – ein Weingut! Und dann wieder nur Landschaft.

Der Zug hält in Nîmes, wo ich eine Stunde Aufenthalt habe, bis mich ein Bus nach Saint Carelle weiterbefördert. Ich steige am Bahnhof aus und werde von einer wärmenden Sonne begrüßt. Mir kommt der spontane Gedanke, dass ich jetzt ein Bild machen und auf Instagram stellen sollte – endlich habe ich auch mal was zum Herzeigen. Aber das geht ja nicht. Also nehme ich meinen Koffer und marschiere aus dem Bahnhof hinaus. Ein großer Boulevard, gesäumt von hell tarnmustergefleckten Bäumen, und ein paar rieselnde Wasserdinger weisen mir den Weg. Ich kann mir ein Grinsen nicht verkneifen. Ja, grinsen ist wirklich das richtige Wort dafür. Ich schäle mich aus meinem Herbstmantel und lege ihn mir über den Arm.

Es ist schön hier. Die Stadt wartet in einigem Abstand mit all ihren prächtigen sandsteinfarbenen Gebäuden, ihren alten Ruinen und gewundenen Gässchen. Ich habe schmutzige Haare, meine Klamotten sind zerknittert, und seit gestern Abend habe ich nichts mehr gegessen. Da sehe ich ein Café, so eins, in das sich bloß Frauen mit rotem Lippenstift und geblümten Kleidern setzen dürfen. Da werde ich essen! Nervös schleiche ich um die Tische, ich bin nicht sicher, ob ich reingehen und bestellen soll oder mich einfach hinsetzen kann. Oder welche Sprache ich überhaupt sprechen soll.

Ein Kellner, der sein Hemd ordentlich in die schwarze Hose gesteckt hat, gleitet herbei, während er gleichzeitig Teller vom Tisch abräumt. Er fragt mich etwas auf Französisch, was ich absolut nicht verstehe, aber ich nicke. Da zieht er einen Stuhl heraus, wischt den Tisch mit einem Geschirrtuch ab und reicht mir eine Speisekarte. Ich verstehe nur Wörter wie Croque

Monsieur, Croissant und Café Crème. Ich bestelle alles. Und bekomme alles.

Mein Kopf und mein Körper sind am selben Ort. Wir sitzen zusammen da und zerkrümeln ein Croissant, nehmen kleine Schlucke von unserem Kaffee und beobachten all die Menschen, die irgendwohin unterwegs sind, mit ihrem Hund Gassi gehen oder kurz in eine Bäckerei schlüpfen, um Brot zu kaufen.

»Gott sei Dank bin ich nicht wieder nach Hause gefahren. Gut gemacht, Agneta. Unglaublich gut gemacht.«

»Pardon?«

Der Kellner schaut mich fragend an. In Schweden sitzen die Leute ständig laut vor sich hin quatschend da, mit ihren kleinen versteckten Apparaten in den Ohren. Hier macht man das anscheinend nicht so. Hier fällt man vielleicht auf, wie ein Geisteskranker oder ganz allgemein jemand, der Kontakt sucht. Muss ich mir merken: Außerhalb von Schweden nicht laut vor mich hin quatschen. Ich lege das Geld gleich auf den Tisch, damit der Kellner mich nicht für verrückt hält oder meint, ich wolle womöglich die Zeche prellen.

Kurz darauf stehe ich in der winzigen Toilette des Cafés und versuche mich hübsch zu machen. Mission impossible. Meine normalerweise schon dünnen Haare kleben jetzt strähnig am Schädel, und meine Lider sind so geschwollen vor Müdigkeit, dass man meine Augen kaum sehen kann. Aber immerhin kann ich mir die Zähne putzen, ein bisschen von Lisas altem Lipgloss auftragen, den ich von ihr geerbt habe, und mir die Haare hinter die Ohren streichen. Mein Oberteil hat Senfflecken von den deutschen Würstchen, aber dafür sind meine Jeans noch ziemlich sauber.

»Saint Carelle – ich komme! Ach, stimmt ja. Nicht mehr laut mit mir selbst reden.«

12.

Der Bus hält, und ich bin die Einzige, die aussteigt. Den Marktplatz erkenne ich von den Fotos auf Google Maps. Aber in Wirklichkeit ist er viel kleiner, als ich dachte. Im Brunnen ist kein Wasser, und die Bäume sind nicht so dicht belaubt. Trotz der Nachmittagssonne ist es Herbst in der Provence.

Die Flaggen wehen leise über dem kleinen, aber trotzdem prächtigen Rathaus mit der Aufschrift *liberté, égalité, fraternité*. Auf dem Platz stehen mehrere Sitzbänke, wie zu Hause auf unseren schwedischen Plätzen. Und genauso wie zu Hause liegen auch hier leere Bierflaschen und Zigarettenstummel und Müll auf dem Boden. Die Bäume mit den gescheckten Stämmen säumen den Marktplatz. Ich muss unbedingt in Erfahrung bringen, wie diese Bäume heißen, die sind wunderschön. Ich sehe ein Tabakgeschäft plus Post (seltsame Kombination), eine Wand mit Informationsaushängen über alle möglichen Veranstaltungen in diesem Herbst in Saint Carelle und ein flackerndes Display, das anzeigt, dass die Temperatur heute neunzehn Grad beträgt und wir den 28. Oktober haben.

Alles wirkt ziemlich heruntergekommen. Die Steinhäuser waren vor sehr langer Zeit sicher mal weiß, aber jetzt sind die Wände schmutzig grau, fast wie verrußt. Die Fensterläden in Rosa und Pistaziengrün wirken da schon munterer, das heißt, soweit die Farbe noch dran ist.

Hätte ich ein Handy, dann würde ich Fabien anrufen. Aber jetzt muss ich ihn wohl suchen. Fabien hat eine Bar mit orangen Plastikstühlen. Wie viele Bars kann es hier schon geben? Ich ziehe meinen Rollkoffer hinter mir her, er rumpelt über das Kopfsteinpflaster des Marktplatzes. Die Straßen sind leer, offenbar halten sogar diejenigen, die sonst immer auf den Bänken rumhängen und Bier trinken, gerade Siesta. Ein paar struppige Katzen lungern herum, einige Jugendliche in Sportsachen fahren plaudernd auf ihren Fahrrädern vorbei, dann ist es wieder still. Die Kirchenglocke schlägt mehrmals, und ich folge ihrem Echo. Ich komme mir vor, als würde ich durch ein mittelalterliches Dorf wandeln, nachdem die Pest Einzug gehalten hat. Dieser Ort muss mindestens tausend Jahre alt sein, es ist nicht überraschend, dass er so betagt aussieht. Ich bin erst neunundvierzig und sehe bedeutend mitgenommener aus als dieses Dorf. Wie ich in tausend Jahren aussehen würde, mag ich mir nicht ausmalen.

Die Kirche besteht eigentlich nur aus einem Turm, der gerade in den Himmel ragt. Ganz oben im Turm kann man die riesige Glocke erkennen. Aber genau in Augenhöhe sehe ich ein Straßenschild in blauer Emaille. Darauf steht *Rue Saint Denis*. Rue Saint Denis ... Das ist doch die Adresse des Jungen! Hier wohnt er also. Die Gasse ist eng und wird auf der rechten Seite von einer hohen Mauer begrenzt. Ob dahinter wohl ein Friedhof liegt?

Während mein Koffer auf dem Pflaster hinter mir hüpft, gehe ich die Mauer entlang auf der Suche nach einer Öffnung. Eine kleinere Holztür taucht auf, doch sie ist verrammelt. An dieser Stelle wachsen die Zweige der Bäume über die ganze Gasse und reichen bis zu den Hauswänden gegenüber. Wenn ich den Blick hebe, erblicke ich ein Durcheinander aus Zweigen und riesigen Blättern. Der Himmel ist nicht mehr zu sehen.

Nîmes scheint weit entfernt. Das Gewirr von Menschen,

Tavernen und dieses ganze schimmernde Weiß. Hier ist, wie gesagt, eher Mittelalter nach der Pest angesagt. Oder Dornröschens Schloss nach hundert Jahren Schlaf. Die Gasse öffnet sich vor mir, Laub und Äste weichen zurück, und ich gehe wieder wie auf einer ganz normalen Straße. Auf der anderen Seite sehe ich kleine Häuser mit rosa Fensterläden. Das Städtchen mag ja heruntergekommen und mausetot sein, aber bei solchen Fensterläden kann ich wirklich alles verzeihen.

Schließlich entdecke ich einen großen Eingang in der Mauer. *Rue Saint Denis 3* steht da in Schreibschrift und darunter *La porte du paradis*. Heißt das wirklich das, wonach es klingt? Das Tor zum Paradies? Wirkt wesentlich verlockender, als es aussieht. Die Eingangstür ist aus massivem Eisen, drei Meter hoch mit goldenen Spitzen ganz oben, als wollte sie einem sagen: »Bleib bloß weg hier!« Ich versuche, durch die Ritzen zwischen dem Paradiestor und der Mauer zu spähen, aber das Grün hat jedes bisschen Raum ausgefüllt. Ich weiche zurück auf die andere Seite der Straße, aber ich sehe nur all die hohen Bäume, die verstecken, was auch immer sich dahinter befinden mag. Es ist kein normales großes Haus, das steht schon mal fest. Das hier ist etwas anderes. Rechts und links vom Eingang stehen zwei aus Holz geschnitzte Frauenfiguren, die religiös wirken. Gehört das alles zur Kirche, ist es am Ende ein katholisches Kinderheim? Mit stummen Kindern? Denn es ist sehr, sehr still hier. Das ist nicht gut. Ich werde jetzt umdrehen, zurück zum Marktplatz gehen und den nächsten Bus nach Nîmes nehmen. Mit all meinen intakten Organen.

»Gut, Agneta«, versuche ich mich zu beruhigen. »Du warst mutig. Du hast es bis hierher geschafft. Aber jetzt fährst du besser. Hier stimmt etwas nicht und …«

»Annjetá!«

Hat da jemand meinen Namen gerufen? Ich drehe mich um.

Aus dem kleinen Haus mit den rosa Fensterläden tritt eine zierliche Dame. Sie kann nicht größer sein als einen Meter fünfzig. Die Dame zieht sich eine schön bestickte Strickjacke über die zierlichen Schultern, lächelt mich freundlich an und plappert munter drauflos. Ich verstehe kein Wort. Ich bin ja kaum dazu gekommen, diese Französisch-App zu öffnen. Doch diese kleine Dame kommt mit klackernden Absätzen auf mich zu, nimmt unbeirrt meine Hände, ja, sie nimmt meine Hände und plappert immer weiter. Was für weiche, kühle Hände sie hat! Ihre Haare sind so grau, dass sie schon fast lila aussehen, und sind perfekt zu einer gewellten Kurzhaarfrisur gelegt. Hinter ihren Brillengläsern funkeln honigfarbene Augen, die mich anschauen, als ob ich wüsste, wovon sie redet.

»I don't speak French. No parle français. Nada, niente French. Sorry. Pardon. But I … Je m'appelle Agneta, oui.«

»Bonjour Agneta! Et moi je m'appelle Bonnibelle. *Bonnibelle!*«

Die kleine Dame spricht jetzt langsamer und zeigt auf sich selbst. Ich wiederhole: »Bonnibelle?«

»Oui! Bienvenue!«

Bonnibelle küsst mich auf die Wangen, wie in den Filmen, und bedeutet mir, genau dort stehen zu bleiben, wo ich gerade bin. Sie zeigt auf einen Stuhl vor ihrer rosa Tür, sagt wahrscheinlich, dass ich mich dort hinsetzen soll. Aber ich kann mich nicht bewegen, es kommt mir vor, als wären meine Schuhe mit dem Kopfsteinpflaster verschmolzen. Also zieht mich die kleine Dame hilfsbereit zum Stuhl und bedeutet mir erneut, dass ich mich hinsetzen soll. Zufrieden klopft sie mir auf die Schulter, verschwindet dann in ihrem Haus, rumort darin herum und kommt mit einem Glas eiskalter Zitronenlimonade zurück. Sie erzählt mir eifrig irgendwas und gibt mir sehr deutlich zu verstehen, dass ich sitzen bleiben soll. Schließlich geht sie rasch an der Mauer entlang zur Kirche, dreht sich um und versichert sich, dass ich mich nicht vom Fleck gerührt habe. Dann ist sie weg, von den Bäumen verschluckt. Ich höre nur noch das Echo ihrer Absätze. Aber dann höre ich auch noch etwas anderes. Es kommt aus Bonnibelles Haus. Ein Mann ruft etwas.

»Bonjour Madame!«

Ich bleibe mucksmäuschenstill. Nehme einen Schluck von der süßen Limonade. Wieder der Ruf aus dem Haus. Auf Französisch natürlich. Ich verstehe gar nichts, aber ich höre meinen Namen heraus. Warum kommt er nicht einfach raus? Oder soll ich reingehen?

»Welcome Mrs Annjetá! We are so pleased to have you here!«

Diesmal ruft er auf Englisch, mit deutlichem französischem Akzent. Dämlich geradeaus starrend rufe ich zurück: »Thank you. Merci!«

Dann ist es wieder still. Nein, doch nicht. Denn irgendjemand maunzt da. Es raschelt im Laubwerk, und dann schleicht eine große Katze auf einem Ast daher. Ich kenne die Rasse, es ist eine Maine Coon. Wie ein Luchs mit Riesenpfoten spaziert sie über die Mauer. Ihren Blick auf mich gerichtet, geht sie träge zur Seite, als eine schwarze Bauernhofkatze von der anderen Seite der Mauer kommt. Sie setzt sich in einiger Entfernung hin. Beide schauen mich mit leicht zuckenden Schwänzen an.

»Bonjour, ihr zwei.«

Keine Antwort. Nur diese gelben, starrenden Augen. Ich nehme noch einen Schluck von der Limonade und schaue hinunter auf meine Barfußschuhe, die mit den runden, gewachsten Schnürsenkeln, die Magnus mir unbedingt kaufen wollte. Weil sie beim Warentest am besten abgeschnitten hatten. Und niemand hat sie so sorgfältig geschnürt wie Magnus. »Das ist ein

Riesenunterschied, Agneta. In Wirklichkeit sind es nämlich gerade diese kleinen Details, die beeinflussen, was für einen Eindruck du auf andere Menschen machst.« *Bow Tie Lacing* nennt man diese Schnürung. Ich habe leider nie gemerkt, dass sie beeinflusst hätten, was die Menschen von mir denken. Aber in diesem Moment fühle ich mich sicher, wenn ich meinen Blick auf ihnen ruhen lasse.

Da höre ich Stimmen in der Ferne. Bonnibelle und eine tiefe Männerstimme. Sie fallen sich gegenseitig ins Wort. Ihr Geplapper und das Klackern ihrer Absätze kommen näher. Mein Mund ist ganz trocken, obwohl ich die ganze Limonade ausgetrunken habe. Auf einmal muss ich ganz dringend pinkeln, als würde ich mir jeden Moment in die Hose machen. Und heulen will ich auch. ICH WILL DAS ALLES GAR NICHT! Ich bereue es schon wieder. Herrgott, und wie ich es bereue. Was habe ich getan? Ich muss total wahnsinnig gewesen sein. Ich stelle mein Glas ab, stehe auf, greife nach meinem Koffer und will zur Bushaltestelle rennen, als gälte es mein Leben, da …

»Bonjour Annjetá! Vous êtes arrivée!«

13.

Die Katzen erheben sich und stolzieren maunzend auf der Mauer auf und ab. Der große Mann winkt ihnen zu, während er gleichzeitig etwas durchs offene Fenster in Bonnibelles Haus ruft, und die geheimnisvolle Person dort drinnen krakeelt fröhlich zurück. Dann bleibt er vor mir stehen. Ein großer Mann mit wilden, von grauen Fäden durchzogenen, aber immer noch dunklen Haaren, die er sich offenkundig zu kämmen versucht hat, aber ohne großen Erfolg. Seine Augenbrauen sind ebenso wild gewachsen, die Arme dicht behaart und seine Brust ebenfalls. Sein knallgelbes Hemd spannt über seinem Bauch, der wohl das ist, was Magnus als »ein deutliches Zeichen dafür, dass man nicht auf sich achtgibt« bezeichnen würde. Doch das Hemd weiß nicht, wofür es ein deutliches Zeichen ist. Schüchternheit ist es schon mal nicht. Der Mann reißt seine dunkelbraunen Augen auf, lacht polternd und sagt Worte, deren Bedeutung ich nicht verstehe. Aber er küsst mich auf beide Wangen und riecht schwach nach Tabak, Seife und Kaffee.

»Je suis Fabien.«

»Je m'appelle Agneta.«

»Annjetá?«

»A g n e t a. Agneta.«

»Annjetá!«

»Oui …«

Eine weitere Flut französischer Worte kommt aus Fabiens Mund. Er sieht wirklich aus wie ein französischer Barmann.

Fehlt nur noch eine zerschlissene Schürze unter dem gewölbten Bauch und ein Geschirrtuch über der Schulter.

»Okay …«

»Bien!«

Wir lachen alle drei. Die beiden von Herzen, ich vor Grauen. Fabien nimmt meinen Koffer und geht zur Tür, wobei er mit den Katzen spricht, die vor ihm auf der Mauer herlaufen.

»I feed.«

»Feed?«

»I feed cat. Dans mon bar. So … cat love Fabien!«

»You feed the cats in your bar?«

Fabiens Miene hellt sich auf.

»Oui! Exactement!«

»Your cats?«

»No, no. Einar!«

»Einar's cats?«

»Oui!«

»Names?«

»Barry et Judy.«

Barry und Judy schielen argwöhnisch zu mir herüber, während Bonnibelle einen riesengroßen Schlüssel hervorholt. Besser gesagt, ich weiß nicht, wie groß er wirklich ist, weil in ihren kleinen Händen alles groß aussieht. Sie muss sich fast auf die Zehenspitzen stellen, um ihn ins Schlüsselloch zu schieben, und drei knirschende Umdrehungen später macht es *klick!*, und sie zieht den Schlüssel wieder heraus. Fabien stößt das Tor auf, worauf die Katzen sofort in die Bäume verschwinden, nur um gleich wieder mit kratzenden Krallen die Stämme herunterzuklettern und uns vor der Haustür zu empfangen. Beziehungsweise nicht uns, sondern Fabien. Bonnibelle sieht sich mit routiniertem Blick um, bückt sich sofort, hebt eine Tasse vom Boden auf und ruft mir laut zu:

»Entrez, Madame! Entrez!«

Ich spähe hinein. Auf der einen Seite sitzt Fabien in der Hocke und wird von schnurrenden Katzen umschmeichelt. Auf der anderen Seite tappt Bonnibelle umher und sammelt alles zusammen, getrocknete Blätter und diverse andere Gegenstände, die nicht dort liegen, wo sie hingehören. Und vor mir … erhebt sich ein riesiges Gebäude aus cremegelbem Stein. Große grüne Fensterläden an den hohen Fenstern, dazwischen kleinere Fenster, ein Turm und eine Art Innenhof mit hohen Statuen, die aussehen wie … nackte Männer, die angestrengt denken? Mit Grünspan überzogene Kupferlöwen wachen hier und dort, und unter einem Tuch lugt ein Auto hervor. Üppige Bäume … Ist das Bambus? Ja, das ist mehrere Meter hoher Bambus, der sich leicht im Wind wiegt. Trockenes Laub bedeckt den Boden. Und überall Schrott. Alte Sofas, eine kaputte Staffelei, Werkzeug, Seile und stapelweise Kleidung.

Bonnibelle seufzt und ruft Fabien etwas zu. Sie wühlt mit der Hand in den Kleidungsstücken und riecht dann an ihren Fingern. Sie schüttelt den Kopf. All das spielt sich ab, während ich mit offenem Mund aufnehme, wo ich hier gelandet bin. Fabien legt mir eine Hand auf die Schulter. Ich zucke zusammen, als hätte er mich auf unfassbare Weise belästigt, und er zieht sie sofort wieder zurück. Ich und plötzliche Berührungen sind völlig inkompatibel, das versuche ich ihm zu erklären.

»Pardon. Je … Je not … Je not used to body contact.«

»Contact?«

»With bodies.«

Ich zeige erst auf meinen Körper, dann auf seinen und schüttle dann den Kopf. Fabien schaut genauso verwirrt drein, wie zu erwarten war. Denn es ist schon sehr seltsam, so mit den Fingern auf meinen und seinen Körper zu deuten. Dann lacht er los.

»You religieuse?«

»What?«

»Une religieuse!«

Dann legt Fabien die Hände aneinander wie zum Gebet und setzt dazu ein unheimlich frommes Gesicht auf. Er zieht eine schwarze Jacke aus dem Kleiderhaufen und hängt sie sich über den Kopf, sodass er aussieht wie eine Nonne. Ich kenne diesen Mann zwar nicht im Geringsten, aber ich sehe, dass die Sache mit der Jacke ein bisschen übereilt war, denn er fühlt sich weder lustig noch wohl mit dieser Jacke auf dem Kopf. Außerdem riecht sie komisch, ein Duft, der bis zu mir hinübersteigt. Aber ich begreife, was er sagen will.

»A nun?«

»Oui!«

Erleichtert wirft er die Jacke von sich und schaut mich fragend an.

»You nun?«

»No!«

»Pitié! Car c'est un monastère!«

Fabien streckt die Arme seitlich aus, als würde er mir das Gebäude präsentieren.

»Monastère?«

»Oui!«

Dann versucht er wieder eine Nonne nachzumachen, aber diesmal ohne die Jacke. Un monastère. A monastery. Ein Kloster. Das hier ist ein Kloster.

»Nuns? Now? In there?«

Fabien lacht, schüttelt den Kopf und verdreht die großen Augen.

»No, no.«

Jetzt leben also keine Nonnen mehr hier. Wo bin ich hier nur gelandet?

»On y va?«

»On y va« – das erkenne ich wieder. So hieß das Lehrbuch derjenigen, die richtig gewählt und in der Oberstufe Französisch gelernt hatten. Bonnibelle steht an der Tür, die ins Kloster führt, und winkt mir zu. Direkt hinter mir steht Fabien, der sich quasi vor mir verbeugt, um mir zu verstehen zu geben, dass ich gerne eintreten kann. Der Moment der Wahrheit ist gekommen: Darf ich meine Organe behalten oder nicht?

Ich folge Barry, Judy und Bonnibelle, die wie immer vorneweg geht. Sie plaudert eifrig mit Fabien hinter mir, der ebenso angeregt über meinen Kopf hinweg antwortet. Mir bleibt fast die Luft weg. So etwas habe ich noch nie – noch nie – gesehen. Wir durchqueren einen kühlen Saal nach dem anderen. Leopardensofas, Kristalllüster, Goldpalmen, Wände, die mit Stoff mit Zebramuster bespannt sind, Bücher vom Boden bis zur Decke, ausgestopfte Tiere, Fransen überall, riesige Gemälde voller Muskelmänner, große Löwenköpfe aus Porzellan, die Lampen in ihren Mäulern haben, mehrere Meter hohe Palmen aus Mosaik an einer Wand, aus Stahlrohr geformte Möbel, deren Design kaum erkennen lässt, was für eine Art Möbel sie überhaupt darstellen sollen, Staub, Spinnweben zwischen den Kronleuchtern, Müll und volle Aschenbecher überall. Zum Schluss öffnet Bonnibelle eine hohe mintgrüne Doppeltür.

»Coucou? Einar? Ça va?«

Die Katzen beschleunigen, preschen vor Bonnibelle in ... eine Küche. Die Wände sind übersät mit Postern, die von verschiedenen Ausstellungen eines gewissen Armand Perriand erzählen. Eine monströse Kreation hängt von der Decke, sie glänzt, glitzert und spiegelt sich im schimmernden Bronzetisch, der vollgestellt ist mit Kaffeetassen, halb gegessenen belegten Broten und noch mehr Aschenbechern. Jetzt springt eine der Katzen hoch und fängt an, schmatzend von einem Stück ... Paté zu fressen. Es ist warm hier drinnen. Und ziemlich verraucht. Bonnibelle beginnt sofort, die Aschenbecher zu leeren, die mannshohen Fenster zu öffnen und die Katzen vom Tisch runterzuscheuchen.

»Einar?«

»Men det var väl själva attans ...«

Schwedisch. Es rumpelt hinter einem riesigen alten Schrank, und Fabien ruft:

»Annjetá est là!«

»Wer zum Teufel ist Agneta?«

Fabien und Bonnibelle drehen sich zu mir um, als ob ich etwas sagen sollte.

»Das bin ich.«

Stille im Raum. Das Rascheln hinterm Schrank hört auf. Dann kommt ein Kopf zum Vorschein. Das ist ganz gewiss kein Junge. Nicht mal ein älterer Junge. Das ist ein alter Mann mit grauen Haarbüscheln an den Seiten und dünnen Strähnen, die ihm kreuz und quer vom Kopf abstehen. Er hat eine knallrote Lesebrille auf der Nasenspitze, einen ebenso roten Seidenmantel, der mit chinesischen Drachen verziert ist, und einen Ledergürtel um den Bauch, in den er ein Geschirrtuch gesteckt hat. Im Mundwinkel hängt eine Zigarette, eine weitere hält er in der rechten Hand und in der linken eine Bratpfanne.

»Agneta? Aha. Kennen wir uns?«

Bonnibelle und Fabien verharren wie zu Stein erstarrt. Sogar die Katzen halten inne. Und ich denke mir, so weit kann man also kommen, wenn man diese Serie über alte Häuser in Frankreich anschaut. Es duftet weder nach Lavendel, noch wird hier Feigenmarmelade gekocht. Ich strecke ihm die Hand hin.

»Nein, wir kennen uns nicht. Aber ich heiße Agneta.«

»Agneta?«

»Genau.«

Der sehr viel ältere Junge steckt sich auch noch die zweite Zigarette in den Mund und schüttelt meine Hand. Dann setzt er zu einem Sprechgesang an:

»I don't want to talk, about the things we've gone through. Though it's hurting me, now it's history. I've played all my cards, and that's what you've done too … The winner takes it all. The loser standing small, beside the victory that's her destiny.«

Dann lässt Einar meine Hand los und rumort wieder herum.

I don't want to talk either about the things I've gone through. I dont't know if I have played all my cards, I don't even know what kind of cards I have! But I am standing small. Always. And that's my destiny. And now I feel smaller than ever. And I hate it, Agneta zu heißen.

14.

Die Laken liegen kühl auf meinem Körper, im ganzen Zimmer ist es kühl. Auf dem großen indischen Nachttisch leuchtet eine Lampe, die wahrscheinlich aus bedrohtem Regenwaldholz gemacht ist. Oder vielmehr ist es eher eine Skulptur, ein Porzellanjunge mit Pluderhose und Turban, der im Schneidersitz sitzt und den Lampenschirm als Hut aufhat. Dieser Porzellanjunge beleuchtet das seltsame Turmzimmer, in dem ich liege. Es ist rund und hat Spiegel an der Decke. Als Fabien mich hier hereinführte, hat er auf einen Knopf am Kopfende gezeigt. Früher hat sich das Bett gedreht. Aber inzwischen steht der Knopf immer auf »Aus«. Ist das eine Kostprobe französischen Humors, mich ausgerechnet in dieses Bett zu legen? Ein Bett in Aus-Stellung, das passt ja nur zu gut. Und ich weigere mich, in die Spiegel über mir zu schauen.

»Tja, Annjetá, ich weiß nicht, ob du heute Nacht einschlafen kannst. Irgendwo unter dir spielt … so eine Art Weltmusik. Draußen im sogenannten Klostergarten maunzen die Katzen um die Wette mit ein paar Hunden, die in der Ferne bellen. Und dann dieses Kloster, das an allen Ecken und Enden knackt und pfeift und heult. Wie viele Fenster hat dieses Zimmer eigentlich? Eins, zwei, drei, vier … fünf, wenn man das sechseckige Fenster im Dachfirst mitzählt. Magnus hätte sofort sein Dichtungsband rausgeholt und die pfeifenden Fenster abgedichtet. Aber Magnus ist jetzt nicht hier. Er ist so weit weg, wie ein Mensch nur sein kann. Ich kann ihn nicht mal anrufen.

Okay, Agneta, nimm dich zusammen. Deine Organe werden dir nicht abhandenkommen, da besteht wohl keine Gefahr. Aber das eine oder andere kannst du schon noch verlieren. Deinen Verstand zum Beispiel. Der wird wohl noch ein paar Tage rotieren.«

Ich stehe auf und ziehe meinen Morgenmantel fester um mich. Ich schnuppere daran. Ein schwacher Duft nach diesem blauen Weichspüler. Man darf keinen Weichspüler verwenden, das ist so, als würde man das Gift direkt ins Meer kippen, alle Fische töten, die Menschen, die diese Fische essen, unfruchtbar machen und … Ich atme den Duft noch einmal tief ein. Wenn ich wieder nach Hause komme, werde ich nie wieder Weichspüler verwenden. Ich werde anfangen, Sport zu treiben, kalten Haferbrei zu essen, mit Magnus zu schlafen, aufhören, *Landhäuser in Frankreich* anzuschauen, und die Bücher aus dem Lesezirkel tatsächlich lesen. Ich werde mich zusammenreißen, ein besserer Mensch werden. Aufhören, immer so seltsam zu sein. Auf meine Mutter hören und nicht immer nur träumen. Wenn man seinen Träumen folgt, passiert nämlich genau das hier.

Ich lasse mich auf den Rattanstuhl am südlichen Fenster des Turmzimmers fallen, ziehe die Füße an und schaue hinaus. Der Klostergarten ist riesig. Kastanienbäume, Feigenbäume und dieser ganze wilde Bambus. Die Windspiele, die in den Bäumen hängen, machen Geräusche, und in einiger Entfernung sehe ich den mit Laub gefüllten Pool. Er sieht aus wie ein langes Etwas mit zwei runden Minipools am Ende. Und überall diese Statuen, Bänke und Löwen.

Einar hat den Rest des Tages nicht mehr viel zu mir gesagt. Und ich habe noch weniger gesagt als sonst. Fabien hat mich rumgeführt, auf Bilder gedeutet, sicher wahnsinnig spannende Anekdoten erzählt und mir diverse Räume gezeigt. Einars Zimmer ist riesig, ein großes Bett in der Mitte, an den Wänden hängen afrikanische Masken, und der ganze Boden ist mit Perserteppichen bedeckt. Fabien hat mir mit viel Verve die Einrichtung erläutert, und jedes Mal, wenn er gemerkt hat, dass ich wirklich kein Wort verstehe, hat er dasselbe noch einmal gesagt, bloß lauter. Leider habe ich so auch nicht mehr verstanden.

Aber eines verstehe ich genau. Ich bin angeschissen. *The winner takes it all*, und der Gewinner bin normalerweise nicht ich. Ich bin kein Au-pair für ein Kind in einem schönen Haus in der Provence. Von wegen. Ich soll mich um einen seltsamen alten Mann kümmern, der in einem geschmacklos eingerichteten Kloster lebt.

Als ich von Fabiens Rundgang zurückkam, der bei Weitem noch nicht alles abgedeckt hatte, wenn ich das richtig verstand – er hatte auf die Uhr gezeigt und mir bedeutet, dass er jetzt leider gehen müsse –, blieb ich in der Küche zurück. Bonnibelle hatte aufgeräumt und mir gut gelaunt den Staubsauger, alle Reinigungsmittel, den Kühlschrank, die Speisekammer, die geheime Gelddose und einen Schrank voller Weinflaschen – volle wie leere – gezeigt. Der Wink war deutlich. Nächstes Mal sollte ich putzen.

Einar selbst war verschwunden. Doch offensichtlich störte es niemanden, dass er sich in Luft aufgelöst hatte. Ich bekam ein Omelette, Tomatensalat und etwas Baguette. Bonnibelle versuchte, Einar in die Küche zu locken, aber das gelang nicht, also ging sie mit seinem Omelette in einen anderen Teil des Klosters. Schließlich kam sie zurück, zuckte mit den Achseln und schrieb eine Liste für mich.

8.30 Petit déjeuner
13.00 Déjeuner
20.00 Dîner
Tous les vendredis: 17.00 Bar Fabien

Das war's. Und anscheinend war es wichtig, diese Zeiten einzuhalten, weil sonst das totale Chaos ausbrach. Dann nahm Bonnibelle mich bei der Hand, schlich mit mir durchs Kloster, zog mich hinaus in den Hof, öffnete die Tür und zeigte auf ihr Haus direkt gegenüber. Das Haus mit den rosa Fensterläden. Sie deutete auf sich selbst, dann auf mich, wieder auf sich selbst, und dann hörte sie gar nicht mehr auf mit dem Zeigen. Links von uns war die Bäckerei, die Bar lag noch weiter links, und oben in einem Mauerloch konnte man den großen Schlüssel verstecken. Schließlich deutete sie auf mein Herz, lächelte und streichelte mir die Wange. Ich wäre um ein Haar in Tränen ausgebrochen. Man darf mir bitte nie mit seidenweichen Händen die Wange streicheln, wenn ich mich fühle, als würde alles zusammenbrechen. Weg da mit deiner Hand, fremde Frau! Sei nicht so nett zu mir!

Bonnibelle zog sich die Strickjacke über die Schultern, winkte mir zu und ging mit klackernden Absätzen hinüber zu ihrem kleinen Haus. Sie verschwand durch die Tür, und ich hörte durch ein offenes Fenster, wie sie wieder mit dem Mann sprach, der wahrscheinlich ihr Ehemann war.

Ich bleibe eine Woche. Dann habe ich es zumindest versucht. So lange kann ich die Zähne zusammenbeißen, putzen, ein bisschen Essen kochen und vielleicht mal diesen unordentlichen Garten auf Vordermann bringen. Wenn ich Einar finde, kann ich mal ein bisschen mit ihm reden. Oder ihm etwas vorsingen. Ich könnte mit einer Weise unseres schwedischen Nationaldichters Evert Taube anfangen oder womit auch immer ältere Herren sich so beschäftigen. Und nach einer Woche nehme ich den Zug Richtung Norden, schinde unterwegs noch ein bisschen Zeit, und in zwei Wochen bin ich wieder zu Hause. Dann bin ich auf jeden Fall doppelt so lang weg gewesen, wie Magnus mir prophezeit hat.

»Gut. Dann wär das also beschlossen.«

Ich nehme den alten Radiowecker, stelle ihn auf sieben Uhr, und wo ich schon mal beim Knöpfedrücken bin, lege ich meinen Finger auf den »An«-Knopf des Bettes. Man hört ein schwaches Geräusch, als würde das Bett knurren. Dann Stille. Nicht mal eine Todeszuckung.

15.

Aschenputtel ist gelandet.

Ich binde mir eine Schürze um. Als Bonnibelle gestern die Küche verließ, war sie sauber und schön. Jetzt herrscht hier wieder Chaos. Einar muss irgendwann in der Nacht gekocht haben. Ich schaue mit großen Augen auf ein gebratenes Brot.

Arme Ritter?

Eier, Brotstücke, Senf, Wein, Zimt und Mehl stehen herum. Mitten auf dem Gasherd liegt ein aufgeschlagenes Ei. Ich kremple die Ärmel hoch und beginne aufzuräumen. Schmeiße weg, schrubbe und scheuere. Es ist kurz vor halb acht, als ich das letzte Wasser aus dem Spüllappen drücke und ihn über den Hahn hänge.

Die Sonne scheint über dem Städtchen. Die Kirchenglocke schlägt ein bisschen, wie sie will, also steht eines fest: Ich werde die Uhr nicht nach ihr stellen. Jetzt am Morgen ist etwas mehr los als gestern. Ein älterer Herr hastet mit zwei Baguettes unterm Arm an mir vorbei, und da fährt gerade ein Auto, mit einem Mann im Anzug hinterm Steuer. Barry und Judy scharwenzeln um mich herum, als wären wir uns noch nie begegnet, und dort ist die Bäckerei. So viele verschiedene Sorten Baguettes, Croissants, Apfeltaschen, kleine Teilchen mit Schokolade drin, größere mit Vanillecreme und Hagelzucker, und da sind auch noch Eclairs! Ich höre mich selbst bonjour sagen, und dann sehe ich meinen Finger vom einen zum anderen tanzen, und die Frau hinter der Kasse glaubt wahrscheinlich, dass ich eine ganze Schulklasse satt kriegen möchte. Auf dem kurzen Weg zurück zum Kloster habe ich bereits zwei Schokoladen-Eclairs verputzt.

Es ist 8 Uhr 47. Ich habe zwei Tassen Kaffee getrunken, ein Croissant gegessen, zwei Eclairs und ein ordentliches Stück Baguette mit Butter und Himbeermarmelade. Weit und breit kein Einar in Sicht. Den Tisch in der Küche habe ich schön gedeckt und die Fenster geöffnet. Judy sitzt auf dem Fenstersims, um Aufsicht über ihren Besitz zu führen. Die Sonne scheint so stark auf den Bronzetisch, dass mich die Spiegelung fast blendet. In einem der Porzellanschränke habe ich hübsche dünne Goldtassen gefunden, die Butter stand schon unter einer Silberglocke, und die Teller mit dem Leopardenmuster warteten im Geschirrständer. Soll ich ihn eigentlich wecken? Die anderen beiden haben so ein Getue um diese Uhrzeiten gemacht, also dachte ich, dass er ein Offizier ist, der um 8 Uhr 30 in der Tür steht und vor Hunger schreit. Aber niemand schreit irgendwo.

»Judy? Kannst du mir ein bisschen was über Einar erzählen?«

Keine Antwort. Nicht mal ein Blick.

»Hilf mir, sei doch so nett. Ich hab hier den Frühstückstisch für einen völlig Fremden gedeckt. Miau?«

Judy dreht sich nicht mal um. Sie sitzt einfach nur still da und verfolgt mit dem Blick die Vögel, die kreuz und quer im Garten herumfliegen.

»Ähm … also, ich hol ihn jetzt. Kommst du mit?«

Ich schleiche mich aus der Küche. So, jetzt schauen wir mal … Ich erinnere mich an das Zimmer mit dem riesigen Tisch, das war links, weiter hinten kommt der Saal mit den Palmen, und hier führt eine Treppe nach unten … Das erkenn ich jetzt nicht wieder. Gestern bin ich nicht nach unten gegangen, also drehe ich um und gehe zurück. Ich mache ein paar Türen auf und stoße auf eine kleine Treppe, die nach *oben* führt. Oben ist immer gut! Ich öffne ein paar Doppeltüren einen Spaltbreit, die alle viel zu laut quietschen. Hinter einer liegt ein Zimmer, das ganz mit rotem Samt ausgekleidet ist, mit roten Samtstühlen, einem roten Tisch, der ebenfalls mit Samt bedeckt ist, rote Bahnen von Samtstoff in langen, gefältelten Reihen an den Wänden, und nackte, pechschwarze Statuen. Ich mache die Tür wieder zu und öffne die nächste, und jetzt kenne ich mich wieder aus. Die Teppiche am Boden, das große Bett in der Zimmermitte, die afrikanischen Masken, die so furchtbar gruselig aussehen. Ich gehe zum Bett. Leer. Keiner drin. Nur ein voller Aschenbecher.

»Und wer zur Hölle bist du?«

Ich drehe mich um. Einar steht in Armeehosen, safrangelbem Schal und gestreiftem Pullover vor mir und hat die Arme verschränkt. Die rote Lesebrille sitzt auf seiner Nasenspitze.

»Oh, Entschuldigung. Ich dachte, dass … Vielleicht willst du frühstücken?«

»Ich kann mir selbst Frühstück machen, vielen Dank. Du kannst nach Hause gehen und dein Frühstück selber essen. Wo auch immer du wohnst.«

Ich muss lachen. So gellend und so schrecklich, dass ich mir wünsche, ich wäre wieder an meinem gewohnten Arbeitsplatz und würde Minidöschen Milch ausleeren.

»Tja, bis zu mir nach Hause ist es wohl ein bisschen zu weit.«

»Das ist ja wohl kaum mein Problem. Ich will, dass du augenblicklich aus meinem Zimmer verschwindest.«

»Aber …«

»Willst du, dass ich dich rausschmeiße?«

»Nein. Aber wir haben uns doch gestern kennengelernt. Agneta?«

»Ich kenne keine Agneta.«

Ich fange an zu singen – du liebe Güte, ich fange wirklich an zu singen! Halte mich doch jemand zurück, bitte!

»*The winner takes it all. The loser standing small?* Gestern? In der Küche?«

»Bist du von allen guten Geistern verlassen?«

»Ich war mit Bonnibelle und Fabien hier.«

Einar lässt die Schultern ein wenig sinken, dann schiebt er die Hände in die Taschen. Sein Pullover hat Flecken, und die Haare stehen ihm wirklich in alle Richtungen vom Kopf ab. Er ist alt, runzlig und nicht besonders sauber, aber ich bin nicht blind. Ich sehe ihm an, dass er früher mal ein eleganter Mann gewesen ist … tja, der Zahn der Zeit.

»Ja, ja, stimmt. Aha, Frühstück, sagtest du? Ja, das wäre wohl ganz nett. Hast du die Katzen schon gefüttert?«

»Nein. Ich wusste nicht, dass ich das sollte.«

Einar geht mit langsamen, leicht wackligen Schritten Richtung Küche. Doch dann dreht er sich zu mir um und schenkt mir einen Blick.

»Wie kann man nicht wissen, dass man die Katzen füttern muss? Bist du irgendwie behämmert oder so?«

»Ja, das bin ich wohl. Oder wie hast du das gemeint?«

»Genau so, wie ich es gesagt habe. Bist du behämmert?«

»Vielleicht ein bisschen.«

»›Vielleicht ein bisschen.‹ Was ist das denn für eine Antwort? Was hast du noch mal gesagt, wie heißt du?«

»Agneta.«

»Und du bist hier, weil …?«

»Ich weiß nicht so recht.«

»Du bist ein bisschen behämmert, und du weißt nicht so *recht*, warum du hier bist? Hab ich das richtig verstanden?«

»Im Großen und Ganzen ja.«

Noch sechs Tage, dann kann ich nach Hause fahren. Sechs Tage. Und keine Sekunde länger.

Einar schmiert sich ordentlich Butter aufs Baguette und nimmt einen Schluck Kaffee, während ihm Judy auf dem Schoß herumtrampelt in der Hoffnung, dass etwas Leckeres für sie abfällt. Red mit ihm, Agneta! Sag was! Frag was! Jetzt komm schon, sitz nicht einfach so da, blöd grinsend, auf der anderen Seite des Tisches. Einar musste mindestens achtzig sein – wovon reden alte Leute gern? Darüber, wie es früher war! Früher ist immer gut.

»Wie … war es denn so früher?«

Agneta. Im Ernst jetzt?

Einar blickt von seiner Katzenfütterung auf.

»Früher? Wie meinst du das?«

Vollkommen verständliche Frage.

»Na ja, als du klein warst.«

»Du willst wissen, wie es war, als ich klein war? Warum?«

»Ich weiß nicht, ich dachte nur …«

»Wie heißt du noch mal?«

»Agneta.«

»Agneta.«

Einar schüttelt sich eine Zigarette aus der Schachtel, steckt sie an und nimmt einen tiefen Zug. Dann bläst er mir den Rauch direkt ins Gesicht und zupft sich einen Tabakkrümel von der Zunge.

»Mochten deine Eltern Abba so gerne?«

»Nein, nicht wirklich. Aber mein Vater war ein großer Fan von Agnetha Fältskog, du weißt schon, eine der beiden Frauen von Abba.«

»Ich weiß, wer Agnetha Fältskog ist.«

»Ja, natürlich. Das weiß jeder. Mein Vater hat sie jedenfalls vergöttert, und an einem Abend hat sie im Folkets Park in Västerås gespielt, wo mein Vater herkam. Also, das war noch vor Abba, als Agnetha bloß Agnetha war. Auf jeden Fall hat mein Vater an dem Abend meine Mutter kennengelernt, und seitdem ist Agnetha *ihre* Sängerin oder was auch immer. Und ich bin nach ihr benannt worden.«

Einar isst schweigend weiter, während ich steif lächle und unsicher zur Seite schaue. Ich bin ein Mensch, der immer versucht hat, unbequemen Situationen aus dem Weg zu gehen. Ich lächle weiter, kann meine Mundwinkel einfach nicht nach unten kriegen. Das muss unangenehm aussehen. So wie der Joker, bloß ohne Lippenstift. Jetzt macht der Joker den Mund auf. Was wird dieses Mal rauskommen?

»Ich … bin hier, um dir zu helfen.«

Einar würdigt mich keines Blickes, er steckt sich bloß eine neue Zigarette an, während die erste immer noch im Aschenbecher vor sich hin schwelt. Der Joker setzt seine intelligenten Konversationsversuche fort.

»Also sag einfach, was ich für dich machen soll. Ich kann waschen, kochen, im Garten helfen oder was auch immer.«

»Kannst du dich auch in Luft auflösen?«

»Das kann ich auch.«

»Gut. Du musst wissen, dass ich um diese Hilfe nie gebeten habe.«

»Okay.«

»Bonnibelle und Fabien meinen zu wissen, was ich brauche und was nicht. Aber sie haben überhaupt keine Ahnung.«

»Okay.«

»Okay?«

»Okay.«

Ich glaube, wenn ich noch ein einziges Mal »okay« sage, erschießt er mich.

16.

Ich klopfe bei Bonnibelle. Niemand öffnet. Es ist totenstill hinter den rosa Fensterläden. Die Bar ist links, hinter der Bäckerei, war das nicht so? Ich renne fast an der Klostermauer entlang, über den Platz, vorbei an der Bäckerei, und da sehe ich auch schon die orangen Plastikstühle. Die Bar!

Eine Frau, die sicher noch keine dreißig ist, wischt gerade die Tische ab. Sie hat sich die Haare zu einem charmanten Knoten hochgesteckt und ihr Kleid liegt am Bauch eng an. Ihre Miene hellt sich auf, als ich angedampft komme.

»Bonjour Madame!«

Ich schwitze, stottere und zeige zitternd auf die Bar.

»Fabien?«

Die Frau nickt freundlich und wischt weiter die Tische ab.

Es ist ein kleines Lokal mit runden Tischen, Stühlen und Barhockern. Hinter der Theke stehen Flaschen in Regalen bis zur Decke. Irgendein örtlicher Künstler durfte seine Werke an die dunkel ockerfarbenen Wände hängen, an einer Wand hängt ein großer Flachbildfernseher. Hinter der Theke ist ein Durchgang, verborgen von einem Holzperlenvorhang. Auf der anderen Seite der Holzperlen ist ein Gespräch in vollem Gange. Irgendjemand hackt irgendwas, und der Duft nach Butter und Knoblauch dringt zu mir. Fabiens Lachen – das erkenne ich sofort.

»Fabien?«

Niemand hört mich, es wird weiter gehackt und gelacht.

»FABIEN!«

O Gott. War ich das? Jetzt sind die anderen jedenfalls verstummt. Sogar das Hacken hat aufgehört. Fabien schiebt seinen Kopf aus dem Perlenvorhang. Zur Feier des Tages in einem grasgrünen Hemd und mit zurückgekämmtem Haar.

»Annjetá! Ça va?«

Er beugt sich über den Bartresen und küsst mich auf beide Wangen, und ich weiß nicht richtig, wie ich damit umgehen soll. Hinter dem Vorhang geht das Hacken weiter. Ich weiß nicht, was ich sagen soll. Ich kann nichts sagen. Ich will nach Hause! Fabien legt seine große Hand auf meine feuchte und drückt sie leicht.

»Attendez! Il nous faut un verre de vin et Google Translate!«

»Google Translate und Wein?«

»Exactement!«

»Ja, gerne. Beziehungsweise merci, meine ich. Merci.«

»Rouge ou blanc?«

»Rouge. S'il vous plaît.«

Fabien zaubert ein Glas Rotwein hervor und zückt sein Smartphone. Seine Finger tappen übers Display, während ich ungeniert zwei große Schlucke Wein nehme und versuche, mir ins Gedächtnis zu rufen, dass ich atmen muss. Fabien schiebt mir sein Handy über den Tresen zu und gibt mir mit einem Nicken zu verstehen, dass ich lesen soll.

Einar gemein war zu euch?

Ich schüttle den Kopf. Das trifft es nicht ganz.

Er will mich nicht hier haben. Er sagt, er braucht keine Hilfe. Ich fahre nach Hause.

Fabien liest, schaut mich wieder an und gestikuliert mit den Händen. Er gießt sich selbst auch ein Glas Rotwein ein, prostet mir zu und schreibt weiter, während er gleichzeitig die Fragen des hackenden Menschen hinter dem Vorhang beantwortet. O je, wie langsam der schreibt. Da hab ich ja meinen Wein ausgetrunken, bis er fertig ist. Wie spät ist es eigentlich? Noch nicht mal elf. Und ich hab schon eine halbe Bäckerei intus, trinke Wein und bin von meinem Arbeitsplatz abgehauen. Fabien gibt mir mit einem Nicken zu verstehen, dass ich lesen soll, dann verschwindet er wieder hinter dem Vorhang.

Das ist Geduld. Niemand heimfährt jetzt ein Tag! Nicht ihn bestimmt, nicht ein unbeschädigter Mann. Bitte! Unter dem Pullover. Unter dem Chaos. Einfach macht, ohne die Frage. Fühlt wie du zu Hause. Essen kocht, aufräumt, Wäscherei und jeden Freitag 17.00 hierher. Geliebt habe Einar seit ein kleiner Junge war. Einar ist das Schönste auf der Welt. Auch furchtbar furchtbar traurig. Du kannst immer mich spricht auf dich.

Ich schreibe:

Was meinst du mit Chaos?

Fabien kommt wieder heraus, der Vorhang rasselt hinter ihm, und dann antwortet er mir.

Bewegung in Einars Gehirn. Vergisst französische Sprache. Spricht meistens schwedische Sprache. Wechselt zwischen den Welten.

Ich schreibe:

Welche Welten? Ist er verrückt? Wenn du verstehst, was ich meine.

Ich merke, dass das wohl ein bisschen drastisch klingt. Die junge Frau kommt herein und schlängelt sich mit selbstverständlicher Eleganz zwischen den Tischen hindurch. Übt man so was ein oder kann man das einfach? Ich könnte mich niemals so zwischen den Tischen hindurchschlängeln.

Die Frau deutet mit einem fragenden Nicken auf mein leeres Glas. Doch ich schüttle den Kopf – zwei Gläser Wein noch vor dem Mittagessen scheinen mir vollauf genug, wenn man schon vor der Arbeit gekniffen hat. Auch wenn ich mir ein weiteres Glas durchaus hätte vorstellen können. Fabien kommt zurück, liest und lacht laut. Er schüttelt den Kopf.

Dann geht die Tür auf, drei gut gekleidete ältere Herren kommen herein und setzen sich an einen Fenstertisch. Fabien ist sofort bei ihnen, er plaudert, klopft ihnen auf die Schultern und scheint einen Scherz zu machen. Alle lachen laut, als Fabien weggeht, um ihnen Kaffee zu machen. Er tippt ein paar Worte in sein Smartphone.

Nicht verrückt. Aber Chaos. Aber bravo.

»Aber bravo«? Na gut, dann weiß ich ja jetzt wirklich Bescheid.

17.

Zur Mittagszeit ist von Einar keine Spur zu sehen, also esse ich allein vier überbackene Brote draußen im Klostergarten. Genau da, wo die Sonne am meisten hinscheint, stehen ein paar rostige Stühle und Marmortische, also bin ich so frei, mich dorthin zu setzen. Das Angebot des örtlichen Lebensmittelladens ließ zu wünschen übrig: ein paar eingeschweißte Hähnchenteile, abgepackter Käseaufschnitt direkt aus der Fabrik, Softdrinks, Zigaretten aller möglicher Marken, kein Gemüse. Ich fragte mich, ob ich im richtigen Geschäft war. Eine Metzgerei fand ich später noch, aber die hatte von 13 bis 16 Uhr geschlossen. Also gehe ich um 16 Uhr 05 wieder hin, traue mich allerdings nicht, irgendwas zu fragen, und kaufe vor lauter Panik ein Stück Fleisch, bei dem ich weder weiß, von welchem Tier es stammte, noch, was für ein Teil es war oder wie ich es zubereiten sollte. Als der Metzger es gewogen und aufgeschnitten, in knisterndes Wachspapier geschlagen und Blutspuren auf der Plastiktüte hinterlassen hat, kann ich unmöglich anfangen, über den Preis zu diskutieren. Es ist nämlich ganz schön teuer. Ich muss mindestens Bisonfleisch oder Babykaninchen gekauft haben. Oder irgendein ganz spezielles Teil, wie eine Fußsohle, die nur über Haselnüsse gelaufen war.

»Agneta. Jetzt hast du schon die ersten vierundzwanzig Stunden geschafft. Bleiben nur noch sechs Tage. Dann darfst du wieder nach Hause fahren. Und wenn dich dort jemand fragen sollte, was du gemacht hast, hast du tatsächlich eine Geschichte, die du erzählen kannst. *Ich* habe eine Geschichte, meine ich. Ich muss endlich aufhören, mich zu duzen. Ich!«

Es ist schwierig, sich in einer neuen Küche zurechtzufinden. Und hier haben sie ein völlig anderes System, bei dem ich mich sogar frage, ob Einar es überhaupt kapiert. Ich kann Essen kochen, aber ich kann kein besonderes Essen kochen. Ich schmecke nicht groß ab, streue dann aufs Geratewohl Gewürze drauf und atme mit glücklich verdrehten Augen die Düfte ein, die aus meinem blubbernden Topf aufsteigen. So bin ich nicht. Ich bin eher die Art von Köchin, die alles Mögliche brät und zum Schluss ein Ei drüberschlägt. Unter dem Küchenfenster steht eine riesige Holzschale. Darin liegen Kartoffeln, Zwiebeln, Karotten, Äpfel, mehrere teils halb volle, teils leere Zigarettenschachteln, eine Tüte Katzenfutter und Schrauben, alles durcheinander.

Ich schütte das Katzenfutter in die Schüsseln am Boden, überlege, ob ich mir eine Zigarette nehmen soll, überleg es mir dann aber doch anders und hacke stattdessen Zwiebeln und Kartoffeln.

»Hahaha!«

Wer war das? Ich drehe mich um. Niemand zu sehen. Das war wahrscheinlich ich, die ich mich von außen gesehen habe. Mich, diese Frau in Jeans, in denen sich auch Mütter wohlfühlen, dem warmen Fleecepulli und den Schuhen, die die höchste Bewertung für ihre Fußfreundlichkeit auf der Homepage der Warentester bekommen haben. Hier stehe ich, Agneta, mitten in einem Kloster mit einem verrückten Alten, und brate Kartoffeln mit einem Babykaninchen. Hm, und wenn man sich vielleicht doch ein Gläschen Wein gönnen würde? Wen sollte das stören?

»Jetzt sollte Magnus mich mal sehen. Oder mein Lesezirkel. Und meine Kinder. Und meine Mutter! Ja, meine Mutter sollte mich jetzt sehen. Da hätte sie ihren Freunden auf dem Golfplatz mal was zu erzählen.«

In dem großen Schrank neben dem Herd stehen zahllose Flaschen. Ich nehme eine mit Schraubverschluss heraus, denn ich habe keine Ahnung, wo hier ein Korkenzieher liegen könnte, und gieße mir ein Glas ein. Ich rühre mein Pfannengericht um. Dann schlage ich ein paar Eier in eine kleinere Bratpfanne. Der Herd ist riesig, er hat sechs Gasplatten und zwei Öfen. Die Decke über mir ist bedeckt von Trockenblumen. Also nicht diese kleinen, lächerlichen Strohblumensträußchen, die man in den Achtzigern getrocknet hat, um damit die Zimmer zu dekorieren, sondern richtig üppige Sträuße, mit Schilfhalmen dazwischen, es ist, als würde man unter einer Blumenwiese stehen. Als ob ich mein Pfannengericht auf dem Kopf braten würde. Ich kann gar nicht aufhören, an die Decke zu starren.

Es ist 20 Uhr und zwei Teller gebratenes Bisonfleisch mit Spiegeleiern stehen auf dem Bronzetisch. Doch weit und breit keine Spur von Einar. Draußen ist es dunkel, und es ist nicht gerade verlockend, jetzt das Kloster mit seinem ganzen Gerümpel und seinen Winkeln zu durchsuchen. Aber was ist die Alternative? Dass Einar während meiner Schicht verhungert?

Ich gieße den letzten Rest Wein in mich hinein, binde mir noch einmal die Schuhe und gehe auf Jagd zwischen all den Möbeln, Statuen, ausgestopften Tieren, zwei Meter hohen Stehlampen, Rüstungen und anderem Krempel. Um nicht an gruselige Dinge zu denken, versuche ich mich zwischen den Möbeln »hindurchzuschlängeln«, wie die Frau mit dem Haarknoten in Fabiens Bar. Es gelingt mit meinen Rundungen eher schlecht, aber ich habe zumindest etwas anderes, worauf ich mich konzentrieren kann, als darauf, dass ich gleich von einer alten, von den Toten auferstandenen Nonne ermordet werden könnte.

Das Kloster ist riesig, stelle ich fest. Überall sind Türen, Treppen und Säle, und ich scheine erst allmählich zu begreifen, wie das Ganze zusammenhängt. Doch wo Einar steckt, weiß ich immer noch nicht. Nicht in seinem Zimmer, nicht in einem der Säle mit den Sofas und Sesseln oder im roten Raum. Sollte ich vielleicht mal die Treppe nehmen, die nach unten führt?

Vorsichtig nehme ich eine Treppenstufe nach der anderen, ducke mich unter einer riesigen Katze aus Gips, die in das enge Treppenhaus ragt, und komme schließlich unten an in einem … Was ist das eigentlich – ein Theater? Es ist dunkel hier, und ich kann den Raum nicht richtig erkennen. Aber es befinden sich auf jeden Fall ziemlich viele Stühle hier drinnen, und weiter vorne ist eine kleine Bühne mit einem Vorhang, Requisiten und einem langen Sofa, auf dem jemand liegt. Ist das ein echter Mensch, oder gehört er zur Requisite? Jetzt bewegt sich die Person auf dem Sofa. Es ist Einar. Er sieht verwirrt aus und schaut blinzelnd über die Stuhlreihen.

»Armand? Bist du das?«

»Nein, ich bin's. Agneta!«

Jetzt geht er auf der Bühne herum, als wüsste er nicht, wo er ist. Er taumelt, Todesangst steht ihm ins Gesicht geschrieben.

»Armand?«

Jetzt ruft er. Angsterfüllt. Hilfe, wo ist dieser Armand? Ist er hier? Ich renne nach vorn zur Bühne, reiße unterwegs ein paar Stühle um und blicke hoch zu Einar, der mit ruckartigen Bewegungen in den Kulissen nach Armand sucht.

»Einar! Einar, hier bin ich. Agneta!«

Jetzt sieht er mich.

»Armand? C'est toi?«

»Je m'appelle Agneta.«

»Annjetá?«

Misstrauisch mustert Einar mich von Kopf bis Fuß. Ich weiß nicht, was ich machen soll, also stelle ich mich auf die Zehenspitzen und streichle ihm den Fuß. Eine seltsame Geste.

»Wenn du ein Telefon hast, können wir Armand vielleicht anrufen. Möchtest du das?«

»Armand anrufen? Wie soll das denn gehen?«

»Ich weiß nicht. Vielleicht hast du ja eine Telefonnummer, dann können wir ihn anrufen.«

Wenn Blicke töten könnten, wäre ich jetzt tot. Würde einfach umfallen zwischen den Stuhlreihen in diesem seltsamen Theater. Einar würdigt mich nicht mal einer Antwort.

»Entschuldige, wenn ich dich geweckt habe, aber das Essen wäre fertig …«

Einar fährt sich mit den Händen durchs Haar, schiebt sich die rote Lesebrille auf die Stirn und kommt wieder ins Schwanken. Taumelnd klettert er von der Bühne und schaut mich an, als würde er mich zum ersten Mal sehen. Ich versuche, ihn freundlich anzulächeln, aber ich bin viel zu aufgewühlt, also wird daraus nur mein gruseliges Jokergrinsen.

»Agneta. Benannt nach Agnetha Fältskog, du weißt schon. Meine Eltern haben sich in Västerås Folkets Park kennengelernt und …«

»Ja, ja.«

Dann stapft er die Treppe hoch, wobei er sich mit den Armen an den Wänden abstützt.

Wir sitzen uns gegenüber und essen das inzwischen kalte Pfannengericht. Einar hat zwei Zigaretten gleichzeitig an, während er auf dem zähen Fleisch herumkaut. Vielleicht hätte man es über Stunden schmoren lassen müssen, statt es scharf anzubraten?

Vor dem Fenster heult der Wind, und die eingehakten Fensterläden klappern gegen die Hauswand. Ich hatte es schon schwer gefunden, mich im Pausenzimmer mit den Kollegen zu unterhalten, aber das war das reinste Kinderspiel im Vergleich zu diesem Lärm hier. Einar schiebt seinen Teller von sich weg, er hat kaum etwas gegessen. Stattdessen nimmt er große Schlucke vom Rotwein und bläst den Zigarettenrauch zur Decke, wo er sich kunstvoll hochringelt.

Ich räuspere mich. »Hast du ein Telefon?«

Einar wirft mir einen scharfen Blick zu.

»Selbstverständlich habe ich ein Telefon.«

»Ich hatte das Gefühl, dass du mit Armand sprechen wolltest. Vielleicht kannst du ihn ja anrufen?«

»Herrgott, Armand ist tot. Hast du vielleicht die Nummer zum Reich der Toten?«

»Oh, Entschuldigung. Ich dachte ... nachdem du ihn gerufen hast ... Entschuldige. War er ein guter Freund?«

»Ein guter Freund? Ich verrate dir mal was: Armand konnte kochen. Das hier hätte er nicht mal den Katzen vorgesetzt.«

»Was hat Armand denn so gekocht?«

Einar nimmt einen Zug von seiner Zigarette. Überlegt. Überlegt noch länger.

»Er war ein Künstler. In allem. Er hat gemalt, gebildhauert, gekocht, geliebt, geredet, gesungen, gelebt – wie ein wahrer Künstler. Alles, was er tat, machte er mit Hingabe. Wenn er Essen kochte, ja, dann kochte er *Essen*. Nicht bloß schlampig ein paar Kartoffeln zusammengeschustert. *Gratin de chèvre frais avec jambon!* Das machte er oft. Ja. Sehr oft.«

»Was ist das? Vielleicht kann ich ja auch mal versuchen, das für dich zu kochen?«

»Dafür braucht man hervorragenden Ziegenkäse, am besten … Wie hieß der noch mal? Der allerbeste.«

»Wo finde ich den?«

»Auf dem Markt natürlich.«

»Auf welchem Markt?«

»Na, auf dem Marktplatz!«

»Wann ist der immer?«

»Am … Am Diens… Woher soll ich das wissen?«

»Wie schmeckt dieser Ziegenkäse?«

»Der schmeckt … als ob man ein Stück vom Paradies abbeißen würde. So schmeckte der. Gratin mit Gnocchi. Und, und … Artischocken *à la barigoule*! Wir haben Koriandersamen draußen im Garten. Massenweise. Das heißt, wenn Luzette sie nicht aufgegessen hat.«

»Luzette?«

»Ich hab sie schon lange nicht mehr gesehen, aber sie taucht eigentlich jedes Frühjahr wieder auf. *Crottin de Chavignol!*«

»*Crottin* was?«

»Der beste *chèvre* der Welt. Armand gab sich mit keinem anderen zufrieden.«

Ein scharfer Klingelton tönt aus Einars Hosentasche. Er tastet das Hosenbein ab, bis er sein Handy gefunden hat, ein älteres Modell. Bonnibelle ist dran. Ich höre ihre Stimme. Jetzt spricht er plötzlich Französisch. Sein Gesicht wird ganz weich, als er ihre Stimme hört. Jede Schärfe ist daraus verschwunden.

Wir scheinen auf jeden Fall schon mal eins gemeinsam zu haben. Wir lieben Käse.

Nach der »Fütterung« mach ich den Abwasch, trockne gründlich ab und stelle das Geschirr zurück in den Schrank. Jetzt glänzt alles, und ich hänge das Geschirrhandtuch über den

Ofengriff. Einar hat sich irgendwohin verkrochen, wohin ihm die Katzen gefolgt sind. Sein rotes Handy hat er liegen lassen.

»Einar?«

Keine Antwort.

»EINAR!«

Ich schnappe mir das Handy und wähle die Nummer von Magnus. Es klingelt. Anrufbeantworter. Magnus geht nie ran, wenn er die Nummer nicht kennt. »Das sind doch bloß Verkäufer oder irgendwelche Verrückten, die unschuldige Menschen in ein Schneeballsystem locken wollen.« Ich schreibe ihm also eine Nachricht, schreibe, dass ich es bin und ihn in einer Minute wieder anrufen werde. Sicherheitshalber rufe ich noch einmal, während ich warte.

»EINAR?«

Nein. Einar ist weg. Ich rufe noch mal an. Magnus ist dran, bevor der erste Ton zu Ende geklingelt hat.

»Agneta?«

»C'est moi.«

Hallo, wie weltgewandt. Keine zwei Tage und schon ist sie Französin. Imposant!

»Wir waren schon ganz besorgt hier zu Hause. Es sind schon ein paar Tage vergangen, und du bist nie ans Handy gegangen.«

»Das wurde mir in Hamburg gestohlen.«

»Gestohlen? Bist du überfallen worden?«

»Nicht überfallen, das war wohl eher ein Taschendieb.«

»Du bist also gerade bis nach Hamburg gekommen, da hast du schon Ärger am Hals. Agneta, du bist so blauäugig. Ich hätte dir gleich sagen können, dass du in Hamburg besonders gut auf dein Handy aufpassen musst. Ich war auf Hunderten von Technikmessen dort, deswegen habe ich einen speziellen Gürtel, in dem ich immer meine Brieftasche und das Handy verstaue, um wirklich auf der sicheren Seite zu sein. Du hättest dir den Gürtel von mir leihen können, wenn du gefragt hättest.«

»Das ist aber nett von dir.«

»Aber jetzt bist du angekommen, oder?«

»Ja.«

»Und alles wirkt seriös und sicher?«

Ich hasse es, wenn er recht hat. Wenn er misstrauisch ist und mit massenweise Warnungen und Ermahnungen daherkommt, wie »das solltest du wirklich überprüfen«. Ich überprüfe nie irgendwas und werde am Ende wahrscheinlich meine ganzen Organe los.

»O je, die Verbindung ist schlecht. Was hast du gerade gesagt?«

»Bist du in Sicherheit?«

»In Sicherheit? Na ja, ich bin ja nicht gerade in ein Kriegsgebiet gefahren. Ich bin in der Provence.«

»Das weiß ich sehr wohl. Aber ich weiß auch, dass wir uns alle schreckliche Sorgen um dich machen. Wenn du einfach so losfährst, Hals über Kopf, nachdem du auf so eine vage formulierte Anzeige geantwortet hast. Lisa und Ludvig machen sich auch Sorgen wegen Weihnachten. Von deinen Eltern ganz zu schweigen. Die rufen mich permanent auf FaceTime an und fragen mich, ob ich was gehört habe. Wir finden, dass das alles unglaublich schlecht durchdacht war.«

Ich bin seltsam erheitert von dem Gedanken, dass Magnus über FaceTime mit meinen Eltern reden und in ihre offenen Münder schauen muss, während sie über mein Verhalten heulen. Da fällt mein Blick auf die Bilder, die in der Küche die Wände bedecken. Signiert von Armand Perriand. *Armand.*

»Hallo? Hast du gehört, was ich gesagt habe?«

»Entschuldige, hier ist so ein schlechter Empfang.«

»Ich hab gefragt WIE GEHT ES DIR?«

Magnus buchstabiert, als müsste er sich einem Toten verständlich machen. Ja, wie geht es mir eigentlich? Gute Frage. Die ich nicht ehrlich zu beantworten gedenke – aus naheliegenden Gründen, wie Demütigung und großes Risiko von »Ich hab's dir doch gleich gesagt«-Vorträgen.

»Eigentlich gar nicht so schlecht.«

Und das ist sogar eine ziemlich ehrliche Antwort.

»Was ist das denn für eine Antwort?«

»Das ist eine Antwort auf die Frage, wie es mir geht, und …«

»Ach, übrigens, deine Abteilungsleiterin hat sich auch gemeldet. Sie hat versucht, dich zu erreichen. Wie es aussieht, kannst du mit der Stelle in der Verkehrsplanung schon im Dezember rechnen.«

»In der Verkehrsplanung?«

»Ja, in der Verkehrsplanung, unter der Anschrift ›Hallo, hier ist die Wirklichkeit‹.«

»Danke, dann weiß ich ja Bescheid. Und wie geht's dir? Bist du in letzter Zeit um irgendeine Insel geschwommen?«

»Hier zu Hause geht alles weiter seinen gewohnten Gang. Ich bin erwachsen, ich halte die Stellung, ich laufe nicht davon.«

»Und du hast einen speziellen Gürtel für dein Handy und die Brieftasche.«

»Wie bitte?«

»Ich muss jetzt aufhören. Einar braucht Hilfe bei den Hausaufgaben.«

»Kann ich dich unter dieser Nummer erreichen?«

»Ich rufe dich entweder von dieser Nummer an oder von einer anderen.«

»Von einer anderen? Was soll das eigentlich? Bloß irgendwelche Handynummern? Haben die denn kein Festnetztelefon?«

»Haben wir ein Festnetztelefon?«

»Nein, aber … du verstehst schon, was ich meine. Es klingt nicht sicher, wenn du sagst, dass du von verschiedenen Nummern anrufst.«

»Wie meinst du das? Ich leih mir entweder das Handy von Einar oder von Fabien.«

»Fabien?«

»Ja, der hat hier im Dorf die Bar, und wir haben uns angefreundet.«

O Mann. Das auszusprechen … das war einfach zu schön.

»Aha, habt ihr das? Ich glaube nicht, dass das Angebot in der Verkehrsplanung ewig für dich reserviert wird. Nur, dass du Bescheid weißt.«

»Danke, dann weiß ich jetzt Bescheid. Grüß die Katzen schön. Wir hören uns.«

»Rechne nicht damit, dass ich rangehe, wenn ich eine unbekannte Nummer sehe!«

»Tu ich nicht.«

»Die Katzen sind übrigens auch unruhig.«

»Die Katzen? Das glaub ich nicht.«

»Sie haben in deine Sandalen gepinkelt.«

»Bist du sicher, dass das nicht du warst?«

»Warum um alles in der Welt sollte ich in deine Sandalen pinkeln?«

»Weil du nicht weißt, wohin mit dir?«

»Wie bitte?«

»Weil ich plötzlich das mache, was mir alle gesagt haben: Ich habe mir neue Freunde zugelegt, ein Hobby, ich bin auf eine Reise gegangen. Das tue ich jetzt alles. Ich gehorche nur Befehlen.«

»Es gibt ja wohl einen Unterschied zwischen einem Grundkurs in Birdwatching in Bredäng und dem Kündigen eines

Jobs, um eine Art Au-pair-Stelle in Frankreich anzutreten. Aber ich kenne dich. Du bist innerhalb einer Woche wieder zu Hause.«

Nur über meine Leiche. Jetzt muss ich zwei Wochen aushalten.

18.

Um 7 Uhr klingelt der Radiowecker. Ich gehe in die Küche hinunter, um eine Tasse Kaffee zu trinken, und dort stehe ich wieder in einem einzigen Chaos aus Bratpfannen, einem Berg Zwiebeln und einem großen Fächer. Ich wasche ab, füttere die Katzen, hänge den Fächer an der Wand auf, nehme mir ein bisschen Geld aus der geheimen Dose und gehe raus. Dort werde ich von Sonne und Vogelgezwitscher empfangen, und ich nehme erst mal die Bäckerei ins Visier, um Brot zu kaufen. Das Dorf ist ja fast immer totenstill, aber an diesem Morgen höre ich Stimmengewirr, ich höre es ganz deutlich. Da unterhalten sich Menschen. Als ich die Kirche passiert habe, sehe ich den Marktplatz. Rund um den Brunnen stehen jede Menge Stände, und die Besucher flanieren mit ihren Einkaufskörben über den Platz und kaufen ein. Auf einem Tisch sehe ich zahlreiche Käsesorten – große, kleine, grüne, flaumige, in Tannennadeln gewälzte, schimmlige – und aufgereihte Honiggläser. Auf einem anderen Tisch stapeln sich Würste und Schinkenstücke. Und dazwischen Kisten mit Eiern in den verschiedensten Farben und Größen, darunter auch kleine, gepunktete, die sehen ja aus wie Spielzeugeier! Und Schalen mit Oliven. Ganz zu schweigen von dem ganzen Gemüse, das toll aussieht! Riesige Radieschenbündel, glänzende Auberginen, große Kartoffeln, Flechten aus rosa Knoblauch und Sträuße aus frischen Kräutern.

Ich bleibe unschlüssig stehen und betrachte all diese Herrlichkeiten aus sicherer Entfernung. Auf einmal fühle ich mich wie in einem kitschigen Werbefilm für die Provence. Alte Damen mit Körben und laut rufende Verkäufer hinter den Tischen, die mit der einen Hand das Geld entgegennehmen und mit der anderen abwiegen. Ich werde ganz unsicher, sehne mich fast zurück nach diesem grässlichen Lebensmittelladen mit den eingeschweißten Käsescheiben. Ich weiß gar nicht, wie ich mich verhalten soll. So wie ich gestern ein seltsames Fleischstück vom Metzger erstanden habe, würde ich heute mit einem toxischen Käsestück zurückkommen. Aber vielleicht könnte ich es wagen, eine Aubergine zu kaufen? Was auch immer ich dann damit mache.

Agneta! Jetzt reiß dich mal zusammen. Nehmen wir uns diesen Markt doch mal genau vor. Wie hieß dieser Käse, den Einar gestern so gelobt hat? Es war ein Ziegenkäse. Und zwar der beste. Gemäß allen französischen Warentests. Was ist das bloß mit den Männern, dass alles immer das *Beste* sein muss? Agneta, hör auf, in Gedanken Selbstgespräche zu führen. Auf den Markt mit dir!

Also trete ich auf den von Menschen wimmelnden Marktplatz. Ich verlasse mich darauf, dass niemand Notiz von mir nimmt, dann kann ich …

»Annjetá! Coucou!«

Bonnibelle taucht hinter mir auf, mit roten Lippen, sorgfältig geschminkten Augen und in Wellen frisiertem silbergrauem Haar. Sie trägt einen Mantel über ihrem schön fallenden Kleid. Ich fühle mich müde und am falschen Ort. Trällernd fragt sie mich alles Mögliche, auf das ich natürlich nicht antworten kann. Sie streicht mir über den Arm und will mich auf dem Markt herumführen.

»Einar … Chèvre, the best. BEST! Armand …«, stottere ich.

Bonnibelle schaut mich fragend an. Dann sage ich noch einmal »Chèvre« und »Armand« und stelle pantomimisch dar, wie ich koche und etwas zusammenrühre, und dann sage ich »Einar« und versuche, ihn nachzumachen, wie er das Essen kostet und sich freut, und schließlich stoße ich fast verzweifelt hervor: »Chèvre top notch, bon, bon.« Da hellt sich Bonnibelles Miene auf.

»Ah! Spécialité d'Armand! Gratin de chèvre?«

»JA! Genau! Oui!«

Bonnibelle nimmt mich bei der Hand, ja, sie hält meine Hand wirklich fest. Ich muss nur noch mit ihr zum Käsestand gehen. Der Käsehändler schiebt einen Käse nach dem anderen in die Tüte. Ricotta, Mascarpone und den feinen Crottin de Chavignol. Da ich das ganze Himmelreich vor mir habe, zeige ich aufs Geratewohl auf ein paar Käsestücke, die er einpackt. Dann kaufen wir noch provenzalische Kräuter und glatte Petersilie, einige Scheiben gekochten Schinken, Lavendelhonig, frische Sahne. Bonnibelle plaudert entspannt mit allen, und vom Olivenverkäufer borgt sie sich Zettel und Stift und schreibt mir ein Rezept auf, das sie mir in die Hand drückt.

»Adoptier mich, Bonnibelle.«

»Pardon?«

Hab ich das gerade laut gesagt? Ich darf doch nicht laut sprechen, wenn ich in Gesellschaft anderer Leute bin. Ich nehme das Rezept entgegen und versuche zu lächeln, so, als wäre ich ein ganz normaler Mensch.

Fabien betätigt einen Knopf an seiner Kaffeemaschine und stellt mir kurz darauf eine kleine Tasse Espresso hin. Dann holt er sein Handy heraus und Google-translatet das Rezept ins Schwedische. Ich nehme einen Schluck Espresso und werfe ihm verstohlene Seitenblicke zu. Heute hat er ein himbeerrotes

Leinenhemd an, das so weit offen steht, dass die ganzen Zotteln auf seiner Brust rausschauen. Er riecht nach Rasierwasser und hat immer noch nasse Haare, weil es noch so früh ist. Jetzt kommt wieder die Frau, die die Tische mit ihrem Körper umschmeichelt. Sie hält einen großen Karton, der voller Gemüse vom Markt ist. Offenbar gibt es hier ein Mittags- und ein Abendgericht. In der Küche steht ein Mann und arbeitet auf Hochtouren. Ich liebe diese Bar. Sie ist so bescheiden wie das Dorf. Es ist eine ehrliche Bar – nicht mehr und nicht weniger. Mit einem brustbehaarten Besitzer, der ein hocherfreutes Gesicht macht, sobald jemand reinkommt. Er würde nie eine muskelumspannende Fahrradhose mit Beinreißverschluss anziehen. Bei diesem Gedanken muss ich kurz lachen, während Fabien mir das Handy zuschiebt.

Du machst Einar glücklich im Abendessen am Abend! Er liebt frisches Ziegenkäsegratin mit Schinken. Ich auch Zweisamkeit Rezept. Noch ein Liebling.

Dann folgen zwei weitere Rezepte. Eines mit diesem Ziegenkäse und ein anderes mit Thunfisch und weißen Bohnen in irgendeinem Petersiliendingens. Ich will gerade antworten, da reißt mir Fabien das Handy aus der Hand, als wäre ihm gerade noch etwas furchtbar Wichtiges eingefallen.

Mittwoch Markt Käse, Gemüse und Wurst. Freitag Fisch und Fleisch. Sonntag Kleider, Körbe und die Schüsseln. Gutes wissen! Willst du mehr Rezepte kannst du die Frage mir hier stellen!

»Merci.«

Dann verschwindet er in die Küche. Ich kippe meinen Espresso hinunter, um fürs Frühstück und die wilde Jagd auf Einar aufzutanken. Ich bin in Bestlaune, weil ich eine ganze Tüte mit Käse in der Hand habe.

Ich habe ein Frühstückstablett vor Einars Zimmer abgestellt. Ohne Ergebnis. Es stand immer noch unberührt da, als ich ihn zum Mittagessen holen wollte. Er schlief in voller Montur auf seinem Bett. Als ich ihn weckte, hatte er garantiert keine Ahnung, wer ich war. Ich habe ja auch keine Ahnung, wer er ist, deswegen war die Situation gelinde gesagt unangenehm für uns beide. Also habe ich ihn allein gelassen mit seinem Frühstückstablett und dem Teller mit seinem Mittagessen – ein Omelette, leider etwas angebrannt.

Er müsste sich mal wieder frische Sachen anziehen, aber es fühlt sich nicht richtig an, wenn man einem fremden Erwachsenen so etwas sagt. Er sollte wohl noch selbst bestimmen können, wie viele Flecken er auf seinen Sachen haben will. Aber dass er mich nicht wiedererkennt, dass er die Sprache wechselt, dass er zwischendurch taumelt und nach toten Menschen ruft – das ist kein exzentrischer Künstler, der etwas außer Kontrolle ist, das muss Demenz sein. Gibt es da nicht verschiedene Arten? Die Alzheimer-Demenz und die vaskuläre Demenz, und fällt Demenz nicht auch sehr unterschiedlich aus, je nachdem, wo im Gehirn sie zugeschlagen hat?

Wie auch immer: In Einars Gehirn herrscht Chaos. Wenn ich so chaotisch wie er wäre – Magnus findet mich natürlich immer chaotisch –, aber wenn ich *so chaotisch* wäre, dann würde ich mir wünschen, dass jemand anders die Kontrolle für mich übernimmt. Wie heute auf dem Markt, als Bonnibelle mich bei der Hand genommen und mich durch diesen ganzen wuseligen Markt gelotst hat. Ich muss lernen, Einar zu lotsen. Und ich muss mindestens zwei Wochen durchhalten. Denn wenn sich das hier schon teilweise demütigend anfühlt, ist das gar nichts im Vergleich zu dem, wie ich mich fühlen werde, wenn ich schon nach sieben Tagen wieder zurück nach Hause komme.

»Magnus soll nicht glauben, dass er mich so gut kennt. Was er natürlich tut. Verdammt. Ich habe es jetzt neunundvierzig Jahre geschafft. Da sind zwei Wochen doch gar nichts. Das ist nicht mal so lang wie die Weihnachtsferien mit den Kindern, die sich anfühlen konnten wie ein ganzes Jahr. Zwei Wochen im November haben zudem einen geringeren Wert als andere Wochen im Jahr. Das ist ein bisschen so wie beim Geldwechsel: Der Valutakurs im November ist extrem niedrig. Du kannst jede Menge Novembertage haben für ein paar Tage im Juli. Wenn ich so rechne, werde ich also etwa … in siebenundvierzig Tagen weg sein. O je – auf dich, Annjetá, du altes Mathematikgenie!«

Ich nehme einen großen Schluck Rotwein, wobei ich mir aus der Flasche einschenke, die ich gestern Abend aufgemacht habe. Ich habe das Rezept ins Reine geschrieben und es vor mich hingelegt, und dann hab ich die Zutaten in der Reihenfolge, in der ich sie brauche, aufgereiht. Ich habe Ricotta, Mascarpone, Sahne, Salz und Pfeffer in eine Schüssel gegeben. Erledigt! Der Ofen steht auf 230 Grad. Erledigt! Zwei kleine Förmchen habe ich mit Butter ausgeschmiert. Jetzt kommen noch der Schinken, der exquisite, allerbeste Ziegenkäse, Lavendelhonig und die ganzen anderen Gewürze. Ich mustere die Porträts von Armand. Dann hebe ich mein Glas und nicke ehrfürchtig.

»Ich verspreche dir, mein Bestes zu tun. Bitte gib mir Geduld und ein gutes Händchen.«

Dann lege ich los. Zuerst kommen ein paar Scheiben Schinken in die gefetteten Förmchen, dazu etwas Essig, dann den Chèvre drauf, den Honig und ab damit in den Ofen. Im Grunde ist das Gericht nicht besonders kompliziert. Ich werfe mir das Geschirrtuch über die Schulter und sehe mein Spiegelbild in einem der Gemälde, das hinter Glas gerahmt an der Wand hängt. Da steht eine Frau mit rosigen Wangen, die ihr Fleeceoberteil in der Küchenwärme ausgezogen hat, im T-Shirt, mit einem Geschirrtuch über der Schulter und einem Glas Wein in der Hand und kocht ein original provenzalisches Gericht mit einem Käse, von dem zu Hause in der Reihenhaussiedlung noch niemand je gehört hat: *Crottin de Chavignol.*

»Zieht ihn euch rein, wenn ihr euch traut. Der hat nämlich 712 Millionen Kalorien. Und dabei hab ich die ganzen anderen Käsesorten, die ich dazu verarbeitet habe, noch gar nicht miteingerechnet. Oder die ganzen anderen Käsestücke, die ich im Kühlschrank habe! Und der Wein? Ja, richtig, das sind auch noch ein paar Kalorien. Und besonders viele Schritte habe ich heute auch nicht zurückgelegt – ein paar Treppenstufen rauf und runter und diese lächerlichen paar Meter bis zum Markt. Hallo, ihr lieben Hüften – wir sehen uns demnächst! Aber es hat sich gelohnt, das kann ich euch sagen.«

Ich merke, wie der Wein zu wirken beginnt. Da stehe ich hier und erzähle mir selbst was von Kalorien und Valutakursen. Ich ziehe das Rezept wieder zurate und hacke Kräuter und glatte Petersilie mit übertriebener Akribie. Noch fünf Minuten, dann ist alles fertig.

Die ofenfesten Förmchen mit dem *Gratin de chèvre frais avec jambon* stehen sich auf dem Bronzetisch gegenüber. Wein, Baguette und Stoffservietten aus dem Wäscheschrank habe ich auch auf den Tisch gelegt. Jetzt fehlt nur noch Einar. Ich finde ihn in einem Eckzimmer. Er sitzt auf einem großen Sessel mit Tigermuster und liest im Schein einer Kerze. Draußen prasselt Regen gegen das große Fenster. Als ich behutsam an den Türrahmen klopfe, blickt er auf.

»Das Abendessen ist fertig. Ich hab das Ziegenkäse-Gratin gemacht, das du so gerne magst.«

»Wie schön, ich komme.«

Einar legt seine rote Lesebrille aufs Buch, bläst die Kerze aus und steht auf. Sein Oberteil ist fleckiger denn je, aber sein Blick wirkt überraschend klar.

19.

Einar isst schweigend. Kaut konzentriert, nimmt ab und zu einen Schluck Wein, raucht aber keine einzige Zigarette. Dann schaut er mich an. Ja, tatsächlich. Er hebt den Blick, und zum ersten Mal, seit ich dieses Kloster betreten habe, schaut er mich an.

»Das war sehr gut. Und *Gratin de chèvre* ist auch noch eines meiner Lieblingsgerichte. Seltsam, dass du ausgerechnet das gekocht hast.«

Er kann sich an nichts von dem erinnern, was wir gestern miteinander gesprochen haben. So viel zum Thema »seltsam sein«.

»Das Rezept hab ich von Bonnibelle bekommen.«

»Ah. Und sie hat das Rezept von Armand. Er war furchtbar großzügig, wenn es ums Teilen seiner Rezepte ging.«

»Und von Armand waren auch diese ganzen Ausstellungen?«

Ich zeige mit der Gabel auf die gerahmten Plakate, die an den Wänden hängen. Einar nickt. Er klopft mit dem Zeigefinger auf eines der Plakate: ein nackter Mann, der in den Wolken fliegt, mit Armands großer Signatur gleich unter den Umrissen eines Waldes.

»Der da fliegt, das bin ich. Ich bin tatsächlich auf fast allen Bildern zu sehen. Selbst, wenn Armand versuchte, jemand anderen zu malen, wurde es immer wieder ich.«

»Woher kanntet ihr euch?«

»Er war mein Ein und Alles, mein neues Universum, nachdem ich mein altes verloren hatte. Jetzt habe ich gar kein Universum mehr. Nur ein dunkles, schwarzes Loch.«

»Oh. Das klingt aber … sehr, sehr … schwarz. Und löchrig.«

O Mann, Agneta, du bist echt eine Sprachkünstlerin.

»Aber das hier war wirklich gut. Armand hat immer ein bisschen von diesem gereiften Balsamico darübergegeben, aber es war auch ohne sehr gut. Danke schön.«

Einar schiebt seinen Teller zur Seite und steckt sich eine Zigarette an. Ich versuche, nicht zu husten, als der Rauch zu mir herüberzieht.

»Wann habt ihr euch kennengelernt?«

»1960. Ich war zweiundzwanzig. Wir waren so jung. Vor allem ich.«

»Ist es … ist es zu aufdringlich, wenn ich dich nach ihm frage? Dann musst du es mir nur sagen.«

»Nein, nein. Im Gegenteil. Am liebsten würde ich die ganze Zeit über Armand reden. Mich interessiert nichts anderes mehr. Absolut nichts.«

»Hast du ein Foto von ihm?«

»Ein Foto? Ich habe was Besseres.«

Ich sitze auf dem Badewannenrand und starre zwei lebensgroße nackte Männer aus schwarzem Marmor an, die rechts und links von der französischen Tür stehen. Der eine ist ein bisschen größer und dünner, der andere kleiner und sehr muskulös. Sie posieren wie alle klassischen Marmorstatuen, allerdings mit einem Unterschied: Die Marmorstatuen der Griechen und so haben immer furchtbar kleine … Geschlechtsorgane. Diese beiden Schelme haben ganz schön große … wie soll ich sagen? Geräte. Und um endgültig Klartext zu reden – ihre *Geräte* sind ziemlich erigiert! Ich weiß nicht so recht wohin vor Verlegenheit.

»Darf ich vorstellen: Armand.«

Einar legt den Arm um die schmalen Hüften des großen Mannes. Die Statuen stehen jeweils auf einem Sockel, sodass Einar genau auf Höhe des … tja, dieses abstehenden Dingens ist. Das obendrein mit einem drangehängten Weihnachtsstern dekoriert ist.

»Hallo, Armand.«

»Unser Freund Lucas hat die für uns gemacht, als wir unser Zwanzigjähriges feierten. Ich liebe es, wenn ich in der Badewanne liege und diese Kunstwerke genießen kann. Gibt es irgendwas, was du Armand fragen möchtest, nachdem ihr euch jetzt vorgestellt habt?«

»Ihn fragen?«

»Ja, nutz die Gelegenheit. Ich sehe, dass er gerade offen für Fragen ist. Attends!«

Einar öffnet eine der vielen Türen des gigantischen Badezimmerschranks. Er holt eine Flasche Whisky heraus und zwei sehr schmutzige Gläser. Tatsächlich ist das ganze Bad schmutzig. Verstaubte Muscheln, verschmierte Spiegel, Zigarettenstummel in großen Austernschalen, Wäscheberge, herumstehende Tischchen, kleinere Statuen und indische Gottheiten aus Stein und eine Vase, in die irgendjemand vor dreiundzwanzig Jahren eine Blume gestellt hat. Die schwarze Marmorwanne hat zahlreiche Schmutzränder, wie bei einer Ausgrabung, bei der die Ablagerungen von Tausenden von Jahren freigelegt wurden.

»Bitte sehr!«

Einar hält mir ein Glas Whisky hin. Ich mag Whisky nicht. Und ich mag auch keine Gläser, die so dreckig sind, dass man kaum sieht, was drin ist. Doch Einar freut sich so sehr. Er hat mich in sein Badezimmer und zu seinem standhaften Mann Armand eingeladen, und wenn ich jetzt ablehnend reagiere, flüchtet er sich vielleicht in seine Demenz und versteckt sich wieder. Ich muss diese Gelegenheit nutzen.

»Danke.«

Einar schaut mich an und hebt sein Glas.

»Skål!«

»Skål.«

Igitt, der Whisky schmeckt scheußlich. Wie der Mix aus allen möglichen Alkoholsorten, die wir als Jugendliche im Schnapsschrank unserer Eltern stibitzt haben. Einar setzt sich auf einen der Rattanstühle im Badezimmer und nimmt noch einen Schluck.

»Gibt es nichts, was du ihn fragen möchtest?«

»Meinst du das im Ernst?«

»Selbstverständlich.«

Nachdem ich versucht habe, mit diesem alten Mann so zu reden, wie es alte Männer für gewöhnlich tun, verstehe ich jetzt, warum es nicht funktioniert hat. Ihm ein zähes Pfannengericht vorzusetzen oder ihn zu fragen, wie »es früher war«, bringt nicht viel bei einem Mann, der seinen früheren Liebhaber mit einem Mordsständer als Marmorstatue im Obergeschoss stehen hat. Und ich dachte, es wäre schon schwer, sich mit einem alten Herrn zu unterhalten, jetzt soll ich auch noch versuchen, ein Gespräch mit einer Statue anzufangen. Die Herausforderungen hier sind definitiv speziell.

»Armand ... Ich hab mich gerade gefragt, wie du Einar eigentlich kennengelernt hast?«

Einar lacht.

»Lustig, dass du gerade das fragst. Das ist nämlich eine meiner Lieblingsgeschichten.«

»Spricht jetzt Armand oder du?«

»Ich bin jetzt Armand.«

»Also so richtig?«

»Wie meinst du das?«

»Spricht Armand durch dich?«

Einar lässt die Augenbrauen sinken.

»Wie heißt du gleich noch mal?«

»Agneta.«

»Agneta. Es ist doch wohl klar, dass Armand nicht wirklich spricht. Das da ist eine Statue, und wir spielen hier ein Spiel. Weißt du, was ein Spiel ist?«

»Ein Spiel?«

»Ja. Wir tun nur so, als ob er noch leben würde.«

»Ah, gut, dann weiß ich, wie das geht.«

»Schön. Dann spielen wir jetzt also. Stell deine Frage.«

»Ich hab sie doch schon gestellt.«

»Nein, noch mal.«

»Okay … Hallo, Armand, wie habt ihr euch eigentlich kennengelernt, Einar und du?«

Einar lacht warm, er bewegt sich plötzlich ganz anders. Geschmeidig und elegant. Die Zigarette hält er jetzt nicht mehr zwischen Daumen und Zeigefinger, sondern grazil zwischen Zeige- und Mittelfinger. Er nimmt einen Zug, ascht in eine von den toten Topfpflanzen und grinst.

»Einar war ein Prachtkerl aus Nyköping, mit einer alleinstehenden Mutter und einer kleinen Schwester. Verheiratet war er auch, mit Margareta. Lauter Frauen rund um den armen Einar. Er hatte noch nie einen nackten Mann gesehen, außer natürlich in diversen Umkleidekabinen. Na ja, danach kannst du Einar ja später fragen, aber wie auch immer, dieser arme junge Mann leistete seinen Militärdienst bei der Marine ab, beim guten alten Bataillon Sparre. Einar hatte noch nie auf diese Weise Umgang mit Männern gehabt. Aber jetzt war es an der

Zeit, zur Tat zu schreiten. Denn bei der Marine war Einar von Männern umgeben. Soll ich die Geschichte mit den Münzen erzählen?«

Ich schaue Einar an. Ich verstehe gerade nicht, wen Armand gefragt hat – mich oder Einar? Es ist ein verwirrendes Gespräch, aber jetzt sieht es so aus, als würde Einar die Rolle wechseln.

»Erzähl ruhig. Oder bist du prüde, Agneta?«

Bin ich prüde? Ich weiß es nicht, aber ich weiß, dass ich die Geschichte mit den Münzen hören will.

»Nein. Auf jeden Fall nicht im Moment.«

Einar nickt Armand zu, zum Zeichen, dass er seine Erzählung fortsetzen soll.

»Also, wie gesagt – Einar war schon als kleiner Junge fasziniert gewesen von Männerkörpern. Er setzte sich in die Herrenumkleide. Zitterte vor Aufregung und schaute sich ihre Muskeln an, die Körperbehaarung und … na ja, ihre Schwänze waren auch von höchstem Interesse, stimmt's, Einar?«

Einar lächelt ein bisschen beschämt, aber doch stolz.

Armand fährt fort: »Es war nichts Erotisches, er war ja bloß ein Kind. Aber seine Neugier kannte keine Grenzen. Wie damals, als seine Mutter das Haus umbaute und plötzlich überall diese Bauarbeiter waren. Sie pinkelten in die Büsche, und Einar, der kleine Schelm, beobachtete sie heimlich dabei. Er wusste natürlich, dass man so was nicht darf. Also hast du darüber nie geredet, Einar, *you naughty little boy*.«

»Stimmt, hab ich nicht. Es war beschämend, aber gleichzeitig so interessant. Und ich bin nie erwischt worden, obwohl ich das insgeheim gehofft habe.« Einar lacht und blickt auf zu Armand. »Aber als ich älter wurde, zum Beispiel als ich vierzehn war und im Knabenchor mitsang, da durfte ich mit dem Bus zu einem großen Hörsaal fahren, in dem wir probten. Jede

Woche setzte ich mich ganz bewusst neben irgendeinen Mann. Das war unglaublich spannend, und ich hoffte immer, dass einer dieser Männer mich etwas fragen würde. Irgendwas, egal. Ich wusste nicht, auf was ich hoffte, ich konnte es mir nicht mal in meiner Phantasie ausmalen. Aber ich hoffte auf irgendetwas. Mein Gott, diese Busfahrten waren dermaßen erotisch aufgeladen. Aber ich wusste ja nicht, dass das Erotik war, ich dachte, ich wäre so aufgeregt, weil ich auf dem Weg zur Chorprobe war! Natürlich war ich nicht ganz blöd, aber ich hatte tatsächlich keine Ahnung, dass es so was wie Homosexualität gab. Dass es eine Alternative gab. Aber dass es spannend war, Männern nachzusteigen, so weit reichte es. Ich wusste zwar, dass man gewisse Sachen mit anderen Männern machen konnte, aber ich wusste auch, dass das verboten, ja kriminell war und ganz bestimmt kein Thema, über das wir zu Hause hätten sprechen können. Es ist mir immer noch ein Rätsel, wie ich so dumm sein konnte.«

Weder ich noch Armand sagen ein Wort. Ich weiß nicht recht, wem Einar das alles erzählt, denn er schaut jetzt nicht mehr mich an. Und auch nicht Armand. Er erzählt einfach nur. Warte mal kurz. *Habe ich gerade von Armand geredet wie von einem Menschen, der am Gespräch teilnimmt?* Ja. In diesem Moment verdreht es mir vollends das Gehirn. Stumm lasse ich mich auf den Boden sinken und lehne mich gegen die Badewanne. Einar schenkt sich nach in sein schmutziges Glas und fährt fort.

»Wie mit Lasse, meinem besten Freund damals. Wir gingen zusammen zum Volkstanz. Ja, ich war wirklich ein Prachtkerl!«

Einar lacht laut, und dann lacht Armand mit einer ganz anderen Lache, und ich lasse mich mitreißen und lache mit.

»Wenn wir mit den Mädels tanzten, spürte ich gar nichts. Aber nachts, wenn wir zum Beispiel auf einem Tanzlager waren und ich Kopf an Fuß mit Lasse in einem Bett schlief, begann es in mir zu rauschen. Aus einem ganz selbstverständlichen Gefühl heraus, das man durchaus … *wunderschön* nennen könnte. Ich liebte es mit meinem ganzen Körper. Lasse sah unfassbar gut aus. Diese ganzen Muskeln und dieses hübsche Lächeln. Ich liebte ihn. So war es, kein Zweifel. Aber daran war nichts Bemerkenswertes. Es war nämlich nicht so, dass ich in ihn *verliebt* gewesen wäre, denn ich wusste ja, dass das nicht sein konnte. Er war mein Freund, und ich liebte ihn. Aber jedes Mal, wenn Liljas Volkstanzgruppe auf Reisen war, sorgte ich dafür, dass ich das Bett mit Lasse teilte.«

»Aber du warst doch mit Margareta verheiratet?«

»Damals noch nicht, aber wenig später. Lasse verlobte sich mit seiner Tanzpartnerin Pia. Daraufhin machte ich meiner Tanzpartnerin auch einen Heiratsantrag. Margareta war schön, an ihr war nichts auszusetzen, ich mochte sie sogar sehr. Aber ich verlobte mich vor allem deswegen mit ihr, damit ich mich weiter mit Lasse treffen konnte. Genau genommen war das schrecklich von mir, aber ich kann nicht lügen und behaupten, dass es anders gewesen wäre. Also waren wir zu viert, und das war wunderschön. Pia war religiös und wollte heiraten, bevor sie … na ja, bevor sie miteinander schliefen. Also heirateten sie. Und da machten Margareta und ich das eben auch. So war es einfach und sicher. Auf jeden Fall zu Anfang.«

Einar verstummt, auch Armand schweigt. Die Temperatur im Badezimmer sinkt, und ich habe keine Ahnung, wie Einars Seelenthermometer funktioniert. Die zwei Männer stehen dort mit ihren Ständern und der glänzenden schwarzen Marmorhaut.

»Was ist heute für ein Tag?«

»Mittwoch.«

Meint er mich oder Armand, als er diese Frage stellt?

»Nicht Freitag?«

»Nein, Mittwochabend.«

»Bist du ganz sicher, dass heute nicht Freitag ist?«

»Ja.«

»Wollen wir nicht gemeinsam zu Abend essen? Vielleicht möchtest du ja noch ein bisschen bleiben?«

20.

Um sieben Uhr klingelt der Wecker. Es regnet immer noch. In der Nacht habe ich kein Auge zugekriegt. Das liegt sicher am Mistral, diesem starken Wind, der sich zu regelrechten Stürmen auswachsen kann. Die alten Fensterscheiben beben, und die Fensterläden donnern gegen die Mauer, als würden sie sich jeden Moment von den Haken lösen, mit denen sie befestigt sind. Ich wickle mir die Bettdecke um die Schultern, stehe auf und spähe durchs nördliche Turmfenster hinaus auf das Dorf. Alle haben ihre Fensterläden geschlossen, nicht eine einzige Fensterscheibe ist zu sehen.

Ich ziehe meine Jeans an, mein Fleeceoberteil und die warmen Socken und packe mit aller Kraft zu, um die Fensterläden heranzuziehen und zu verschließen. So mache ich es mit allen Fenstern im Turmzimmer, es wird stockfinster. Ich gehe durch ein Zimmer nach dem anderen und schließe überall die Läden – außer in Einars Zimmer, denn ich mag ihn noch nicht wecken. Ausnahmsweise komme ich mir richtig tüchtig vor.

Die ganze Nacht über bin ich mit einem Gefühl absoluter Wertlosigkeit wach gelegen. Ich bin wirklich der unbeholfenste Mensch der Welt. Woher wissen die meisten anderen in solchen Situationen eigentlich, was sie wann tun sollen? Woher wissen sie, wann sie einen anderen Menschen umarmen oder ihm lieber eine Frage stellen sollen? Oder laut lachen. Oder vorspielen, dass sie ernst sind? Einar ist gestern Abend in seiner Traurigkeit versunken, und ich … ich hab mich schlafen gelegt wie ein kleines Kind. Ich habe ihn unten in der Küche hantieren hören, ich wusste, dass er sich »Abendessen« machte. Ich hätte runtergehen und mit ihm reden müssen. Ihn beruhigen. Stattdessen lag ich unter diesem grässlichen Deckenspiegel und dachte über Demenz nach. Dass er zumindest einen Anflug davon haben musste, denn anders kann ich mir sein Verhalten nicht erklären.

Gestern, als wir dieses Spiel mit Armand spielten … Ich habe seit meiner Zeit mit Maja nicht mehr richtig gespielt. Mit mir selbst im Geiste und mit meinen Kindern habe ich natürlich gespielt, aber nie mit einem anderen Erwachsenen. Es trifft mich mit voller Macht – wie peinlich! Magnus ist nämlich kein großer Spieler. Das ist eine viel zu ungewisse Angelegenheit für ihn. Wie kann man ein Spiel so planen, dass man sicher gewinnt? Was ist nach den Angaben der Warentester das Beste an einem Spiel? Aber gestern habe ich tatsächlich mit einem anderen Erwachsenen etwas gespielt … Auch wenn es eher eine Art Rollenspiel war. Da konnte der Vorschlaghammer meiner Scham gar nicht erst dazwischenkommen, weil sich das Spiel quasi von hinten angeschlichen hatte.

Die Kirchenglocke schlägt unzählige Male. Wahrscheinlich ist es jetzt acht Uhr. Oder? Herrgott, kann denn nichts in diesem Ort normal funktionieren? Ich schaue in die Küche. Totales Chaos. Natürlich. Das schaff ich jetzt nicht. Erst geh ich raus in den Mistral und kaufe Brot, dann nehme ich die Unordnung in Angriff.

Mit vom Wind zerzaustem Haar gelingt es mir, mich unversehrt mit den Baguettes unter der pitschnassen Jacke ins Haus zu retten. Ich mache die Küchentür auf und … alles blitzt und blinkt nur so vor Sauberkeit. Die Teller stehen ordentlich auf dem Abtropfgestell, die Geschirrtücher wurden dreifach gefaltet und elegant über den Ofengriff gehängt.

Ich lege die Baguettes auf den Tisch, trockne kurz meine Schuhe und gehe zu Einars Zimmer. Es ist dunkel im Haus, weil ich die Fensterläden so schön zugemacht habe, also muss ich mich jetzt im Dunkeln vorantasten. Ich klopfe an Einars Tür. Keine Antwort, also mache ich sie auf. Es ist dunkel, nur die prachtvollen Nachttischlampen brennen, alle Fensterläden sind ordentlich geschlossen. Das Bett ist frisch gemacht und mit einem Überwurf bedeckt, der mit gestickten Palmblättern verziert ist. Kein Einar weit und breit. Aber ich höre Stimmen aus dem Bad. Sind das Armand und er, die sich gerade unter vier Augen unterhalten? Ich sehe die Statuen durch den Türspalt und schiebe die Tür ein bisschen weiter auf.

In der schwarzen Badewanne liegt Einar in einem Meer aus Schaum. Er spricht Französisch, völlig unbekümmert, und lässt sich von Bonnibelle die Haare shampoonieren, die mit hochgekrempelten Ärmeln und Wachstuchschürze neben der Wanne steht. Das ganze Badezimmer duftet nach Zedern. Ich trete einen Schritt zurück und klopfe an.

»Entrez!«

Einar hat mich hereingerufen. Ich strecke meinen Kopf in den Zedernholzdampf.

»Hallo. Ich bin's, Agneta.«

Bonnibelles Miene hellt sich auf.

»Bonjour Annjetá! Quel mistral!«

Einar schaut mich fröhlich an und redet lautstark weiter. Auf Französisch. Bonnibelle massiert ihm die Schläfen.

»Schwedisch, Einar. Sprich Schwedisch.«

»Heute ist Donnerstag!«

»Stimmt.«

»Da kommt Jean.«

»Jean?«

Bonnibelle lächelt und massiert Einar die Ohrläppchen.

»Son amant.«

»Amant?«

Ein Liebhaber? Einar ist tausend Jahre alt. Ich versuche, mir den Anschein zu geben, als würde ich es völlig normal finden, dass jemand noch einen Liebhaber hat, wenn er tausend Jahre alt ist.

»Aha. Wie schön.«

»Seine Frau ist jeden Donnerstag ab zwölf außer Haus. Sie … was macht sie da noch mal? Egal, sie ist auf jeden Fall nicht zu Hause. Dann kommt Jean zu mir.«

»Jeden Donnerstag?«

»Ja, seit … Wie lange kommt Jean schon her?«

Einar lächelt Bonnibelle an, die jetzt dazu übergegangen ist, mit einer kleinen Schere die Haare rund um seine Ohren zu stutzen. Sie schaut ihn verständnislos an.

»Mon chéri. En français, s'il te plaît.«

»Wie lange kommt Jean schon zu mir?«

Bonnibelle zuckt müde mit den Schultern und hält dann ein großes Handtuch hoch, woraufhin Einar mit etwas Mühe aufsteht. Er ist immer noch muskulös. Hat muskulöse Arme und Oberschenkel. Er steht sicher auf den Beinen, trotz seines Gezitters und seines Alters. Ich betrachte erst die Statue, dann Einar. Doch, man kann gewisse Ähnlichkeiten erahnen. Und wenn Jean jetzt gleich zu Besuch kommt, dann wird wohl auch wieder ein bisschen Leben in gewisse andere Körperteile kommen.

»Er hat mich in der Schlange vorm Postschalter aufgerissen. Ich hatte keine Ahnung, wer er war, aber alle im Dorf wissen ja, wie Armand und ich unterwegs waren. Im Guten wie im Schlechten. Weißt du, die Leute hier können richtige Bauern sein. Die würden uns Schwule am liebsten totschlagen. Scheißen uns vor die Tür und führen sich auf wie Barbaren. Aber in unseren vier Wänden bestimmen *wir*. Davon hatte Jean wohl Wind bekommen. Also, als ich eines Tages mit Hunderten von Paketen in der Post stand – ich hatte da gerade ein Riesenprojekt am Laufen –, auf jeden Fall hat Jean mich gefragt, ob er mir tragen helfen soll. Ich habe mir insgeheim ausgemalt, ob er etwa plante, mich in meinem Kloster abzumurksen. Er sah furchtbar … hetero aus, zudem wie geleckt. Du kennst doch diesen Vatertyp, der in der Bank arbeitet, mit korrektem Schlips, Hemd und sportivem Rasierwasser. Das sind oft die Schlimmsten. Meinetwegen bin ich blauäugig, aber ich kann einfach nicht aufhören, an die Menschheit zu glauben, auch wenn ich Millionen Gründe habe, es nicht mehr zu tun. Wie auch immer – ob Mörder oder nicht, ich hab Jean meine Pakete tragen lassen. Als sich die Tür hinter uns schloss, hat er mich aber nicht umgebracht. Er hat sich zwar auf mich gestürzt, aber aus ganz anderen Gründen.«

Einar lächelt bei der Erinnerung.

»Seitdem kommt er jeden Donnerstag zu mir. Mittlerweile ist er zwar pensioniert, also sollte er wohl auch mal an einem Dienstag auftauchen können, aber er ist eben ein Gewohnheitstier.«

»Hat er sich von seiner Frau scheiden lassen?«

Einar wirkt aufrichtig verblüfft.

»Nein.«

»Aber …«

Mein Gott, ich bin so konservativ und spießig. Ich denke an die betrogene Ehefrau, hoffe, dass die beiden sich haben scheiden lassen und dass sie glücklich zusammenlebt mit einem Mann, der nicht jeden Donnerstag mit anderen Männern schläft. Einar hat sich das Handtuch um die Hüfte geschlungen und setzt sich auf einen der Rattanstühle. Er lässt sich von Bonnibelle das Kinn mit Rasierschaum einstreichen.

»Von allen Männern, die in diesem Haus gekommen und gegangen sind, sind bestimmt siebzig Prozent verheiratet gewesen. So ist das eben. Sie sind mit Frauen verheiratet und schlafen mit Männern. Gar nicht so überraschend, dass das immer so weitergeht, unser Präsident ist ja einer der Fleißigsten auf diesem Gebiet.«

»Unser Präsident? Stefan Löfven?«

»Wer ist das? Nein, Macron natürlich. Ich schwöre, er ist auch einer von uns.«

»Ist er etwa auch hier gewesen?«

»Ganz sicher nicht! Den würde ich nie und nimmer reinlassen. Den Anführer aller verkappten Schwulen – nein, danke. Der sollte endlich als der Gockel auftreten, der er in Wirklichkeit ist, seinen Deckmantel abwerfen und der erste schwule Präsident der Welt werden, sodass alle anderen erst mal verschnaufen und sich scheiden lassen können. Ich weiß, dass wir in einer neuen Zeit leben, dass wir heiraten dürfen und uns scheiden lassen. Aber das gilt alles nur für die Jungs in den Großstädten. Die Alten auf dem Land müssen sich weiter verstecken. Man will ja nicht, dass einem die Nachbarn vor die Tür scheißen. Lieber weiter verheiratet bleiben und so was vermeiden.«

Bonnibelle bittet Einar, kurz still zu sein, damit sie ihn rund um den Mund rasieren kann. Ihre Finger arbeiten schnell und sicher, während sie Einar etwas erzählt, worüber er warm lächelt. Er deutet mit einem Nicken auf ein Paket, das auf dem zweiten Rattanstuhl liegt. Es ist in braunes Papier gewickelt und mit einem seidenen Band verschnürt. Einar streckt die Hand nach dem Paket aus, während Bonnibelle einen verstohlenen Seitenblick in meine Richtung wirft. Ihre Wangen röten sich. Ja, tatsächlich, sie geniert sich. Einar zieht das Paket zu sich heran, fummelt an dem Band herum, bis er es gelöst hat. Wenn ich etwas genau spüre, dann sind es die Momente, in denen ich nicht erwünscht bin. Ich sammle also die schmutzigen Handtücher vom Boden auf und versuche, total beschäftigt auszusehen, während ich das Badezimmer verlasse. Von drinnen höre ich Einar gurren.

»Du bist eine Zauberin, meine Liebe. Ohne dich wäre ich nur ein graues Nichts.«

Was zum Teufel hat er da geschenkt bekommen? Ich schleiche zurück zur Tür und versuche, aus der Ferne zu erkennen, was Einar da in der Hand hält. Jetzt steht er auf und arbeitet sich mit irgendetwas ab. Bonnibelle hilft ihm, eine Unterhose anzuziehen, es sind Boxershorts. Ich nähere mich noch etwas weiter, immer noch mit den Handtüchern auf dem Arm. Die Shorts sind offenbar aus glänzender Seide, in einem dunklen Rotviolett. Auf dem Hintern ist ein Löwenkopf aufgestickt, der laut brüllt und dessen Mähne sich wie Flammen über Einars ganzes Hinterteil ausbreitet, weiter über die Hüften, und man ahnt, wie die Flammen vorne weitergehen. Mit zwei winzigen goldenen Quasten kann man die Shorts zuschnüren. Etwas Derartiges habe ich noch nie gesehen. Einar rückt die Shorts zurecht und bewundert sich im Spiegel.

»Ich fühle mich wie der König der Löwen.«

Ich hingegen fühle mich wie ein Spanner und laufe mit meinem Berg Handtücher davon, obwohl ich keine Ahnung habe, wo ich sie waschen kann. Ich reiße irgendeine Tür auf und schmeiße den ganzen Haufen in das Zimmer dahinter.

Einar hat Kaffee getrunken, Baguette mit Butter und Marmelade gegessen, sich ein sauberes himmelblaues Hemd angezogen, eine ebenso himmelblaue Hose und sich zur Krönung einen gepunkteten orangen Schal um den Hals geschlungen. Unter all dem trägt er die Seidenunterhose mit dem brüllenden Löwen. Er ist auffallend elegant. Bonnibelle legt letzte Hand an sein Outfit, macht ein paar Schritte zurück, knöpft ihm noch einen Knopf am Hemd auf und schiebt Einar dann in einen der verdunkelten Salons. Sie schaltet hie und da Lampen ein, drückt Einar ein dickes Buch über die Landschaftsmalerei von Jan van Goyen in die Hand und geleitet ihn zu einem der Zebrasessel. Sie flüstert ihm etwas ins Ohr.

»Ja, fest versprochen. Du kannst dich auf mich verlassen. Nimmst du die andere Frau mit?«

»En français, mon chéri.«

»Herrgott noch mal, ich spreche doch Französisch.«

»En français, Einar, en français!«

Einar holt tief Luft, gräbt seine Hände in die Armlehnen und beginnt, Französisch zu sprechen. Sie scheinen ein paar Dinge auszumachen, schließlich nimmt Bonnibelle ihren Regenmantel, der auf dem anderen Sessel gelegen hat. Einar beginnt, im Schein einer riesigen Palmenlampe in dem Buch über Landschaften zu blättern. Während ich Hand in Hand mit Bonnibelle das Haus verlassen muss, hinaus, mitten in den Mistral.

21.

Auf der Straßenseite gegenüber liegt eine andere Welt, was man sich nur schwer vorstellen kann, solange man im Kloster ist. Denn der eigensinnige Kosmos des Klosters ist so mächtig, dass mir fast schwindlig wird, als ich vor die Mauern geworfen werde, über die Straße und durch die rosa Tür in Bonnibelles Haus stolpere. Hier herrscht Ordnung. Alles ist säuberlich zusammengefaltet, weiblich kleingeblümt, und die tickende Küchenuhr schlägt nur dann zwei, wenn es auch wirklich zwei ist. An den Wänden hängen Fotos von Bonnibelles Nachwuchs und dessen gepflegtem Nachwuchs.

Der Urvater all dieser Gepflegtheit sitzt mit einer Kaffeetasse an einem runden Tisch, auf dem nicht nur eine Tischdecke liegt, sondern auch ein Blumenstrauß steht. Allerdings sitzt er nicht auf einem gewöhnlichen Stuhl, sondern im Rollstuhl. Er heißt Henri und war – Gott sei Dank – sein ganzes Leben lang Englischlehrer, fast genauso lange, wie er mit Bonnibelle verheiratet ist. Sie hat früher auch in der Schule gearbeitet. Als ihre Kinder groß waren, landete sie in einer Grundschule im Nachbardorf, wo sie, wenn ich das Ganze richtig verstanden habe, eine Art Hilfskraft war. Sie half den Schülern in den Pausen und in Klassen, wo es zu chaotisch zuging.

Ich kann nicht aufhören, auf Henris lange Beine zu starren. Obwohl er im Rollstuhl sitzt, ist er hochgewachsen. Bonnibelle kann ihm höchstens bis zur Achselhöhle reichen, wenn man ihn aufrichten würde. Aber jetzt sitzt er eben da, wo er sitzt, weil er vor ein paar Jahren einen Schlaganfall hatte, sodass seine linke Seite überhaupt nicht mehr mitmachen will.

Bonnibelle redet pausenlos, ich trinke Kaffee, schaufle Eclairs in mich hinein, und Henri übersetzt, so schnell er kann. Ihre Kinder sind mittlerweile nach Paris gezogen und haben so viel zu tun, dass sie es nicht mehr schaffen, ihre Eltern zu besuchen. Mit Henri im Rollstuhl nach Paris zu fahren, sei zu beschwerlich, und Bonnibelle traue sich nicht mehr, Auto zu fahren, und ob ich vielleicht die Hochzeitsfotos von ihrer Jüngsten sehen möchte? Ja, das möchte ich, und das darf ich dann auch. Das Kleid ist bezaubernd. Die jüngste Tochter hat drei Kinder, die auch in Paris wohnen und nicht so oft zu Besuch kommen können. Ich frage nach Einar. Bonnibelle schaut unglücklich drein und Henri legt ihr eine Hand aufs Bein. Ich ertappe mich dabei, wie ich Henris Hand aus dem Augenwinkel betrachte. Sie ist groß, hat lange, feingliedrige Finger. »Klavierfinger« hätte meine Mutter gesagt, mit einem verächtlichen Schnauben und einem neidischen Seufzer.

Bonnibelle zieht sich die mintgrüne Strickjacke über die Brust, und ihre perfekt lackierten roten Fingernägel sehen wunderschön aus zu diesem Grün. Diese Frau ist deutlich älter als ich und doppelt so hübsch. Ihr ganzer Körper riecht, als wäre er mit Lavendel eingecremt, und das Kleid mit dem dünnen Gürtel in der Taille ist so … Mir fällt das richtige Wort nicht ein. *Raffiniert?* Ich sitze ihr gegenüber mit rot-schuppigem Gesicht (wie konnte ich nur meine Gesichtscreme vergessen?), Fleeceoberteil und Jeans, und über die Unterhose wollen wir lieber gar nicht erst reden. Es sind keine seidenen Löwenshorts, so viel ist sicher. Wo sie die wohl aufgetrieben hat? Es will mir nicht recht in den Kopf, wie diese feine Dame mit ihrem Puppenhäuschen sich mit solch extravaganter Unterwäsche beschäftigen kann. Agneta! Schweif nicht schon wieder in Gedanken ab! Hör lieber zu. Denn Henri schaut dich gerade an, als warte er auf eine Antwort.

»Are you married?«

»Yes, I am.«

Ich erzähle von Magnus, unseren zwei Kindern, ihren Ausbildungswegen und unserem Haus. Henri und Bonnibelle nicken freundlich und fragen nach Bildern, woraufhin ich ihnen von meinem verlorenen Handy erzähle. Am Ende glauben sie, dass ich das alles nur erfunden habe? Denn welche vernünftige Frau verlässt Mann, Kinder und ein schönes Haus und zieht mir nichts, dir nichts wegen eines Au-pair-Jobs ans andere Ende des Kontinents?

Henri übersetzt in beide Richtungen. Ich begreife nicht, wie er Bonnibelles Wörterflut, die nur so aus ihr herausströmt, auf ein paar kurze Sätze runterbrechen kann. Wie viele Adjektive lässt er wohl aus? Ich hab das Gefühl, dass ich so einiges verpasse. Aber ich höre raus, dass Bonnibelle sich schon vor langer Zeit mit Armand und Einar angefreundet hat – diesen schönen Männern auf der anderen Straßenseite, die ein völlig anderes Leben führten. Als die beiden dann das Kloster renovierten, konnten sie sich bei Bonnibelle Wasser holen, bekamen mal eine Tasse Kaffee oder ein Elektrokabel. Bonnibelles Tür stand immer offen, bei ihr waren sie willkommen. Im Gegensatz zu vielen anderen im Dorf, die es überhaupt nicht gut fanden, dass das Kloster von einem Künstler und einem Bühnenbildner mit vereinten Kräften in ein Schwulenparadies verwandelt wurde, zu dem sämtliche Homosexuellen der Provence zu pilgern schienen.

Jetzt kommen Bonnibelle und ihr Mann auf Armand zu sprechen, der vor gut zwei Jahren gestorben ist, und wie es danach weiterging. Armand hatte bereits geargwöhnt, dass Einar auf dem Weg in die Demenz war. Seine Sorge hatte er nur

Bonnibelle und Henri anvertraut. Doch seit Einar allein lebte, war die Demenz nicht mehr nur eine Befürchtung, sondern eine Tatsache. Armand hielt immer die Zügel, machte die Termine mit den Gärtnern oder dem Pooljungen und bezahlte die Rechnungen. Bonnibelle und Fabien haben wirklich versucht, sich um Einar zu kümmern, aber es ging nicht mehr. Besonders seit Henri mehr Hilfe braucht und Bonnibelle auch schon achtzig ist und nicht mehr so viel schafft. Fabien hätte zwar die Kraft, aber er ist vielleicht nicht so der fürsorgliche Typ, und man konnte auch keine Hilfe bei der Krankenkasse beantragen, weil Einar nie eine Krankenversicherung gehabt hatte. Ohne diese Unterstützung wird es einfach zu teuer, und er hat ja sowieso schon kaum Geld, weil er wohl auch keine Steuern bezahlt hat, und seine Rente kann man bestenfalls als mager bezeichnen … Ich komme nicht mehr so richtig mit bei Henris Erzählung, aber so was in der Richtung muss es gewesen sein.

Das mit dieser Anzeige war Fabiens Idee, denn als Einar begann, Schwedisch statt Französisch zu sprechen, wurde alles noch schwieriger, wenn das überhaupt möglich war, und immer die Frage »Annjetá, du bleibst doch hier, oder?«. Ich weiß nicht, was ich antworten soll. Man könnte vielleicht sagen, dass ich Panik bekomme, weil ich mir selbst geschworen habe, in anderthalb Wochen wieder nach Hause zu fahren. Dieses Wissen brauche ich, um zu verhindern, dass ich wahnsinnig werde. Bonnibelle schaut mich mit Tränen in den Augen an! Ich mache den Mund auf.

»Where did you find the lion kalsongs? I mean underwear.«

Bonnibelle hält inne in ihrem Fast-Weinen und schielt zu Henri, der beim Übersetzen ins Stocken kommt. Mann, wird mir plötzlich warm. Ich ziehe meinen Fleecepulli aus, sehe das schmutzige T-Shirt, das darunter zum Vorschein kommt, und ziehe das Oberteil wieder an. ICH STERBE VOR PEIN-

LICHKEIT! Henri redet mit Bonnibelle. Ich höre das Wort *lion*, aber auf Französisch. *Liiiiiion*. Bonnibelle wendet sich mit unergründlichem Blick zu mir. Jetzt sag ich schon wieder was! Agneta – warte, zuerst überlegen!

»They were really beautiful. Like a work of art. My underwear is more like after the war. Not nice.«

»After the war?«

Hab ich gerade meine Unterhosen mit etwas aus der Nachkriegszeit verglichen? Diese Menschen hier haben den Krieg am eigenen Leib erfahren, verdammt noch mal! Du kannst doch hier keine Witze über den Krieg machen, Agneta.

»I don't mean war. More like a disaster. A boring disaster.«

Eine langweilige Katastrophe? Hier werde ich ja mal so richtig locker. Bonnibelle schaut mich an. Henri schaut Bonnibelle an, und ich starre vor mich in die Luft und sehe ein, dass ich mal wieder laut gesprochen habe, vor anderen, nicht bloß für mich selbst. Jetzt wird das hier zweifellos gleich ausarten und …

»Hallo, bitte meine Mauern, die ich gegen die Außenwelt aufgebaut habe, nicht berühren! Sie sind das Einzige, was mir noch Halt gibt!«

Henri und Bonnibelle lächeln unsicher. Ich sollte wohl sofort nach Hause fahren. Kalten Haferbrei essen und mich ein bisschen beruhigen.

»Unfortunately, I can't stay because this is …«

Henri übersetzt, während ich spreche. Bonnibelle fällt uns beiden ins Wort. Sie nimmt meine Hand, sagt etwas über *»liiiion«* und führt mich vom Esstisch weg. Und dann lassen wir Henri und das außer Kontrolle geratene Gespräch einfach hinter uns.

Eine schmale Treppe führt hinauf auf den engen Speicher des Hauses. Die Decken sind niedrig, aber das stört die kleine Bonnibelle nicht. Für sie ist es immer noch geräumig. Hier oben pfeift es und die Dachziegel zittern im Mistral, der unvermindert wütet. Wir bleiben vor einer unansehnlichen Tür stehen, deren Türknauf die Form einer Rose hat. Bonnibelle macht den Mund auf, als wollte sie alles Mögliche sagen, doch am Ende legt sie stattdessen ihre Hand aufs Herz und drückt sie ganz fest drauf. Und dann hält sie ihren Zeigefinger an die Lippen.

»Scccchh. Mon secret.«

»Geheimnis? Your secret?«

Bonnibelle nickt und macht die Tür auf. Ich muss mich ducken, damit ich mir beim Eintreten nicht den Kopf stoße. Der Raum ist nicht groß, und durch die Dachschräge wirkt er noch kleiner. Dort drinnen steht ein Holztisch mit einer Nähmaschine, eine eingebaute deckenhohe Vitrine mit Schichten um Schichten perfekt gefalteter Stoffe in allen möglichen Mustern und Materialien. Federn, Perlen, Seidenbänder und Ständer voll mit Unterwäsche. BHs, die mit kleinen Gingkoblättern aus Samt besetzt sind, Strumpfbänder, goldbestickte Korsagen, Transparentes, Spitze … es nimmt kein Ende.

»Bonnibelle. Das ist ja … wunderschön.«

Ich fahre mit der Hand über die Kunstwerke, die an den Wänden hängen. Spüre die Seide, den Samt, die Bänder, die Spitze und die Perlen zwischen den Fingern. Ich lasse den Blick noch einen Moment auf ein paar gezwirbelten Fäden ruhen, die von goldenen Schnallen zusammengehalten werden, und versuche zu begreifen, was das sein soll. Bonnibelle nimmt peinlich berührt die Fäden herunter, wickelt sie auf und hält sich das Ganze vor den Körper. Aha. Eine Unterhose. Beziehungsweise zehn Fäden, die von … tja, wie nennt man das noch im Volksmund? Ich kann es kaum denken. Okay, gut, der zentrale Punkt der Frau. Dort sitzt eine Perle, und von dort gehen die Fäden aus, die quasi eine Sonne bilden.

»Ups.«

Das war mein Kommentar dazu.

»Und das … Hast du eine Boutique oder so was?«

»Une boutique?«

»Oui?«

Bonnibelle schüttelt entsetzt den Kopf, als wäre das die wahnsinnigste Idee, die ihr jemals zu Ohren gekommen ist. Sie sagt etwas über mich und Henri und Einar und »certains clients privés«, die offenbar »très privés« sind. Also ihre allernächste Umgebung und ein paar private Kunden.

Bonnibelles Kreativität kennt keine Grenzen: ein Korsett in dunklem Himmelblau mit einem ganzen aufgestickten Sternenhimmel, ein Stern neben dem anderen. Ein Négligé, an dessen Saum Grashalme schwingen und Schmetterlinge über die Träger fliegen. Ein BH aus dem weichsten grünen Plüsch, fast wie Moos, und in diesem Moos sind kleine rosa Blümchen versteckt. Aber auch mutigere Stücke, bei denen es nicht so sehr um die Natur geht als vielmehr um die Begegnung zweier Körper.

»Ich geniere mich ein bisschen mit diesen ganzen Sachen. Embarrassed.«

»Embarrassée?«

Bonnibelles Miene verrät Besorgnis, als hätte ich gerade gesagt, dass sie sich schämen sollte.

»No! Nicht so. Aber vor mir selbst. Mit *mir* stimmt was nicht. Nicht mit dir. Moi! Not you. Moi – catastrophe. Toi – fantastique.«

Bonnibelle schüttelt den Kopf. Sie findet anscheinend überhaupt nicht, dass ich eine Katastrophe bin. Dann nimmt sie meinen Fleecepulli zwischen die Finger und zieht vorsichtig daran, als wollte sie sagen: »Darf ich mir die Katastrophe mal anschauen? So schlimm kann das doch gar nicht sein.« Okay. Ich nicke, und Bonnibelle greift mit ihren manikürten Händen den Saum. Behutsam zieht sie meinen Pulli hoch und stockt kurz, als dabei mein BH, dieses ausgewaschene, schmutziggraue Ding mit den ausgeleierten Trägern, entblößt wird. Ja, meine Brüste und Bonnibelles Augen sind auf gleicher Höhe. Sie schnappt nach Luft, als hätte sie einen ganzen Körper voll hässlicher Narben gesehen.

»Oh, mon Dieu. Agneta! Pourquoi?«

»Warum? Ich weiß nicht.«

Ich ziehe meinen Pulli schnell wieder runter, wobei Bonnibelles entsetzter Blick immer noch auf mir ruht. So schlimm kann es doch gar nicht sein? Einfach nur ein ganz gewöhnlicher, langweiliger BH ohne das geringste bisschen Glamour.

22.

Der Mistral soll sich wohl im Laufe des morgigen Tages legen, was aber schwer zu glauben ist angesichts seiner momentanen Stärke. Aber hier drinnen ist es warm und ruhig. Ich habe die Kerzen im Kerzenständer angezündet und ihn mitten auf den Bronzetisch gestellt. Die Katzen liegen jeweils auf einem Küchenstuhl und dösen, während sie mit einem Auge beobachten, was ich da am Herd mache. Ich mache das gleiche Abendessen wie gestern. Von allen Käsesorten habe ich noch Reste, und angesichts Einars Gedächtnis wird er sich wohl nicht aufregen, wenn er zweimal hintereinander das Gleiche vorgesetzt bekommt. Außerdem will ich dem Ganzen jetzt noch den letzten Schliff verpassen und mit Armands Spezialität abrunden – einem Tröpfchen Balsamico obendrauf. Es ist jetzt vollkommen ruhig im Kloster. Einar schläft, er ist müde nach seinem Treffen mit Jean. Sogar die Katzen maunzen kaum, sie lassen lieber den Mistral heulen. Ich hab es in der Küche ein bisschen besser: Ich nehme einen Schluck Wein und koste von all den verschiedenen Käsesorten, die ich spontan gekauft habe, während ich gleichzeitig die Sahne mit dem Mascarpone und dem Ricotta verquirle.

»Magnus glaubt, dass ich mich um einen Jungen und seine Hausaufgaben kümmere. Wenn der wüsste! Dabei steh ich hier und schlemme Käse. Hast du gehört, was ich gesagt habe, Magnus? Ja, ich weiß, dass du nicht hier bist. Aber du lebst auf jeden Fall noch, im Gegensatz zu Armand. Und mit dem hatte ich gestern ein richtig nettes Gespräch, also ist das hier ja wohl nicht *so* seltsam, oder? Wie spät ist es jetzt? Gleich halb acht? Ja, dann hast du wohl nach deinem allabendlichen Granatapfel- und Buchweizengelage gerade den Teller abgespült. Hast alles in die Geschirrspülmaschine geräumt. Und nun stellst du wohl alle deine Vogelbilder ein und machst den letzten Feinschliff an deinem Bild des Tages für deinen superinteressanten Instagram-Account. Der Vogel des Tages ist heute die Rotbauchmeise mit fremden Federn. Bitte sehr, liebe Follower. Ich habe vor, ein Bild von meinem BH einzustellen. Gerupftes Huhn, werde ich darunterschreiben. Das Vogelthema scheint ja zu funktionieren, wenn man Likes bekommen will.«

Die Tage hier sind sehr merkwürdig. Der heutige war besonders merkwürdig. Bonnibelles Zimmer da oben. Und als sie mich mit dieser hellen Stimme fragte »pourquoi?«, war ich baff. In *dieser* Richtung habe ich noch nie pourquoi gedacht. Eher pourquoi etwas haben, was eine Spezialwäsche verlangt und noch dazu kratzt und scheuert? Pourquoi Geld ausgeben für Stücke, die nie gesehen werden? Ja, Geld ist wahrscheinlich die entscheidende Antwort. Als ob ein schöner BH uns finanziell ruiniert hätte. Ein Millionenkredit für die Trockenlegung dieser Bruchbude ist kein Problem, aber fünfhundert Kronen für einen BH? Kommt gar nicht in die Tüte.

Ich schiebe das Gratin in den Ofen, nehme mein Weinglas und meine übrigen Käsesorten und setze mich an den Tisch. Ich hebe Barry hoch, der sich ohne weiteren Protest auf meinen Schoß legen lässt. Ich spüre sein Schnurren auf meinen Oberschenkeln. Mein ganzes Ich vibriert, wie ich so dasitze.

Mein Blick gleitet von Bild zu Bild, bis hoch zu dem baumelnden Kunstwerk an der Decke, den drei schönen Schränken voller Porzellan und den getrockneten Blumen, die wie eine Wiese über dem Ofen wachsen. Man kann mit Fug und

Recht behaupten, dass Armand und Einar diese Küche liebevoll dekoriert haben. Auf die Art und Weise, die sie selbst für die schönste hielten. Sie haben diese Küche geliebt, daran besteht kein Zweifel.

»Ich muss dran denken, was ich heute gesagt habe, das mit dem *boring disaster*. Manchmal treffe ich wirklich ins Schwarze. Meistens bin ich dabei allein, aber heute ist es mir vor Publikum gelungen.«

Ich schaue auf meine Anziehsachen.

»Ich weiß nicht, ob ich lachen oder weinen soll, wie es so schön heißt. Was hab ich hier eigentlich an? Wann bin ich so geworden?«

Ohne Barry von meinem Schoß zu schubsen, hebe ich ein Bein und mustere den Gesundheitsschuh mit der ausgefinkelten Schnürung.

»Zieht man so einen geliebten Fuß an? Stell dir vor, ich würde meinen Fuß in einen knallroten Lackschuh stecken, vielleicht sogar einen mit Absatz. Was würde das meiner Umwelt für Signale senden? Hilfe, ich will Aufmerksamkeit! Hilfe, ich glaube, dass ich jemand bin! Hilfe, ich bin eine Vollblutfrau!«

Mich schaudert, wenn ich an das Wort »Frau« in Kombination mit »Vollblut« denke. Allein dieses Wort ist schon unangenehm, so voller Leistungsdruck. Ich habe Schwierigkeiten damit, ich will weder verlangen noch verlocken.

»Warum eigentlich nicht verlocken?«

Wenn ich nicht verlocke, kann ich nicht traurig sein, wenn es mir nicht gelingt, jemanden zu mir zu locken. Ich hab schließlich mein halbes Leben lang Frauenzeitschriften gelesen, ich versteh mich absolut auf Quasipsychologie.

»Ich will nicht verlocken, ich will nicht herausstechen, ich will nicht hoffen, ich will nicht mit den anderen wetteifern, die da mit ihren roten Lackschuhen sitzen. Ja, ja, ich weiß. Das Leben ist kein Wettkampf. Du musst nicht gegen andere konkurrieren, Agneta, du musst dein Leben leben.«

Dein Leben leben. Es liegt so viel Druck und Stress in diesem einen Satz, dass ich niemals meinen schmuddeligen BH gegen …

»Mit wem sprichst du da?«

Einar betritt die Küche, mit verschlafenem Gesicht und in einem Morgenrock mit Tigermuster. Er schaut sich um auf der Suche nach meinem Gesprächspartner.

»Ich rede mit mir selbst.«

»Okay.«

Einar hebt Judy hoch, drückt sie an seine Brust und setzt sich auf den Stuhl. Er krault die Katze so perfekt im Nacken, dass sie ganz blöd vor Glück ist.

»Worüber redet ihr?«

»Ich und ich?«

»Ja.«

»Gerade eben haben wir uns über … Soll ich das ehrlich sagen?«

»Wenn du willst. Es riecht gut, was kochst du da?«

»Gratin de chèvre frais avec jambon!«

»Das, welches du gestern gemacht hast, war unglaublich gut. Dann wird es das diesmal bestimmt auch.«

Verdammt … erinnert er sich jetzt doch?

»Ich hoffe«, stammle ich verlegen.

»Worüber habt ihr euch unterhalten?«

»Über Dekoration.«

»Wunderbar. Ich liebe Dekoration!«

»Dekoration von Dingen, die man lieben sollte.«

»Sollte?«

»Sagen wir mal, du hast eine Küche. In dieser Küche stehen

ein Herd, ein Ofen, eine Spüle und so und auch ein paar Schränke. Du kannst die Küche entweder so benutzen, wie sie ist, und so wird sie auch hervorragende Dienste leisten. Oder du dekorierst die Küche, sodass sie eine Huldigung ans Kochen wird. Du gibst dein Bestes, du putzt die Fensterläden, schmückst die Fliesen, tauschst Knäufe aus und voilà, hier ist *meine* Küche.«

»Ich glaube an Dekoration, weil sie sich auf alles erstrecken kann. Warum sollte man die Dinge und sich selbst und die ganze Welt nicht so schön machen, wie es nur geht? Wir müssen alle sterben, warum die Zeit bis dahin mit Tristesse verschwenden? Also, wofür ist die Küche eine Metapher?«

»Eine Metapher?«

»Wofür steht die Küche *eigentlich*?«

»Ich weiß, was eine Metapher ist, vielen Dank. Ich war heute bei Bonnibelle.«

»Du Glückliche.«

»Ich durfte ihr Atelier sehen.«

»Du noch Glücklichere. Ich komm da oben kaum rein.«

»Sie war ganz erschrocken, als sie meinen BH gesehen hat.«

»Interessant. Was hattest du für einen BH an?«

»Diesen hier.«

Ich ziehe meinen Pulli hoch. Ja, ich habe alles verloren. Das steht jetzt fest. Ich werde es nie wieder sagen. Einar verzieht keine Miene.

»Du kannst den Pullover jetzt wieder runterziehen, ich hab genug gesehen.«

»Was meinst du?«

»Was meinst du selbst?«

»Ich will wissen, was Bonnibelle dazu meinte. Du kennst sie doch – was glaubst du?«

»Bonnibelle ist eine Frau, die nicht viel Aufhebens um sich

macht. Nicht für andere Menschen. Aber für sich selbst. Du weißt, dass sie ihre eigenen Öle mischt, mit denen sie sich einschmiert?«

»Ich weiß nichts über sie, schon gar nichts von irgendwelchen Ölen.«

»Für sie ist es eine Selbstverständlichkeit, ihren Körper zu ehren, sich mit ihm zu beschäftigen, als wäre er der größte Schatz.«

»Ein Schatz?«

»Bonnibelle und ich sind uns in gewisser Weise recht ähnlich. Abgesehen von dem Umstand, dass ich gerne auffalle und ihr dieses Bedürfnis völlig fremd ist. Aber wir kümmern uns beide um das, was uns gegeben wurde, und wir nehmen es ernst. Bonnibelle mischt Öle mit Kräutern und Lavendel, die sie in ihrem Garten anbaut … hast du den eigentlich schon gesehen? Wenn nicht, musst du das unbedingt nachholen. Unser Garten war früher auch schön, jetzt ist er ganz verwildert, tja, ein bisschen wie ich selbst. Aber Bonnibelle weigert sich zu verwildern. Sie isst gut, riecht gut, ist außen so schön wie innen. Nachts schläft sie entweder tief oder sie macht Liebe mit Henri. Zwei extrem wichtige Dinge! Schlaf und Sex – ein bisschen wie Alkohol und Wasser. Obwohl ich glaube, dass sie inzwischen eher 70–30 praktizieren.«

»70–30 wovon?«

»Siebzig Prozent Schlaf und dreißig Prozent Sex. Die beiden sind schließlich schon über achtzig, also ist das doch ein ganz ordentlicher Prozentsatz. Wir gehen ja mit Riesenschritten auf unseren hundertprozentig traumlosen Schlaf zu.«

»Ich finde, das ist ein ganz schön hoher Prozentsatz. Also schlafen sie an drei von zehn Nächten miteinander?«

»Nein, das hab ich nicht gesagt. Ich hab gesagt, dass sie Sex haben. Henri hat inzwischen Probleme mit der Potenz, aber es gibt Millionen von anderen Wegen, sich trotzdem gegenseitig zu genießen. Wenn man älter wird, wird die Erotik wichtiger denn je.«

»Ach ja?«

»Nicht nur, damit es ein Genuss wird – was natürlich das Wichtigste ist –, aber es ist auch wichtig für die Gesundheit. Das Herz, das Immunsystem, die Lebenslust – all das braucht Sex, um in der Balance zu bleiben.«

Ich muss an einen Artikel über die Franzosen denken, den ich einmal gelesen habe. Dass sie den meisten Wein pro Kopf trinken, mehr rauchen und häufiger eine eher skeptische Haltung zum Sport einnehmen. Aber dass sie trotzdem immer wieder Topresultate bei Untersuchungen der Volksgesundheit erzielen, sowohl im Hinblick auf die Lebensdauer als auch auf Herz und Kreislauf und all so was. Es ist den Gesundheitsexperten ein Rätsel, vergleichbar mit dem schwarzen Loch im Universum. Habe ich das Rätsel jetzt vielleicht gelöst? Was sagt die Forschung dazu? Haben die Franzosen mehr Sex als die anderen Nationen? Wenn ja, dann ist eins plus eins gleich zwei, und ich kann das Rätsel mit der Lebensdauer lösen.

»Außerdem ist es kostenlos. Aber du bist ja noch jung, du brauchst noch nicht an deine Gesundheit zu denken, du kannst einfach nur genießen.«

»Jung?«

»Ja.«

»Genießen?«

»Den Sex!«

»Aha, meinst du …«

»Du hast doch wohl Sex?«

»Ja, schon. Beziehungsweise … na ja.«

»Riecht es hier nicht irgendwie angebrannt?«

»Wie meinst du das?«

Woher weiß er, dass ich lüge? Aber was meint er mit »angebrannt«? Ist das irgendeine Redensart, die ich nicht kenne? »Lügen riechen angebrannt« oder so? Oder »angebrannte Lügen sind wie Rauchsignale«? Aber er hat tatsächlich recht – es riecht ein bisschen angebrannt.

»Verdammt – der Käse!«

Wir nehmen uns Oliven, Cornichons, trockenes Baguette, meine spontan gekauften Käsesorten, ein ordentliches Stück Salami und trinken Wein dazu. Das angebrannte Gratin liegt im Mülleimer. Einar isst mit einer Präsenz, die ich noch nie zuvor gespürt habe. Am Ende liegt es am Sex? Er schläft ein bisschen mit Jean, und schwups machen sein Gehirn und sein Herz und seine Lebensfreude einfach PENG!. Ein bisschen wie Magnus, als wir es zum letzten Mal geschafft haben. Er wurde … euphorisch. Aber warum wurde ich nicht so lebendig und beschwingt?

»Du hast mir doch gestern von Armand erzählt.«

»Wirklich?«

»Ja. Wir waren oben im Badezimmer und haben euch beide als Statuen angeschaut. Und du wolltest mir erzählen, wie ihr euch kennengelernt habt.«

»Aha.«

»Aber du bist nicht sehr weit gekommen.«

»Wie weit bin ich denn gekommen?«

»Zuletzt hast du irgendwas von Münzen und der Marine erwähnt.«

»Münzen, wirklich? Gut, dann machen wir da weiter. Traust du dir zu, versaute Geschichten anzuhören?«

»Ich glaube schon.«

»Die Marine war der reinste Himmel für einen wie mich.«

»Für einen wie dich?«

»Ja. Einen heimlichen Schwulen, der nicht mal wusste, dass er schwul war. Dass ich mehrere Jahre bei der Marine blieb, hatte genau diesen Grund. Wegen all dieser Männer. Ich machte in diesen Jahren eine Ausbildung zum Kellner und zum Koch. Kümmerte mich um die Offiziersmesse. Aber das war später. Erst war ich einfach nur beim Wehrdienst mit den ganzen anderen Matrosen, und da lag so eine … erotische Spannung in der Luft. Für mich jedenfalls. Ich rannte den ganzen Tag herum und war scheißgeil.«

Wer von uns beiden ist hier achtzig Jahre alt? Muss wohl ich sein. Ich hätte dieses Wort nie laut aussprechen können. Wahrscheinlich habe ich dieses Wort nicht einmal gekannt oder auch nur gedacht. Agneta, nimm einfach ein paar Schlucke Wein und nicke freundlich. Also nicke ich und versuche weltgewandt auszusehen.

»Ein Typ beim Militär hieß Sven Akselius. Er war furchtbar nett und freimütig und … tja, man könnte wohl sagen, dass seine Themen samt und sonders eine sexuelle Konnotation hatten. Zu meiner großen Freude. Ich war ja eher ein begeisterter Voyeur. Es war mein großer Vorteil, dass ich verheiratet war. Niemand schaute mich komisch an, niemand hinterfragte, warum ich immer der Erste war, der bei diesen erotisch aufgeladenen Spielen mitmachte. Ich war ja verheiratet, ich war kein Schwuler, ich war nur einer von den Jungs. Sven gelang es, uns alle zu überreden, dass wir unser Kleingeld sammelten. Ein-Öre-Münzen, Zwei-Öre-Münzen und Zehn-Öre-Münzen. Dann legten wir alle Münzen auf den Tisch in der Kaserne.«

Einar lächelt bei der Erinnerung und schneidet sich ein Stück von der Salami ab. Ich habe meine liebe Mühe damit, so zu tun, als würde ich einer total alltäglichen Geschichte zuhören. Vielleicht sollte ich ein bisschen gähnen, um zu zeigen, dass ich solche Gespräche gewohnt bin.

»Dann mussten wir alle unsere Schwänze hart machen, nur ein ordentlicher Ständer zählte. Sven akzeptierte nichts anderes.«

Ja, da kann man mal sehen. Ich schütte den Wein in mich hinein und schenke mir sofort wieder nach.

»Und derjenige, der dann die meisten Münzen runterschob, durfte sie behalten.«

»Die Münzen runterschob?«

»Mit dem Schwanz natürlich.«

»Mit …? Wie?«

Meine ganze gespielte Weltgewandtheit ist wie weggeblasen. Der Mistral hat wohl auch mein Gehirn getroffen.

»Alle Münzen wurden auf den Tisch gelegt, und dann legten wir unsere Ständer auf diesen Tisch und schoben die Münzen auf den Boden. Mit anderen Worten: Der mit dem längsten Schwanz gewinnt. Es war immer dieser Typ aus Värmland, der den Preis gewann, wie hieß er noch gleich …? Ja, das war für mich ein Hochgenuss. Wenn du verstehst.«

Mehr Wein. Aber keine Salami, danke. Nie mehr Salami.

»Das ließ Sven Akselius uns immer und immer wieder machen. So sah also unsere Grundausbildung aus.«

»Fürs Schwulwerden?«

»Nein, nein, die Grundausbildung bei der Marine. Bevor ich zum Bataillon von Trolle kam und Koch wurde. Ich wollte gar nicht wieder nach Hause. Ich wollte bis in alle Ewigkeit in dieser Männerwelt draußen auf den Schiffen bleiben. Isoliert und ohne Kontakt mit dem, was ich zu Hause hatte. Also mit Margareta. Meiner Frau.«

»Aber du … konntest trotzdem mit ihr zusammen sein? Obwohl du eigentlich nur mit Männern zusammen sein wolltest?«

»Ich konnte absolut mit Margareta schlafen. Aber das hatte nichts mit Leidenschaft zu tun. Ja, sie wurde sogar … na ja.

Also, ich konnte es. Aber später in der Messe hab ich zum ersten Mal das Wort ›Schwuler‹ gehört. Und was es bedeutete. Ein paar von den Köchen erzählten, wie das ablief, ich saß wie auf Nadeln, so interessant fand ich das. Selbstverständlich war das nie etwas, was sie *selbst* gemacht hätten, sondern immer irgendein ›Kumpel‹ von ihnen. Ja, ja, klar, haha! Aber damals glaubte ich ihnen. Sie erzählten Geschichten von Dingen, die diese *anderen* Männer miteinander gemacht haben, hinter dem Nationalmuseum oder in den Gebüschen im Humlegården in Stockholm. Einer von den Köchen wusste von einem Typen, der Männer im Humlegården traf und Geld damit verdiente, dass er sie befriedigte. Es war, als hätte mich ein Blitz getroffen.«

»Was für ein Blitz?«

»Dass ich homosexuell war.«

»Fühlte sich das … Und was hast du dir damals gedacht?«

»Dass ich unbedingt zum Humlegården muss.«

Einar hält zwischen zwei Cornichons inne und lächelt in sich hinein, als wäre er wieder beim Bataillon von Trolle.

»Es war ein paar Tage vor Mittsommer, und ich log Margareta vor, dass ich keinen Freigang bekommen hatte und gezwungen war dazubleiben. Dann zog ich meinen besten Anzug an, verließ die Kaserne und stieg in den Zug nach Stockholm. Ich war wahnsinnig gespannt. Ich dachte an all die Männer, die ich in diesem Park treffen würde. Am Mittsommerabend um acht Uhr betrat ich den Humlegården. Aber er war vollkommen verlassen. Ganz Stockholm war menschenleer. Natürlich waren sie alle im Schärengarten und tanzten um ihre Mittsommerstangen. Ich weiß nicht, wie viele Runden ich in diesem Park gedreht habe, ohne einer Menschenseele zu begegnen. Ich kam mir so dämlich vor. Was hatte ich eigentlich geglaubt? Mitten in Stockholm am Mittsommerabend? Und dann konnte ich ja auch schlecht den Zug nach Hause zu Margareta oder meiner

Mutter nehmen. In der Straße am Humlegården stand eine Bank, auf die ich mich irgendwann setzte. Wie lange ich da gesessen habe? Bestimmt ein paar Stunden. Nicht mal ein Buch hatte ich dabei. Ich saß einfach da und kam mir dumm vor und einsam, und die arme Margareta und ich Armer. Plötzlich glitt ein elegantes Auto vorbei, ein cremeweißer Opel Olympia. Er blieb ein Stück entfernt stehen, als ob der Fahrer überlegte, und dann fuhr er rückwärts bis zu mir. Zwei Männer saßen im Auto, und einer von ihnen stieg aus. Groß, schlank, zurückgekämmte dunkle Haare und fast schwarze Augen. Er war unglaublich elegant gekleidet, so etwas Elegantes hatte ich noch nie gesehen. Er ging direkt auf mich zu. ›Darf ich dich auf ein Getränk einladen?‹, fragte er. ›Selbstverständlich‹, erwiderte ich. Es war eng auf dem Rücksitz, aber der Duft der roten Lederbezüge und der Parfums dieser Männer war überwältigend. Die beiden Herren waren viel älter als ich. Ich war zweiundzwanzig, und sie waren mindestens vierzig.«

»Aber ... hattest du denn keine Angst?«

»Ich hatte eine Todesangst.«

»Klar.«

»Eine Todesangst, mir hätte ja alles Mögliche passieren können.«

Es ist nicht abzusehen, wie diese Geschichte ausgeht.

»Wir fuhren durch ein menschenleeres Stockholm, in dem trotz der späten Stunde die Sonne immer noch schien und die Möwen schrien. Wir ließen Gamla stan hinter uns und fuhren weiter Richtung Södermalm und Mariaberget. Dort parkten wir vor dem Laurinska huset, diesem magischen alten Backsteinpalast mit seinen Zinnen und Türmchen. Wir gingen ganz nach oben ins östliche Turmzimmer.«

»Und?«

»Und dort bin ich dann geblieben.«

»Den ganzen Abend?«

»Mein ganzes Leben, könnte man sagen.«

»War das *Armand* in diesem Auto?«

»Ja. Er hatte genau einen Satz auf Schwedisch gelernt: ›Darf ich dich auf ein Getränk einladen?‹ Und seit diesem Abend waren wir ein Paar.«

»Du meinst also, Armand war dein erster und …?«

»Und er war der Richtige. So war es einfach. Mein ganzes Leben veränderte sich, als ich diese Turmwohnung im Laurinska huset betrat. Diese elegante, makellose Altbauwohnung voller Männer, die gemeinsam Mittsommer feierten. Rosé Champagner, Aussicht auf den Riddarfjärden, Künstler, Schriftsteller, Architekten, ein unehelicher Sohn von Gustav V., Journalisten, ein Hofberichterstatter und eine Truppe Dandys. Alle waren sie homosexuell und schön. Aber der Schönste von allen war Armand. Und der wollte mich.«

»Und an dem Abend …?«

»An dem Abend wurde ich in einem verschnörkelten Himmelbett verführt, das früher mal der Königin Hedvig Eleonora gehört hatte. Ich bin so dankbar, dass ich so naiv war und nicht früher in diese Welt gekommen bin. Ich hätte wirklich leicht zum Opfer werden können. Stell dir vor, wenn mir im Bus, mit dem ich immer zu den Proben des Knabenchors fuhr, ein Mann die Hand aufs Bein gelegt hätte! Und wenn ich mit dem nach Hause gegangen wäre! Viele von meinen guten Freunden haben genau das getan und waren danach gezeichnet fürs Leben. Aber ich hatte unglaubliches Glück. In diesem Punkt jedenfalls. Was ist morgen für ein Tag?«

»Freitag.«

»Dann gehen wir ja in die Bar.«

»Ich weiß. Um fünf Uhr, stimmt's?«

»Ja. Punkt fünf.«

»Passiert da irgendwas Besonderes?«

»Nein. Da ist noch nie was Besonderes passiert. Und es wird mit allergrößter Wahrscheinlichkeit auch nie was Besonderes passieren. Aber ich muss da sein, sicherheitshalber. Solange ich lebe, werde ich jeden Freitag um 17 Uhr in dieser Bar sein. Danke für diesen schönen Abend. Gute Nacht.«

Dann steht Einar auf, nimmt beide Katzen auf den Arm und geht auf wackligen Beinen hoch in sein Schlafzimmer.

23.

Am nächsten Morgen schläft Einar länger und bekommt sein Frühstück ans Bett. Er hat nicht mal das übliche nächtliche Chaos in der Küche angerichtet. Als ich mit dem Frühstückstablett sein Zimmer betrete und ihn wecke, schaut er mich nur verwundert an. Diese Nähe, die wir gestern Abend hatten, ist wie weggeblasen. Mein Hirn hat versucht, die Informationen über die ganzen Münzen und Geschlechtsorgane auf dem Tisch und Einar auf der Bank im Humlegården zu verdauen. Es kommt mir vor, als hätte ich die ganze Nacht mit Einar zusammengesessen. Doch als ich ihm das Tablett auf die Bettkante stelle, muss ich mich vorstellen. Als ich »Agneta« sage, scheint zwar etwas in ihm zu klingeln, aber mehr auch nicht.

Ich lasse ihn in Frieden essen und widme mich dem Putzen des Badezimmers. Während ich das Waschbecken scheuere, kann ich mir einen Blick auf die beiden Statuen nicht verkneifen. Armand und Einar lächeln und ... Wie bin ich bloß in diesem kleinen Dorf gelandet, in diesem Kloster mit dieser, gelinde gesagt, extravaganten Einrichtung?

Ich muss auch an Margareta denken. An Margareta, Nyköping und die Volkstanzgruppe. Auch sie muss sich wie unsichtbar gefühlt haben, nachdem Einar diesen Palast in Stockholm betreten hatte. Wer ist sie schon, dass sie mit einem Meer von interessanten Männern und Rosé Champagner mithalten könnte? Oh, ich kann mich so gut in sie hineinversetzen. Wie ich im Pausenraum bei der Arbeit, aber noch tausend Mal schlimmer. *Je suis Margareta.* Wir alle, die übrig bleiben, sind Margaretas. Für die es nicht so ausging wie erhofft. Aber was weiß ich, vielleicht war Margareta ja gar kein Opfer. Vielleicht hat sie Einar ja gesagt, er solle sich zum Teufel scheren, um dann den aufregendsten Abenteuern ihres Lebens entgegenzuschweben.

Es dauert drei Stunden, bis ich das Badezimmer richtig sauber bekommen habe. Aber dann ist auch wirklich alles blitzblank, jede Ritze abgestaubt und geputzt. Einar hat sein Frühstück allerdings nicht mal angerührt, als ich wieder zu ihm komme.

Der Mistral hat deutliche Spuren hinterlassen. Zweige sind von den Bäumen auf den Marktplatz heruntergeweht worden, Plastikstühle liegen an den seltsamsten Orten, und ein paar Mülltonnen sind umgeworfen worden und haben ihren Inhalt in der Gegend verteilt.

Heute Morgen war der Markt voll mit Fleisch- und Fischständen. Diesmal war mir nicht so unbehaglich zumute, als ich auf den Markt ging. Einar hat gestern ziemlich viel Salami gegessen, das scheint also etwas zu sein, was er gern mag. Als ich den Kühlschrank geputzt habe, habe ich verschiedene Pastetensorten entdeckt, das ist dann wohl auch eine seiner Lieblingsspeisen. Meine Verblüffung war komplett, als ich vor zwei Weltmeeren aus Würsten und Pasteten stand. Verschiedenste Tiere, die zerkleinert und mit Kräutern oder Nüssen vermischt worden waren, in alle möglichen Sachen gerollt oder eingebacken, und ich zeigte immer nur auf das, was mich interessierte, und hoffte das Beste. Ich kaufte ein bisschen Lamm (hoffte ich) und ein Glas mit etwas, was aussah wie weißer Thunfisch in Olivenöl. Ich dachte mir, ich könnte ja mal das Rezept ausprobieren, das Bonnibelle mir gegeben hat. Und Lammfleisch kann man immer zu irgendwas brauchen.

Jetzt ist der Marktplatz wieder wie leer gefegt. Alles Leben vom Morgen ist ratzefatz verschwunden. Einar und ich gehen schweigend nebeneinander her zur Bar. Er hat seine Kleidung sorgfältig ausgesucht, alles musste perfekt sauber sein, und ich musste ihn sogar rasieren. Auch wenn er dabei die ganze Zeit nach Bonnibelle fragte. Am Ende entschied er sich für eine Designer-Militärhose, einen großen grauen Strickpullover und einen rot-weiß gestreiften Kaschmirschal, den er aus all den Schals in einem Schrank auswählte, in dem ausschließlich Schals in sämtlichen vorstellbaren Farben und Materialien lagerten. Ich habe meine blaue Bluse aus dem Koffer geholt, das einzige Stück, das halbwegs fein aussieht. Aber sie ist hoffnungslos zerknittert, und ich konnte mich nicht entscheiden, ob ich sie in die Jeans stecken oder drüber tragen sollte, also wurde es am Ende beides, und das auf eine sehr seltsame Art. Vorne drinnen, hinten draußen. In der Arbeit hab ich sie immer in die Hose gesteckt, aber hier weiß ich nicht mehr, wie die Regeln sind.

Einar bleibt stehen und schaut sich um, als hätte er keine Ahnung, wohin er gerade unterwegs ist. Als hätte ihn jemand auf einer unbekannten Dorfstraße in einem unbekannten Dorf ausgesetzt. Ich versuche zu tun, als wäre nichts, gehe einfach langsam weiter und drehe mich dann zu Einar um.

»Wir gehen doch zur Bar, oder?«

Keine Antwort.

»Die liegt doch in dieser Richtung, nicht wahr?«

Ich sehe ihm an, wie er verzweifelt in seinem Gedächtnis sucht. Gereizt zischt er mich an:

»Wofür hältst du mich eigentlich? Natürlich finde ich zu meiner eigenen Bar!«

Nichtsdestotrotz lässt er mich vorangehen. Die Plastikstühle der Bar sind noch an der Wand festgezurrt, obwohl sich der Mistral inzwischen verzogen hat. Einar schaut auf die Uhr, es ist gleich fünf. Dann macht er die Tür auf und tritt ein. Drinnen sitzen Bonnibelle, Henri und ein paar ältere Herren, die ich noch nie gesehen habe. Fabien läuft uns entgegen und küsst Einar auf die Wangen, dann stellt er ihm einen Stuhl hin und tut so, als würde er die Sitzfläche abwischen, bevor Einar sich draufsetzt. Kleine Schälchen mit Salzmandeln und Oliven drängen sich auf dem Tisch zwischen den Weingläsern. Hoppla, jetzt küsst Fabien mich auch auf beide Wangen. He, he, langsam, langsam, das ist mir doch viel zu nah! Alle küssen Einar, und sie küssen mich und halten meine Hände und sagen »Annjetá, Annjetá« mit diesem französischen Akzent, dass ich meinen eigenen Namen kaum wiedererkenne. Einars Miene hellt sich auf, erst spricht er Schwedisch, doch nach ein bisschen Ruckeln und Lachen rutscht er ins Französische, dann wieder ins Schwedische und wieder zurück ins Französische.

Ich nicke und lache, wenn die anderen lachen, proste ihnen zu, wenn sie ihre Gläser heben, nehme mir Mandeln, wenn sie sich Mandeln nehmen, und versuche im Großen und Ganzen, dabei zu sein, obwohl ich überhaupt nicht mitkomme. Freitags um fünf ist schlicht und ergreifend eine After-Work-Veranstaltung. Oder ein After-was-auch-immer-man-als-Rentner-so-macht. Trotzdem schön zu sehen, dass die Leute dem hier so eine Wichtigkeit beimessen. Egal, was passiert, ich werde verdammt noch mal jeden Freitag um 17 Uhr in die Bar gehen, bis zu meinem Tod! Ich wünschte, ich könnte meinen Freunden auch so viel Wichtigkeit beimessen. Oder sie mir. Von welchen Freunden spreche ich eigentlich gerade? Wann hatte ich eigentlich jemals Freunde? Von meinen sogenannten Freunden aus der Teenagerzeit zu sprechen, fühlt sich falsch an, das war eine andere Zeit. Als meine Kinder klein waren, hatte ich »Bekannte«. Man saß mit anderen Eltern zusammen und unterhielt sich auf Kindergeburtstagen, oder wenn man die Kinder vom Spielen abholte.

Manchmal lud man irgendwelche von diesen Eltern auch zum Abendessen ein. Ich weiß noch, dass ich mich oft durch Unterhaltungen über Hauskredite quälte und was man im Sommer vorhat und welches Auto das sicherste ist, und hinterher, wenn man wieder gegangen war, machte ich mich darüber lustig. Doch Magnus fand mich ungerecht, womit er natürlich recht hatte. Ich hätte mich ja auch mal zusammenreißen und versuchen können, über etwas Lustigeres zu reden, wenn ich dermaßen gelangweilt war. Aber das mache ich nie. Meine Schüchternheit steht wie ein Grenzpolizist vor mir und sagt: »Stopp, stopp, kein Wort weiter, diese Redseligkeit darf hier nicht raus. Zurück. ZURÜCK HABE ICH GESAGT!«, und dann fuchtelt der Grenzpolizist mir mit seiner Maschinenpistole vor der Nase herum.

Natürlich habe ich versucht, die Stimmung manchmal ein bisschen aufzulockern, aber irgendwie wollte das nie gelingen. Meine Scherze, die ich hoffnungsvoll in die Luft abfeuerte, zündeten nicht und segelten schlaff zu Boden. Dann versuchte ich es erneut, aber dabei war ich noch nervöser, wenn das überhaupt ging, und dann stand ich da und kam total hochnäsig rüber statt lustig. Danach blieb nur noch die Überfreundlichkeit, aber das funktionierte jetzt auch nicht mehr richtig. Und dann war ich eben ganz still.

Das Seltsame ist, dass die einzig richtig lustigen Gespräche, die ich in den letzten ... neunundvierzig Jahren geführt habe, die mit Maja und Einar waren. Mit ihnen habe ich mich nicht eine Sekunde gelangweilt. Vom Grenzpolizisten in meinem Kopf keine Spur. Ich hab nicht mal an ihn gedacht. Magnus hat mich immer genervt mit seinen Klagen, dass ich auf gar nichts neugierig bin. Dabei hat er sich getäuscht. Ich bin sehr wohl neugierig. Auf Bonnibelle und Einar. Bonnibelle sieht aus wie jede andere feine französische Dame mit ihrem frisierten Haar und der wunderschönen Strickjacke. Aber ich weiß, was darunter schlummert. Henri mag mit seinem Schuldirektorenjackett aus Cord zwar im Rollstuhl sitzen, aber wenn er sich auf den Rücken legt, wirft Bonnibelle sich auf ihn. Oder wie auch immer die beiden das machen. Einar mag zwar aussehen wie jeder x-beliebige nette ältere Herr mit Schal und allem Drum und Dran, aber diese Münzen auf dem Tisch in der Kaserne waren erst der Anfang. Weiß Gott, worüber seine … Genitalien seitdem noch so alles gezogen wurden.

Ich sehe die Kellnerin, die sich immer so elegant zwischen den Tischen hindurchschlängelt. Sie sieht nicht so aus, als würde sie dreimal in der Woche zehn Kilometer laufen oder durch irgendwelche eiskalten Brackwasserseen schwimmen, aber sie bittet nicht um Entschuldigung dafür. Nein, diese Frau schwingt ihre Hüften, als wären sie ein Geschenk an alle Tische dieser Welt. Ich mustere ihren Bauch. Der steht ja richtig raus! Alle im Büro redeten über ihre Bäuche, die alle auf die eine oder andere Art sichtbar waren. Bäuche soll man nicht sehen. Egal, wie alt du bist, dein Bauch muss flach sein. Wenn er zufällig eine andere Form hat, dann muss er sofort versteckt werden, oder man muss sich für ihn entschuldigen oder schämen. Und dann muss man Hüttenkäse essen und Strumpfhosen mit extrafesten figurformenden Partien am Bauch anziehen, damit er schön flach gedrückt wird. Bis ins Innerste hinein muss er gequetscht werden. Ich schaue auf meinen eigenen Bauch hinunter, den ich unter der Bluse versteckt habe, weil er zu der sichtbaren Art von Bäuchen gehört.

»Still alive? Coucou?«

Fabien steht neben mir und versucht mich anzusprechen. Er deutet mit einem Nicken auf mein leeres Glas.

»Wine? Yes?«

»Yes, please. Merci, meine ich. I mean.«

»Voilà!«

Die alten Leute reden laut durcheinander, während Fabien sich einen Stuhl heranzieht. Er hat wirklich ein Händchen für auffällige Hemden. Heute ist es von einem Gelb, das der Sonne Konkurrenz macht, und dann auch noch dieser ganze Pelz unter dem offen stehenden Kragen. Die Ärmel hat er hochgekrempelt, sodass sie ebenso viel von seinen vorzeigbaren Unterarmen freigeben. Er holt sein Smartphone heraus, schreibt etwas und reicht es mir.

Einar schön und froh. Ist geht alles gut?

Bestens! Ich habe eine Frage: Warum sind die Franzosen so gesund und leben so lange, obwohl sie MEHR rauchen und Alkohol trinken und WENIGER Sport machen als fast alle anderen Menschen auf der Welt?

Fabien liest meinen Text, versteht die Frage aber nicht richtig. Google Translate fordert sein Weltbild wirklich heraus, man muss neue Denkwege beschreiten, um die Übersetzungen zu verstehen. Ich kann geradezu sehen, wie er über meinem Text grübelt. Dann hellt sich seine Miene auf, er liest es noch mal und hämmert zufrieden eine Antwort in sein Handy.

Diese Studie bin ich auch gelesen! Stolze Franzosen über die Sache, haha! In den Zeitungen die Überschrift und wir klopfen ihn auf die Brust. Wir sind gesünder wegen dem Essen. Wie wir es essen.

Das Essen? Haben die Franzosen denn nicht Sex, um gesünder zu leben?

Wie esst ihr denn euer Essen? Ich meine – auf wie viele Arten kann man denn seine Mahlzeiten essen?

Fabien macht ein Geräusch mit den Lippen, als hätte ich irgendwas über das Leben nicht verstanden.

Du musst das Essen lange machen. Das Essen lange essen. Wein zum Essen trinken. Es nicht alleine essen. Immer wäre es das letzte Essen. Die Amerikaner sind so dick und essen das Auto fahren drive through mit den Hamburgers. Die Länge des Lebens ist kurz in ihnen. Wie esst ihr das Essen die Schweden?

Hast du schon mal von kaltem Haferbrei gehört? Von Glutenallergie? Dass alle in einer Familie zu verschiedenen Zeiten Sport treiben und dazwischen alleine essen? Von Fastfood?

Fastfood?

The fastest of fastfoods. In Schweden soll man seine Mahlzeiten am besten schnell kochen und schnell essen. Wir renovieren unsere Küchen für Milliarden, kaufen Kochbücher für Millionen, kochen unsere Mahlzeiten in maximal einer Viertelstunde und essen sie innerhalb von Minuten auf. Wir sind schrecklich effektiv. Besonders mein Mann (ich übertreibe ein bisschen, aber ich glaube, du verstehst, was ich meine).

Dummköpfe! Ist die Länge genauso lang in Schweden in Frankreich?

Die Länge wovon?!

Vorsichtshalber frage ich nach. Seit dieser Geschichte mit dem Kleingeld auf dem Tisch habe ich jeglichen Sinn für die Realität verloren. Fabien wirft mir einen scheelen Blick zu und hebt eine seiner buschigen Augenbrauen. O nein! Jetzt denkt der am Ende, ich flirte mit ihm. Nein, nein, nein! Ich kann nicht flirten, so was mache ich nicht. Er schiebt mir sein Handy herüber.

Von dem Leben natürlich. Was glaubst du?

Die Lebenserwartung ist wohl für alle ungefähr gleich hoch. Aber dafür treiben wir Schweden die ganze Zeit Sport und essen kalten Haferbrei, um unser Gewicht zu halten. Während ihr Franzosen still sitzt, mit Sahne gratinierten Käse esst, raucht und Alkohol trinkt. Das ist ungerecht.

Fabien lacht. Ich mag sein Lachen, obwohl es viel zu laut ist. Ich frage mich, wie mein Text auf Google-Translate-Französisch klingt. Sprechen wir überhaupt von denselben Dingen? Fabien schreibt und reicht mir das Handy wieder.

Seltsame Frau bist du. Lustig! Warum bist du hier und nicht mit dem Mann?

Direkte Frage. So was liebe ich ja. Habe ich wirklich dieses Gespräch angefangen? Gut gemacht, Agneta! Du hast es echt drauf!

»More vin blanc, s'il vous plaît!«

Hab ich das gerade gesagt? Wenn schon after work – beziehungsweise after was auch immer –, denn schon. Fabien zieht eine Flasche Weißwein vom anderen Ende der Bar heran und schenkt mir nach. Die anderen trinken Rotwein, und er schaut auch nach ihren Gläsern. Sie haben jetzt angefangen, Karten zu spielen. Bonnibelle scheint auch über Einars Karten zu wachen. Fabien schreibt wieder irgendwas auf seinem Handy und schiebt es mir herüber.

Entschuldige die Frage. Keine Antwort. Schon gut.

Ich schüttle den Kopf und schreibe.

Mein Mann ist in Schweden geblieben. Es ist genauso sehr meine Schuld wie seine. Er will im November zu Inseln schwimmen, ich will gutes Essen essen und Wein trinken. Er hat Libido, ich nicht.

Fabien liest. Jetzt schon etwas ernster.

Du hast Libido. Sonst du wärst nicht hier.

Ich schüttle den Kopf.

Nein. Ich bin nur aus Zufall hier gelandet. Ich bin die langweiligste Frau der Welt.

Langweilig? Du? Nein, nein. Die Frau lässt diesen Mann in Schweden und fährt zu unserem Dorf. Starke Libido in dieser Frau!

Libido? Ich hab kein bisschen Libido.

Einar kann dir beibringen darüber! Jeden Morgen sagt er eine Sache. Warte!

Fabien unterbricht kurz das Kartenspiel und stellt Einar eine Frage. Alle lachen, außer Einar, der keine Ahnung zu haben scheint, wovon Fabien redet. Bonnibelle flüstert ihm etwas ins Ohr, bis Einar versteht und nickt. Jetzt erinnert er sich wieder.

»Chaque matin …«

»Ich verstehe kein Französisch, Einar. Bitte auf Schwedisch.«

»Ach so, und ich dachte … D'accord. Ich beginne jeden Tag mit einer Frage an mich selbst. Ich rede mit dem, was mich an den Punkt gebracht hat, wo ich heute bin. Ich überprüfe, wie es diesem Teil von mir geht, und achte drauf, dass er immer noch bei mir ist. Ein bisschen so, als würde man morgens aufwachen, seinem Geliebten in die Augen schauen und ihn fragen, ob er gut geschlafen hat.«

»Okay. Und was fragst du ihn dann?«

»How do you do, my libido?«

Alle am Tisch lachen herzlich. Einar bringt sie zum Schweigen.

»Lacht ruhig, aber das ist eine wichtige Frage! *How do you do, my libido?* Es ist wichtig, sich mit seiner Libido zu unterhalten. Wie geht es dir, meine kleine Libido? Brennst du schon? Dann kannst du deine Libido antworten lassen.«

»Und, was sagt deine Libido dann so?«

»Wenn ich ehrlich sein soll, wird sie jeden Tag stiller. Ich weiß nicht so recht, ich glaube, ich stelle mir diese Frage gar nicht mehr. Seit Armands Tod nicht mehr.«

»Warum nicht?«

»Mit Armand ist vieles verstummt. Auch ich selbst. Aber du musst wissen, dass ich alles für meine Libido geopfert habe. Alles. Dafür habe ich einen Milliardenkredit auf mein Lebenskonto aufgenommen. Trotzdem liebe ich meine Libido. Ohne sie wäre ich wohl untergegangen.«

»Meine Libido ist völlig kostenlos. Sie verlangt nichts von mir. Absolut gar nichts.«

Alle am Tisch schauen uns schweigend an. Einar schiebt sich ein paar Mandeln in den Mund.

»Was meinst du mit kostenlos?«

»Was meinst du mit Milliardenkredit?«

»Für meine Libido, die Triebkraft, die in meinem Herzen und zwischen meinen Beinen wohnt, habe ich fast alles geopfert. Meine Familie, mein Land, meine alten Freunde, mein … Kind.«

»Du hast ein Kind?«

Einar hört auf, auf seinen Mandeln rumzukauen, und sein ganzes Gesicht erstarrt.

»Meine Libido war teuer. Um es mal vorsichtig auszudrücken. Wenn du also sagst, deine Libido war kostenlos, dann frage ich mich schon, wie das zugehen kann.«

»Ich habe alles. Eine Familie, ein Heimatland, zwei Kinder, aber ich habe tatsächlich keine Libido. Ich besitze nicht den geringsten inneren Antrieb. Ich habe … mich selbst nicht.«

Fabien hebt sein Glas und versucht, die schwere Stimmung aufzulockern, die sich gerade breitmacht.

»*Santé, à la libido!*«

Alle trinken darauf, nur Einar und ich nicht.

24.

Es ist Sonntag, die Sonnenstrahlen sind noch warm, und ich habe Wäscheleinen zwischen den Bäumen gespannt. Am Ende hab ich die Waschmaschine nämlich doch gefunden, im Keller. Bettwäsche und Handtücher wehen leicht in der Brise. Ich sitze unter einem der hohen Kastanienbäume im Klostergarten und habe meine Jacke über die Stuhllehne gehängt. Ich trinke eine Tasse Kaffee und spähe über die Laubhaufen, die ich zusammenrechen konnte. Große Feigenblätter, gemischt mit dünnen, langen Palmenblättern und Bambushalmen. Der Herbst hat noch nicht mit voller Kraft zugeschlagen, also hängen immer noch viele Blätter an den Bäumen.

In den letzten Tagen war Einar ziemlich verwirrt, er hat mich nicht wiedererkannt, hat nachts munteres Chaos in der Küche veranstaltet und sich tagsüber in seinem eigenen Haus verlaufen. Aber er hat sich nichts anmerken lassen. Er stand da und starrte auf eine Treppe und wusste nicht mehr, ob er rauf- oder runtergehen sollte oder was eine Treppe überhaupt ist. Ich lasse ihn in Ruhe. Räume hinter ihm her, putze ein Zimmer nach dem anderen, versuche Gerichte zu kochen, die ihm vielleicht schmecken könnten. Henri hat ein paar Rezepte für mich übersetzt, an denen ich mich versucht habe. Es ist, als würde Einar zum Leben erwachen, wenn er isst, aber trotzdem haben wir inzwischen auch so einige schweigsame Abendessen hinter uns.

Ich musste an das Kind denken, das er erwähnt hat. Er hat

also mit Margareta ein Kind. Ich will ihn nicht danach fragen, aber als ich eines der Wohnzimmer aufgeräumt habe, habe ich Kisten mit Fotos gefunden. Schwarz-weiße, große, kleine, und sie schienen alle eigenhändig entwickelt worden zu sein. Armand und Einar waren wirklich zwei richtig schöne Männer. Ich hätte mich nie im Leben getraut, mich einem von beiden zu nähern. Und sie hätten mich ja ohnehin gar nicht gesehen.

Armand auf seinen Ausstellungen, vor großen Kunstwerken, Arm in Arm mit Galeristen, schönen Damen mit roten Lippen und großen Hüten, in Paris, wie er mit nacktem Oberkörper an der Seine spazieren geht, maskiert und ausgelassen mit Einar tanzend. Einar wiederum, der Bühnenbildner, steht in Arbeitskleidung auf großen Bühnen und zeigt autoritär in verschiedene Richtungen. Er liegt in den Armen von Schauspielern, die Blumensträuße in der Hand halten und nach einer Vorstellung verschwitzt ins Publikum lachen. Er sitzt auf Bühnenrändern, und hinter ihm sieht man ein großartiges Bühnenbild nach dem anderen. Auf ein paar Bildern ist er sogar nackt, posiert an einem verlassenen Strand und flirtet ungeniert mit dem Fotografen dieser Bilder. Viele Tanzbilder. Einar tanzt wild in verschiedenen eleganten Anzügen, mit Frauen ebenso wie mit Männern, der Pony klebt ihm an der Stirn, und er lächelt übers ganze Gesicht. Er sieht so stark und glücklich aus. Doch nirgends auch nur ein einziges Bild von einem Kind.

Heute Morgen fiel mir plötzlich auf, dass ich seit zwei Tagen nicht mehr an Magnus, die Kinder oder kalten Haferbrei gedacht habe. Es fiel mir auf, als ich unten im katakombenähnlichen Keller die Wäsche machte. Auf der einen Seite der Waschmaschine stehen Wäschekörbe, und Kleiderhaufen liegen um die Füße von drei Schaufensterpuppen mit Kriegsbemalung herum. Auf der anderen Seite stapeln sich die Haufen neben leeren Champagnerflaschen. Das muss der Konsum von mehreren Jahren sein.

Da fing ich an, über meine eigene Waschküche zu Hause nachzudenken. Die ist so *sauber*, dass ich in ihr meine ganze Lebenslust verliere. Jedes Ding hat seinen Platz, hier das *saubere* Bügelbrett, da ein *sauberer* Korb für jede Art von Wäsche, und wenn ich nur daran denke, möchte ich am liebsten nur noch in den Trockner steigen, bis ich verbrenne. Was bin ich für ein Mensch, dass ich lieber in einer Katakombe stehe und Kleidung wasche, während um mich herum leere Flaschen beben? Der wütend wird, wenn er an *saubere* Waschküchen mit *sauberen* Bügelbrettern denkt? Doch wenn ich über den ganzen Schrott in einem verwilderten Garten steige und Wäscheleinen zwischen lauter schlecht beschnittenen Bäumen spanne, verspüre ich nicht das geringste bisschen Gereiztheit.

Ich stelle meine Kaffeetasse auf den wackeligen gusseisernen Tisch neben mir, greife nach dem Besen und fege weiter Laub zusammen. Ich fege es zu einem Haufen zusammen, bücke mich und trage es zum Riesenhaufen. Was ich mit dem Riesenhaufen machen soll, weiß ich noch nicht. Verbrennen? In Säcke stopfen und wegschaffen? Wie eigentlich? Mit dem alten Auto, das im Klostergarten steht? Zu Hause sind diese Riesenhaufen immer wie von Zauberhand verschwunden. Magnus hat sie einfach weggehext. Ich sammle noch einen kleinen Haufen zusammen, hebe ihn hoch und … WAS ZUM TEUFEL WAR DAS? Ich lasse den Haufen fallen und höre einen dumpfen Aufprall. Aus dem Laub krabbelt eine … Was ist das denn? Eine Schildkröte.

Ich habe wieder das Gericht mit Bohnen und Thunfisch ausprobiert. Tatsächlich ist es diesmal richtig gut geworden. Das hätte ich gar nicht erwartet angesichts dieser wilden Mischung aus weißen Bohnen, Thunfisch, Speck, Karotten, Tomaten, Zwiebeln, Knoblauch, Parmesan und viel Butter.

Ein zerzauster Einar, der seinen Pullover verkehrt herum anhat, träufelt sich noch mehr Pistou-Sauce auf seine Bohnen. Er tunkt die Sauce mit dem Brot auf und schiebt sich das Ganze in den Mund. Ich muss an die Bilder denken, die Schwarz-Weiß-Fotos in der Kiste. An diesen starken Mann, der auf einem Bühnenrand sitzt. In Armands Armen in Paris. Wild tanzend.

»Ich bin heute im Garten auf eine Schildkröte gestoßen.«

»Luzette?«

»Ich weiß nicht, sie hat sich nicht vorgestellt.«

»Wir haben bloß eine Schildkröte. Ich hab sie seit dem Frühjahr nicht mehr gesehen. Sah sie gut aus?«

»Ja, ich glaube schon. Vielleicht ein bisschen gekränkt.«

»Dann war es Luzette.«

»Wie kommt es, dass ihr, ich meine, dass du eine Schildkröte hast?«

Einar nimmt sich noch ein Stück Brot und wischt damit an den Kanten des Tellers entlang, um nur ja das letzte bisschen Sauce mitzunehmen.

»Ich weiß nicht mehr. Aber sie heißt Luzette. Sie wohnt im Garten und zeigt sich nur ab und zu. Ja, jetzt fällt's mir wieder ein: Einmal haben wir einen Ballon an ihrem Panzer befestigt, damit wir sehen können, wo sie sich gerade aufhält, und sie mit Leckereien füttern können. Eines Tages war der Ballon jedoch verschwunden. Seitdem treffen wir Luzette nur noch, wenn sie es will. Warum isst eigentlich Armand heute Abend nicht mit uns?«

Einar schaut auf den leeren Stuhl neben sich. Dann scheint er sich zu ertappen.

»Ach, stimmt ja. Er kann ja gar nicht kommen. Wie dumm von mir.«

O Gott, in solchen Momenten sieht er so traurig aus. Ich kann es kaum ertragen.

»Ich bin heute auf ein paar Fotos gestoßen. Von dir! Du warst ja ein ganz schön eleganter Typ. Pardon. *Bist*, wollte ich sagen.«

»Ja, ja. Ich musste mich nicht gerade verstecken.«

»Auf vielen Bildern hast du getanzt. Tanzt du immer noch?«

»Wenn mich jemand auffordert.«

»Darf ich bitten?«

Buena Vista Social Club steht auf der Hülle. Einar bittet mich, die CD in das Gerät zu schieben, denn er weiß nicht mehr, wie die ganzen Knöpfe funktionieren. Wir positionieren uns im größten Zimmer des Klosters einander gegenüber. Auf der einen Seite stehen ein paar große, pseudokünstlerische Sofas aus den Achtzigern aus rostfreiem Stahl und schwarzem Leder, Marmortische und hohe goldene Palmenlampen. In dem Teil, wo wir sind, liegt nur ein riesiger marokkanischer Teppich und an den Wänden rundherum Polster und Kissen. Wenn das Ganze nicht so zerschlissen gewesen wäre, hätte es gut und gerne eine Doppelseite in jeder Einrichtungszeitschrift einnehmen können.

Die Musik erfüllt den Raum, und ich zucke zusammen. Diese alten Lautsprecher haben ja noch ganz schön Power! Langsame Trommeln, aber mit einem verdammten Sog, dazu jede Menge singender Männer und traurige Trompeten.

Einar macht einen Schritt auf mich zu. Er ist ganz da, das ist der ursprüngliche Einar, der jetzt auf mich zukommt. Was für ein Blick, ich geniere mich sofort. Bestimmt fasst er mich um die Taille und führt mich über den Teppich. Seine Füße bewegen sich im Tanzschritt vor und zurück – das muss Salsa sein. Er zieht mich unter seinen Armen hindurch, hinter sich, gegen sich, wieder von sich weg, und dazu wackelt er mit den Hüften. Das ist ein bisschen zu schnell und zu nah für meinen Geschmack. Und jetzt singt er auch noch! Auf Spanisch.

»De Alto Cedro voy para Marcané, llego a Cueto, voy para Mayarí …«

Lachend wirft er das Haar zurück, das auf seinem Kopf noch übrig ist. Einar kann so gut führen, dass ich meine, auch Salsa tanzen zu können. Mein Fleecepulli wird mir zu warm, also werfe ich ihn von mir und lasse mich im T-Shirt weiter herumschwenken. Einar klatscht in die Hände und macht ein paar Schritte zurück. Er klatscht und klatscht, als wollte er mich anfeuern, ungehemmt zu tanzen. Aber ich weiß nicht, wie man ungehemmt tanzt, das hab ich noch nie gemacht. Vielleicht total betrunken auf einer Betriebsfeier, eine Sekunde bevor ich mich übergeben musste und heimgefahren bin, aber sonst – nein. Einar hebt die Hände über den Kopf und lässt die Hüften kreisen. Trotz seiner fleckigen Jogginghose und mit dem verkehrt herum angezogenen Pullover sieht er aus wie ein Meister.

Ich schließe die Augen und versuche mich in die Musik hineinzufühlen. Ich geniere mich fürchterlich und muss an meine Mutter denken, die im Rentenalter mit afrikanischem Tanz anfing. Sie hatte einen Lehrgang, den wir alle besuchen mussten und wo lauter in Batiktücher gehüllte weiße Frauen um die sechzig barfuß zu einer Trommel tanzten, die von einem Lehrer mit Dreadlocks gespielt wurde. Ich hätte mich auf diesem Lehrgang am liebsten in Luft aufgelöst. Ich wollte sogar meiner Mutter die Bekanntschaft aufkündigen. Aber jetzt, wo ich hier stehe, mit den Armen in der Luft, und nicht mal den Fuß anheben kann, denke ich, wer bin ich denn, dass ich meine, mich über sie erheben zu können?

Einar wird sich an das hier morgen nicht ansatzweise erinnern können. Ich bin quasi allein, aber doch zusammen, also versuche ich mal, die Hüften kreisen zu lassen. Ich versuche, die Bilder meiner tanzenden Mutter aus dem Kopf zu verbannen. Ich lasse die Musik in meinen Körper hinein und in die Venen und ins Blut, weg mit den Gedanken und rein mit dem Rhythmus, und was soll's, wenn du aussiehst wie eine Idiotin – gerade die Idioten amüsieren sich im Leben doch am besten. Ich sehe nichts, spüre aber, wie Einar mich wieder umfasst, und ich lasse mich führen.

Die Kirchenglocke schlägt fünf Mal. *Fünf* Mal? Einar und ich stehen völlig verschwitzt in der Küche und essen die Reste des Bohnenfestes auf. Wir haben die ganze Nacht getanzt. Haben dieselbe CD einfach auf Repeat laufen lassen, immer wieder von vorn. Am Ende konnte ich sogar bei ein paar Liedern mitsingen. Ich mache eine Flasche Wasser auf und reiche sie Einar. Er schüttet die halbe Flasche in sich hinein und reicht sie mir dann zurück. Ich gieße mir den Rest in die Kehle.

»Ich muss unter die Dusche. Mann, ich bin total verschwitzt.«

Einar grinst und nickt zustimmend.

»Ich auch. Ist morgen Freitag?«

»Morgen? Oder meinst du heute? Mittlerweile hat nämlich ein neuer Tag begonnen, aber wenn du aufwachst, wird auf jeden Fall Montag sein.«

»Ich freu mich schon auf Freitag.«

»Kann ich verstehen. Ich find's toll, dass ihr euch jeden Freitag trefft, einfach nur, um zusammenzusitzen und ein paar Gläser Wein zu trinken. Und dass ihr das so ernst nehmt, dass wirklich alle da sind, jeden Freitag um Punkt 17 Uhr.«

»Ich gehe nicht dorthin, um Wein zu trinken. Ich gehe hin, um vielleicht meinen Sohn zu treffen.«

25.

»Armand fehlt mir.«

Einar rührt sein Mittagessen nicht an. Thunfisch, Tomaten und Baguette stehen unbeachtet auf dem Bronzetisch, an dem wir sitzen, während die Katzen gierig nach dem Thunfisch maunzen und der Regen gegen das Küchenfenster prasselt. Während ich den letzten Rest Dressing mit einem Stück Baguette auftunke, stellt Einar seinen Teller auf den Boden, damit die Katzen endlich Ruhe geben. Ich muss die ganze Zeit an Einars Sohn denken, auf den er jeden Freitag um 17 Uhr wartet und …

»An solchen Tagen haben wir uns immer einen Film angeschaut. Ich habe das Feuer im großen Kamin geschürt, und am liebsten haben wir uns was mit Yves Montand angeschaut.«

»Du und dein Sohn?«

»Wie bitte?«

Einar wirft mir einen scharfen Blick zu. »Armand und ich natürlich!«

Die Katzen vertilgen genüsslich schmatzend die Thunfischstücke, und ich würde am liebsten im Boden versinken. Bitte jetzt gleich!

»Yves Montand hast du gesagt? Hast du da einen Lieblingsfilm?«

»Ich lehne es ab, Lieblinge zu haben, sowohl bei Filmen als auch bei Menschen. Yves war viel zu groß für so was.«

»Natürlich.«

»Weißt du, dass ihn Édith Piaf entdeckt hat?«

»Nein.«

»Weißt du denn überhaupt nichts?«

»Doch, aber vielleicht nicht gerade über Yves Montand.«

»Dann hör jetzt gut zu.«

Einar geht gereizt zum CD-Player in der Küche, der im Fenster steht. Er wühlt zwischen den CDs herum, legt schließlich eine Scheibe ein, holt tief Luft und drückt am Ende auf den richtigen Knopf. Die Musik strömt auf uns ein. Ein Mann singt *»C'est si bon«*. Das muss wohl Yves sein, oder? Einar lauscht, schließt die Augen und lächelt plötzlich. Ja, ein richtiges Lächeln breitet sich auf seinem Gesicht aus, und er singt mit.

»C'est si bon, de partir n'importe où … C'est si bon.«

Jetzt bewegt er die Füße leicht vor und zurück. Seine Augen leuchten.

»Armand und ich haben Yves Montand angebetet! Er ist schon mit elf von der Schule abgegangen und Barkeeper geworden.«

»Mit elf?«

»Vielleicht war er auch schon dreizehn, ich weiß es nicht mehr so genau. Aber er kommt aus Marseille! Er ist quasi *unser* Yves, der höchsteigene Star der Provence. Na ja, ursprünglich war er aus Italien, aber was spielt das schon für eine Rolle? Édith Piaf hat ihn im Moulin Rouge singen hören, und dann bahnte sie ihm den Weg zu seiner Karriere. *C'est si bon*. Das ist der beste Satz der Welt!«

»Das Lied kommt mir bekannt vor.«

»Wirklich? Immerhin.«

»… aber ich glaube nicht, dass ich jemals einen Film mit ihm gesehen habe.«

»Du hast keinen einzigen Film mit Yves Montand gesehen?«

Einar mustert mich verblüfft, stemmt die Fäuste in die Seite und verschwindet dann aus der Küche. Agneta, denk dran: Niemals den Sohn erwähnen und lieber dein Unwissen in Sachen Yves Montand gestehen.

Einar ruft von irgendwo aus weiter Ferne.

»Komm her!«

Die Katzen balgen sich um die letzten Thunfischreste, während Yves Montand weiter *»C'est si bon«* singt. Ich folge Einars Stimme und gehe durch das Wohnzimmer, das große rote Esszimmer und weiter in ein anderes Gemach: die Bibliothek mit den Bücherregalen vom Boden bis zur Decke, davor ein großes, durchgesessenes Sofa, Sessel, niedrige Tische, Aschenbecher, alte Kaffeetassen, Kerzenständer und ein großer Fernseher. Einar zeigt eifrig auf zwei Regalbretter, auf denen sich DVDs und alte VHS-Kassetten drängen.

»Alles Yves Montand. Filme, Konzerte und … Du weißt ja, er war unwiderstehlich. Als er das hier einspielte …«

Einar zieht eine Videokassette heraus und liest den Text auf der Rückseite.

»*Let's make love* heißt dieser hier. Da hatte er eine Affäre mit Marilyn Monroe. Im Ernst.«

»Ist der auf Englisch?«

»Ja. Aber weißt du, Yves konnte kein Englisch, als er in dem Film spielen sollte. Er konnte nur *yes, no* und *orange juice* sagen.«

»*Yes, no* und *orange juice*?«

»Er hat seinen Text gelernt, indem er ihn gesungen hat! Aber er hatte keine Ahnung, was er bedeutete. Das kann ich sehr gut nachfühlen. Heute. Dass man nicht so richtig begreift, was man treibt, aber trotzdem nicht abspringen kann.«

»Ist er mit Marilyn bei den Dreharbeiten zusammengekommen?«

»Was zwischen Yves und Marilyn war, wissen nur die beiden. Aber wir wissen, dass er panische Angst hatte. So wie Marilyn. Du weißt doch, dass sie es eigentlich hasste, Schauspielerin zu sein. Und er hatte ein Angebot für einen auf Englisch gedrehten Film angenommen, ohne auch nur ein Wort Englisch zu können. Also standen sich da diese zwei verängstigten Schauspieler gegenüber und haben sich gegenseitig geholfen. Und wir wissen ja, was mit Menschen passiert, die gemeinsam eine Krise durchstehen. Sie bauen eine Verbindung auf, die die Ewigkeit übersteht. Doch als Yves starb, wurde er neben seiner Ex-Frau begraben. Diese beiden hatten wohl auch das eine oder andere gemeinsam durchgemacht. Stärkere Erlebnisse als Sprachverwirrung, könnte ich mir vorstellen. *Let's make love* ist auf jeden Fall ein wundervolles Musical.«

»Wollen wir uns das anschauen?«

»Jetzt?«

»Ja.«

»Das wäre wunderbar, aber …«

Einar steht vor mir mit der Kassette in der Hand und seufzt in Richtung Fernseher.

»Ich weiß nicht genau, wie der Videorekorder funktioniert, das hat immer Armand gemacht.«

»Wenn Armand das konnte, dann kann ich das auch. Wo ist die Fernbedienung?«

»Da.«

Einar zeigt auf eine Kiste mit ungefähr zwanzig Fernbedienungen und Hunderten von Kabeln. Ich kremple die Ärmel hoch. Wenn Yves sich selbst Englisch beibringen konnte, dann kann ich wohl einen Videorekorder in Gang setzen.

Während es draußen regnet, sitzen wir gemütlich mit einer Decke auf dem Sofa, die Katzen auf unseren Beinen, Kaffee auf dem Tisch und Yves auf dem Bildschirm. In dem Musical mit Marilyn spielt Yves einen Milliardär mit Liebeskummer, und zum Schluss küssen sich die beiden in einem Aufzug. Wir lachen begeistert, während uns die Freudentränen über die Wangen laufen. Dann holt Einar die zwei Filme über Jean de Florette, und wir sind in der Provence der Zwanzigerjahre. Yves spielt einen Großbauern, der gegen die unbarmherzige Natur kämpft, die das Leben vieler Menschen zerstört, aber auch sein eigenes, und wir heulen wie Schlosshunde.

Die Filme sind auf Französisch und nicht untertitelt, aber Einar übersetzt simultan, und manchmal bittet er mich, auf die Pausentaste zu drücken, damit er mir die traurigen Schicksale der einzelnen Figuren erläutern kann. Wir sitzen nebeneinander auf dem Sofa, und ab und zu hole ich uns belegte Brote, mit denen wir das Sofa vollkrümeln. Einar raucht eine ganze Schachtel Zigaretten, wir wischen uns die Tränen ab, schnäuzen in Taschentücher, und ich lerne die verschiedenen Fernbedienungen zu beherrschen, was uns beiden ganz gewaltig imponiert.

Als der Abspann des letzten *Jean de Florette*-Films läuft, haben wir beide ganz rot geweinte Augen. Einar schnäuzt sich so kräftig, dass plötzlich ein lauter Furz durchs Zimmer hallt. Wir stutzen, schauen uns an und fangen an zu lachen. Dann spüre ich seine Hand in meiner. Ja, Einar hält meine Hand. Behutsam streichelt er mit dem Daumen über meinen Handrücken.

»Es ist schön, dich hier zu haben.«

»Findest du?«

»Ja, finde ich.«

»Ich bin auch gerne hier.«

»Wollen wir noch einen kleinen Tanz hinlegen, bevor wir zu Bett gehen?«

»Schaffen wir das noch?«

»Vielleicht nicht, aber ich möchte es versuchen. Sonst ist es so fürchterlich traurig. Haben wir nicht genug fürchterliche Traurigkeiten in unserem Leben?«

Einar nimmt meine Hand, und wir gehen in den Tanzsaal.

»Darf ich bitten, Annika?«

»Agneta.«

»Darf ich bitten, Agneta?«

»Ja, das darfst du.«

26.

Wieder ein verregneter Tag in Saint Carelle. Wieder ein Tag mit Yves, Zigaretten und Tanzen vorm Schlafengehen. Diesmal haben wir bloß einen Walzer zu Monsieur Montand getanzt, keinen hitzigen Salsa.

Wir liegen Kopf an Fuß in Einars Bett. Ich habe erst ihn gewaschen und dann mich. Und ihn anschließend mit einem Lavendelöl eingerieben, das Bonnibelle zusammengemischt hat. Es roch so gut, dass ich es auch gleich selbst ausprobiert habe. Jetzt liegen wir beide in unseren Morgenmänteln nebeneinander, glitschig wie die Delphine, und duften wie ein ganzes Lavendelfeld. Einar hat mir gerade erzählt, wie er Armand kennengelernt hat, von der Marine, den Münzen und dem Humlegården. Ich höre die Geschichte gerne noch einmal; jetzt, wo ich auf alles vorbereitet bin, kann ich sie mir ganz in Ruhe anhören. Er liegt da, schaut nach oben auf die Deckenmalereien, die Armand gemacht haben muss, und zieht seinen Morgenmantel fester um sich.

Ich liebe Einars Zimmer. Das breite Bett, das mitten im Raum steht, all die Teppiche, die Bücherregale, die sich über die Wände erstrecken, die Schiffsmodelle, die kleinen Skulpturen von Pferden und Männern und die Glaskugeln in allen Größen, die auf den Büchern oder auf dem Boden liegen. Und natürlich den französischen Balkon, von dem aus man den Klostergarten erahnt. Es ist noch dunkel, obwohl es schon früher Morgen ist, doch wir sind immer noch nicht richtig müde. Die letzten Tänze mit Yves waren wie ein Aufputschmittel. Und haben bei Einar Erinnerungen an Armand geweckt.

»Weißt du, nach unserer ersten Liebesbegegnung konnte ich nicht zurück in mein altes Leben. Es war unmöglich. Ich wusste, dass Armand der Richtige für mich war, dass das meine Welt und meine Leute waren. Mein ganzes Ich war plötzlich am richtigen Platz. Weißt du, wie sich das anfühlt, wenn man seinen Platz gefunden hat?«

»Ich glaube nicht.«

»Dann steht dir das in deinem Leben noch bevor. Aber wenn dieses Gefühl kommt, dann weißt du, dass es keinen anderen Ort gibt, an dem du sein möchtest. Ich habe mir das Mittsommerwochenende mit Armand und seinen Freunden gegönnt. Die Gespräche und die Liebe waren im Fluss, es war eine ganz neue Welt. Nicht nur metaphorisch. Ich konnte ich selbst sein. Komisch irgendwie, wenn man an diese feingeistige Gesellschaft denkt. Im Unterschied zu mir, einem einfachen Arbeiterjungen aus Nyköping, aufgewachsen bei einer alleinerziehenden Mutter, die sich für mich und meine Schwester ein Leben erkämpft hatte. Uns haben die Zeit und das Wissen gefehlt, um über Philosophie zu sprechen. Ich war völlig ungebildet! Aber diese Männer schienen wirklich in der großen Welt gelebt zu haben, und sie konnten vielleicht Geschichten erzählen, Mannomann! Sie waren auf Teeplantagen im Kongo aufgewachsen, in französischen Adelsfamilien oder in Großhändlervillen. Sie entschuldigten sich nicht für sich selbst, sie standen einander in allen Dingen bei, und ihre Schutzheilige war Greta Garbo höchstpersönlich, die sie jedes Mal besuchte, wenn sie mal wieder in Stockholm vorbeikam.

»Greta Garbo?«

»Ja, das war Anfang der Sechzigerjahre, da kam sie oft heim.

Ihre Schauspielerkarriere war vorbei, aber es gab trotzdem viel Geheimniskrämerei, wann sie auftauchen würde.«

»Das hört sich so unwirklich an.«

»Das hab ich mich damals auch gefragt: Kann es das alles wirklich geben? Und darf mein kleines Ich da auch mit rein? Ich durfte. Sowie ich die Schwelle der Wohnung im Laurinska huset überschritten hatte, war ich zu Hause. Das war so himmelweit entfernt von der Volkstanzgruppe und der Marine, wie es nur ging. Aber auch unheimlich weit entfernt von Margareta und Paul.«

»Paul?«

»Unserem Sohn. Er war erst ein Jahr alt. Nicht mal. Ich dachte, ich könnte weiter sein Papa sein. Margareta zu verlassen, war schmerzhaft genug, aber dass ich auch Paul verlassen musste, hätte ich mir nie träumen lassen. Damals teilte man das Sorgerecht noch nicht, aber meinen Sohn an Wochenenden zu treffen und …«

Sag jetzt nichts, Agneta. Verschreck ihn nicht. Sei einfach still und warte ab. Einar hält ganz kurz die Luft an, dann atmet er aus und fährt fort.

»Armand fuhr mich nach dem Mittsommerwochenende in seinem eleganten Auto nach Nyköping. Ich war verliebt und verzaubert, und wir machten auf dem Hinweg Halt, um uns zu lieben. Wir fuhren auf einen Waldweg, und da draußen im Wald … ach, es war wunderschön. Ich hatte gar nicht gewusst, dass es etwas so Schönes geben kann. Armand ließ mich vor unserer Wohnung mit meinem Koffer aussteigen. Meine Beine waren wie aus Gummi. Ich war so schrecklich nervös. Als ich Margareta alles erzählte, lief es gar nicht gut.«

»Gar nicht gut?«

»Nein, wirklich gar nicht gut. Es war eher ein Albtraum. Alle gingen an die Decke. Margareta, ihre Eltern, meine Mutter, meine Schwester – alle. Sie wollten mich in Långbro einweisen.«

»In Långbro?«

»Das war das Krankenhaus für Geisteskranke in Älvsjö, außerhalb von Stockholm. Sie hatten dort eine Art Behandlung für solche wie mich. Ich sollte geheilt werden. Aber ich wollte überhaupt nicht geheilt werden! Ich fühlte mich gesünder denn je. Margaretas Eltern drehten fast durch vor Wut. Sie hatten uns die Hochzeit bezahlt, verstehst du, und uns die Wohnung gekauft. Jetzt hatten sie plötzlich ihr ganzes Geld an einen *Betrüger* verschwendet. Der Betrüger war ich. Auf gewisse Weise hatten sie wohl recht. Ich hatte Margareta nie richtig geliebt. Jedenfalls nicht so, wie man eine Ehegattin lieben sollte. Ich liebte sie zwar, aber eben auf andere Weise.«

Nicht nach Paul fragen, Agneta. Einfach abwarten.

»Mein geliebter kleiner Paul ... ihn durfte ich nicht mal mehr sehen. Am Ende hätte ich ihn noch angesteckt! Am Ende war dieses Übel noch erblich! Am Ende würde ich mich an ihm vergreifen! Denn Homosexuellen konnte man ja nicht trauen, weißt du, diesen dekadenten, lustgesteuerten, amoralischen Gestalten. Als ich mich also weigerte, mich heilen zu lassen, wurden Margareta und Paul nach Stockholm geschickt, um der Schande zu entgehen, ihre Adresse wurde geheim gehalten. Ich fuhr mit Armand durch ganz Stockholm, um sie zu finden, aber sie waren wie verschwunden. Ich schrieb jede Woche Briefe, die ich an Margaretas Eltern schickte – ich wusste ja, wo sie wohnten. Ich bettelte und flehte und versuchte alles zu erklären. Aber es war zwecklos. Ich konnte nie wieder zurück in mein altes Leben. Also beschloss ich, mich meinem neuen Leben zuzuwenden.«

Einar zieht sich noch weiter in sich selbst zurück, als wollte er versuchen, sich weiter zu erinnern. Aber ich glaube, er weiß es ganz genau. Es ist ganz fest in seinem Kopf verankert.

»Kann ich ein Glas Wasser haben?«

»Klar.«

Die Kirchenglocke schlägt drei- oder viermal, sie ist ein bisschen schwer zu hören. Ich schenke ein Glas ein aus der Flasche unterm Bett und reiche es Einar, der es mit großen Schlucken leert. Er trocknet sich den Mund mit dem Handrücken ab.

»Margareta hat wieder geheiratet, irgend so einen Chef auf mittlerer Führungsebene in einer staatlichen Behörde in Stockholm. Paul bekam seinen Nachnamen und wurde sein Sohn. Aber jetzt gab es immerhin eine Adresse, zu der ich fahren konnte. Das machte ich genau ein Mal und danach nie wieder. Paul sollte so etwas nicht wieder ausgesetzt werden. Margaretas Zorn, die Erniedrigung, wie mich diese erbärmliche Führungskraft aus der Tür schubste, und Paul, der mich bloß anschaute mit seinen … Nein. Meine Briefe habe ich dann dorthin geschickt, ich bekam jedoch nur eine einzige Antwort. Da waren wir gerade hierher nach Saint Carelle gezogen. Margareta schrieb, dass ich aufhören solle, mich zu melden. Paul habe jetzt einen Vater, sie habe ein neues Leben und wolle nicht länger von mir behelligt werden. Es sei das Beste für alle Beteiligten. Besonders für Paul.«

»O Einar!«

»Ich schickte trotzdem weiter Briefe, jedes Mal mit derselben Information: dass ich jeden Freitag um 17 Uhr in der Bar in Saint Carelle sitzen würde, bis an mein Lebensende. Wenn Paul also kommen will, dann kann er mich dort finden.«

»Du wartest also jeden Freitag auf Paul?«

»Ja.«

»Aber ich meine … es gibt doch Tausende von Möglichkeiten, Paul zu finden! Du musst doch bloß seinen Namen suchen, und dann bekommst du seine Adresse und seine Telefonnummer und …«

»Ich habe seine Adresse. Armand hat sie für mich herausgefunden. Hat mich gedrängt, dass ich Paul schreiben soll. Also hab ich jedes Jahr eine Geburtstagskarte und eine Weihnachtskarte dorthin geschickt. Erst waren sie lang und ausführlich, aber wenn man das Gefühl hat, dass man bloß ins Nichts schreibt, fällt es einem am Ende immer schwerer. In den letzten zwanzig Jahren hab ich bloß noch alles Gute zum Geburtstag und frohe Weihnachten geschrieben. Vielleicht hab ich auch ein paar Geburtstage und Weihnachten ausgelassen, ich weiß es nicht mehr. Seit Armands Tod hab ich ihm nicht mehr geschrieben, ich trau mich einfach nicht mehr. Wenn wir uns jemals treffen, muss es von ihm kommen. So oder so. Aber dann werde ich dort sitzen.«

»Stell dir nur vor, du könntest schon Enkelkinder haben! Ich könnte doch mal auf Face…«

»Nein. Das alles ist eine andere Welt. Ich will Paul nicht suchen und dann wieder verlieren. Paul muss mich suchen. Alle wissen, dass ich an diesem Tag und um diese Zeit in der Bar bin. Deswegen leisten mir die Dorfbewohner Gesellschaft. Wir sind nicht mehr so viele, und die meisten haben wohl auch schon den eigentlichen Grund für unser Beisammensein vergessen, aber ich weiß, warum ich dorthin gehe.«

»Ich freu mich auch auf Freitag. Jetzt finde ich es noch viel schöner, dorthin zu gehen.«

Einar gähnt, und ich würde ihn am liebsten in den Arm nehmen, aber das kommt mir aufdringlich vor, also lege ich ihm ganz leicht eine Fingerspitze auf die Schulter.

»Bist du müde?«

»Ja, jetzt bin ich wirklich müde.«

»Dann geh ich jetzt mal hoch in mein …«

»Kannst du nicht hier schlafen?«

»Möchtest du das denn?«

»Ja, bitte. Ich fühle mich sehr einsam.«

Ich lege mich neben Einar. Streichle ihm die Hand.

»Danke für dein Vertrauen.«

»Danke, dass du es geschafft hast, dir das anzuhören.«

»Und danke dir für Yves Montand und für den Tanz!«

»Den Tanz?«

»Ach, nichts. Schlaf schön.«

»Bonne nuit.«

27.

»Mein Liebling. Mein geliebter, liebster Liebling.«

Blinzelnd wache ich auf. Meine Augen sind voller Schlaf, die Tauben gurren auf dem Dach, und die Sonne scheint ins Zimmer, als wäre es mitten am Tag. Vielleicht ist es auch schon mitten am Tag? Neben mir liegt Einar mit glitzernden Augen. Er streichelt mir zärtlich die Wange und zupft mir die Haare aus dem Gesicht, die an meiner Haut festgeklebt sind. So hat er noch nie zuvor mit mir gesprochen. Spricht er überhaupt mit mir?

»Hallo. Mein Gott, was haben wir geschlafen! Wie spät ist es?«

»Ist das wichtig?«

Einar lächelt schelmisch. Und in seiner Welt lächelt er gerade nicht mich an, das könnte ich schwören.

»Ein bisschen wichtig ist es vielleicht schon?«

In Einars Miene schleicht sich etwas Argwöhnisches, er zieht seine Hand zurück und legt sie unter die Decke. Um ihn nicht zu beschämen, stehe ich auf, ziehe die Gardinen zurück, mache die Balkontür auf und lasse das Licht in den Raum fluten. In der Ferne ahne ich den Kirchturm, und die Uhr scheint halb zwölf anzuzeigen.

»Ich, *Agneta*, lauf mal schnell runter zur Bäckerei und kauf ein bisschen Brot, bevor sie zumachen, damit wir früh…«

Ein schrilles Signal unterbricht mich. Einars Handy plärrt derartig, dass die ganze Holzplanke an der Bettkante bebt. Einar schaut mich an, als wüsste er nicht, was gerade los ist.

»Dein Handy klingelt, Einar. Willst du nicht rangehen?«

Einar streckt die Hand nach seinem Telefon aus, es klingelt noch ein paarmal, und nach ein bisschen Herumgefummel gelingt es ihm am Ende doch noch, auf die richtige Taste zu drücken.

»Ja, hallo?«

Ich gehe zu dem großen Kleiderschrank und nehme saubere Jeans, Unterhose, Strümpfe und ein weiches, ausgewaschenes Hemd für Einar heraus. Der drückt sich das Handy ganz fest ans Ohr und lauscht aufmerksam.

»Ich verstehe dich nicht – wen willst du sprechen? Mein was? Mein Au-pair-Mädchen? Ich bin doch kein Kind! Ich weiß nicht, wart mal kurz.«

Einar hebt den Blick zu mir.

»Gehst du jetzt duschen oder was hast du gerade gesagt?«

»Ich? Nein, ich wollte zum Bäcker.«

»Sie geht zum Bäcker, sobald sie sich ein paar Sachen angezogen hat. Oder sind die Sachen für mich?«

»Die sind für dich. Wer ruft denn da an?«

»Was hast du gesagt, wie du heißt?«

Einar lauscht geduldig.

»Er heißt Magnus und will jetzt sofort seine Frau sprechen. Bist du das?«

Ich nehme ihm das Handy aus der Hand und zeige auf den Kleiderhaufen, den ich neben Einar auf die Bettkante gelegt habe, damit er sich anziehen kann. Dann laufe ich die Treppe hinunter, durch das Wohnzimmer, den großen Eingangsbereich und weiter in den Garten. Ich setze mich auf einen der Stühle an der Wand, wo einen die Sonne so angenehm wärmt. Dann atme ich tief durch, denn ich weiß genau, wie sich das eben für Magnus angehört haben muss.

»Hallo?«

»Mit wem hab ich da gerade gesprochen?«

»Mit Einar. Er ist achtzig. Mindestens.«

»Du hältst mich echt für blöd, oder?«

»Magnus, er *ist* achtzig. Und noch dazu dement.«

»Glaubst du, es macht die Sache irgendwie besser, weil er achtzig ist? Nein. Du hast also keinen jungen Franzosen gefunden, mit dem du dich amüsierst, dann musste es eben ein alter Schwede sein. Du bist wirklich total verzweifelt. Ich hab's die ganze Zeit gesagt, du bist verrückt geworden, Agneta. Mich wundert nichts mehr, gar nichts.«

Seltsam, ausgerechnet dieser letzte Satz erheitert mich fast. Sonst hab ich immer das Gefühl, dass ihn alles verwundert, was mich angeht. Wenn ich einen Keramikkurs belegen würde – Magnus ist verwundert! Wenn ich ein bisschen Lippenstift auftragen würde – verwundert! Wenn ich mit ihm mitkommen und im November im Meer schwimmen würde – verwundert!

»Hör mir zu. Ich bin vielleicht nicht ganz ehrlich gewesen, aber …«

»Ich wusste es! Das war überhaupt keine Au-pair-Anzeige, auf die du geantwortet hast, das war was ganz anderes. Eine … Sex-Anzeige.«

»Jetzt beruhig dich aber mal! Als ich hier ankam, hat sich rausgestellt, dass ich keinem Kind helfen soll, sondern einem alten Mann. Er heißt Einar, ist achtzig Jahre alt und hat Demenz. Oder so was in der Art. Als vor ein paar Jahren sein Mann gestorben ist, ist es mit Einar stetig bergab gegangen. Er wohnt in einem Kloster und ich helfe *ihm*, keinem Kind.«

Stille in der Leitung.

»Bist du noch dran?«

»Ich weiß nicht, was ich sagen soll. Ein dementer, homosexueller, alter Mann in einem Kloster?«

Er lacht wie ein böser Zauberer in einem Zeichentrickfilm,

der die Hände zum Himmel reckt mit einem weithin schallenden MUAHAHAHAHA!

»Genau so ist es. Ich kann dir nichts anderes sagen.«

»Dass du so viel Phantasie hast, hätte ich dir gar nicht zugetraut.«

»Das kann ich nur zurückgeben.«

»Wie meinst du das?«

»Deine Phantasie erreicht ganz neue Höhen, wenn du von Sex-Anzeigen faselst, und dass ich mit alten Männern schlafe. Ich muss aber trotzdem zugeben, ich finde es erfrischend, wenn du so was von mir glaubst.«

»Wie kann das erfrischend sein? Das ist zutiefst tragisch!«

»Weißt du was? Ich glaube einfach, wir zwei haben verschiedene Auffassungen davon, was tragisch heißt.«

»Da sind wir uns einig. Ich finde es höchst tragisch, wenn eine Frau ihren Mann verlässt, ihre Kinder, ihre Katzen und ihre Eltern, um … na ja, um das zu tun, was du anscheinend tust.«

»Jetzt beruhig dich mal wieder, Magnus! Im Ernst, mach mal einen Punkt. Wir sind alle verlassen. Niemand ist mehr da.«

»Doch, ich bin noch da!«

»Nein, du bist draußen und schwimmst bei Wind und Wetter durch die Gegend, wenn du nicht gerade auf deinem Fahrrad sitzt oder ein paar Vögel beobachtest. Du bist nicht mehr da. Ich allerdings schon. Ich war so da, wie ein Mensch nur da sein kann.«

»Ich bin nicht weg, ich habe nur Interessen. *Interessen*, Agneta, weißt du, was das ist? Ein Hobby zu haben, ist nicht dasselbe, wie einfach nach Frankreich zu ziehen!«

»Ich bin nirgendwo hingezogen, ich komm doch wieder nach Hause.«

»Aber dann bin ich vielleicht nicht mehr zu Hause!«

»Wir sind so verschieden, wir zwei. Ich hasse kalten Haferbrei, kalte Bäder, kalte Gespräche über Bankzinsen und saubere Waschküchen.«

»Saubere Waschküchen? Jetzt komm ich nicht mehr mit. Und ich kann dir da auch nicht zustimmen. So verschieden sind wir doch gar nicht, oder?«

»Du weißt, dass ich heimlich Käse gegessen und Wein getrunken habe.«

»Ja, aber das ist doch nur eine Phase. Das sind die Wechseljahre!«

»Ich hasse Sport.«

»Du hasst Sport doch eigentlich gar nicht, du …«

»Und das ist überhaupt keine Phase. Das bin ich. Ich bin eine faule, käseliebende Weintrinkerin, die nichts für Sport übrig hat. Die überhaupt nicht scharf ist auf ein sauberes, steriles, frisch renoviertes Zuhause. So war ich wohl schon die ganze Zeit, aber mir sind nie Gleichgesinnte begegnet, deswegen hat sich das immer so beschämend angefühlt. Seit ich hier bin, hab ich das Gefühl, dass ich …«

»Kommst du zu Weihnachten nach Hause?«

»Du hast mich unterbrochen, ich wollte gerade etwas Wich…«

»Kommst du zu Weihnachten nach Hause? Ich muss das wissen.«

»Ja, wahrscheinlich schon.«

»Wirst du mit dem Verkehrsplanungsbüro Kontakt aufnehmen wegen des Stellenangebots? Es ist ein unglaublich gutes Angebot, das muss ich doch nicht wiederholen.«

»Mal schauen.«

Magnus nimmt einen neuerlichen Anlauf.

»Dann finde ich, du solltest dich mal bei Lisa und Ludvig melden. Ich glaube, dass sie so eine Art Krise durchmachen.«

»Weil ich nicht da bin?«

»Vielleicht nicht so wirklich deswegen, aber sie schicken mir ständig irgendwelche Nachrichten, dass ich ihnen Geld swishen soll.«

»Dann ist alles wie immer, außer dass sie jetzt nicht mehr mich bitten, sondern dich. Schick mir ihre Nummern, dann ruf ich sie mal an. Aber wie geht's dir sonst so?«

»Großartig. Das Schwimmen macht Fortschritte. Wir haben am Wochenende ausprobiert, alle Gleitflächen mit Wollfett einzuschmieren.«

»Alle Gleitflächen?«

»Ja, die Flächen, mit denen man im Wasser am besten gleitet. Also Oberkörper, Rücken, die Oberseite der Arme und ... du weißt schon. Das war ein drastischer Unterschied! Wir sind geschwommen wie die Seehunde, Linda und ich. Arvid auch. Unsere Neoprenanzüge bedeuten zwar immer noch einen gewissen Widerstand, aber durch das Wollfett werden wir eins mit dem Wasser. Das Wollfett aus der Apotheke ist außerdem total billig; wenn ich unsere Neoprenanzüge verkaufe und nur mit Wollfett schwimme, könnte man viel Geld sparen. Außerdem ist es eine viel ursprünglichere Art des Schwimmens.«

»Meinen Neoprenanzug kannst du gerne verkaufen und das Geld in Wollfett anlegen. Ich hab übrigens jede Menge neue Gerichte ausprobiert ...«

»Du, ich muss auflegen, ich muss gleich zu einem Meeting. Wir müssen uns auch noch wegen Weihnachten absprechen, ich *schaff* das einfach nicht, dieses Jahr bei deinen Eltern zu feiern.«

»Okay. Und was ...«

Klick. Er hat aufgelegt. Pling. Eine SMS. Die Telefonnummern unserer Kinder. Nicht mehr und nicht weniger. Mit dem Handy in der Hand starre ich in den Klostergarten hinaus.

Meine dünnen Haare bewegen sich leicht im Wind, und es raschelt im Laub des Feigenbaums. Die Kirchturmuhr schlägt falsch, und in der Ferne höre ich die Stimmen einer Menschenmenge. Stimmt, heute ist ja Markttag. Da ertönt ein scharrendes Geräusch zu meinen Füßen. Es ist Luzette, die sich mühsam aus einem Laubhaufen herausgearbeitet hat. Sie streckt ihren trockenen schwarzen Hals vor und schaut mich mit leeren Augen an. Meine Laune bessert sich ein wenig, als ich sie sehe. Sie ist so weit entfernt von Wollfett, wie es nur geht.

»Ich erkenne mich in dir wieder, Luzette. Eine einsame Schildkröte mit einem Panzer, die langsam durch einen Garten krabbelt, in den sie eigentlich gar nicht gehört. Aber in diesem Garten empfinde ich es seltsamerweise gar nicht so.«

Luzette schnobert an meinen nackten Füßen, als ob sie etwas wären, was sie vielleicht fressen könnte. Da hat sie recht. Es wird wirklich langsam Zeit fürs Frühstück.

28.

Kleine dunkle Puy-Linsen müssen mit Lorbeerblättern, Knoblauch, Thymian, Salz, Rotweinessig und weißen Zwiebeln geschmort werden. Dann ein bisschen Olivenöl drauf und dazu noch zwei gebratene Salbeiwürstchen, die ich auf dem Markt erstanden habe. Es war nicht leicht, das Rezept in Henris Handschrift zu entziffern, aber ich glaube, es ist mir gelungen. Allerdings bin ich heute nicht so richtig in Stimmung. Dieses Telefonat mit Magnus war heftig. Es raste in eine komische Richtung, sodass ich danach mit einem ganz leeren Gefühl dasaß.

Einar und ich sitzen uns in der Küche gegenüber. Mit bestem Appetit löffelt er die Linsen und die Wurst in sich hinein, und dazu trinkt er auch noch eine gute Portion Rotwein. Ich nehme mir ein Stück Brot, tunke es in die Essigsauce von den Linsen und schiebe es mir in den Mund. Was für ein Genuss!

»Heute hat mich mein Mann angerufen.«

»Bist du verheiratet?«

»Ja. Mit Magnus.«

»Seid ihr schon lange verheiratet?«

»O ja.«

»Größtenteils glücklich?«

»Ich hätte schon bei der Hochzeit Ungemach wittern müssen.«

»Warum?«

»Wir hatten uns für eine Hochzeit im kleinen Kreis entschieden.«

»Warum das denn um alles in der Welt?«

»Wahrscheinlich, weil wir uns nicht so wichtig machen wollten. Außerdem ist Magnus sehr sparsam. Große Hochzeit – große Ausgaben. Große Ausgaben gehen in Ordnung, wenn man Geld investiert. Aber eine Hochzeit ist nicht unbedingt eine Investition. Man kann eine gebrauchte Hochzeit nicht für die doppelte Summe weiterverkaufen, wenn du verstehst, was ich meine. Also luden wir nur unsere engsten Familienmitglieder ein. Insgesamt waren wir dreizehn Personen am Tisch. Meine Mutter hat sich furchtbar aufgeregt. Die Unglückszahl! Nein, das geht einfach nicht, besonders nicht, nachdem ich nun doch so einen guten Kerl abbekommen hatte … sie war geradezu verwundert darüber. Also luden wir einen Kumpel von Magnus ein, um die Zahl anzuheben. Aber am Hochzeitstag selbst hatte eine von meinen Tanten einen angeschlagenen Magen und sagt ab. Wieder Katastrophe! Wenn dieser Kumpel kommt, werden wir doch wieder dreizehn. Der Freund darf zu Hause bleiben. Alle sind glücklich und zufrieden und zwölf am Tisch. Glauben wir. Aber dann beißt bewusste Tante die Zähne zusammen und taucht trotzdem auf! Und so waren wir am Ende doch zu dreizehnt am Tisch, trotz aller Anstrengungen. Außerdem brachte meine Tante ihr Magenvirus mit, und ich begann schon vor dem Wiener Walzer, mich zu übergeben. Nein, diese Hochzeit war nicht unbedingt ein Erfolg.«

»Margareta und ich hatten eine schöne Hochzeit. Mit großem Pomp, einem Festredner und einhundertfünf Gästen, und ich glaube nicht, dass sich jemand übergeben hat. Wir sind deswegen aber trotzdem nicht glücklicher geworden.«

Einar schenkt uns nach und zieht sich eine von den Katzen auf den Schoß. Ich nehme einen großen Schluck.

»Weißt du, ich rede mehr mit mir selbst als mit Magnus.«

»Das muss nicht unbedingt verkehrt sein.«

»Glaub mir, das ist auf einem völlig anderen Niveau. Ich führe ganze Unterhaltungen, sowohl in meinem Kopf als auch laut, wenn ich alleine bin. Ich bin unnormal!«

»Wer sagt das? Stell dir vor, wie es wäre, wenn du nur mit Menschen zu tun hättest, die sich als normal und brav gemäßigt empfinden. Das wäre ja so, als müsste man eine lebenslange Haftstrafe absitzen.«

»Ich glaube, Magnus möchte, dass ich normaler und gemäßigter werde.«

»Lass dich scheiden.«

»Nein, das kann ich nicht.«

»Kannst du nicht, willst du nicht oder wagst du nicht?«

»Woher weiß man so was?«

»Indem man mit sich selbst spricht?«

»Aber was ist denn verkehrt an normal und gemäßigt?«

»Überhaupt nichts. Aber bei den Leuten, die finden, dass andere normal und gemäßigt sein sollen, bei denen ist was verkehrt. Was soll das denn, machen die etwa die Regeln für die ganze Menschheit? Vielleicht ist ja ihr Normal nicht normal für mich oder für dich? Und was ist überhaupt gemäßigt? Nein, ich finde, was normal und gemäßigt ist, sollte man für sich selbst entscheiden, statt es anderen aufzuzwingen. Verdammt, sei einfach nett zu deinen Mitmenschen und nimm Rücksicht auf die Natur, dann kannst du machen, was du willst. Finde ich.«

»Ja, das lässt wirklich viele Türen offen.«

»Und so will ich das haben, in meiner normalen Welt. So! Worüber unterhältst du dich eigentlich die ganze Zeit mit dir?«

»Über alles Mögliche. Ich kann mit mir ganz offen über alles sprechen, und wir haben immer viel Spaß zusammen. Wenn ich zum Beispiel mit jemand zusammensitze und unsere Unterhaltung total öde ist, kann ich darüber mit meinem anderen Ich lachen.«

»Warum redest du nicht genauso viel mit anderen?«

»Ich weiß nicht. Irgendwie ergibt es sich nie.«

»Nichts ergibt sich einfach so. Wann hast du aufgehört, mit anderen zu reden?«

»Ich glaube, ich habe nie wirklich damit angefangen. Also, ich kann sehr wohl mit anderen reden, ich komme schon halbwegs zurecht. Es ist eher so eine Art Schüchternheit, die sich aufgehängt hat. Du weißt schon, dass man die Bahnen im Hirn durch die Gedanken aufbaut, die man denkt?«

»Wirklich?«

»Ja, wie Stufen. Es ist schwer, neue Bahnen im Kopf aufzubauen. Ganz oft läuft man einfach nur in den gleichen Bahnen weiter, wenn man nicht in Therapie geht oder sich selbst einen Schubs gibt, damit man mal Neuland betritt. Ich bin mit einer Mutter und einem Vater aufgewachsen, die mich nur verständnislos angeschaut haben, wenn ich etwas gesagt habe. Meine Schwester haben sie immer verstanden. Wenn wir am Strand waren, redete meine Schwester davon, was für verschiedene Pirouetten sie im Wasser machen konnte, meine Eltern nickten und bewunderten sie, wie sie ihre Pirouetten machte. Während ich die Wolken musterte und fand, dass sie aussahen wie ein ganzes Klassenfoto, und wenn ich ihnen dann sämtliche Klassenkameraden zeigte – plus Direktor Mikael Hjalmarsson – in Form von Wolkenbergen, starrten meine Eltern an den Himmel und kapierten nicht, wovon ich redete. Dann fragten sie mich, ob ich nicht auch eine Pirouette machen wollte. Mit den anderen Kindern spielen. Wie die anderen Kinder *sein*.«

»Dann haben sie wohl einfach keine Neigung zur Phantasie.«

»Nein. Sie haben eher eine Neigung zu ordentlichen Pirouetten.«

»Unter der Oberfläche ist es still und ruhig, und niemand kann dich schreien hören.«

Wir müssen beide lachen.

»Genau. Ein paar Jahre hatte ich eine richtige Freundin. Maja. Bei ihr konnte ich voll und ganz ich selbst sein. Bei ihr und ihrer Familie war es ganz anders. Sie waren neugierig auf mich, fragten mich nach meiner Meinung, und wenn ich sie sagte, verstanden sie, wie ich es gemeint hatte. Und wenn nicht, dann fragten sie nach und ließen mich erklären. Bei ihnen war ich lustig und gesprächig und … ja. Das war schön.«

»Mit anderen Worten: Sie benahmen sich so, wie es alle tun sollten. Natürlich ist man nicht lustig oder redselig, wenn die Gesprächspartner gar nicht interessiert sind!«

»Meine Gesprächspartner waren immer von einem anderen Schlag als ich.«

»Inwiefern?«

»Na ja, ich bin wohl darauf geprägt. Die halten sich am liebsten an ordentliche Pirouetten, wenn du verstehst, was ich meine. So wie Magnus.«

»Welcher Magnus?«

»Mein Mann.«

»Ach so, stimmt ja. Und der hat auch keine Neigung zur Phantasie?«

»Nein. Wenn es keine Tabellen oder Lineale oder irgendeine Verankerung in der Wirklichkeit gibt, ist er von vornherein nicht interessiert.«

»Und in den hast du dich verliebt?«

»Magnus gehörte zu einer Sorte, die ich wiedererkannte. Das gab mir eine Art Sicherheit. Also haben wir geheiratet, bekamen die Kinder, und ich hab einen ziemlich öden Job angenommen, ich hab die Hausarbeit erledigt und mich nach allen Regeln der Kunst um meine Kinder gekümmert. Ich hab sie zum Sport gefahren, hab ihnen Pausenbrote gemacht, hab nicht gesagt ›ihr seid aber fleißig‹, sondern ›wie schön, dass ihr Spaß hattet‹, und ich hab nie auf herabsetzende Weise über mein Gewicht gesprochen, jedenfalls nicht vor ihnen. Alles, damit es unseren Kindern gut geht und sie keine Komplexe bekommen. Ich war auch eine gute Ehefrau! Hatte auf jeden Fall 2,1-mal im Monat Sex, habe am Straßenrand gestanden und Hurra geschrien, wenn Magnus bei verschiedenen Läufen angetreten ist, habe so getan, als würde ich bei seinen Monologen über Wollfett zuhören, und bin in die Sauna gegangen, wenn er gehen wollte, und hab immer mal wieder einen alkoholfreien Monat eingelegt, wenn er es für nötig hielt. Trotzdem hat er sicher oft gedacht, dass er die falsche Frau geheiratet hat.«

»Warum?«

»Weil ich eben doch immer ich bin! Zu Anfang hab ich mich noch ein bisschen mehr zusammengerissen. Aber mit wachsender Sicherheit kommt eben auch die Wahrheit raus. Das gilt für uns beide. Magnus wurde immer unflexibler, und ich immer … immer mehr ich selbst eben. So wie ich innerhalb meines Kopfes bin, nicht außerhalb.«

Ich gieße den letzten Wein in mich hinein und fülle mein Glas gleich wieder auf. Ich hebe die Stimme, langsam komm ich so richtig in Fahrt.

»Wir hatten Sex nach einem bestimmten Schema, weißt du.«

»Das ist ja grässlich! Warum das denn?«

»Weil das immer noch besser ist als gar kein Sex. Das hatte ich in der *Amelia* gelesen. Ich fand es nicht besonders schön, mit Magnus Sex zu haben. Aber so darf man ja nicht denken von seinem eigenen Mann. Und auch nicht von Sex. Die Menschen um uns herum begannen, sich scheiden zu lassen, neue Partner zu daten, oder hatten eine Affäre nach der anderen, und ich machte mich mit Magnus über sie lustig. Da waren wir uns tatsächlich mal einig. Wir fanden sie alle jämmerlich, und dann gingen wir ins Bett und hatten einen knirschend langweiligen Beischlaf, denn es war ja wieder eine ungerade Woche und Samstag.«

»Inwiefern waren eure Freunde jämmerlich?«

»Selbstverständlich waren sie nicht jämmerlich. Wir hatten eine Höllenangst! Weißt du, es ist ganz schön unheimlich, wenn alle Menschen in deiner Umgebung plötzlich ihre Lebensentscheidungen oder ihre Ehe hinterfragen. Da fängt man nämlich selbst an, sein eigenes Leben mit skeptischerem Blick zu betrachten, und dann können die gefährlichsten Sachen passieren.«

»Aber ihr habt zusammengehalten?«

»Zusammenhalten ist zu viel gesagt. Wir wohnten weiter in unserem Haus, nachdem die Kinder ausgezogen waren. Aber ich stellte mich irgendwann nicht mehr an den Straßenrand, wenn Magnus beim soundsovielten verdammten 230-Kilometer-Radrennen mitfuhr. Ich ging nicht mehr in die Sauna, wenn er ging, trank Alkohol, obwohl er ›alkoholfrei‹ in den Kalender eingetragen hatte, und ich hab definitiv nicht mehr 2,1-mal im Monat Sex mit ihm gehabt. Ich wollte einfach nur in Frieden gelassen werden, heimlich Käse essen und Kreuzworträtsel lösen und ...«

Ich merke, wie alles aus mir heraussprudelt, und schlage mir die Hand vor den Mund.

»O Gott, ich laber dich vielleicht zu. Halt mich doch auf!«

»Warum sollte ich?«

»Weil ich sonst nie so labere. Zumindest nicht laut!«

»Du ahnst ja gar nicht, wie lustig du gerade bist.«

»Ich weiß nicht, was mit dir los ist, aber du ... aber ich ... Wenn ich mit dir zusammen bin, hab ich das Gefühl, mit mir selbst zusammen zu sein. Wie wenn ich als Kind mit Maja redete. Genau dasselbe Gefühl.«

»Welche Maja?«

»Na die, von der ich dir vorhin erzählt habe. Meine alte Freundin.«

Einar streichelt dem schnurrenden Barry den Kopf, aber ich sehe ihm an, dass er sich nicht mehr so recht erinnert. Einars schlechtes Gedächtnis ist gewissermaßen ein Segen. Also nehme ich einen neuen Anlauf.

»Ich glaube, ich bin nie so wirklich in Magnus verliebt gewesen.«

»Nicht?«

»Nein. Ich war wohl hauptsächlich froh, dass er mich haben wollte. Und außerdem hat meine Mutter dann endlich auch mal den Mund gehalten, das war ein Segen von biblischem Ausmaß, glaub mir. Außerdem dachte ich, dass er ein guter Vater sein würde. Und damit hatte ich auch recht. Ich glaube, dass Magnus und ich jeweils die Allwetterstiefel für den anderen waren. Nicht unbedingt sexy, aber sie halten die Füße trocken und einigermaßen warm. Außerdem sind sie günstig. Wenn auch hässlich.«

»Aber man will doch kein Allwetterstiefel sein.«

»Na ja, wenn man einer ist, dann ist man eben einer.«

»Du bist kein Allwetterstiefel. Ich hab heute Abend definitiv nicht mit einem Allwetterstiefel zu Abend gegessen. Der Fluch liegt darin, dass du es glaubst.«

»Der Fluch?«

»Du weißt, dass man so etwas durchbrechen kann?«

»Ich kenn mich nicht aus mit Voodoo und so was.«

»Wer hat denn was von Voodoo gesagt? Bei solchen Flüchen helfen keine Hexenkünste. Da hilft nur Bonnibelle.«

»Und wie?«

»Sag ihr, dass du Hilfe brauchst und dass ich dich geschickt habe.«

»Und was passiert dann?«

»Du wirst schon sehen. Aber vielleicht hebt es deinen Fluch auf.«

»Nein, dafür ist es zu spät.«

»Zu spät? Wofür?«

»Ich werde demnächst fünfzig. Es ist eben, wie es ist.«

»Du bist die reinste Jugendliche, meine Liebe. Du hast ein Segel, ein Ruder und Wind, und vor dir liegt das Meer. Du musst nur rausgehen.«

»Das trau ich mich nicht.«

»Du hast es doch schon gemacht. Du bist hier. Mehr oder weniger auf dem offenen Meer. Alles ist hier und wartet auf dich. Aber du musst dein Segel verdammt noch mal selber setzen.«

Ich stehe auf, verschwitzt, melodramatisch und nicht ganz normal, wenn man Magnus' Maßstäbe anlegt.

»Willst du tanzen, Einar?«

»Forderst du mich gerade auf?«

»Ja, allerdings.«

»Du weißt schon, dass ich gay bin, oder? Nur, dass es hier keine Missverständnisse gibt.«

»Ich will bloß tanzen. Mit dem besten Menschen, den ich kenne.«

»Mit dir selbst?«

»Ich hab eigentlich dich gemeint.«

»Aha. Na gut. Let's dance.«

29.

Nachts zu tanzen, scheint eine gute Angewohnheit von uns beiden zu werden. Einar schläft besser, und das nächtliche Werkeln in der Küche, dessen Spuren ich dann aufräumen muss, kommt gar nicht mehr vor – und ich bin froh, dass ich mich in der Nacht nicht selbst gesehen habe. Wäre ich meine eigene Psychologin gewesen, hätte ich gerufen: »Wuuuuunderbar, Agneta, du machst solche Fortschritte bei deinen Befreiungswünschen.« Wäre ich Choreografin gewesen, hätte ich mich aus dem Fenster geworfen und gehofft, mit dem Kopf aufzuschlagen. Ich tanze einfach, als gäbe es kein Morgen. Und das gibt es ja auch nicht. Zumindest nicht für Einar. Für ihn gibt es nur das Hier und Jetzt. Es kommt mir vor, als hätte ich einen Phantasiefreund gefunden, der trotzdem ein echter Freund ist. Ein Freund, der nie etwas ausplaudert, weil er es gar nicht kann. Ein Freund, mit dem ich immer und immer wieder dieselben Themen durchkauen kann, und er findet es jedes Mal wieder gleich interessant. Ein Freund, der mich Sachen fragt. Über alles. Er ist neugierig auf mich. Und diese Neugier lässt mich laut antworten, statt alles nur in meinem Kopf stattfinden zu lassen.

Einar ist wohl der Einzige, der jemals richtig neugierig auf mich gewesen ist. Und ich bin neugierig auf ihn. Ich liebe es, wenn ich dieselben Geschichten immer wieder zu hören bekomme, denn es sind gute Geschichten. Manchmal tauchen neue Details auf, andere werden ausgelassen, und dort irgendwo schweben wir umeinander herum. Manchmal nennt er mich

Armand. Ich stehe hinter ihm, streiche ihm über die Schultern, spüre, wie er sich entspannt und meinen Namen sagt. Oder eben nicht meinen, sondern den von Armand. Ich lasse ihn eine Weile an diesem Ort. Zu Hause, bei seinem Geliebten. Dann räuspere ich mich und wecke ihn auf, damit er wieder aus seiner Parallelwelt zurückkommt.

Wir essen nicht mehr zu Mittag, weil wir zu lange schlafen. Stattdessen gibt es eben ein spätes Frühstück. Dieser Plan, den Bonnibelle so akkurat niedergeschrieben hat, gilt im Moment nicht mehr. Wir brunchen, und danach trinken wir Kaffee, bis es Abendessen gibt. Wir sitzen im Garten, ohne ein einziges Blatt zu harken oder Müll zusammenzusammeln. Wir trinken Kaffee, plaudern über kleine Themen, plaudern über große Themen, plaudern über mittelwichtige Themen und schieben Kuchen in uns hinein. Rumgetränkte Canelés, Brioches mit Himbeermarmelade, Mandelcroissants, dick mit Schokocreme gefüllte Eclairs, Mini-Tarte-Tatins und Butterteigschnecken mit Rosinen und Vanillecreme.

Die Dame in der Bäckerei kennt mich inzwischen. Sowie ich morgens reinkomme und Bonjour rufe, legt sie zwei Baguettes und ebenso viele Croissants auf die Theke. Dann stellt sie sich mit einer Tüte an die Kuchentheke und wartet auf meine Bestellung – das heißt, ich deute auf verschiedene Teilchen, und sie füllt die Tüte damit. Heute hatte ich einen richtigen Rundgang durchs Dorf. Die Dorfbewohner saßen auf Stühlen längs der gesamten Avenue du Taureau, um den Rennradfahrern zuzujubeln, die schweißtriefend durch Saint Carelle dampften. Die Bäckerei verkaufte an diesem Tag ein Gebäck namens Paris-Brest. Ein fahrradreifenförmiger Nougatkranz, der vor irgendeinem Radrennen im neunzehnten Jahrhundert erfunden wurde. Also aßen wir an diesem Tag Paris-Brest, obwohl wir ihn im Garten statt am Straßenrand genossen.

Offenbar war es genau um diese Zeit Anfang November, als das Radrennen vor vielen, vielen Jahren durch die Avenue du Taureau brauste, dass Armand und Einar ins Dorf zogen. Das Geräusch der Radfahrer, der Geschmack von Paris-Brest und die munter anfeuernden Dorfbewohner weckten die Erinnerung in ihm. Wie sie das katholische Kloster als ein Fuck-off an alle normalen und gemäßigten Menschen kauften. An alle ihre Familien, alle Politiker und alle religiösen Fanatiker, die aktiv gegen ihre Liebe kämpften. Das Kloster wurde ihr erhobener Mittelfinger und ihre Freistatt. Nicht nur für sie, sondern für alle, die eine brauchten. Den Pool bauten sie in der Form eines riesigen Phallus, und so bekam ich auch die Antwort darauf, warum sich zwei kleine Bassins am Ende eines langen befinden. Einar erzählte von allen Festen und Freunden und verwandelte den riesigen Klostergarten in das wundervoll Magische, was er früher einmal gewesen war. Ein japanischer Garten in einem französischen Garten in einem Rosengarten mit Statuen direkt aus der Welt der Mythologie und dazwischen Luzette mit ihrem Ballon auf dem Panzer – ein *jardin remarquable.*

Ich musste über die ganzen Champagnerflaschen in der Waschküche lachen, denn dieser Flaschenhaufen ist der Beweis dafür, wie prächtig sie sich amüsiert haben. Aber Einar sieht es auch noch auf eine andere Art: Die Flaschen sind auch ein Beweis für ihren unermesslichen Kummer. Wenn du ein riesiges Opfer gebracht hast, um dein Leben leben zu können, dann muss dieses Leben es auch wert sein. Am besten jeden Tag. Dann musst du jede Gelegenheit zum Feiern ergreifen, zum Verzeihen, Tanzen, Lachen und Champagnerflaschenöffnen. Du musst deinen Kummer mit Lebensfreude tragen. Dafür müssen die Flaschen dort liegen bleiben, wo sie liegen. Sie sind wie ein Testament.

Wir saßen dort in diesem verwilderten Garten mit unserem

Nougatkranz, und ich spürte eine Wärme in mir, die weder mit der Sonne noch mit meinem Fleecepulli zu tun hatte. Seinen Kummer mit Lebensfreude tragen. Ich hab nicht gewusst, dass man auch auf diese Weise überleben kann. Den Kummer mit Lebensfreude übertönen.

Es ist so, als würden Einar und ich langsam, aber sicher unsere eigene Routine finden. Zwei Freitage bin ich jetzt schon mit ihm in der Bar gewesen. Auf dem Weg dorthin habe ich seine Hand gehalten. Zum Teil, damit er sich nicht geniert, wenn er die Bar nicht findet, aber vor allem, weil ich inzwischen um den Ernst des Moments weiß. Zumindest auf dem Hinweg. Wenn wir erst mal dort sind, ist der Ernst verschwunden. Letztes Mal waren es ziemlich viele Leute, da war irgendein wichtiges Fußballspiel, das auf dem großen Bildschirm übertragen wurde, und Fabien konnte kaum den Wein servieren, weil er den Blick nicht vom Spiel nehmen wollte. Alle schrien vor Freude, als die französische Mannschaft gewann, und ich schrie mit. *Hourra hourra hourra!* Ich wurde so mitgerissen, dass ich sogar ein ganzes Glas Eau de vie runterschüttete und das leere Glas dann mit einem Knall auf den Tresen haute. Fabien umarmte sämtliche Gäste, als das einzige Tor fiel, und ich bekam auch eine Umarmung. Ich gehöre jetzt dazu. Seine Arme waren so groß und so lang, dass ich mit der Nase in dieser Wolle verschwand, die aus seiner Hemdenbrust quoll. Ich musste niesen, Fabien lachte furchtbar laut und klopfte mir auf den Rücken.

An diesem Freitag torkelten Einar und ich von der Bar nach Hause. Am Morgen danach rief ich meine Kinder an. Erst Lisa, die nur mit halbem Ohr meinen viel zu langen Erzählungen von Einar lauschte. Dann Ludvig, bei dem ich die Taktik änderte und ihn nicht im Geringsten zulaberte. Da wurde es ziemlich still. Aber wenn ich das richtig verstanden habe, läuft alles wie am Schnürchen, und offenbar fängt er demnächst an, abends in einer Bar zu arbeiten. Beide fragten mich, wie es Magnus geht. Ob er zurechtkommt, während ich weg bin. Keiner von ihnen hat mich gefragt, ob es mir gut geht. Vielleicht weil ich es selbst so schnell gesagt hatte, dass es hier »so schön ist, dass ihr euch nicht die geringsten Sorgen zu machen braucht«. Aber sie hörten sich so an, als wären sie vollauf mit ihrem eigenen Leben beschäftigt und als hätte Magnus den Wechsel des Swisher-Throns reibungslos gemeistert.

Bonnibelle war überrascht, als sie am Morgen kam – es war ja Donnerstag, das hatten Einar und ich völlig vergessen. Wir schliefen Kopf an Fuß in seinem Bett, immer noch verschwitzt vom Tanzen in der letzten Nacht. Wir haben nämlich eines von Armands Lieblingsliedern auf einer alten Live-Platte von Julio Iglesias gefunden. Iglesias' Version von *La Mer* lief dann die ganze Nacht. Einar wollte einfach nicht aufhören zu tanzen, und er konnte schier nicht aufhören, über Julios holpriges Französisch zu lachen. Ich ließ mich einfach nur führen, genauso wie in den anderen Nächten. Einar ist ein Meister, wenn er den Arm so fest um mich legt.

Bonnibelle fand uns völlig k.o. vor, und dann war auch noch Eile angesagt, weil Jean bald kommen sollte, und bis dahin musste Einar gebadet und rasiert sein und das Bett frisch bezogen werden. Während einer unserer Kaffeepausen – ich glaube, wir aßen gerade Zitronentarte – erzählte Einar von Jean. Dass er schon zu Armands Zeiten da war. »Ein bisschen Liebhaber schadet nie, eher im Gegenteil«, um Einar zu zitieren. Armand war auch einer, der sich gerne mal einen Bettgenossen genehmigte. Um nochmals Einar zu zitieren: »Wir sind beide sehr erotisch veranlagt, wir haben sozusagen nicht am Pulver gespart.« Ja, er spricht über Armand und sich manchmal in der

Gegenwart. Aber ich habe aufgehört, mich um die richtige Zeit und die richtige Taillenweite zu scheren, also esse ich Süßigkeiten und unterhalte mich mit Armand, obwohl er gar nicht da ist. Oder vielleicht ist er ja doch da. Wie gesagt, ich weiß es langsam nicht mehr. Ich habe meine Jeans angezogen, eins von Einars zerknitterten Hemden (ich muss wirklich mal wieder waschen) und bin mir mit den Fingern durch die ungepflegten Haare gefahren, während Einar sich im Badezimmer von Bonnibelle herausputzen ließ wie ein König.

In dem Haus mit den rosa Fensterläden wird zum Mittagessen eingeladen. Henri und ich sitzen an dem runden Tisch, während Bonnibelle Teller mit dünnen Zucchinischeiben und Mangold vor uns hinstellt, die mit Zitrone und Knoblauch im Ofen waren, dazu Baguette, Butter und eine Karaffe Weißwein. Ich erkundige mich nach diesem Nougatkranz und bekomme die ganze Geschichte des Radrennens zu hören, das zu seiner Erfindung Anlass gegeben hatte. Sie sagen, dass Einar gesünder aussieht, dass er vollere und rötere Wangen bekommen hat, und damit haben sie tatsächlich recht. Wir haben beide vollere und rötere Wangen bekommen.

Bonnibelle stellt Fragen, Henri übersetzt, und sie erkundigt sich, wie es meinen Kindern geht. Während ich antworte, dass es ihnen gut geht, wandern die sauber geleckten Teller in die Küche, und ein Tablett mit Endiviensalat, Roquefort und Rhabarbermarmelade wird auf den Tisch gestellt. Der sich freundlich vorantastende Small Talk läuft immer so weiter, als ich uns plötzlich unterbreche. Ich hab versucht, es zurückzuhalten, aber mitten in einem Bissen kommt es. Mein innerer Redner ist wirklich schlau.

»I am cursed.«

Henri will sich gerade ein Stück Käse in den Mund stecken,

als meine Information über den Fluch aus mir herausbricht. Er schaut mich überrascht an. Dann schiebt er sich den Käse in den Mund und kaut ruhig, während Bonnibelle ihn an die Schulter stupst, damit er übersetzt.

»Cursed, you say? How?«

Jetzt verstricke ich mich in einen völlig verrückten Vergleich über praktische Stiefel versus schicke rote Pumps, und dass ich ein ewiger »practical boot« bin, aber vielleicht, irgendwo ganz tief in meinem Inneren, gerne ein roter Stiletto sein würde. Oder was auch immer – ein Mokassin vielleicht, aber kein praktischer Stiefel!

»Einar said that I could ask Bonnibelle for help in this matter.«

»To buy shoes? Red shoes? A moccasin?«

»No, no, to *become* a red shoe!«

Henri versteht absolut nicht, was ich meine, übersetzt aber trotzdem freundlich für Bonnibelle, und ich falle ihm mitten in der Übersetzung ins Wort. Wedle mit den Händen und gebe ihm zu verstehen, dass es ein Missverständnis war, dass ich ein roter Schuh werden wolle, und ich wüsste gar nicht, was ich da rede. Und Henri habe *absolut* recht, ich wolle nur einen Tipp für ein gutes Schuhgeschäft, in dem ich eventuell ein Paar rote Schuhe oder ein Paar Mokassins kaufen kann. Fluch war der falsche Ausdruck, ich meinte natürlich, ich hätte so ver*flucht* große Lust, mir neue Schuhe zu kaufen, so war das! Total durcheinandergebracht, haha. Henri übersetzt meine Suada, so gut es geht, und Bonnibelle lauscht aufmerksam. Dann nimmt sie meine Hand und steht auf.

»Je comprends exactement.«

Ich sitze auf einem Sessel in Bonnibelles Atelier. Einen schönen Stoff nach dem anderen legt sie mir auf den Schoß. Sie will, dass ich mir mit den Stoffen über die Wange fahre und spüre, wie sie sich anfühlen. Ich geniere mich tödlich, und ich begreife auch nicht so recht, was wir hier eigentlich machen. Doch Bonnibelle kann sehr überzeugend sein, also tue ich, was sie mir sagt. Streiche über Samt, reine Baumwolle, Tüll, einen fein bestickten Silberstoff, Leinen, einen Stoff mit Tiermuster, schwarzes Leder, Pailletten, Chiffon, Spitze in Gold und Spitze in Ochsenblutrot und noch mehr Spitze – aber was ist das? Lavendelfarbene Seide, die schwer fällt und sich kühl an meiner Wange anfühlt. Als ich mir damit über die Wange streiche, habe ich das Gefühl, die Unterseite eines Handgelenks zu verspüren, so glatt ist der Stoff. (Habe ich gerade das Wort *verspüren* gedacht? Wo kommt das denn jetzt her? Es muss der Stoff sein, der aus mir spricht!) Ich zeige auf das ganze Lila und recke den Daumen nach oben. Geschickt rollt Bonnibelle den Stoff aus, dass er über den Boden wogt und am Ende nach oben geht, wo sie ihn mit den Händen festhält. Mein Gott, ist der schön! Ich lächle, fast ein bisschen dämlich.

»Oui. Merci.«

Da faltet Bonnibelle den Stoff schnell zusammen, holt ein Maßband heraus und zupft freundlich an meinem Hemd.

»Was? Ich versteh nicht, was du …«

Lachend gibt sie mir zu verstehen, dass ich das Hemd ausziehen soll, wie der Hulk.

»Alles?«

»Bien sûr, tout!«

Ich hasse es, wenn ich mich ausziehen soll. Mir war ja schon unwohl, wenn ich vor meinen Kindern nackt war. Selbstverständlich habe ich mich ihnen nackt gezeigt, ich will ja, dass sie Nacktheit als etwas Natürliches empfinden, was es für mich aber absolut nicht ist. Es fühlt sich unnatürlich an, entblößt vor einem anderen Menschen zu stehen. *Entblößt?* Na, das war ja eine lustige Wortwahl, würde die Psychologin sagen, wenn ich eine hätte. Empfindest du das so, Agneta, dass du dich entblößt? »Ungeschützt« quasi? Nicht »frei«? Ja, liebe Psychologin, ich fühle mich ungeschützt und überhaupt nicht frei. Lass mich meine Sachen einfach anbehalten. Das ist doch total gestört, dass sich alle immer die ganze Zeit die Kleider vom Leib reißen müssen. Herzeigen, dass das Spinning gewirkt hat und sie sich ein paar neue »Ich bin eine freie Frau ohne jegliche Hemmungen oder Angst vorm Alter«-Tattoos haben machen lassen.

Ich bleibe auf dem Sessel sitzen und tue so, als würde ich sie nicht verstehen. Da zieht Bonnibelle den Vorhang vor das kleine Dachbodenfenster, steckt zwei Kerzen über einem der Stoffschränke an und hängt den Stoff weg. Sie nimmt mich bei den Händen und zieht mich aus dem Sessel hoch, sodass mein Blick direkt auf einer Postkarte landet, die sie dort an die Wand gehängt hat. Ganz unten steht »Jacob Jordaens 1646«. Okay, das ist ein furchtbar altes Gemälde. Eine gelinde gesagt wulstige Frau steht mit dem Rücken zu mir. Sie schaut sich über die Schulter, ganz ohne Scham. Ihr Hintern schwillt über das ganze Bild, und darüber türmen sich die Falten einer nicht enden wollenden Taille. Sie hat so ein besticktes Dingens auf dem Kopf und trägt ein schönes Nachthemd, das sie gerade auszieht, dieses schelmische Stück. Bevor sie sich auf das rotsamtene Barockbett wirft, um sich moralisch Verwerflichem zu widmen. Sie sieht unheimlich keck aus, trotz ihres großen Hinterns und ihrer dicken Oberschenkel. Aber ich reagiere nicht so sehr auf ihren Körper als auf ihren Blick.

Was hat Einar noch mal gesagt? Du musst deine Segel schon selber hissen. Wenn ich jetzt meine Sachen ausziehe und schaue, was dann passiert – hisse ich dann ein Segel? Ich brauche gar nicht mehr zu machen. Wenn ich irgendwann einmal so schmachtend über meine Schulter blicken will wie sie, dann muss ich irgendwo anfangen. Ich muss meine Angst mit Mut übertönen. Sonst werde ich für den Rest meines Lebens still stehen.

Also mache ich die Knöpfe an meinem Hemd auf.

Die Unterhose darf ich anbehalten, aber alles andere muss ich ausziehen. Ich spüre Bonnibelles weiche Hände. Sie ziehen das dünne Maßband um meine Taille, meine Oberschenkel, messen meine Schultern, studieren meine Brüste, heben sie hoch und schreiben jede Menge Zahlen auf ein Blatt Papier. Die ganze Zeit plaudert sie und lässt eine beruhigende Hand auf meinem Arm liegen. Wann hat mich zum letzten Mal jemand angefasst? Magnus hat mich angefasst an dem Abend, an dem wir miteinander geschlafen haben, aber da wollte ich seine Hände ja eigentlich gar nicht auf mir haben. Das hier ist etwas anderes. Das hier stellt überhaupt keine Ansprüche, und es ist unglaublich, unglaublich angenehm. Ich will fast mein Hemd nicht wieder anziehen, als sie es mir hinhält. Muss sie nicht noch irgendetwas anderes abmessen? Meinen Ellenbogen? Mein Doppelkinn?

Bonnibelle schreibt etwas auf einen Zettel und drückt ihn mir in die Hand.

23/11. Was auch immer sie mir geben wird, ich werde es in einer Woche bekommen.

30.

Einar war heute Abend nicht so richtig in Form. Nicht mal das Stelldichein mit Jean konnte seine Stimmung retten. Er war gereizt und verwirrt, und mittendrin pinkelte er sich auch noch in die Hose. Danach wollte er nicht mal mehr zu Abend essen. Schon um sechs legte er sich ins Bett und wollte weder gestört noch geweckt und ganz sicher nicht von irgendeiner »verdammten Haushälterin« gespeist werden. Letzteres sagte er mit großem Nachdruck.

Also sitzt die verdammte Haushälterin allein in der Küche, isst Käse und versucht, das Ganze nicht persönlich zu nehmen. Das ist eben seine Krankheit. Ich nehme es ja auch nicht persönlich, wenn er mich Armand nennt oder mon chéri, also werde ich es auch nicht persönlich nehmen, wenn er mich seine verdammte Haushälterin nennt. Es ist trotzdem ein vorzügliches kleines Abendessen, das ich hier genieße. Brot von heute Morgen, vier verschiedene Käsesorten (der eine besser als der andere, vor allem dieser Ziegenkäse, den sie offenbar in etwas gerollt haben – ich bin nicht ganz sicher, aber ich glaube, es ist tatsächlich … *Asche*), ein paar Salatblätter und einen säuerlichen Apfel. Mehr brauche ich nicht.

Morgen ist hingegen Freitag, das bedeutet Markt mit massenweise Fisch und Fleisch. Was könnten wir dann essen? Irgendein gutes Fleisch mit Sauce béarnaise? Bis jetzt habe ich diese ganzen Entrecôtes nur scheel angeschaut, wie sie so in ihrer ganzen fleischlichen Herrlichkeit schwellen, aber ich hab noch nie draufgezeigt. Morgen kaufe ich ein ordentliches Stück, das reicht dann locker für Einar und mich. Aber ich traue mich nicht, meine Béarnaise selbst zusammenzumixen. Nein, danke. Wo kann man hier fertige Saucen in einem Plastikbecher kaufen? Im Lebensmittelladen? Vielleicht hat Fabien ja ein Schälchen Sauce béarnaise übrig, die ich mit nach Hause nehmen kann? Ich möchte nicht mehr in Wein bezahlt werden, sondern mit Sauce béarnaise!

Es ist wahrscheinlich noch nicht mal acht, ich bin in einem kleinen Dorf in Frankreich, dieses kleine Dorf hat eine Bar, und eigentlich muss ich bloß dort hingehen und fragen. Ja, man darf da auch alleine reingehen. Ich bin tatsächlich eine Frau, die einen Barbesitzer kennt. So eine Frau bin ich noch nie gewesen. »Ach komm, ich glaube, ich schlendere jetzt einfach mal runter zur Bar, trink ein Gläschen und plaudere mit meinem Bekannten, dem Barbesitzer.« C'est moi! Ich stehe vom Tisch auf, schiebe die Füße in meine Schuhe und schaue auf mein Hemd. Was heißt »mein Hemd« – eigentlich gehört es Einar. Es ist zerknittert und zu groß, und wenn ein Model es angehabt hätte, dann wäre es ein bisschen sexy gewesen, so auf die Art »oh, ich hab mir das Hemd von meinem Liebhaber gemopst«. In meinem Fall ist es eher »oh, alles ist in der Schmutzwäsche, ich leih mir ein altes Hemd von meinem achtzigjährigen dementen Freund«-appetitlich.

»Wie gesagt – c'est moi!«

Ich will gerade meine Windjacke vom Bügel nehmen, als mein Blick auf einen Mantel am Haken daneben fällt. Ein langes Stück, mit schmalen Streifen in Beige und Cognac. Ich fahre über die Streifen, und der Stoff ist so glatt, als wäre er aus Angora. Ich schaue aufs Etikett, das im Kragen eingenäht ist. Yves Saint Laurent. Ja, klar, hab ich nichts dagegen. Meine Hand bewegt sich zögernd zwischen meiner Windjacke und dem

Angoramantel hin und her. Wind-Angora, Wind-Angora, Wind … Angora! Ich schlüpfe in den gestreiften Mantel, der fast bis zum Boden geht, aber wie der fällt! Schwer und mit totalem Selbstvertrauen. Barry und Judy sind aus ihrem Schlummer auf den Küchenstühlen aufgewacht und drücken sich miauend um meine Waden. Als ich die Treppe hinunterlaufe und durch den Klostergarten gehe, flattert mir der Mantel um den Körper. Die Katzen rennen mir neugierig hinterher.

Die Bar ist so gut wie leer. Ein paar Frauen in meinem Alter sitzen am Fenster und trinken Wein. Sie lachen laut, gestikulieren wild und tragen definitiv keine alten Hemden von irgendwelchen dementen Herren, sagen wir mal so. Obwohl sie in der Bar in ihrem Dorf sitzen, haben sie sich für Schuhe mit Absatz, elegante Hosen mit Gürtel und leicht aufgeknöpfte Blusen entschieden. Am Tresen sitzt ein älterer Herr, der nach Rasierwasser duftet und bei einem Glas Pastis die Zeitung liest. Fabien winkt mir freundlich zu, als ich mit den Katzen im Schlepptau eintrete.

»Annjetá! Ça va?«

»Ça va. And you? Ça va bien?«

»Oui, oui, ça va bien.«

Ohne zu fragen, stellt er mir ein Glas hin, gießt Rotwein hinein, und die Katzen bekommen einen Teller mit kleinen Schinkenstückchen auf den Boden gestellt. Aus der Küche hinter dem Vorhang ruft jemand, und Fabien macht mir ein Zeichen, dass ich kurz warten soll. Dann verschwindet er in die Küche und kommt wieder heraus mit vier Tellern mit etwas, was herrlich duftet. Die Frauen am Fenstertisch schieben fröhlich ihre Gläser beiseite, um Platz für die Teller zu machen, Fabien spricht ein paar Worte mit ihnen, stellt die Teller auf den Tisch und wünscht ihnen guten Appetit. Er hat heute ein weißes Hemd an, und unter dem vorstehenden Bauch hat er sich eine ausgewaschene blaue Schürze umgebunden.

Mit einem einzigen Handgriff hebt er Judy hoch und setzt sich mit ihr neben mich an die Theke. Sie fängt sofort an, schmeichelnd zu schnurren. Er krault sie an der Kehle, zwischen den Augen, hinter den Ohren, dann wieder an der Kehle. Ich muss fast selbst anfangen zu schnurren, weil es so schön aussieht. Dann setzt er die Katze ab und nimmt meinen Mantel zwischen Daumen und Zeigefinger. Er sagt Einars Namen und stößt einen leisen Pfiff aus, als wollte er sagen, dass der Mantel hübsch an mir aussieht. Er holt sein Handy hervor.

Der Mantel lange nicht mehr draußen gewesen! Der Mantel freut sich jetzt. Mit Einar rundere Wangen sind. Gut du bist bei ihm! Du auch zufrieden? Die Frau sieht zufrieden aus.

Die Frau? Soll das ich sein? Google Translate bringt manchmal wirklich dolle Dinger zustande.

Es geht mir gut, glaube ich! Fühlt sich komisch an, ich muss überlegen, aber doch … Es geht mir gut! Ich habe eine Frage. Vielleicht ist sie ein bisschen frech, aber ich hoffe, du verstehst sie richtig.

Frech …?

Vielleicht bedeutet es nicht ganz dasselbe auf Französisch. Ach was, ich stell jetzt einfach meine Frage! Du hast nicht zufällig einen kleinen Behälter mit Sauce béarnaise rumstehen, den ich dir abkaufen könnte?

Willst du Béarnaise-Sauce essen? Jetzt?

Nein, nein! Morgen zu Hause mit Einar. Aber ich weiß nicht, wie man die macht, deswegen dachte ich, vielleicht hast du ja welche, die ich kaufen kann.

Fabien grinst. Er geht hinüber zu den Damen, füllt ihnen die Gläser wieder auf, dann nimmt er sich auch ein Glas und schenkt sich ein. Er stellt sich genau vor mich, auf der anderen Seite des Tresens, und schaut mir in die Augen. Seine Augen haben eine weiche braune Farbe, als hätte jemand helle Schokolade geschmolzen, sie mit ein bisschen Honig gesüßt und … Fabien schreibt und reicht mir dann sein Smartphone. Während ich lese, kassiert er den älteren Herrn ab, wünscht ihm eine gute Nacht und wäscht das Pastisglas ab.

Du machst eigene Béarnaise-Sauce. Einfach! Geduld ist alles, was du brauchst. Und viele Butter! Ich bring dir bei. In einer Stunde leer in diesem. Wir machen Béarnaise-Sauce!

Was? Heute?

Heute Abend!

Hilfe! Aber danke. Aber … Hilfe.

Ich fühle mich seltsam geborgen in dieser Bar. Obwohl ich allein hier sitze. Ich habe kein Handy dabei, um beschäftigt auszusehen, kein Buch, keine Zeitschrift, ich sitze einfach nur mit baumelnden Beinen auf meinem Barhocker. Ich trinke meinen Wein in kleinen Schlucken, spüre, wie mir die Katzen um die Füße streichen, und schaue Fabien zu, der die Tische abwischt und anfängt, die Bar zu schließen. Der ziemlich alte Koch kommt aus der Küche, er hat immer noch seine Kochmütze auf. Er geht winkend aus der Tür, um in sein Auto zu steigen und durch die Nacht nach Hause zu fahren.

»Alors! Time for sauce béarnaise! Voilà!«

Fabien winkt mir mit einer Schürze und hält den Vorhang zur Küche hoch. Die Küche ist überraschend klein, überall hängen Schöpflöffel und Töpfe. Fabien zieht mir eine Schürze über den Kopf. Dann fasst er mich bei den Schultern und dreht mich um, zieht die Bänder zu und bindet sie auf dem Rücken zusammen. Ich komme mir vor wie in einem albernen französischen Film mit lächerlicher Handlung und lächerlichen Figuren, die jetzt in der Küche stehen und gemeinsam Buuuutter schmelzen. Fabien ist die perfekte Besetzung für die Hauptrolle, den Barbesitzer, mit seinen strubbligen Haaren, es würde nur noch fehlen, dass er sich eine Zigarette ansteckt und so französisch ist, dass er auf alle Regeln scheißt und einfach *im Haus raucht*, und non, je ne regrette rien.

»Le chef Annjetá!«, ruft Fabien und zündet sich eine Zigarette an. Alright, here we go. Er zeigt auf ein großes Schneidbrett aus Holz. Ich stelle mich davor und fange an, mich ratlos zu fühlen, als eine Schalotte und ein extrascharfes Messer vor mir landen. Fabien indessen setzt sich auf einen Schemel, nimmt Lungenzüge von seiner Zigarette und fummelt an einem drahtlosen Lautsprecher herum. Während ich auf das Arrangement vor mir starre, hebt Fabien den Blick von seinem Lautsprechergefummel und zeigt auf die Zwiebel.

»Hack, hack, hack!«

»Shall I hack this?«

»Oui! Très, très petit!«

Sehr klein. Okay. Ich hacke die Zwiebel so fein, wie ich nur kann. Fabien hat inzwischen den Lautsprecher in Gang bekommen, und harter Techno dröhnt durch die Küche. Gut, jetzt sind wir wenigstens nicht mehr in diesem lächerlichen Film.

»Sorry, wrong, wrong …«

Der Techno verschwindet und da … ja, da fängt irgendein französischer alter Herr an, ein Chanson zu singen. Und schon sind wir wieder in diesem lächerlichen Film.

Fabien mustert meine gehackten Zwiebeln und schüttelt den Kopf. Dann stellt er sich hinter mich, nimmt das Messer mit der einen Hand und die Zwiebel mit der anderen. Dann hackt er sie in so feine Stückchen, dass man kaum noch erkennen kann, dass das mal eine Zwiebel gewesen sein soll. Ein Bund frischer Estragon landet vor mir. Ich geniere mich. Das ist so richtig peinlich hier. Ich bin kein Frauchen! Ich weiß nicht, was man mit so was macht.

»Now you, hack hack le dragon, très petit.«

Jetzt geb ich ihm mal fein Gehacktes!

»Please, can you put on the techno again?«

»Techno?«

»Oui, the music. Dunk, dunk, dunk?«

»Dunk, dunk, dunk?«

»Oui! Merci!«

»Elle est folle …«

»What?«

»You – crazy!«

Jetzt also wieder Techno. Gut. Jetzt bin ich zurück in der Wirklichkeit. Während Fabien Töpfe, Butter, Essig und Eier rausstellt, pulverisiere ich den Estragon. Als Fabien mit dem Finger über den Estragonstaub fährt, muss er laut lachen und ruft über die hysterische Musik:

»Parfait!«

Wir kochen den Essig mit dem Estragon und der Zwiebel in einem Topf auf, bringen die Butter in einem anderen zum Schmelzen, und dann rein mit den Eigelb in den abgekühlten Essigsud. Dann stehen wir nebeneinander und werden vom

Techno durchgeschüttelt, während Fabien die flüssige Butter in diese Eigelb-Essig-Mischung träufelt und ich sie gleichzeitig schlage. Wir können nicht miteinander reden. Einerseits wegen Techno, aber auch wegen unserer Sprachschwierigkeiten. Und so schlagen und träufeln und schlagen und träufeln wir. Die Béarnaise beginnt einzudicken, und Fabien zieht den Topf von der Platte. Wir geben noch mehr Estragon dazu, fein gehackte Petersilie, ich bekomme einen Löffel, eine Schale mit Salz, eine Pfeffermühle, und nun ist es an mir, die Sauce abzuschmecken. Löffel um Löffel koste ich. Ein bisschen nachsalzen, ordentlich Pfeffer dazugeben, mehr Petersilie, noch einen Schuss Essig und … fertig ist sie. Die leckerste Béarnaise-Sauce, die ich jemals gegessen habe. Ich halte Fabien einen Löffelvoll hin. Er nimmt die Zigarette aus dem Mund und kostet.

»C'est parfait.«

Wir sitzen am Fenstertisch mit zwei brennenden Kerzen, einem Brotkorb, einer Flasche Rotwein und der Béarnaise zwischen uns. Die Technomusik ist verstummt und stattdessen singt jetzt jemand Reggae. Das schaffe ich, ohne mir albern vorzukommen. Das Brot tunken wir in die Sauce, und es schmeckt so, so lecker. Fabien sitzt bequem zurückgelehnt und hat einen Arm ganz nonchalant auf die Lehne des Stuhls neben ihm gelegt.

»The phone, s'il vous plaît.«

Fabien zieht sein Smartphone aus der Gesäßtasche und schiebt es mir hinüber.

Bist du hier im Dorf geboren?

Nein, mein Geburtstag ist in Nîmes. Onkel Charles war in diesem Dorf und die Bar gehört ihm. Als Teenager war gearbeitet hier die Wochenenden. Dann die Wochen sogar. Seit Onkel Charles tot und Besitzer von der Bar bin ich!

Aber jetzt wohnst du hier?

Fabien zeigt mit dem Finger an die Decke und schreibt.

Ja, ja! In Wohnung drüber. Wohnung von altem Onkel Charles. Klein aber ich brauche mehr nicht.

Hast du auch Frau und Kinder da oben?

Nein. Keine Frau oder Kinder für mich geworden. Ewiger Zauberer.

Zauberer?

Nein, zaubern kann ich nicht.

Wir müssen beide lachen. Fabien nimmt wieder sein Smartphone und schreibt. Überlegt, blickt auf und schreibt wieder.

Ich und die Ehen passen nicht zusammen. Ich versucht musst du glaubend. Ich verheiratet mit der Bar.

Ich hab noch nie in einer Bar gearbeitet, aber meine Ehe hat auch nie richtig zu mir gepasst. Schließlich sitze ich hier! An einer Bar! Statt in meiner Ehe.

Fabien liest und runzelt dabei die Augenbrauen, anscheinend hat Google Translate ganz schön mit meinem Text zu kämpfen.

Magst du Stiere?

Stiere? Jetzt geht dieser romantische Film über in ein anderes Genre. Was soll ich darauf antworten? Was meint er überhaupt damit?

Ich glaube nicht …

Du nie erlebt Stier den besten. Ich liebe den Stier! Seit dem Jungen Stiere geliebt.

Sind denn in diesem Dorf alle schwul?

Was liebst du an Stieren?

Samstag schon belegt?

Was? Was geht denn hier ab? Nein, danke, KEINEN Stier für mich!

Ja! Belegt!

Schade. Sonst den Stier du triffst. Und alle die Jungen. Großartig!

Stille. Ist das ein Segel, das ich an meinem Mast hissen soll, und dann kann ich einfach davonfliegen? Zu etwas Neuem. Zu einem Stier …?

»Okay. Ich komme mit!«

»Quoi?«

»I come. Je … je …«

»Je viens?«

»Oui, je viens. But Einar muss auch mit! Einar comes along!«
»Absolument!«

Dann nehme ich mein Gefäß mit der Sauce béarnaise und renne beinahe nach Hause durch das schlafende Dorf. Die Katzen laufen miauend hinter mir her.

31.

Einar und ich stehen vor dem großen Eingangstor des Klosters. Die Sonne scheint über Saint Carelle, und Einar hat seinen gestreiften Angoramantel an. Als ich ihn als Vorschlag hinhielt, leuchteten seine Augen auf, als hätte er einen guten alten Freund wiedergetroffen. Er ist so elegant, wie er da steht mit seinen zurückgekämmten Haarbüscheln, dem Mantel, einem schwarzen Rollkragenpulli und ebenso schwarzen Jeans.

»Ist heute Freitag?«

»Nein, es ist Samstag, und gleich kommt Fabien uns abholen.«

»Warum?«

»Er will mit uns zu irgendetwas gehen, was mit Stieren zu tun hat.«

»Herrlich. Wohin denn?«

»Ich weiß es nicht wirklich. In ein Dorf ziemlich weit von hier. Weißt du was? Als Fabien gesagt hat, dass er Stiere liebt, hab ich erst gar nicht verstanden, was er meinte. Im ersten Moment dachte ich, dass er auch gay ist.«

»Fabien? Nein, nein, er ist ein ziemlich heterosexueller Stier. Unter dem sind schon viele Frauen gelegen. Das war viel Geheul und Geschrei in dieser Bar, das kann ich dir sagen.«

»Geheul und Geschrei?«

»Er ist hoffnungslos untreu. Ab und zu sind irgendwelche Mädchen zu ihm in seinen Schlupfwinkel gezogen, aber es endet jedes Mal damit, dass sie weinend wieder ausziehen. Unendlich nett und unendlich unverbesserlich. Er ist seinem Onkel furchtbar ähnlich.«

»War das der, der die Bar vor ihm geführt hat?«

»Genau der! Weißt du, wie er gestorben ist?«

»Nein.«

»Oben in seinem Bett, geritten von der Schwester seiner Liebhaberin! Herzanfall. Bamm – tot. Das war vielleicht ein Trara danach. Seine Frau wurde wahnsinnig, seine Liebhaberin wurde wahnsinnig, und von der Schwester der Liebhaberin wollen wir gar nicht sprechen. Ja, Fabien kommt wirklich ganz nach seinem Onkel. Aber er ist ja noch jung. Er kann sich noch ändern.«

»Jung? Der muss doch auch schon über fünfzig sein, oder?«

»Fabien? Nein, maximal fünfundzwanzig, mehr nicht.«

»Bist du sicher?«

Ein kleiner gelber Renault bremst vor uns, und der Stier Fabien steigt aus. Fünfundzwanzig ist der ganz sicher nicht, da bin ich todsicher. Aber er sieht ausgeschlafen aus, seine Haare sind frisch gewaschen, und er hat trotz der Sonne eine große, warme Jacke an. Ich bekomme Küsschen auf die Wangen, man hält mir zuvorkommend die Autotür auf und achtet darauf, dass ich mich bequem hinsetzen kann. Dann küsst er Einar auf die Wangen und hilft ihm auf den Vordersitz. Schnallt ihn an und sagt Sachen, über die Einar lachen muss. Dann fahren wir los.

Ich habe dieses Dorf seit drei Wochen nicht verlassen und genieße es, aus dem Fenster zu schauen und die Weinberge in der Herbstsonne vorbeiziehen zu sehen. Durch Dörfer zu brausen, Schilder zu lesen, die versprechen, dass es hier das beste Obst/das beste Gemüse/den besten Kfz-Mechaniker/den besten Makler gibt, und an baufälligen Mauern entlangzufahren, hinter denen sich alte Gärten verbergen. Jetzt fahren wir in eine Allee, die kein Ende nehmen will. Sie geht einfach immer weiter und weiter, und die Baumstämme sehen aus, als hätten sie ein Tarnmuster – wunderschön.

»Wie heißen die eigentlich?«

»Wie heißt wer?«

»Die Bäume! An dieser Allee.«

»Oh … Fabien. Wie heißen die noch mal? Diese Bäume?«

»Les arbres?«

»Genau, wie heißen die?«

»Les platanes.«

»Ach ja, stimmt ja, Platanen. Schön, oder?«

Ich nicke von hinten und folge den Platanen mit dem Blick. Die Sonne blendet mich fast, Fabien und Einar plaudern auf dem Vordersitz, ein Fenster wird heruntergekurbelt. Fabien streckt die Hand raus und deutet auf etwas, und Einar nickt, als würde er etwas wiedererkennen. Sie hören ein Lied im Radio, das sie beide kennen, und drehen es lauter. Fabien singt mit und streichelt Einar, der kichern muss. Ich lehne mich zurück, blinzle hinaus zu den Bergen, die man dort hinten ahnen kann, und genieße den Augenblick. Möge er ewig anhalten und …

Wir biegen rechts ab, während die Platanenallee geradeaus weitergeht. Die Straße, in die wir eingebogen sind, führt in ein Dorf, und dann stehen wir plötzlich in einer Schlange. Autos sind kreuz und quer am Straßenrand geparkt, überall ist Halligalli, die Bars schenken Bier und Wein in Plastikbechern aus, es ist wohl so eine Art Volksfest. Wir kommen kaum aus unserem Auto raus.

Drei Wochen habe ich in einem verschlafenen Dorf zugebracht, und jetzt all diese Menschen und dieser Hochbetrieb – ich weiß überhaupt nicht, wie ich mich verhalten soll. Fabien übernimmt lächelnd die Führung, kauft drei Becher Bier und führt uns durch den Menschenauflauf. Das Dorf ist größer als Saint Carelle, aber immer noch nicht wirklich groß. Zum Marktplatz hin nimmt das Chaos zu. Die Leute drängen sich um hohe Eisengitter, dahinter scheint sich wohl etwas furchtbar Spannendes abzuspielen.

Fabien nimmt mich und Einar bei der Hand, und dann drängen wir uns gemeinsam durch die Menschenmenge. Schließlich stehe ich mit dem Gesicht zum Eisengitter und schaue auf den abgesperrten Marktplatz … wo junge Männer auf Heuballen rauf- und wieder runterspringen, während ein wütender Stier hinter ihnen her ist! Der Stier stößt die Männer mit seinen Hörnern, sie werfen sich auf den Stier, und nun fallen alle runter in den Heuhaufen! Aber jetzt …

Jetzt rast der Stier mit vollem Tempo AUF MICH zu! Wir werfen uns zurück, während der Stier in den Zaun rennt, mit einem Horn darin stecken bleibt und wild den Kopf vor und zurück bewegt. Ein paar kleine Jungen wagen sich aus ihrer sicheren Position heraus und drücken sich zwischen den Stäben durch, um den Stier am Schwanz zu ziehen … Ich starre Fabien an, der den Jungen fröhlich Tipps zuruft. Man hört Techno aus den Lautsprechern, und zwei Männer mittleren Alters reißen sich die Jacken vom Oberkörper und zwängen sich durch die Gitterstäbe, um zum Stier zu kommen. Sie rennen über die Heuballen mit dem Stier hinter sich, während die Leute mit ihren Bierbechern dastehen, ein paar andere tanzen, und weiter unten auf der Straße steht ein ganzes Schulorchester, das spielt, was das Zeug hält.

Der alte Stier wird rausgelassen und ein neues Tier kommt voller Energie hereingedonnert. Das Publikum brüllt glücklich, und jetzt spüre ich eine Hand in meiner. Es ist die von Fabien. Überglücklich gibt er mir mit Gesten zu verstehen, dass wir jetzt auch zum Stier reingehen.

»Zu dem Stier? Nie im Leben.«

»Fun, Annjetá! Fun!«

»NO fun, never. It's Tierquälerei! Animal torture!«

Fabien sieht aufrichtig verständnislos aus, doch dann schreit er:

»Allez allez!«

Er zieht mich mit sich auf den Platz. Der Stier scheint gerade vollauf beschäftigt mit zehn jungen Männern, die über ihm hängen, während wir vorbeirennen. Fabien hat eine Zigarette im Mundwinkel, sein überschwappendes Bier in der einen Hand und mich in der anderen. Ich sehe nichts, höre nichts, ich renne einfach nur um mein Leben von der einen Seite des Platzes zur anderen. Ich zwänge mich durch das Gitter, zurück in die Sicherheit. Fabien gleitet nach mir hindurch. Ich zittere. Das war das Allerallerschlimmste, was ich jemals …

Da sehe ich Einar auf der anderen Seite des Marktplatzes. Er sucht uns mit dem Blick. Nein! Wenn er da jetzt am Ende rausgeht, wenn der sich am Ende verdaddelt und zum Stier … Ich zwänge mich wieder in die Arena. Renne schneller als je zuvor. Das Publikum jubelt. Ob über mich oder etwas anderes, weiß ich nicht, aber ich renne, ahne den Stier im Augenwinkel, trete einen Heuballen beiseite und der Blutgeschmack! Der Blutgeschmack! Ich greife nach den Gitterstäben und werfe mich in Sicherheit mit Fabien gleich hinter mir.

Mein Herz schlägt so schnell, dass mein ganzer Brustkorb sich hebt und senkt. Ich höre Fabien laut lachen, und jetzt schaut er mich an. Er fasst mich an den Schultern und sagt irgendwelche Sachen, ich weiß nicht was. Aber er sieht richtig angeregt aus. Ich sage gar nichts, ich reiße ihm nur sein Bier aus der Hand und leere es in einem Zug. Dann zerdrücke ich den Becher mit der Hand, werfe ihn weg und sage:

»One more!«

»Bull?«

»No, beer. Make it two.«

Ich liege in meinem runden Bett. Die Beine tun mir weh, als wären sie immer noch in Panik. Sie haben nicht verstanden, dass sie hier unter der Decke in Sicherheit sind. Sie glauben, dass sie immer noch vor Stieren davonrennen müssen. Fabien hat sich gar nicht mehr eingekriegt vor lauter Lachen. Den ganzen Heimweg über erzählte er Einar die Geschichte immer wieder, und sie schütteten sich beide aus vor Lachen. Ich auch. Ich saß auf dem Rücksitz, die Nachmittagssonne in den Augen, umgeben von Platanen, und lachte, dass mir die Tränen aus den Augen liefen.

Ich ahne mich selbst in dem Deckenspiegel da oben. Mein rotes Gesicht steht über der Tigerdecke raus. Ja, mein Gesicht ist tatsächlich rot und warm, als ob ich immer noch rennen würde.

»He, du da oben im Spiegel. Die Frau, die mit den Stieren rennen konnte.«

Dann ergreife ich die Decke und reiße sie zur Seite weg. Mein Spiegelbild schaut auf mich herunter. Die Beine, den Bauch, die Brust, das rote Gesicht. Schnell ziehe ich die Decke wieder über meinen Körper.

»Hahaha, Mannometer. Was für ein Tag. Gute Nacht, Annjetá, gute Nacht.«

Dann drehe ich mich um und schlafe ein.

32.

Ich spaziere durchs Dorf, bis in die winzigste abgelegene Gasse, bleibe bei Gullys stehen, die komisch aussehen, ein paar Fensterläden, die locken, sage bonjour und ça va zu einigen Damen, fahre mit den Händen an glatten Hausmauern entlang und unterhalte mich mit ein paar Hunden, die auch gerade spazieren gehen. Ich folge den breiteren Straßen, bis die Häuser größer werden und weiter auseinanderstehen, und plötzlich habe ich Saint Carelle hinter mir gelassen.

Auf dem Rückweg ins Dorf gehe ich durch einen raschelnden, herbstlich gelben Weinberg und atme die frische Luft ein, während ich in der Ferne die Kirchturmuhr schlagen höre. Neugierig schaue ich in Eingänge und über Zäune, reibe mit den Fingern über verschiedene Blätter und denke an Stiere. Ich hatte immer geglaubt, dass Stiere in Spanien eine große Sache wären, aber in diesem Teil von Südfrankreich vergöttert (und quält) man seine Stiere. Die feigen isst man auf, die mutigen dürfen kämpfen, und wenn die mutigsten Stiere sterben, dann begräbt man sie mit Würde. Ein bisschen wie bei uns Menschen, ganz einfach. Es wimmelt nur so von Arenen, in denen die Stiere gehetzt werden, oder die Dörfer organisieren ihre eigenen Feste mit Stieren, Pferden und jungen Männern, die sich durch die Straßen jagen.

Offenbar war Fabien in seiner Jugend ein richtiger Teufelskerl, was das Hetzen von Stieren anging, er gewann einen lokalen Wettbewerb, der so ähnlich heißt wie Course à la hm-hm …

Dabei versuchen ganz viele Männer, verschiedene Bänder abzupflücken, die auf dem Stier befestigt sind. Auf einem Stier, der natürlich wahnsinnig gestresst ist und manchmal über alle Sicherungsmauern springt und mitten ins Publikum.

Jetzt kann ich das nördliche Tor in der Stadtmauer erahnen. Saint Carelle ist ein rundes Dorf, mit vier Stadttoren in den vier Himmelsrichtungen. Die Wolken werden ein bisschen auseinandergetrieben, die Sonne kommt durch. Die Siesta ist vorbei, beim Bäcker werden die Jalousien wieder hochgezogen und frisch gebackenes Brot und Kuchen in die Auslage gestellt. Die Fensterläden werden aufgemacht, und ein paar alte Männer mit Bierflaschen schlendern Richtung Marktplatz. Ich bekomme einen Kaffee von Fabien und setze mich vor der Bar in die Sonne.

Seit dem Stierrennen sieht mich Fabien mit ganz anderen Augen. Ich sehe, was er in mir zu sehen glaubt. Eine Frau, die frei ist und sich von ein bisschen Stierrennen am Samstag keine Angst machen lässt. Ja, das kann er gerne glauben, Leute haben schon Schlimmeres von mir geglaubt. Er setzt sich mit einem eigenen Kaffee zu mir und scherzt mit mir auf Französisch. Wir lachen laut, obwohl ich überhaupt nichts verstehe, und amüsieren uns prächtig, ohne eigentlich ein einziges vernünftiges Wort zu sagen. Er fragt mich über Google Translate, ob ich lernen will, noch mehr Saucen zu machen. Anscheinend kann er richtig viele, die ihm sein Onkel Charles beigebracht hat.

Vokabeln bringt er mir auch bei. Na ja, ich muss schließlich Französisch lernen, wenn ich jetzt hier wohnen soll, findet er. Ich habe nicht so richtig gesagt, dass ich nur bis Weihnachten hier wohnen werde. Fabien und Bonnibelle sind so glücklich darüber, dass ich hier bin und Einar seitdem wieder ein etwas volleres Gesicht bekommen hat, Farbe auf den Wangen und

Energie von unseren nächtlichen Tänzen – und natürlich auch darüber, dass sie jetzt nicht mehr bei ihm aufräumen müssen. Bonnibelle weigert sich, sich daran zu erinnern, dass ich zu Weihnachten nach Hause fahren werde. Und ich spiele mit bei diesem Spiel, dass ich eine freie Frau bin, die mit Stieren rennt und für immer hierbleiben wird. Mir gefällt dieses Spiel. Also schreibe ich brav alle Vokabeln auf Zettel, die Fabien mir zusammenheftet, und bis morgen muss ich sie können, dann gibt es nämlich ein Glas Wein, und die Hausaufgaben werden abgefragt.

Mit meinem Vokabelheft und dem Rezept für eine Sauce mit Kapern unterm Arm gehe ich Richtung Zuhause und grüße freundlich jeden, den ich auf der Straße treffe. Denn das hab ich gelernt, dass man sich hier grüßt. Nicht verdruckst an den Mauern entlangschleichen, wie die schwedische Sozialversagerin, die ich bin, sondern bonjour Madame, bonsoir Monsieur, pardon, ça va und ça va bien. Einar hatte mir das alles beigebracht, und wenn es jemand kann, dann er, denn sowohl Armand als auch er mussten unantastbar höflich sein. Nein, man kann nicht schwul sein, ein katholisches Kloster in einem kleinen provenzalischen Dorf übernehmen und obendrein noch arrogant sein. Nein, da muss man tadellos höflich sein. Um ihnen keinen Millimeter zu geben, auf dem sie ihren Hass aufbauen können. Small Talk habe ich noch nie beherrscht, weder auf Schwedisch noch auf Französisch, aber ich kann so aussehen, als würde ich meinem Gegenüber zuhören. Das hab ich tausend Jahre lang eingeübt und meistere es mittlerweile perfekt, also sage ich bonjour Madame und ça va, und dann fangen die Madames an zu reden, und ich höre ihnen zu, ziehe die Augenbrauen hoch, lache oder schaue traurig drein, je nachdem, was angebracht scheint. Die Damen sind ja nicht blöd, die wissen ganz genau, dass ich sie nicht verstehe, aber sie sehen, dass ich mich anstrenge, und das genügt ihnen. Deswegen dauert jetzt ein kleiner Spaziergang zum Bäcker nicht mehr bloß drei kurze Minuten.

Ich überquere den Marktplatz, sage bonjour zu den Herren auf der Parkbank und lese die Aushänge am Rathaus beziehungsweise am hôtel de ville, wie sie das hier so schön nennen. Eine Reihe von Daten und eine Reihe von Orten – das ist also das, was hier in der Gegend im November los sein wird. Diesen Sonntag findet ein großer Markt in Saint-Rémy-de-Provence statt. Und am Sonntag drauf wird der Weihnachtsmarkt in derselben Stadt eingeläutet. Weihnachtsmarkt? Jetzt schon?

Oben am Himmel ziehen sich die Wolken zusammen, und ich gehe allein durch die Gassen zum Kloster. Als ich die Arme ausstrecke, um den Schlüssel zum Tor aus seinem Versteck zu holen, höre ich, wie hinter mir eine Tür geöffnet wird.

»Coucou, Annjetá!«

Es ist Bonnibelle. Sie steht auf der Vortreppe zu ihrem Haus und winkt mich zu sich.

Ich stehe in Bonnibelles Dachbodenzimmer vorm Spiegel, aber ich schaue hoch an die Decke. Ich habe eine Unterhose und einen BH an, die nichts mit meiner alten Unterwäsche zu tun haben. Die Unterhose ist zwar weit an den Beinen, aber sitzt in der Taille an, mit kleinen stoffbezogenen Knöpfen rechts und links an der Hüfte. Der BH sitzt, als wäre er ein Teil von meinem Körper, ich spüre ihn kaum. Aber ich weiß, wie er aussieht, weil ich ihn gesehen habe, als Bonnibelle ihn mit verlegenem Stolz hochhielt. Der BH ist schlicht, aber völlig perfekt. Die lavendelfarbene Seide, die Spitze und die eingenähten Fältchen ziehen sich quasi von oben nach unten. Mit Stecknadeln im Mund fummelt und zupft Bonnibelle an den Beinausschnitten und irgendetwas anderem am Rücken. Offenbar kann diese

Schöpfung noch vollendeter werden. Nicht, dass ich verstehen würde, wie sie das anstellen könnte.

»Das hier ist viel zu schön für mich. Ich weiß gar nicht, was ich damit machen soll.«

Bonnibelle wedelt mit einer Handbewegung meine Worte weg, als würde sie mich verstehen. Dann stellt sie sich hinter mich, zieht an den BH-Trägern, zupft die Unterhose zurecht, sodass die Knöpfe meinem Hüftknochen folgen. Sie schaut an mir vorbei und kontrolliert ihre Arbeit. Unsere Augen begegnen sich kurz im Spiegel, und sie zeigt auf meine Augen und dann auf den Spiegel und dann noch mal auf meine Augen. Okay, ich verstehe, was sie vorhat. Aber es geht nicht. Also zupft sie die Träger ein letztes Mal zurecht, tätschelt mir aufmunternd die Schultern und geht aus dem Zimmer. Ich höre ihre Schritte auf der Treppe, und wie sie anfängt, unten mit Henri zu plaudern. Aha. Dann sind hier jetzt nur noch ich und ich. Ich mache die Augen zu.

Okay. Wenn das ein Artikel in einer Frauenzeitschrift gewesen wäre, dann hätte er davon gehandelt, dass man sich trauen soll zu sehen, wie schön man ist. Müssen alle schön sein? Darf man nicht existieren, wenn man nur so mittel aussieht? Oder sogar ein bisschen hässlich? Ich hab solche Artikel schon immer gehasst, sie aber trotzdem gelesen. Man muss ja den Feind im Auge behalten, sozusagen. Ein Tipp, der in diesen Artikeln immer wieder vorkam, war das leicht herabsetzende »betrachte dich so, als würdest du einen Freund betrachten«. Damit meint der Verfasser des Artikels, dass ich mich selbst mit mildem, großzügigem Blick betrachten soll. *Mensch, du siehst echt gut aus in diesem Rock!* Obwohl er am Bauch viel zu eng sitzt. *Mensch, du solltest immer Jeans tragen.* Obwohl Jeans sofort von der Inventarliste des Kleiderschranks gestrichen werden sollten. *Mensch, Agneta, du bist so schön in dieser Unterwäsche! Die bringt deinen Körper richtig zur Geltung, genau so, wie er ist, und ja, er ist zwar kurvig, aber das ist doch auch schön.*

Nein. Funktioniert bei mir nicht. Stattdessen denke ich an ein Sprichwort, das meine alte Tante immer im Munde führte: *Einem schönen Menschen steht alles, einen hässlichen entstellt nichts.* Das ist was, woran man sich halten kann. Man ist sozusagen an beiden Enden des Spektrums safe. Ich öffne widerstrebend erst das eine Auge und dann das andere. Blinzelnd ahne ich mich selbst im Spiegel und wende den Blick sofort in eine andere Richtung. Da hängt die Postkarte mit der kurvigen Frau, die sich schelmisch über die Schulter guckt. Die schämt sich nicht für ihren Hintern. Oder diese ganze Cellulite, die über ihre Oberschenkel wogt. Weiß sie vielleicht nicht, dass Cellulite verboten ist laut Gesetz über Frauenkörper? Vielleicht denkt sie gar nicht daran, dass sie dick ist und ihre Oberschenkel sich berühren? Sieht nicht so aus, wenn man sich ihren Blick so anschaut. Ein albernes Hütchen hat sie auch noch auf. Nicht mal für das schämt sie sich. Sie redet wohl nicht mit sich selbst, als wäre sie ihre eigene Freundin. Sie ist ganz damit beschäftigt, ins Bett zu springen. Mit sich selbst. Und vielleicht dem betreffenden Künstler, diesem Jacob Jordaens. Ich drehe mich so, dass ich mit dem Rücken zum Spiegel stehe. Strecke mich, hole tief Luft und …

»Eins, zwei, drei!«

Ich schau mir über die Schulter, treffe meinen eigenen Blick im Spiegel, will gerade die Augen wieder zumachen, doch ich schaue weiter. Schiele runter zu meinem Hintern, der lavendelfarben glänzt von diesem seidenweichen Stoff, der ein Stück weit auf meine Oberschenkel fällt, die wirklich beträchtlich sind. Verdammt, die können Stiere überholen, wenn nötig. Ein paar Speckfalten weiter oben sitzen die BH-Träger mit ihrer zierlichen, hübschen Spitze. Manchmal versinkt die Spitze im

Fleisch, manchmal schaut sie raus. Es sieht weich aus, genauso weich wie auf dem Gemälde. Wenn man genau dort eine Hand hineindrücken würde, würde sich vielleicht ein bisschen weißes Fleisch zwischen den Fingern aufwölben. Nein, Augen offen lassen, Agneta! Schau dich an, als wäre es ein Gemälde von diesem Jacob. Betrachte dich selbst so, wie der Künstler es gemacht hätte.

Ich drehe mich um. Jacob sieht diese Frau, die nicht mehr jung ist. Sie hat Kinder geboren, das sieht er an ihrem Bauch, der Narben hat und ziemlich schlaff ist. An manchen Stellen glänzt er silbrig. Sie ist eine mächtige Königin, die einen Prinzen und eine Prinzessin geboren hat. Ihre Hüften sind ziemlich breit, dort spannt der Stoff. Oh, das wird schön, das zu malen, wie die Seide da gestreckt wird. Die Brüste sind nicht so voll wie bei anderen, jüngeren Modellen, aber sie sind wahnsinnig weich. Wie wackelnde Milchpuddings ruhen sie in der lavendelfarbenen Seide. Die Oberarme sind fast genauso zart, er bekommt richtig Lust, hinzugehen und reinzukneifen in diese ganze Herrlichkeit. Ich ziehe mir den Schemel heran. Setze mich drauf. Spreize die Beine und lasse meine Arme an den Seiten locker fallen. Hier bin ich.

»Herr Jordaens, was sagen Sie? Könnte das etwas sein, was Sie malen würden?«

»Machst du Scherze?«

»Nein, ich will eine ehrliche Antwort. Könnte das etwas sein, was Sie malen würden?«

Er überlegt. Ich drehe mich auf dem Schemel einmal ganz herum, damit er wirklich alles sehen kann, was ich zu bieten habe.

»Absolut.«

»Wer sollte dieses Bild kaufen?«

»Kaufen? Das würde ich für mich selbst malen. Vielleicht würde ich es sogar in mein Schlafzimmer hängen.«

»Ins Schlafzimmer?«

»Dreh dich noch mal um, wie vorhin, damit ich dich noch mal von vorne sehen kann.«

Ich drehe mich zurück. Spüre seine Blicke, die mich eher wie eine spannende Landschaft mustern als wie einen Körper. Wie ich mich hebe und senke, an manchen Stellen ausgebeult und weich bin, an anderen Stellen wieder härter, mit Muskeln, die sich anspannen, und Fett, das darin eingebettet ist.

»Na?«

»Du bist großartig. Völlig einmalig. Ich habe noch nie eine Frau wie dich gesehen. Darf ich noch ein bisschen weiter schauen?«

»Ja, von mir aus.«

Also bleibe ich auf dem Schemel sitzen und lasse mich von ihm betrachten. Manchmal strecke ich die Beine aus, hebe die Füße, lege die Arme hinter den Kopf, fahre mir mit den Händen durchs Haar, beuge mich nach unten, lehne mich zurück, lege mir die Hände auf den Bauch, streiche über ihn bis zu meinen Brüsten, lasse sie dort liegen und drücke. Von seinem Blick auf mich wird mir warm. Ich fasse meine Brüste fester und …

Klopf, klopf. Die Tür wird langsam aufgemacht, ich lasse sofort meine Brüste los und stehe schwankend auf. Bonnibelle schaut durch den Türspalt herein.

»C'est bon?«

»Ich liebe sie. Je t'aime, oder was man da auch sagt. I love them. Merci. Merci beaucoup. Beaucoup.«

33.

Einar und ich sitzen in der Küche und hören dem Regen zu, wie er an die Fenster prasselt. Jetzt hat der Herbst wirklich angefangen. Das Rezept für die Kapernsauce, das ich von Fabien bekommen habe, war ebenso einfach wie gut, es ist nicht ein Tröpfchen übrig geblieben. Die fein gehackten Cornichons, Kapern und Zwiebeln mit Mayonnaise, Tabasco und ein paar anderen guten Zutaten haben himmlisch geschmeckt zum Rindertatar mit Pommes.

Jetzt sitzen wir da mit dem Geruch von Bratenfett über uns und dem Käsefang der Woche auf dem Tisch. Ich bin völlig hemmungslos geworden mit meinem Käsekonsum, und mittlerweile weiß der Käsehändler, dass er mir alles Mögliche einpacken kann – und das tut er auch: hohe, flache, weiche, wohlriechende, stinkende, grüne, in seltsamen Sachen gerollte und so einen wie diesen hier – in dem sind getrocknete Aprikosen eingearbeitet. Ich lege mir ein großzügiges Stück auf einen Cracker.

»Ich hab gesehen, dass am Sonntag Markt ist, in einem Ort namens … wie hieß der noch mal? Saint-Rémy-de-Provence?«

»Ja, stimmt, die haben einen ausgezeichneten Markt, da ist jede Straße voll mit Ständen. Dort bekommst du wirklich alles. Wir fahren da oft hin.«

»Armand und du?«

Einar nickt.

»Nehmt ihr den Bus?«

»Den Bus? Mann, ich bin doch kein kleiner Junge mehr. Wir nehmen natürlich das Auto.«

»Mit welchem Auto fahrt ihr?«

»Mit unserem Auto!«

»Das da unter der Abdeckung im Garten steht?«

»Natürlich. Unser sahneweißer Opel Olympia.«

»Mit *dem* Opel?«

»Welchen Opel meinst du?«

»Den, mit dem dich Armand aufgesammelt hat, an diesem Mittsommerabend im Humlegården.«

»Ja, genau den.«

»Aber der muss doch schon furchtbar alt sein, funktioniert der denn noch?«

»Natürlich funktioniert der noch! Aber man muss sich um ihn kümmern, ihn immer mal wieder fragen, wie es ihm geht. How do you do, my libido? Wie geht's dir, mein kleines Auto? Den darf man nicht einfach bloß sich selbst überlassen. Armand und ich fahren jede Woche mit ihm, und wenn er mal komische Geräusche macht, geben wir ihn zu Cheval, der bringt das wieder in Ordnung.«

»Wie war es heute mit Jean?«

Einar schiebt sich ein großes Stück Comté in den Mund, nimmt einen Schluck Wein und überlegt.

»Ich weiß es tatsächlich nicht mehr. War der heute hier?«

»Soweit ich weiß. Ich hab dich kurz vor Mittag allein gelassen, und als ich zurückkam, sah es so aus, als hätten hier zwei Leute gegessen. Und dein Bett war auch zerwühlt …«

»Wirklich? Dann war Jean wohl doch da, das kleine lose Ding. Komisch, dass ich mich nicht dran erinnere. Weißt du … ich merke es schon, dass es nicht mehr so richtig wie sonst ist. Hier drin.«

Einar klopft sich an den Kopf.

»Ich weiß nicht mehr so richtig, was los ist, manchmal ist es einfach ein bisschen durcheinander. Wie lange bist du zum Beispiel schon hier?«

»Du fragst mich, wann ich gekommen bin?«

»Ja. War es vor ein paar Jahren? Oder gerade erst vor Kurzem?«

»Es sind jetzt knapp vier Wochen.«

»Kennen wir uns von früher? Du musst entschuldigen, wenn ich dich das frage.«

»Nein, wir kennen uns nicht. Und ich bin hier, weil du gerade ein bisschen verwirrt bist.«

»Du Arme. Verdammt aber auch. Du musst dich um einen verwirrten alten Mann kümmern.«

»Weißt du was? Du bist das Beste, was mir jemals passiert ist.«

»Ich?«

»Ich habe zwei Kinder, und die sind natürlich das Beste, was mir jemals passiert ist, aber auf dem dritten Platz kommst gleich du.«

»Nicht schlecht. Wie ist das möglich?«

»Bei dir komme ich mir nie verrückt vor. Im Gegenteil! Außerdem kannst du phantastisch tanzen. Ich hab noch nie so viel getanzt wie mit dir.«

»Agneta, Agneta.«

»Einar, Einar.«

»Weißt du, was du bist?«

»Kommt drauf an, was du meinst.«

»Du bist ein seltsamer Vogel in einem Federkleid mit Tarnmuster. Aber du weißt doch, wie das mit Vögeln und ihren Federn ist, oder?«

»Ich habe mein ganzes Leben mit einem Mann verbracht, der Vögel beobachtet hat, aber ich habe keine Ahnung. Ich hab mehr oder weniger die Ohren zugeklappt, wenn er angefangen hat, über seine Vögel zu reden. Aber jetzt bin ich ganz Ohr.«

»Vögel mausern sich, sie tauschen ab und zu ihr gesamtes Federkleid aus. Manchmal liegt es am Alter und manchmal am Wechsel der Jahreszeit. Wenn sie Junge haben, sehen die meisten Vögel ganz alltäglich aus, die müssen eins mit der Tapete werden beziehungsweise mit der Natur, meine ich. Sie werfen sogar ihre Schwungfedern ab!«

»Was bedeutet das?«

»Dass sie dann eine Weile flugunfähig sind. Sie zwingen sich, zu Hause im Bau bei ihren Jungen zu bleiben, damit sie nicht nach Mallorca fliegen, um sich zu amüsieren.«

Einar nimmt einen Schluck Wein und füllt mein Glas nach.

»Aber wenn die Jungen flügge werden, da passieren tolle Dinge. Jetzt im Spätherbst, im November, da mausern sie sich nämlich zum Prachtkleid.«

»Zum Prachtkleid?«

»Ja. Das ist ein wahnsinnig buntes Federkleid, das zum Jubeln ins Gebüsch locken soll.«

»Du meinst, dass ich mich auch gerade mausere?«

»Natürlich sind es nur Vögel, die sich ein Prachtkleid zulegen. Außerdem nur die Männchen. Aber auf solche Kleinigkeiten pfeife ich vollkommen. Natürlich bist du ein Vogel, der sich gerade zu seinem Prachtkleid mausert. Ich kann richtig sehen, wie die Federn bei dir unter der Haut liegen, bereit zum Wachsen. Du wirst noch geblendet werden, wart's nur ab.«

»Ich hab eine Frage.«

»Bitte.«

»Hast du irgendwo ein Buch über den Künstler Jacob Jordaens?«

34.

Das Turmzimmer ist kühl. Ich sitze mitten auf meinem runden Bett und blättere in einem Prachtband über Jacob Jordaens. In meiner neuen Unterwäsche, aber mit Decke und Bettüberwurf um mich geschlungen, betrachte ich ein Werk nach dem anderen. Das Füllhorn, Adam und Eva mit Schlange und Apfel, Könige, die trinken, während ihre Untertanen ihnen zujubeln, üppige Frauen, die sich miteinander herumwälzen, stolze Männer auf See, und die Frau, die sich so lüstern über die Schulter schaut, ist auch dabei! Das Gemälde heißt *König Kandaules von Lydien zeigt seine Frau Gyges.* Also war sie wirklich die Frau eines Königs.

Dann gibt es ein ganzes Kapitel mit Selbstporträts. Ich zünde eine weitere Kerze an und schiebe mir meine Lesebrille von der Stirn auf die Nase. Jacob ist ein Mann mit dunklen Augen und einem nicht besonders schmeichelhaften Pagenkopf. Er trägt protzige Hüte aller Art, er sieht richtig menschenscheu aus, bläst auf einem Dudelsack, bis er hochrot im Gesicht ist, und auf einem anderen Gemälde steht er ganz seriös mit einem Brief in der Hand da. Aber hier ist noch ein anderes Selbstporträt. Er trägt einen gekräuselten weißen Kragen, wie ein Pfarrer, steht kerzengerade da, und das Grün im Hintergrund deutet auf einen Garten hin. Er hat wenig Bart, kräftige Augenbrauen, seine Haare sind kurz geschnitten. Er sieht sehr konzentriert aus.

Ich krieche vor zum Tisch am einen Ende des Bettes. Dort

stehen seltsame Lampen und Bücher mit kleinen Pferdestatuetten. Ich schlage die Seite mit dem gekräuselten Kragen auf und lehne das Buch an die Pferde. Jetzt schaut Jacob mich direkt an, durch mich hindurch, und ich lasse die Decke fallen. Sitze vor Jacob mit meiner schönsten Unterwäsche, mit dem einzigen Körper, den ich habe, und er ist nicht mehr kalt.

»Du und ich – wir sind noch nicht fertig miteinander.«

Jacob weicht mit seinem Blick nicht aus.

»Nein?«

»Ich will, dass du mich malst.«

»Gerne.«

»Wie soll ich mich hinlegen?«

»Unter mich. Oder auf mich. Du darfst selbst entscheiden.«

»Dann will ich unten liegen.«

»Ich will dich sehen. Komm näher ran.«

Ich lege mich auf den Rücken und rutsche näher an Jacob heran. Jetzt steht er vor mir.

»Es gibt viele schöne und begabte Modelle auf der Welt. Aber von ihnen allen bist du die amouröseste, die ich jemals kennengelernt habe.«

»Sagst du das zu all deinen Modellen?«

»Ist das wichtig? In diesem Moment bin ich vollkommen ehrlich. Spreiz die Beine.«

Ich tue, was er verlangt. Jacob reißt sich den gekräuselten Kragen vom Hals und legt seine Hand zwischen meine Beine. Ich will nicht, dass er sie wieder wegnimmt. Ich würde ihn verdreschen, wenn er auch nur daran denken würde.

Ich wache auf. Die Sonne scheint durchs Fenster und ich blinzle. Das Erste, was ich sehe, ist Jacob, der seinen gekräuselten Kragen wieder angelegt hat und mich unverwandt anschaut.

»Willst du unter die Decke?«

Jacob nickt und ich lasse ihn gewähren. Noch einmal. Und noch einmal.

35.

Ich bin nicht geisteskrank. Ich weiß, dass Künstler nicht aus Büchern steigen können, um Schäferstündchen mit lebendigen Frauen zu verbringen. Aber ich komme fast ins Zweifeln. Ich liebe es, wie Jacob mich ansieht, wie er mein ganzes volles Fleisch sehen und es absolut sinnlich finden kann. Er schaut mich so lüstern hinter seinem gekräuselten Kragen an, es ist einfach unwiderstehlich. Ich liege im Bett und schaue hoch in den Spiegel. Ich drehe und wende mich, schau mir selbst in die Augen. Herrgott, ich seh ja wirklich aus wie diese läufige Frau des Königs Kandaules.

»How do you do, my libido? Ach, danke der Nachfrage. Ich liege nämlich im Bett, nach drei Durchgängen mit Herrn Jordaens. Das Erste, was ich heute Morgen beim Aufwachen gefühlt habe, war … dass ich es gleich wieder machen will. Ich habe quasi keine Ruhe im Körper, ich will einfach nur die Tür abschließen und mit Jacob im Bett liegen. So hab ich mich noch nie gefühlt mit einem Künstler aus dem siebzehnten Jahrhundert. Eigentlich mit überhaupt keinem Mann, wenn ich so überlege. Jacob, schau mich nicht so an!«

Jetzt geht dieses lästige Kribbeln wieder los – das geht einfach nicht! Es ist Freitag und Markttag, und ich muss aufstehen, weil ich heute Stierfleisch kaufen werde. Statt hier mit der Hand in der Unterhose rumzuliegen, wie so ein Teenager. Ich stehe auf und klappe das Buch geräuschvoll zu. Nehme eine Dusche und genieße, wie das Wasser auf meine Haut rieselt.

Ich reibe jeden Teil meines Körpers mit Bonnibelles Lavendelöl ein und ziehe die schöne Unterwäsche wieder an, die zum Trocknen über dem Waschbecken hängt. Sie ist wie ein Superman-Anzug. Ohne sie bin ich nur eine gewöhnliche Frau, eine Agneta. Aber in meiner lila Seidenkluft werde ich zur Superheldin. Dann kann ich fliegen, mit Künstlern aus dem siebzehnten Jahrhundert schlafen und fühle mich … tatsächlich schön. Es grenzt an Blasphemie, die alte Jeans, das T-Shirt und meinen Fleecepulli über so viel Schönheit anzuziehen. Eine direkte Verhöhnung alles Heiligen.

Denk an Superman, Agneta. Der trägt seinen Superman-Anzug auch unter seinem gewöhnlichen Anzug, ein bisschen so wie du. Aber wenn es nötig ist, wirft er sich in eine Telefonzelle und reißt sich den Anzug vom Leib, um als Superman wieder herauszuschießen. Ich bin die Lavendelfrau, und Jacob Jordaens ist meine Lois Lane. Jacob hat mich nie als Agneta gesehen, er liebt nur die Lavendelfrau. Er weiß nicht, dass jedes Mal, wenn das Buch geschlossen wird, die Lavendelfrau sich wieder in Agneta zurückverwandelt, eine graue Maus, für die sich Jacob Jordaens nie den gekräuselten Kragen vom Hals reißen würde, und …

Die Kirchenglocken schlagen eine ungerade Zahl, was bedeutet, dass der Markt gleich vorbei ist. Ich ziehe die Jeans hoch und nehme die Treppen halb laufend, halb gehend.

Mittlerweile ist es 17 Uhr, und wir sitzen an einem Fenstertisch in Fabiens Bar. Einar, ich, Henri und Bonnibelle drängen uns zusammen mit Weinglas, Salzmandeln, Oliven und einem Teller mit verschiedenen Würsten. Heute sind ungewöhnlich viele Gäste in der Bar, Fabien streckt sein Weinglas hierhin und dorthin, und die mit dem lässigen Haarknoten – die anscheinend Arlette heißt – schlängelt sich elegant zwischen den Tischen hindurch, um den Gästen Essen zu bringen oder Teller abzuräumen. Ich fühle mich wie Bonnibelle. Wir haben beide ein Geheimnis unter unserer diskreten Kleidung. Arlette ist von außen schön, sie hat kein Geheimnis. Ihre Haltung sieht so aus, als hätte sie zu Hause in ihrem Bett eine ganze Truppe von Künstlern aus dem siebzehnten Jahrhundert.

»Schau dir mal Arlette an!«, sage ich zu Einar.

»Wieso?«

»Wie die sich bewegt.«

»Wie eine Katze.«

»Genau! Sie bewegt sich wie eine Katze.«

»Nonchalant. Katzen wissen, dass wir sie betrachten, aber sie tun so, als würden sie es nicht merken. Sie besitzen uns! Auch, wenn wir nicht darum gebeten haben. Die schlendern mit hochgerecktem Schwanz durch die Gegend und schmeißen nie etwas runter.«

»Ich wünschte, ich wäre eine Katze.«

»Es ist wohl weniger ihr Gang, sondern vielmehr ihre Attitüde. Oder vielleicht sollte man es ihre Kattitüde nennen? Fabien! Kann ich noch ein Glas haben?«

Einar hebt sein leeres Glas, während ich Fabiens Bewegungen verfolge. Seine großen Hände, die sich um die zerbrechlichen Gläser legen, die hochgekrempelten Hemdsärmel, die behaarten Unterarme, auf denen die Adern schwellen, wenn er sich auf eine bestimmte Art dreht. Ich sehe erst jetzt, was für wunderschöne Arme Fabien hat. Wie konnte mir das vorher nur entgehen? Sieht er Jacob nicht ein bisschen ähnlich? Dieser dunkle Typ und diese Blicke, und wenn ich blinzle und versuche, im Kopf frei zu sein, könnte dieses weiße Hemd auch ein gekräuselter Kragen sein und … hoppla! Jetzt blickt Fabien auf und schaut in meine aufgerissenen Glotzaugen. Hilfe, ich starre sofort runter auf die Mandeln. Was für interessante Mandeln!

Ich werfe mir eine in den Mund und hab das Gefühl, plötzlich über irgendetwas sprechen zu müssen, egal was. Arlette räumt eine leere Weinflasche von unserem Tisch, und ich spreche sie direkt an:

»How can you walk like a cat?«

Ich unterbreche die Diskussion am Tisch über irgendeinen Lokalpolitiker, der Buslinien nach hier und dort einrichten will. Alle schauen auf mich. Henri übersetzt, und alle wundern sich, was ich eigentlich meine. Ich fange an, mich in eine Rede hineinzusteigern, darüber, dass man sich traut, sich für die Schönste auf der Welt zu halten, auch wenn man das rein objektiv gar nicht ist, und was im Jantegesetz geschrieben steht.

»The law of Jante?«

Henri weiß nicht genau, wie er das übersetzen soll. Das Gesetz, an das sich alle Schweden halten: bloß nicht auffallen. Denn diejenigen, die dieses Gesetz unterlaufen, werden grundsätzlich bestraft, da kann man sicher sein. Vielleicht nicht gleich, aber am Ende doch immer. Bonnibelle und Henri finden, dass es nach einer schrecklichen Verordnung klingt und dass die Franzosen überhaupt nicht so funktionieren. Mit geradem Rücken gehen, sich schön anziehen und sich bewegen wie eine Katze – das ist doch wohl etwas Gutes? Wie könnte das falsch sein?

»But someone can think that you think you are something! That's a really bad thing.«

Die Diskussion geht auf Französisch weiter, wobei Henri versucht, simultan zu übersetzen, wie ein Sportkommentator. Arlette hält sich lachend die Hand vor den Mund, als sie von »the law of Jante« hört, dieser skandinavischen Spezialität. Der Sportkommentator erklärt etwas von der französischen Klassengesellschaft, was ich nicht so richtig verstehe. Doch eines ist sicher: Alle hier geben sich Mühe, sich schön zu machen, und niemand schämt sich dafür. Wie man das macht, ist eine Klassenfrage, aber ganz ohne jede Scham versuchen alle, das Beste aus dem rauszuholen, was sie haben. Und das macht man für sich selbst, nicht für die anderen, da sind sich alle rührend einig. Arlette sagt, dass man ja auch mit sich selbst Liebe machen wollen sollte. Man soll Liebe mit sich selbst machen wollen, einen Kaffee mit sich selbst trinken wollen, die großen Fragen des Lebens mit sich selbst diskutieren und von selbst loslegen. Das ist offenbar der Schlüssel zu allem.

Sie fangen an, über etwas anderes zu witzeln, ich höre die Wörter *jante* und *suédois*, und wie sie ein bisschen zu laut darüber lachen. Dann fangen sie an, über einen erotischen Roman von einer Catherine Robbe-Grillet zu debattieren, in dem offenbar eine Menge Orgien vorkommen, und ... ich muss an meine eigene Orgie mit Jacob denken und wie ich mit mir selbst schlafen wollte. Ich wollte noch nie mit mir selbst faire l'amour. Mit mir selbst Kaffee trinken, ja, absolut! Die großen Fragen des Lebens mit mir selbst besprechen, ja, das tue ich ja ständig. Aber faire l'amour mit mir selbst? Das wollte ich gestern Nacht zum ersten Mal. Und ein bisschen jetzt gerade. Ich sitze hier und sehne mich verdammt noch mal nach Jacob. Genauso läufig wie die Frau von König Kandaules schaue ich mir über die Schulter, während ich mit einem Bein schon auf dem runden Bett stehe.

Arm in Arm schlendern Einar und ich durch das dunkle Dorf nach Hause. Vor uns spazieren Barry Manilow und Judy Garland. Ja, ich habe jetzt ihre Nachnamen erfahren, vollkommen logische Nachnamen angesichts dieser Situation. Die Katzen stolzieren mit hoch erhobenen Schwänzen voraus, und manchmal drehen sie sich um, um zu schauen, ob wir noch dabei sind. Elegant setzen sie eine Pfote vor die andere, und ihre Hüften schwingen löwengleich. Einar und ich tun das Gleiche. Gehen wie auf einer Linie, setzen den einen Fuß vor den anderen und lassen die Hüften mitschwingen. Strecken unseren Rücken durch, als hätten wir jeder einen Schwanz, der ihn streichelt. Unter meinem Fleeceoberteil schnurrt die Lavendelfrau.

Die *faire-l'amour*-mit-sich-selbst-Stunde hat oben im Turmzimmer geschlagen. Die Kerzen sind angezündet, Jordaens' gesammelte Werke sind aufgeschlagen und Jacob hat sich seinen gekräuselten Kragen vom Hals gerissen und mir die Kleider vom Leib. Seine Hände halten mich so fest, packen mich an der Taille, als müsste er sich am Leben selbst festklammern. Wir werfen uns auf dem Bett hin und her. Meine eine Hand liegt in seinem Nacken, und die andere drücke ich ihm ins Kreuz. Während er tief, ganz tief in mir ist, küsst er meine Brüste. Mein Haar ist ganz verschwitzt, und ich drücke die Füße fest gegen die Wand, ich muss mich auf irgendwas abstützen, das hier ist alles viel zu kraftvoll, viel zu …

Die Wand verschwindet hinter meinen Füßen. Ich sehe, wie das Zimmer sich dreht, ja, es dreht sich tatsächlich! Werde ich jetzt völlig wahnsinnig? Ich setze mich auf und spüre den Wind im Haar. Das runde Bett rotiert. Ich falle nach hinten, während meine Augen tief in meine eigenen Augen an der Decke schauen. Jetzt gibt es nur noch mich und mich. Die Lavendelfrau und Agneta, endlich liegen wir uns in den Armen auf einem wirbelnden Bett. Da sehe ich es. Ich bin nicht mehr unsichtbar – ich habe überall Farben. Endlich ist mir mein Prachtkleid gewachsen. Und das Bett hat angefangen, sich zu drehen.

36.

Einar zieht schwungvoll die Abdeckung vom Auto. Und darunter steht er, der sahneweiße Opel. Es ist, als würde man eine Legende sehen. Einen Mythos! Das Auto, mit dem Armand damals am Humlegården neben ihm gehalten hat. In das Einar einstieg, um sich auf den Rücksitz zu setzen und zum Laurinska huset chauffiert zu werden. Das Auto, das Einar in sein neues Leben fuhr. Jetzt wollen wir damit zum Markt in Saint-Rémy-de-Provence fahren. Ich werfe einen Blick hinein, die roten Lederbezüge sind zerschlissen, aber immer noch rot. Einar wirft die Abdeckung über eine Löwenstatue und macht die Fahrertür auf.

»Du fährst. Der Schlüssel liegt unterm Sitz.«

Ich setze mich hinter das große Lenkrad und rutsche ein paarmal auf den seidenglatten Sitzen vor und zurück. Ich suche nach der Gangschaltung und finde sie unterm Lenkrad. Die Knöpfe sind groß, und jedes Mal, wenn man sie drückt, machen sie *klonk*. Klonk, klonk, klonk, ich kann schier nicht mehr aufhören zu drücken.

Stolpernd geht Einar zum Tor und schließt es auf. Er geht hinaus auf die Straße und schaut, ob die Sicht frei ist, um mich rauszuwinken. Das Auto springt sofort an, als ich den Zündschlüssel drehe. Mit lautem Brummen, wie ein Lkw, tuckere ich aus dem Klostergarten hinaus, während die Katzen sich auf die Bäume flüchten.

Endlich darf ich richtig lange durch die Platanenalleen fahren. Einar gelingt es, das Radio in Gang zu bringen, und hört aufmerksam zu, als ein paar Herren debattieren, inwieweit die französische Lyrik am Aussterben ist oder nicht. Ich denke nur an das Auto. Wie viel es erlebt hat. Als es Einar zurück nach Nyköping beförderte, um zum ersten Mal faire l'amour mit Armand in einem Gebüsch zu machen und dann das Gespräch mit Margareta zu führen. Wie mochte die Stimmung gewesen sein, als sie wieder heim nach Mariaberget fuhren? Als das Auto Armand, Einar und ihr ganzes Mobiliar nach Saint Carelle hinuntertransportierte, wo sie sich ein Kloster kauften.

Jetzt klingelt es! Lautstark tönt es aus Einars Hosentasche. Er fummelt eine ganze Weile herum, bis er schließlich das Telefon aus der Tasche gezogen hat.

»Ja, hallo. Wer, sagtest du? Okay, einen Augenblick.«

Einar reicht mir das Handy herüber.

»Deine Mutter ist dran.«

»Meine Mutter?«

Ich drücke mir das Handy ans Ohr, muss es aber sofort wieder ein Stück weghalten, als ich die grelle Stimme meiner Mutter höre.

»Agneta, was um alles in der Welt treibst du denn da? Ich habe mit Magnus gesprochen, der hat mir auch diese Nummer gegeben. Papa und ich, ja, Papa ist hier neben mir, wir haben auf Lautsprecher gestellt und …«

»Hallo, meine Kleine! Hier ist Papa! Wir sind beide hier, wir haben auf Lautsprecher gestellt!«

Komisch. Meine Eltern scheinen zu glauben, dass Lautsprecher bedeutet, dass man furchtbar LAUT ins Telefon SPRECHEN muss.

»Wenn du dich wunderst, was du im Hintergrund hörst: Das ist nur unsere Bridgegruppe, die da plaudert, wir machen gerade eine Pause. Nein, danke, Berit, keinen Rotwein für mich, haha, wir machen gerade eine alkoholfreie Woche! Da trinken wir nur Weißwein, höhö! Ja, jetzt sind wir wieder zurück hier im Lautsprecher, das war nur Berit, du weißt schon, die mit dem Dackel, der Darmkrebs bekommen hat, ja, das war eine furchtbar traurige Geschichte …«

»Mama. Ich kenne weder Berit noch ihren Dackel. Aber wie geht's euch?«

»Papa und mir geht es gut. Aber wie geht es *dir*? Magnus hat etwas erzählt von einem dementen alten Mann, und dass du von einer Annonce da runtergelockt wurdest. Manuel, unser Freund auf Teneriffa, hat auf eine Annonce über Investitionen geantwortet und alles – wirklich alles – verloren, sogar seine Frau. Was ist das denn für eine grässliche Frau, die ihren Mann verlässt, bloß weil er sein ganzes Geld losgeworden ist? Wir haben für Manuel Geld gesammelt hier im Hotel, die ganze Golftruppe hat sich zusammengetan und Geld gesammelt. Kannst du dich noch an das Wein-Bingo erinnern, das wir da veranstaltet haben, Papa? Ja, Papa nickt, er kann sich auch noch dran erinnern.«

»Ich brauche keine Sammlung. Alles ist bestens. Ich helfe einem Mann namens Einar mit dem Haushalt, alles völlig ohne Fußangeln.«

»Magnus fand das richtig seltsam, das kann ich dir sagen. Er klang nicht besonders begeistert. Du solltest dich um deine Ehe kümmern. Meinst du, dass Papa und ich so glücklich wären, wenn wir uns nicht umeinander gekümmert hätten?«

Papa schnaubt ins Mikro.

»Wird Zeit, dass du mal wieder in die Realität zurückkommst, mein Schatz!«

Ich muss die Stimme heben, um meine überdrehten Eltern im Bridgeclub zu übertönen.

»Ich bin in der Realität, Papa! Hier ist alles genauso real wie zu Hause.«

»Schenk ruhig noch nach, ja, danke, reicht schon. Agneta, bist du noch dran? Bist du noch da?«

»Ja, leider.«

»Gut! Du kannst nicht beliebig lange von zu Hause wegbleiben. Von Magnus und den Kindern, meine ich. So läuft das nicht, weißt du?«

»Aber unsere Kinder sind doch schon in Lund und Lofsdalen, die können doch gar nicht merken, dass ich nicht zu Hause bin.«

»Wo in der Provence bist du denn? Die haben da auch tolle Golfplätze. Spielt dein Chef Golf?«

»Nein.«

»Was spielt er dann?«

»Nichts. Er ist völlig ungespielt.«

»Untrainiert? Das ist aber nicht gut. Man muss sich doch in Form halten, ein bisschen Sport machen. Papa und ich wollten mit dir auch über Weihnachten sprechen. Es ist doch egal, wenn wir bei uns zu Hause sind in …«

Einar zeigt nach vorn.

»Hier abbiegen!«

Ich biege ab, meine Mutter plärrt weiter von Weihnachten, Heringen und Weihnachtsgeschenken, die dieses Jahr nach einem neuen System verteilt werden sollen, das ihnen Dackel-Berit empfohlen hat.

»Papa und ich waren auch viel in der Provence, weißt du, wir kennen die Gegend sehr gut, und du kennst doch Marie und Hans-Olof, oder Holof, wie wir ihn immer nennen, die haben doch ein eigenes Reihenhaus außerhalb von Cannes und …«

Meine Mutter faselt weiter von ihren Reisen in die Provence, die mein Vater und sie gemacht haben, und wie sie bei irgendeiner Olivenölverkostung verschiedene Olivenöle gekostet haben, und ich will einfach nur wieder in mein eigenes Hirn zurückkriechen. Wie eine Schnecke, die sich in ihr Haus zurückzieht. Sofort.

»Mama! Ich sitz gerade am Steuer! Ich muss jetzt auflegen, wenn die Polizei mich sieht, muss ich Strafe zahlen und …«

»Ach was, die französische Polizei pfeift doch auf so was. Könntest du dieses Jahr wohl wieder dein Kartoffelgratin machen? Aber nicht wieder mit so viel Sahne, du weißt doch …«

»Tschüss, Mama! Ich fahr jetzt von der Straße ab!«

»Na gut, dann verbleiben wir so! Papa winkt hier auch und Berit auch. Berit, komm! Das ist Agneta, sie ist in der Provence und …«

Ich lege auf. Einar schaut sich mit nachdenklichem Gesichtsausdruck um.

»Ich kenn mich nicht mehr richtig aus.«

Nach vielen Umwegen, spontanen und falschen Abkürzungen sowie befragten Einwohnern, die hierhin und dorthin zeigten, steht plötzlich »Saint-Rémy-de-Provence« auf einem Schild.

Arm in Arm schieben wir uns durch die ganzen anderen Sonntagsausflügler. Ich halte Einars Arm gut fest. Lege ihm den Kopf auf die Schulter. Er tätschelt mir die Hand.

»Alles gut, meine Liebe?«

Ich nicke vorsichtig.

»Gleich. Mein Vater findet, ich sollte wieder nach Hause in die Realität kommen.«

»Welche Realität?«

»Meine alte Realität.«

»Ich interessier mich überhaupt nicht für die Realität. Was ist überhaupt real?«

»Diese Würste da sehen ziemlich real aus.«

Wir bleiben vor einem Meer aus Würsten stehen, jeweils aufgetürmt zu Häufchen, vor denen kleine Schilder mit handgeschriebenen Informationen stehen.

»Also wirklich, diese mit Haselnüssen sieht besonders real aus, lass uns ein paar kaufen, dann können wir deinem Vater sagen, dass wir auf ihn gehört haben.«

Wir schlendern weiter, jeder mit einem überirdisch guten Eis in der Hand. Schwarze-Johannisbeere-Sorbet und extra dunkle Schokolade schmecken genau so, wie ich will, dass meine Realität schmecken soll. Wir kaufen gepunktete winzige Wachteleier, große hellgrüne Hühnereier, Patés, Salzmandeln, fünf Tüten Oliven, wir finden lustige, flauschige kleine Käse, von denen ich gleich fünf kaufen muss. Wir essen in der Sonne zu Mittag: Quiche Lorraine, eine kleine Karaffe Wein, Café Crème, zitternde Crème Caramel, und danach sind wir stark genug, um unsere Erforschung des Marktes fortzusetzen, jetzt Richtung Schlussstation auf dem Marktplatz.

Stand um Stand breitet sich aus, mit Halstüchern, Handschuhen, Mützen, Decken, Schüsseln, Bettüberwürfen, Tüchern, Schuhen und Kleidung. Ich bleibe an einem kleinen Stand stehen, an dem lauter Herbstklamotten verkauft werden. Gestrickte, warme, weiche, aber auch welche mit Gürtel oder irgendwas anderem Besonderen in der Mitte. Eine Dame mit Daunenmantel kommt zu mir, redet auf mich ein, misst mich mit dem Blick und zieht dann ein lavendelfarbenes Kleid heraus. Sie hält es vor mich hin, wobei sie mit der anderen Hand einen Schemel für Einar hervorzieht. Er setzt sich dankbar drauf. Woher hat sie gewusst, dass ich die Lavendelfrau bin?

Ich streiche über das Kleid, das laut Auskunft der Dame feinste Lambswool ist. Ich bin nicht ganz sicher, aber es ist schon weich, Lamm oder nicht. Eng an den Brüsten, während die weiten Ärmel an den Handgelenken wieder enger werden, was so eine Jane-Austen-Puffigkeit ergibt. Ich werfe einen Seitenblick auf Einar.

»Ist das hier vielleicht mein Prachtkleid?«

»Dein Prachtkleid?«

»Ja, du weißt schon, meine neuen Federn!«

»Ich weiß nichts von neuen Federn, aber ich mag das Konzept. Selbstverständlich wirst du ein lila Vogel werden.«

»Ich nehme es.«

37.

»Augen zu!«

Einar hält sich die Augen zu. Er sitzt in dem großen Wohnzimmer in seinem besten Anzug, rot gepunktetem Hemd und schwarzer Samtfliege. Ich habe mein neues lila Kleid an, die lila Unterwäsche und habe mir sämtliche Körperteile mit Bonnibelles Lavendelöl eingeschmiert. La Lavendelfrau.

»Jetzt schauen!«

Einar nimmt die Hände weg und pfeift leise.

»Agneta. Mannometer.«

»Was meinst du?«

»Ich meine, dass wir tanzen sollten. Eine schöne Frau wie du soll nicht ungetanzt rumstehen. Dieses Kleid muss sich amüsieren!«

»Dann seh ich also nicht zu verkleidet aus?«

»Wie meinst du das?«

»Sehe ich aus wie ich?«

»Warum muss man so aussehen wie man selbst?«

»Ich trage sonst nie Kleider.«

»Jetzt trägst du eben eins.«

»Aber bin das wirklich ich?«

»Was bin ich? Was ist wirklich? Was ist Phantasie? Was ist hässlich, was ist schön? Pfeif doch drauf! Ich finde, wir sollten uns nur eine einzige Frage stellen: Was macht Spaß?«

»Okay.«

»Und, macht das hier Spaß?«

»Ja.«

»Na bitte. Darf ich bitten?«

»Immer!«

Dann legen wir Julio Iglesias' Version von *La Mer* auf, und Einar führt mich auf unsere Tanzfläche. Ich denke an die Katzen und tue so, als würde ich meinen Schwanz steil aufstellen. Tanz mit Kattitüde. Miau.

Zwei Stunden später sitzen wir durchgeschwitzt auf unseren Sesseln mit Zebramuster und verschnaufen. Ich fächle mir mit dem Rockteil Luft zu. Es ist wohl doch eher dazu gemacht, elegant vor einem Kaminfeuer zu sitzen und an einem Hot Toddy zu nippen, nicht um wie eine Irre barfuß damit zu tanzen.

»Vielleicht hat die Frau doch nicht gelogen. Das Kleid könnte sehr wohl aus Lambswool sein.«

Einar knöpft sich das Hemd auf und wirft die Fliege auf den Tisch.

»Was für ein Abend. Danke, meine Liebe, danke. Haben wir eigentlich schon zu Abend gegessen?«

»Schon vor ein paar Stunden. Diesen Eintopf, weißt du noch?«

»Ach ja, natürlich. Dann geh ich mich jetzt wohl mal hinhauen. Bin müde.«

»Soll ich dich zu deinem Zimmer begleiten?«

»Nein, geht schon. Obwohl, doch. Das wäre nett.«

Er findet es nicht immer. Wir wissen es beide, aber wir sprechen nicht darüber. Neulich hab ich ihn morgens schlafend im Theater gefunden. Es ist besser für ihn, wenn er am richtigen Ort aufwacht, sonst wird er zu unruhig. Ich nehme seine Hand, und langsam gehen wir die Treppen zum Schlafzimmer hinauf. Er bürstet sich die Zähne, wäscht sich das Gesicht, und ich ziehe das Laken glatt, bevor er ins Bett steigt. Dann stopfe ich die Decke rundherum fest und gebe ihm einen Kuss auf die Hand.

»Schlaf jetzt gut, Einar.«

»Du weißt doch, die Sache mit der Realität … ich kann mich nicht mehr darin halten.«

»Ich auch nicht.«

»Gut, dann verbleiben wir so.«

»Abgemacht.«

Es ist ein ruhiger Abend. Ganz still, kalt und sternenklar. Ich ziehe Einars gestreiften Mantel an, gehe hinaus in den Klostergarten und schaue hoch zum funkelnden Nachthimmel. Die Katzen schwänzeln mir um die Beine, jagen ein paar Blätter und stöbern in sämtlichen dunklen Winkeln herum, die der Garten zu bieten hat.

»Wollen wir einen kleinen Spaziergang machen? Uns ein bisschen abkühlen? Ich brauch das jedenfalls, nach diesem ganzen Getanze.«

Die Katzen klettern auf einen Baum und springen von dort auf die Mauer. Ich gehe hinaus ins völlig leere Dorf. Barry und Judy schleichen auf der gleichen Straße wie ich, nur oben auf der Mauer. Aus irgendeinem Fenster höre ich einen Fernseher plärren, aber ansonsten gibt es nur die Sterne, die Katzen und mich. Dann kommt die Kurve vorbei am Marktplatz, am Bäcker und der Bar. Drinnen brennt Licht. Macht die Bar denn sonntags nicht um elf zu? Ich spähe hinein und sehe Fabien mit ein paar großen Kisten, die auf dem Tresen stehen. Sie sind beschriftet mit »Décorations de Noël«. Er dekoriert seine Bar mit Weihnachtsschmuck! Lichterketten mit leuchtenden Wichteln klettern über alle Flaschen. Weihnachtssterne, rote und goldene Kugeln hängen überall, weißer Kunstschnee ist rund um alle Fenster gesprüht, und gerade baut er eine … Ich gehe näher ans Fenster und drücke die Nase fast dagegen. Eine Krippe! Eine ganz schön große Krippe sogar.

Ich klopfe an die Scheibe. Fabien zuckt zusammen, doch dann lächelt er sein breites Lächeln und bedeutet mir mit einer Handbewegung, dass ich reinkommen soll. Mir schlägt das Lied *Ich hab Mama den Weihnachtsmann küssen sehen* entgegen, aber hier singt natürlich ein kleiner französischer Junge. Peinlich berührt zuckt Fabien mit den Schultern.

»I love this chanson. Noël, you know.«

Überall hat er dekoriert. Und einen von den Tischen hat er ganz leer geräumt. Stolz fährt er mit den Händen über die Tischplatte.

»Pour la crèche!«

»The Krippe?«

»Krippe? Oui, oui, pour la Krippe. You help?«

»Oui, I can help.«

Er holt ein Krippenmitglied nach dem anderen aus der Kiste. Er macht ihr Schutzpapier ab und stellt sie auf den Tisch. Santons heißen sie offenbar, und es sind nicht gerade kleine Figuren. Und nicht nur Jesus mit den Heiligen Drei Königen, nein, hier gibt es auch einen Bäcker, einen Troubadour, einen Fischer, einen Jäger, einen Boulespieler, einen Kastanienverkäufer, Tintin, Milou, die Lehrerin, spielende kleine Kinder, einen Koch, und mit einem feierlichen *tatataaa* holt Fabien die letzte Figur heraus, die zwei Gläser Wein in der Hand hat und eine Schürze umgebunden.

»C'est moi!«

Wir wischen den Tisch ab und bauen diese riesige Krippe auf, in der nicht nur das Jesuskind, sondern das ganze Dorf dabei sein darf. Fabien stellt sorgfältig alle Figuren hinein, und er selbst mit seinen Weingläsern darf mitten unter den Heiligen Drei Königen stehen. Ich versuche, Moos zwischen die Figuren zu streuen, während die französischen Weihnachtslieder den Raum erfüllen. Eine Flasche Champagner wird entkorkt, was wohl die französische Antwort auf Glögg ist, nehme ich an. Die Katzen bekommen einen Teller Paté, und wir wollen gerade auf Weihnachten und die Krippe anstoßen, als Fabien mit den Händen wedelt.

»Attendez!«

Dann knipst er alle Lichter aus, bis nur noch die Lichterketten leuchten, er dreht die Musik ein wenig runter, zieht sich das Hemd zurecht und richtet sich auf. Er prostet mir zu, den Katzen und der Krippe, sagt irgendetwas Feierliches über Weihnachten, nehme ich an, und dann stoßen wir unsere Gläser gegeneinander. Dann sitzen wir nebeneinander mit dem Blick auf die funkelnde Krippe und nippen am Champagner. Mein lila Kleid hat ganz viele grüne Punkte vom Moos, und ich muss einfach die ganze Zeit lachen. Ich bin nicht gemacht für schöne Kleider. Entweder schwitze ich sie durch oder ich verziere sie mit Moos. Fabien schaut mich fragend an und ich zeige auf mein Mooskleid:

»Ah, pauvre petite robe.«

Fabien geht hinter den Tresen und kramt herum, dann kommt er mit einer Bürste wieder zum Vorschein. Ich will gerade aufstehen, als er mir zu verstehen gibt, dass ich sitzen bleiben soll. Dann fängt er an zu bürsten. Sanft, ganz sanft bürstet er den Rockteil meines Kleides ab. Mit seinen großen Händen hält er den Stoff fest, um ihn straff zu ziehen und wirklich jeden einzelnen Halm wegzubürsten, was gar nicht so leicht ist. Die Lambswool absorbiert alles. Fabien kniet sich vor mich, jetzt ist er bis zu den Oberschenkeln gekommen und führt die Bürste mit kurzen, gleichmäßigen Bewegungen. Mit der Hand zupft er die letzten verbliebenen Halme vom Stoff. Seine Hemdsärmel sind hochgekrempelt, und seine behaarten Arme sind so …

großartig. Sind seine Schultern nicht auch großartig? So breit unter seinem Hemd. Als er sich vorbeugt, um mich auch noch an der Seite zu säubern, rutscht das Hemd nach vorne, und ich kann hineinschauen. Ich sehe seine behaarte Brust und den Bauch. Er hat einen Bauch. So wie ich. Ich möchte ihm einfach nur die Hände in diesen Hemdspalt schieben und ihm den behaarten großen Bauch streicheln. Ich will ihm die Hände auch in die Haare schieben, ihm mit ihnen durch die seitlichen Locken fahren und auch durch den Flaum auf seinem Schädel.

Was ist jetzt passiert? Ich konnte meine Beine nicht mehr aufhalten, und jetzt haben sie sich gespreizt! Was machen die denn da? Sie gehorchen mir nicht. Fabien schielt mit seinen braunen Augen zu mir hoch, unter diesen ganzen tausend Wimpern hervor. Er sagt nichts, er schaut mich nur an. Dann schiebt er mit den großen Fingern vorsichtig mein Kleid hoch. Er kniet immer noch vor mir, aber jetzt zwischen meinen Beinen, die nicht auf das hören, was ich ihnen sage. Er schaut mir unverwandt in die Augen und bürstet weiter. Langsam, von den Armen zu den Schultern und weiter nach unten. Er hebt mein Haar an und führt die Bürste liebkosend über meinen Nacken. Hilfe, ist das schön, da sauber gemacht zu werden. Jetzt bürstet er meine Brüste. Er streichelt sie kreisend mit der Bürste. Rund, rund, rundherum. Völlig schamlos bürstet er jeden Zentimeter meines Körpers. Das Moos ist schon längst weg, jetzt bürstet er etwas anderes weg. Ich lege den Kopf zurück und schließe die Augen, spüre die Borsten auf meinem Körper, weich, hart, tastend, vor, zurück und …

Warum hat er aufgehört? Ich schlage die Augen auf. Jetzt steht er auf und schaut auf mich herunter. Worauf wartet er? Ich weiß es nicht! Worauf warte ich? Will ich überhaupt warten? Hab ich nicht schon viel zu lange gewartet? Sollte ich vielleicht … Hier unterbreche ich mich selbst. Genauso wie mit den Beinen, die sich einfach spreizten, ohne mich um Erlaubnis zu fragen, höre ich mich selbst den einzigen ganzen Satz sagen, den ich auf Französisch sagen kann. Und ob es nun an der Krippe liegt, am lieben Gott, am Champagner, an der Bürste oder den höheren Weihnachtsmächten, aber ich höre mich diesen Satz, den man sonst nur scherzhaft sagt, mit dem allergrößten Ernst aussprechen.

»Voulez-vous coucher avec moi ce soir?«

38.

Ich starre an die Decke. Neben mir liegt Fabien auf dem Rücken und schnarcht zufrieden. Ja, das war eine neue Erfahrung, um es mal gelinde zu sagen. Das lila Kleid liegt achtlos hingeworfen auf der Spüle. Die Unterhose erahne ich auf der Armlehne des Sessels, und der BH hängt auf einem Lampenschirm, so wie BHs in alten Filmen mit Goldie Hawn hängen, wenn man zeigen will, dass es hier wild zugegangen ist. Ja, vielleicht beweist der BH auch genau das. Mein BH hat noch nie zuvor über einem Lampenschirm gehangen. Ich glaube nicht mal, dass eine von meinen Unterhosen jemals auf einem Sessel gelegen hat. Nichts, was mir gehört, hat so was schon einmal erlebt. Mein Körper hat noch nie zuvor in einem Zimmer über einer Bar mit einem Barbesitzer geschlafen.

Ich muss weg von hier. Das ist so falsch, wie etwas nur sein kann. Das hier ist der Schrei der Realität, dass ich zurückmuss, und zwar jetzt sofort. Wer ist dieser Mann überhaupt? Ich drehe mich um und blinzle im Dunkeln zu Fabien. Er hat einen unheimlich großen Kopf. Alles an ihm ist groß.

Nur die Wohnung nicht. Die ist unheimlich klein, nur ein einziges Zimmer mit vielen Fenstern. Ganz am Ende, bei der Zimmertür, ist eine Küchenzeile mit dunkelgrünen Kacheln, Kaffeekannen in allen möglichen Größen, großen Kaffeetassen, aufeinandergestapelten Rechnungen und Tageszeitungen und einem kleinen Holztisch mit ein paar Caféstühlen rundherum. Ein kleines Sofa, ein kleiner Sessel und ein Bett stehen unter dem Dachfenster, durch das man die Sterne immer noch deutlich leuchten sieht. Es fühlt sich an, als wäre ich in einer Hütte auf einem Alpengipfel, während ich hinausblicke ins Universum. Nimm das gut in dich auf, Agneta. Denn das ist das erste und letzte Mal, dass du in diesem Bett liegst. Ich mache Fotos mit meiner geistigen Kamera – klick, klick, klick –, die ich in mein inneres, heimliches Fotoalbum kleben werde. Ich mache noch ein letztes Foto von Fabien, auf dem er einen Arm über den Kopf gestreckt hat, während die andere Hand auf seiner behaarten Brust liegt. Klick. Langsam gleite ich unter der warmen Decke heraus, strecke die Zehen nach draußen in die Kälte und will gerade aufstehen, als ich einen Arm um meine Taille spüre. Der Arm zieht mich zurück unter die Decke und an einen richtig warmen Körper und … hoppla! Fabien murmelt irgendwas, und jetzt liegen seine großen Hände auf meinen Brüsten. Er bohrt seine Nase in meinen Nacken und vielleicht … muss ich ja doch nicht sofort zurück in die Realität kommen?

39.

Was hab ich getan? Bin ich denn völlig von allen guten Geistern verlassen, hab ich das geringste bisschen Verstand verloren? Und die Etikette scheine ich ja komplett durch den Schornstein gejagt zu haben. Das bin nicht ich! Ich bin nicht so. Andere vielleicht, aber nicht ICH!

»Doch, das bist du, Agneta. Du hast das alles gestern Abend gemacht, keine andere.«

Nein! Das war sie, die andere! *Die Lavendelfrau.* Ich habe mein Turmzimmer schön aufgeräumt, dabei ist es noch nicht mal acht Uhr morgens. Alle Beweise sind verschwunden. Ich habe nämlich die Unterwäsche, das Kleid und Jacobs Buch ganz weit hinten in den Wäscheschrank geräumt. Sicherheitshalber habe ich noch eine schwere Statuette von einem indischen Gott davorgequetscht, zum Schutz. Jetzt sollen sie da drinnen bleiben. Und ich werde mich an die Realität halten. Die, die ich kenne. Herrgott, mit dem Barbesitzer schlafen …

Ich kann den Gedanken nicht mal zu Ende denken. Ich sehne mich nach Magnus und will, dass alles wieder so wird wie früher. Kreuzworträtsel lösen, kalten Haferbrei essen, über Senkrecht und Waagrecht sprechen, und passt da vielleicht das Wort *Geborgenheit* rein mit seinen zwölf Buchstaben?

Lisa und Ludvig. Die habe ich auch verraten. Wenn ich mir vorstelle, dass sie wüssten, was ihre Mutter hier treibt! Sie würden nie wieder ein Wort mit mir reden. Na gut, tun sie ja jetzt im Grunde auch nicht, aber es wäre doch ein gewisser Unterschied. Wenn Magnus das wüsste, würde er sofort die Scheidung einreichen. Ja, und dann würde unser Haus verkauft werden, und dieser alte juristische Schrieb würde abgestaubt werden, damit wir wissen, wie viele Prozent wer hiervon und davon besitzt, und wenn wir uns scheiden lassen, werde ich leer ausgehen. Ich würde gezwungen sein, mir Geld von meinen Eltern zu leihen. Und es zurückzubezahlen in Form von ewiger Dankbarkeit, zuzüglich fünfzehn Prozent Zinsen. Nein, meine Eltern kennen in dieser Hinsicht keine Barmherzigkeit – Familie ist die eine Sache, Geld eine völlig andere. Die Katzen dürfte ich wahrscheinlich behalten. Mit denen könnte ich dann irgendwo in einer Einzimmerwohnung wohnen und mich damit amüsieren, dass ich meine letzten Öre den Kindern via Swish schicke.

Agneta? Bemitleidest du dich etwa gerade selbst? Wer hat denn mit einem Barbesitzer geschlafen und diesen BH auf die Lampe geschleudert und … Nein, nein, nein, ich will gar nicht dran denken!

Stattdessen gehe ich geradewegs hinunter zum Putzschrank und hole mir einen ordentlichen Eimer voll warmes Wasser. Ich tue viel zu viel Putzmittel hinein und beginne alles zu schrubben, was ich finde. Gott sei Dank ist das Kloster so groß, denn ich will nie mehr aufhören zu putzen.

Sämtliche Klamotten, Bettwäsche, Handtücher und unbenutzten Stoffservietten sind gewaschen, getrocknet, gebügelt, gestärkt und zusammengefaltet.

Jedes Stück in den zwei großen Wohnzimmern ist abgestaubt, einschließlich der Kristallleuchter.

Die Teppiche sind rausgeschleppt, ausgeklopft (richtig heftig) und wieder reingeschleppt worden.

Einar ist geschrubbt und rasiert und hat ein gesundes Frühstück vorgesetzt bekommen.

Ich fange an, an samtäugige Barbesitzer zu denken, wie wir uns in unserem Alpenhüttenbett herumgewälzt haben und was der arme, arme Magnus wohl in seiner Einsamkeit in diesem Moment getan hat. Vielleicht hat er mit den Kindern telefoniert oder am Computer Vogelbilder redigiert …

Einars Garderobe ist gereinigt, gewaschen, zusammengefaltet und nach Farben sortiert worden.

Armer, armer Magnus. Ich sehe ihn förmlich vor mir, mit seinem Morgenmantel und den vom Schlaf noch zerstrubbelten Haaren. Wie er sich Tee macht, Laub zusammenrecht, die Spüle abwischt, unsere Katzen füttert, in die Arbeit geht, den Kredit abzahlt, während ich hier … während ich hier …

Ich kann mich genauso gut gleich wieder hinlegen. Bitte lass diesen Tag ein Ende nehmen.

Ich stehe vor Sonnenaufgang auf, ohne ein Auge zugekriegt zu haben. Mache mein Bett so tadellos stramm, dass mir sogar Mary Poppins vor Begeisterung die Füße küssen würde.

Die Katzen sind gebürstet, gewaschen und gekränkt.

Die vier unbenutzten Schlafzimmer sind gelüftet, frisch bezogen, abgestaubt, geputzt und wieder verrammelt worden.

Einar will tanzen, aber ich habe keine Lust. Wir schauen uns alte französische Filme an. Ich verstehe überhaupt nichts und schlafe an Einars Schulter ein. Wenn ich mitten in der Nacht aufwache, steht er in der Küche und kocht. Ich kann geradezu hören, in welchem Zustand die Küche sein wird, wenn er fertig ist. Aber wenn ich morgen früh gleich als Erstes Einars Chaos aufräumen muss, wird das meinen Nerven guttun. Ich gehe mit meinen Nerven hoch in mein Turmzimmer, und dann liegen wir nebeneinander und bekommen kein Auge zu.

Nachdem ich die Küche geputzt habe, poliere ich das komplette Tafelsilber.

Zufällig denke ich an Jacobs Selbstporträt, das tief im Wäscheschrank liegt und vor sich hin schwelt. Schrecklicher Gedanke! Schreckliche Frau!

Ich gehe sofort hinaus in den Klostergarten, springe in den Pool, der voller Laub ist, und fange an, das Laub herauszuschaufeln. Auf einmal sehe ich Luzette, die vom Beckenrand zu mir hinunterspäht. Ich begrüße sie freundlich und putze ihr dann ein paar Erdflecken vom Panzer.

Sämtliche Gardinen sind abgenommen, gewaschen und wieder aufgehängt worden.

Danke ich so meinem Mann nach all den Jahren? Er war wirklich ein guter Mann. Hat nie einen Elternabend verpasst, hat unseren Kindern alles über Vögel und Brüten beigebracht, hat ihnen Lunchpakete und Thermosflaschen eingepackt, er fand diese ganze Me-too-Geschichte richtig gut und hätte niemals seine Arbeitskollegen begrapscht. Freilich arbeiten in seinem Büro bloß Männer, aber trotzdem. Er ist ein toller Mann! Ich bin eine schreckliche Frau. Genauso schrecklich und genauso fett wie die Frau von König Kandaules. Ich laufe nicht nur weg, trinke zu viel Wein und schlabbere Käse in mich hinein, nein, ich schlafe … Nein, nicht dran denken!

40.

Seit vier Tagen habe ich keinen Wein mehr getrunken. Auf dem Markt läuft mir Fabien über den Weg. Unsere Blicke treffen sich, er winkt mir fröhlich zu, und ich renne, nein, ich *sprinte* nach Hause mit Herzklopfen und leerem Einkaufskorb. Ja, wir essen Tiefkühlhähnchen und Tiefkühlgemüse. Wir kommen schon zurecht, fetter Käse ist eben auch nicht gut für den Körper.

Ich rufe Magnus von Einars Telefon aus an. Er geht nicht ran.

Ich rufe die Kinder an. Lisa geht ran. Ich erzähle ihr, wie sehr ich sie vermisse, aber dann muss sie auflegen, weil sie zu irgendeinem Vortrag muss, und ich frage flehend, ob sie mich auch vermisst, aber sie kommt nicht mehr dazu, mir zu antworten.

Ich schwitze, kann nicht still sitzen, starre die Weinflaschen in der Küche an. Ich sollte sie nach Farben sortieren. Jetzt tut mir auch noch Fabien leid. Wie ich ihn einfach so habe stehen lassen, mit seiner winkenden Hand und dem frisch gewaschenen Haar.

Ich sortiere die Weinflaschen nach den Weingütern, von denen sie stammen. Das dauert eine gute Weile. Sehr gut.

Weder ich noch meine Nerven können schlafen. Wir taumeln im Turmzimmer herum. Versuchen, die Bücher zu lesen, die ich mitgenommen habe, aber ich kann mich nicht konzentrieren. Es wird Tag, und ich bin an der Grenze zum Durchdrehen.

In den Katakomben finde ich eine große Tüte mit Weihnachtsschmuck und einen Karton mit einer Krippe. Mittlerweile ist Dezember. Ich sollte das Haus weihnachtlich dekorieren. Aber ich habe ja eigentlich schon mit Fabien dekoriert … Weg, weg mit diesen Gedanken! Und hoch mit dem Karton in die Küche!

Ich rufe Magnus noch mal an. Jetzt nimmt er ab.

»Agneta, ich habe einen Beruf, wie du dich vielleicht erinnern wirst.«

»Ach, stimmt ja, entschuldige, wie dumm von mir. Soll ich später wieder anrufen?«

»Ich muss in zehn Minuten in eine Besprechung, aber bis dahin können wir reden.«

»Wie geht's dir?«

»Super, danke. Die Vogelwoche auf Öland war ein voller Erfolg. Du weißt schon, die, auf die ich mich seit einem halben Jahr gefreut hatte.«

»Hast du einen interessanten Vogel gesehen?«

»Ich hab ziemlich viele schöne Fotos von Lappentauchern und Alkenvögeln gemacht, in ihrem Winterkleid. Viel schöner als die hysterischeren Schöpfungen in der Brutzeit, wenn du mich fragst.«

»Finde ich auch! Diese Prachtkleider sind doch bloß Show.«

»Was weißt du denn von Prachtkleidern?«

»Nicht viel, nur, dass sie furchtbar prahlerisch aussehen und dass danach wieder alles so wird wie vorher. Dass der Vogel dann wieder zu seinen echten Grundfarben zurückkehrt.«

»Wir Birdwatcher würden uns vielleicht nicht so ausdrücken, aber wenn du so willst.«

»Ich vermisse dich.«

»Wirklich?«

»Ich vermisse unser Leben.«

»Also passt es jetzt doch?«

»Aber das war ja vielleicht gerade der Sinn dieser Reise? Dass ich begreife, wie gut ich es zu Hause mit dir habe.«

»Und was findest du so gut an mir?«

»Dass ... es so sicher ist. Und so geordnet! Und dass nicht massenweise Champagnerflaschen in der Waschküche herumstehen, dass alles sauber ist und ... dass es Rahmen gibt!«

»Moment. Als wir letztes Mal miteinander gesprochen haben, oder besser gesagt, als du mir in einem *Monolog* erklärt hast, wie sauber alles zu Hause ist, hast du behauptet, dass dir das nicht im Geringsten gefällt – was ist denn plötzlich aus dieser Meinung geworden?«

»Die hat sich geändert!«

»Aha.«

Schweigen.

»Wie läuft es mit dem Schwimmen?«

»Gut, danke. Jetzt sind nur noch Linda und ich übrig von der ganzen Gruppe. Ja, im Dezember trennt sich die Spreu vom Weizen, ganz eindeutig. Da sieht man dann, wer eine starke Psyche hat und nicht aufgibt.«

»Also schwimmen jetzt nur noch Linda und du?«

»Ja. Natürlich etwas kürzere Strecken. Aber wir wollen einfach die Gelegenheit nutzen, bevor das Eis kommt.«

»Klar.«

»Aber dann haben wir darüber gesprochen, stattdessen mit Langlaufski weiter zu trainieren. Um den Kontakt mit dem Meer zu halten, trotz Winter.«

»Da kann ich ja auch mitkommen. Wenn ich nach Hause komme, verspreche ich, dass ich mehr mit dir unternehmen werde. Radfahren, Schwimmen und Schlittschuhlaufen. Vielleicht komm ich sogar mal mit zum Birdwatching! Ich war nicht ganz ich selbst, vielleicht sind es wirklich die Wechseljahre, wie du gemeint hast. Wenn ich nach Hause komme, werde ich mal einen Termin bei meiner Gynäkologin machen. Ich werde mich selbst in Ordnung bringen, das verspreche ich. Ich werde Lust auf Sex haben und aufhören, Wein zu trinken, wenn ich nur ein bisschen mehr Östrogen bekomme. Ich bin nachlässig mit mir selbst umgegangen! Und mit dir auch. Ich will uns nicht vernachlässigen.«

»Das sollst du machen, weil du es willst. Nicht meinetwegen.«

»Ich will es unseretwillen.«

»Ich ruf dich heute Abend an, ich muss jetzt in dieses Meeting.«

»Bussi.«

»Ciao.«

»Ich liebe d…«

Er hat schon aufgelegt.

41.

»Wie geht's dir eigentlich?«

Einar betrachtet mich, wie ich total hektisch auf Schemel rauf- und wieder runterspringe, Sterne in die Fenster hänge, Girlanden über Kaminsimse hefte und eine CD einlege, auf der Tino Rossi von dem Petit Papa Noël singt, immer wieder nach dem auftauenden Hähnchen im Ofen schaue und dann wieder in die Weihnachtskiste, weil ich endlich die ganze verdammte Krippe rauskriegen möchte.

»Tippitoppi!«

»*Tippitoppi?* Das klingt ja beunruhigend.«

»Kannst du mir helfen, die ganzen Figuren aufzustellen? Morgen, Kinder, wi-hi-hird's was geben, morge-hen werden wir uns freu'n …«

Einar schaut mich argwöhnisch an. Ja, ich weiß! Mein ganzes Ich zappelt herum wie auf Speed. Ich schiebe den Karton zu Einar hinüber, der endlich den Blick von mir losreißt und sich auf den Inhalt der Kiste konzentriert.

»Oh, du hast ja auch die Krippe gefunden! Die hat Armand selbst gemacht. Hier ist der sexy Schwimmlehrer und hier der heiße Koch. O Mann, wir haben uns wirklich köstlich amüsiert, als er die gemacht hat.«

Kichernd taucht Einar tiefer in die Kiste, während ich mehr oder weniger am Türrahmen hänge, um einen Engel mit schiefem Heiligenschein zu befestigen.

»Wie feiert ihr hier im Kloster immer Weihnachten?«

»Weißt du, in der Provence feiert man Weihnachten auf ganz besondere Art: Dazu braucht man drei Tischtücher und drei Kerzenständer, wie bei der heiligen Dreieinigkeit. Armand und ich haben ganz feierlich darauf gepfiffen, aus naheliegenden Gründen. Wir glauben nicht so wirklich an die Heiligkeit. Manchmal haben wir einen Weihnachtsgast in unser Bett eingeladen, dann waren es eben auch drei Ständer, aber das musste reichen. Ansonsten haben wir es gemacht wie die meisten anderen Franzosen: Wir haben jede Menge Champagner getrunken, Austern gegessen und in unsere Krippe investiert. Hingegen werden in dieser Gegend traditionell dreizehn verschiedene Desserts serviert, was für uns Schleckermäulchen ein toller Brauch war. Aber was alle Franzosen am Weihnachtstisch machen, sogar wir, ist, dass man immer ein Extragedeck auflegt.«

»Für den Fall, dass Papa Noël auftaucht?«

»Nein. Für den Fall, dass ein armer, einsamer Mensch vorbeikommen sollte. Für den muss man einen Platz am Tisch freihalten.«

»Aha.«

»Armand nahm das furchtbar genau. Und es gibt immer jemand, der vorbeikommt. Vielleicht nicht arme Menschen ohne Geld, aber solche, die seelisch arm sind. Mit seiner Familie zusammenzusitzen und zu versuchen, jemand anders zu sein, kann am Weihnachtsabend ganz schön schwer sein. Manchmal mussten wir zehn Extrateller hinstellen, weil es einfach immer weiter an der Tür geklopft hat. Das waren wirklich schöne Weihnachtsfeste.«

Einar setzt sich auf den Sessel neben der Kiste und nimmt eine Figur nach der anderen heraus. Untersucht sie lächelnd, bläst ein bisschen Staub weg und stellt sie auf den großen Wohnzimmertisch. Es sind nur Männer, und sie haben kaum etwas an. Vielleicht eine Kochmütze hier und eine Boulekugel dort, aber nicht mehr als absolut notwendig.

»Und hier sind wir!«

Stolz hält Einar einen Mini-Einar und einen Mini-Armand hoch, beide ganz nackt, bis auf ihre Weihnachtsmannmützen, Bärte und roten Wangen.

»Siehst du, wie sorgfältig der Bart gemalt ist? Jede Haarsträhne hat er herausgearbeitet. Ich lass mir zu Weihnachten immer einen Bart wachsen, weißt du, Armands privater Weihnachtsmann, ho ho, und ich teile immer Klapse aus, richtig feste Klapse. Schau mal hier, Armands Zehen, rot lackiert! Die kleinen Zehen. Dass er das überhaupt geschafft hat. Die sind mit echtem Nagellack lackiert.«

Diese ganzen nackten Krippenfiguren, lackierte kleine Nägel, zerlaufende Käselaibe, der ganze Wein, die ganzen verdammten Märkte mit ihren Würsten, Würsten, Würsten, Unterwäsche, die vor Spitze nur so strotzt, Künstler mit gekräuselten Krägen, die nackte, fette, schamlose Frauen malen, welche sie mit in ihr Bett ziehen wollen, diese Arlette mit ihrem verdammten schwingenden Arsch, runde, sich drehende Betten, ein erwachsener Barbesitzer, der lebt wie ein Teenager, und einfach nur Versuchungen, überall – Versuchungen! Sie haben mich völlig verdorben!

Ein bisschen zu grob nehme ich eine Figur nach der anderen und stelle sie energisch vor die Krippe. Die natürlich gar keine Krippe ist, sondern eine SAUNA! Eine verdammte Schwulensauna! Wie kann man aus einer *Krippe mit Jesus Christus höchstpersönlich* eine Schwulensauna machen?

»Tipp tapp, tipp tapp, tippe tippe tipp tapp, TIPP TIPP … TAPP!«

Als ich Armand vor den nackten Fischhändler mit dem Aal in den Händen stellen will, fasse ich ihn zu fest an. Es macht

»knacks«, als Armand neben der Sauna landet. Beide Beine sind ihm abgebrochen, die ganzen kleinen lackierten Zehennägel sind weg. Hoppla.

Einar starrt mich an, dann den beinlosen Armand, dann wieder mich. Wir sagen nichts, nur Tino Rossi plärrt weiter mit fröhlicher Weihnachtsstimmung. Ich nehme Armand hoch und wische den feinen Staub weg, der von der Bruchstelle gerieselt ist.

»Vielleicht kann ich ihn ja wieder kle…«

»Gib her!«

»Aber ich will versuchen, ihn zu …«

»Du fasst ihn nicht mehr an!«

Mit der Geschwindigkeit einer zuschlagenden Kobra reißt mir Einar die Figur aus der Hand. Wortlos steht er auf und verlässt das Zimmer. Ich höre seine Füße hin und her trampeln zwischen den Zimmern und auf den Treppen. Er findet sich in seinem eigenen Haus nicht mehr zurecht. Ich höre Einars herzzerreißenden Schrei von oben:

»Wo bin ich? Ich will nach Hause! NACH HAUSE!«

Da fängt sein Handy an zu klingeln, das immer noch auf dem Sessel liegt. Es ist Magnus. Ich gehe ran, und er fängt sofort an loszureden.

»So, jetzt ist es ein bisschen ruhiger. Ich dachte mir, wir könnten vielleicht schon mal ein bisschen für Weihnachten planen.«

»Ja, absolut. Aber ich weiß nicht. Es ist gerade ein bisschen seltsam gewesen, vielleicht sollte ich mal raufgehen und schauen …«

Oben schlägt eine Tür zu. Aber es hörte sich so an, als wäre der Knall aus einer anderen Richtung gekommen, er muss in Armands altes Atelier gegangen sein.

»Du kommst also zu Weihnachten nach Hause. Hast du deine Reise schon gebucht?«

»Nein, noch nicht. Aber ich werd mich demnächst drum kümmern.«

»Es wäre gut, wenn du mindestens eine Woche vor Weihnachten kommen könntest, am besten zwei, damit du mit den ganzen Vorbereitungen fertig wirst. Da ich in den letzten Wochen den Haushalt alleine machen musste, bin ich aus begreiflichen Gründen in der Arbeit ins Hintertreffen geraten. Deswegen hab ich ganz schön aufzuholen bis Weihnachten.«

»War das denn so viel? Du warst doch allein zu Hause.«

»Du bist ja jetzt sowieso arbeitslos, wenn du nach Hause kommst, dann passt es doch ganz gut, wenn du vor Weihnachten ein bisschen herumwerkeln kannst, oder? Lisa und Ludvig kommen einen Tag vor Heiligabend nach Hause, und dann wäre es praktisch, wenn alles fertig wäre, damit wir uns auf die Kinder konzentrieren können. Vielleicht ist das für dich besonders wichtig? Ihnen ein bisschen Aufmerksamkeit zu schenken?«

»Ja, natürlich.«

»Dann sagen wir also zwei Wochen vor Weihnachten?«

»Einverstanden.«

»Vielleicht kannst du ja ein paar Spezialitäten mitbringen. Was essen die denn da unten zu Weihnachten?«

»Austern, Champagner und dreizehn verschiedene Desserts.«

»Na, dann ist das vielleicht nicht ganz das Richtige für uns. Schauen wir mal, also, ich mach den Senfhering und den Glögg, wie immer, und du kannst …«

Wir reden weiter, als wäre nichts vorgefallen, als würden wir uns zu Hause am Küchentisch gegenübersitzen. Was für Pakete wir für die Kinder besorgen, dass wir eine Obergrenze von 450 Kronen einführen für unsere Weihnachtsgeschenke und dass ich mit meiner Mutter reden soll, um ihre Idee, dass wir alle Weihnachten bei ihnen feiern, gleich im Keim zu ersticken. Magnus erträgt es nicht, dass meine Mutter immer alles bestimmen muss. Da sind wir uns ausnahmsweise mal einig.

»Tja, dann wird es wohl Zeit zum Schlafengehen. Es ist gleich zehn, also ab in die Falle.«

»Ja, ab in die Falle.«

»Schlaf gut.«

»Bussi.«

»Vergiss nicht, morgen die Reise zu buchen!«

Ich gehe die Treppe hoch und suche Einar. Ich finde ihn schlafend unter einer Decke mit Farbflecken in Armands Atelier. Eingerollt auf dem Sofa, mitten unter den ganzen Bildern, Staffeleien und halb fertigen Kunstwerken. Neben ihm liegt die halbierte Armand-Figur. Ich nehme Armand. Und ich nehme nicht nur ihn. Ich baue die ganze Krippe mit allen nackten Figuren wieder ab. Kunterbunt durcheinander und schnell in den Karton, und den Karton wieder zurück in den Keller. Und dann hoffe ich, dass bis morgen alles vergessen ist.

42.

Ich wache nicht auf, denn man kann nicht aufwachen, wenn man nicht geschlafen hat. Aber ich kann nicht mehr so tun, als würde ich schlafen. Im Spiegel entdecke ich neue Falten unter den Augen, die ich noch nie gehabt habe. Sie breiten sich sowohl längs als auch quer aus, und gleichzeitig sind sie puffig geschwollen. Bauchweh hab ich auch. Ich gehe auf die Toilette, aber die Schmerzen verschwinden nicht. Ich weiß nicht, wo sie sitzen und wie ich sie wegkriegen soll. Mit Morgenrock und warmen Socken schlurfe ich in die Küche hinunter.

Aber wo sind Barry und Judy? Die kommen doch sonst immer gleich angerannt, wenn ich aufwache. Ich mache die Küchentür auf. Dort sitzt Einar am Bronzetisch, während die Katzen die Butter direkt aus der Packung schlecken. Er sieht nicht aus wie sonst. Das hier ist überhaupt nicht wie sonst. Das hier ist etwas ganz anderes. Ich bleibe auf der Schwelle stehen.

»Bist du schon wach?«

Da springt Einar auf und schlägt mit den Fäusten auf den Tisch, dass die Katzen nur so wegspringen. Er brüllt:

»Où est Armand?«

Stühle werden beiseitegestoßen, und eine Tasse kracht gegen die Wand, dass die Splitter überall hinfliegen. Ich weiche zurück, und die Katzen fliehen nach draußen.

»Ich versteh gar nicht, wovon du redest.«

Einar steht da und schreit mich an. Auf Französisch. Er reißt Bilder von den Wänden, drischt auf Lampen ein, stößt verzweifelte Schreie aus. Er hat sich eingenässt, das sehe ich erst jetzt, nachdem er aufgestanden ist. Ich weiß nicht, wo er gerade im Geiste ist … und ich schaffe das nicht allein. Also drehe ich mich um und laufe hinaus in den eiskalten Regen, zum Tor hinaus und hinüber zu Bonnibelle. Es ist fünf Uhr morgens, aber ich hämmere gegen ihre Tür, dass es durchs ganze Dorf hallt.

Ihre kleinen Arme um seinen breiten Rücken. Bonnibelle streichelt Einar mit bestimmten gleichmäßigen Strichen. Sie plaudert auf ihn ein, tätschelt ihn, setzt ihm eine von den Katzen auf den Schoß. Einar ist jetzt ruhiger, aber immer noch in seiner inneren Welt gefangen. Sie flüstern etwas miteinander, während ich die Spuren seines Wutausbruchs beseitige. Die Scherben auffege, die Stühle wieder ordentlich hinstelle und eine Kanne Kaffee koche. Bonnibelle hat sich die Haare mit Nadeln hochgesteckt, sie sehen aus wie eine Art selbst gemachte Papilloten. Sie trägt einen rotsamtenen Morgenmantel mit elegantem Revers, der dieselbe Farbe hat wie ihre Nägel.

»Sie hat ihn gestohlen!«

»Quoi?«

Einar zeigt auf mich.

»Sie hat Armand genommen!«

Bonnibelle schaut mich fragend an, während sie weiter über Einars Rücken streicht.

»Ich hab bloß ein bisschen sauber gemacht.«

»Du hast ihn genommen! Er ist alles, und das Einzige, was ich habe!«

»Ich kann ihn wieder holen. Ich mache es jetzt gleich, warte, das ist alles nur ein Missver…«

Einar schreit auf.

»Salope!«

Streng gibt Bonnibelle ihm einen Klaps auf die Hand.

Ich renne hinunter in die Katakomben, ziehe den Karton

wieder hervor und durchwühle die Figuren. Den Fischer mit seinem Aal, den nackten Koch, den Bäcker mit dem Nudelholz in Habachtstellung zwischen den Beinen und den jetzt etwas behinderten Armand. Mein Gott, muss Einar sein altes Leben vermissen! Die Tür, an der es ständig klopfte, und die ganzen Extrateller, die aufgedeckt wurden. Armand, der ihn liebte wie ein Wahnsinniger und jede einzelne Bartsträhne auf der kleinen Figur malte, wie einen Tusch zu Einars Ehren. Ich nehme Armand heraus. Streiche ihm über den nackten Bauch.

»Er hat es so schön beschrieben. Wie sein ganzes Ich auf einmal an den richtigen Platz fiel, als du aufgetaucht bist. Wenn man dieses Gefühl empfindet, weiß man, dass man genau dort sein muss und nirgendwo anders. Allein die Vorstellung, dieser Platz für jemand zu sein. Allein die Vorstellung, diesen Platz zu finden. Entschuldige, dass ich erst deine Beine zerbrochen und dich dann vor Einar versteckt habe. Entschuldige.«

Ich wickle Armand in ein Stückchen weiche Baumwolle aus der Kiste und nehme ihn mit nach oben.

Einar ist gewaschen und umgezogen und liegt jetzt im Bett. Armand hält er fest in der Hand.

Ich darf ihn *nicht* zudecken, das hat er sehr klargemacht. Aber ich darf das Tablett mit dem Kaffee und den belegten Broten auf seinen Nachttisch stellen. Draußen ist es schon hell geworden, Bonnibelle küsst Einar auf beide Wangen und zieht die Decke noch ein letztes Mal zurecht.

»Ich will mir den Bart wachsen lassen. Damit er an Heiligabend schön lang ist.«

»En français, Einar.«

»Den Bart!«

Ich sitze auf einem Stuhl ein Stückchen entfernt vom Bett, als mir einfällt, dass Freitag ist. Ich will keinen Freitag haben.

Irgendeinen anderen Tag, aber nicht Freitag. Um fünf muss ich versuchen, Einar aus dem Bett zu kriegen, und dann müssen wir zur Bar gehen. Zwei Dinge, die mir ungefähr gleich unüberwindlich vorkommen.

Einar weigert sich, sich zu kämmen, und zieht eine schwarze Regenjacke mit Löchern an. Mit entschlossenen Schritten stolpert er die Rue Saint Denis entlang, während ich mit dem großen Regenschirm ein paar Schritte hinter ihm bleibe. Es ist eisig kalt, und der Regen rauscht nur so herunter. Am Marktplatz bleibt Einar stehen, als hätte er plötzlich keine Ahnung mehr, wo er ist. Sein Blick zuckt zwischen den Gassen hin und her, die in unterschiedliche Richtungen führen, während der Regen über seine kaputte Jacke läuft. Ohne einen Ton gehe ich an ihm vorbei. So kann er mir nachgehen, ohne das Gesicht zu verlieren.

Eigentlich würde ich mich gerne verlaufen und nie bei der Bar ankommen. Ich will Fabien nicht sehen, den ganzen Weihnachtsschmuck und die kleine Treppe, die zur Alpenhütte hinaufführt, und die Lampe, über der mein BH baumelte. Aber jetzt ist Schluss mit diesen ganzen seltsamen Verhaltensweisen. Wenn ich jetzt nicht dafür sorge, dass Einar um Punkt 17 Uhr in der Bar ist, kann ich mein Menschsein gleich aufkündigen. Was irgendwie unheimlich erfrischend klingt, wenn nicht sogar verlockend.

»Ich will kündigen! Ich will kein Mensch mehr sein, sondern eine Katze bitte. Nein, keine Angora oder Perser, bitte nur eine ganz gewöhnliche graue Bauernhofkatze. Von mir aus auch eine Wohnungskatze. Schließt mich ruhig ein.«

Das hab ich laut gesagt. Ich drehe mich um und schaue Einar an, der wiederum mich fragend anblickt. Wir sind eben einfach zwei Verrückte.

Das Dorf ist winzig, und wir sind schon am Ziel. Es funkelt und leuchtet dort drinnen. Ich ahne Bonnibelle und Henri am Tisch ganz hinten, neben der Krippe. Einar fegt an mir vorbei, als wäre ich gar nicht da, reißt die Tür auf, und wir treten ein. Ich bekomme gute Lust, entweder auf dem Absatz kehrtzumachen oder gleich wieder anzufangen zu putzen. Das liegt wohl an der Panik. Aber ich beiße die Zähne zusammen. In diesem Fach hatte ich schon immer die besten Noten.

Fabien steht hinter der Theke und winkt uns fröhlich zu. Er tritt vor und küsst Einar besonders innig auf die Wangen. Mir wird klar, dass das Gerücht von seinem Ausbruch die Runde gemacht hat. Welche Gerüchte haben wohl sonst noch die Runde gemacht? Wissen am Ende alle hier …? Hat Fabien in allen Einzelheiten jedem, der es hören wollte, erzählt, wie er die leichtfertige Agneta mit einer einfachen Bürste verführt hat? Wissen Bonnibelle und Henri, dass Agnetas Unterwäsche es kaum nach Hause geschafft hatte, als sie auch schon wieder ausgezogen wurde? Fabien sorgt dafür, dass Einar einen guten Platz am Tisch bekommt, tätschelt ihn überall ein bisschen, hängt seine nasse Jacke auf und spricht sanft mit ihm.

Ich will mich gerade auch hinsetzen, als Fabien sich vorbeugt und mich ebenfalls auf die Wangen küsst. Ganz ohne Getue, eher vorsichtig, als ob er nicht wüsste, ob er das noch tun sollte. Er riecht wie in der Alpenhütte, und diese ganzen Haare kitzeln mich in der Nase und …

»HATSCHIIIII!«

Ich muss niesen, so ein richtiges Männerniesen, dass alle Flaschen klirren. Alle lachen, bis auf Einar, heben ihre Gläser und rufen alle durcheinander *dieu vous bénisse*. Jetzt muss ich nur noch diesen Freitag überleben, das wird mein letzter hier sein. Nächste Woche sitze ich schon wieder im Zug in Richtung Heimat. Fabien hält mir ein Glas Rotwein hin, ich trinke es in einem Zug aus und stelle es wieder auf den Tisch. Das war eine einzige Scheißwoche, und dieser Tag ist wie die Krönung dieses Scheißhaufens. Ich wage es nicht, Fabien anzuschauen, und Einar weicht meinem Blick aus. Ohne dass ich darum gebeten hätte, wird mein Glas wieder aufgefüllt.

Ich pfeife auf jeden Versuch, mich mit den anderen zu unterhalten. Einar, Bonnibelle, Henri, Fabien, Arlette und noch ein paar andere Gäste in der Bar amüsieren sich bestens, es wird gelacht, man erzählt sich Räuberpistolen, wünscht sich Weihnachtslieder, und Fabien wechselt zur großen Freude aller Anwesenden vom einen Lied zum anderen. Ich versuche, einfach nur zu überleben. Mit drei Gläsern Wein intus hat meine Putzwut ein bisschen abgenommen. Vielleicht kann ich demnächst auch den Blick vom Tisch heben.

Da geht hinter mir die Tür auf, und kalte Luft strömt herein. Fabien ruft dem neuen Gast ein Willkommen zu, während er gleichzeitig ein neues Lied auflegt, jetzt tönt Mariah Careys Stimme durch die Bar, und Arlette jubelt.

I just want you for my own
More than you could ever know
Make my wish come true oh
All I want for Christmas is you

Der neue Gast tritt an den Tresen. Er hat grau meliertes Haar, trägt gebügelte Chinos und eine wasserdichte Jacke neueren Modells und hat seine Lederhandschuhe in der Hand. Er hält sie furchtbar fest, während er etwas an der Bar bestellt. Ich sehe, wie Fabien ihn zu verstehen versucht, aber dann wedelt er nur abwehrend mit den Händen und ruft uns zu:

»Sorry, no English. Annjetá! Henri! Help cet homme s'il vous plaît.«

Der Mann mit den Chinos dreht sich zu uns um, wobei er seine Handschuhe immer noch so festhält, als wären sie eine Rettungsleine. Und tatsächlich kommt es mir so vor, als würde ich ihn wiedererkennen.

»My name is Paul, and I am looking for Einar.«

43.

Mariah Carey singt weiter, als wäre nichts passiert, aber ansonsten ist es plötzlich mucksmäuschenstill. Bonnibelle starrt Henri an, der starrt Fabien an, der starrt wiederum mich an, und ich werfe einen Seitenblick auf Einar, der sich gerade ein Glas Wein einschenkt und überhaupt nicht mitbekommt, was hier gerade passiert. Am Tresen steht ein Mann, der aussieht wie Einar auf den alten Schwarz-Weiß-Fotos. Er trägt zwar keine Seidenschals oder lange Mäntel von irgendwelchen Modeschöpfern, aber er hat Einars robusten, hoch aufgeschossenen Körper, die scharfe Nase und seinen Blick.

Am Ende schlägt Fabien mit beiden Händen auf den Tresen und ruft aus:

»Mon Dieu, c'est Paul. C'est Paul!«

Dann beugt er sich über den Tresen, nimmt Pauls Gesicht in die Hände und küsst ihn ab, eine Wange nach der anderen, wobei ihm die Tränen übers Gesicht laufen.

»Bienvenu, Paul, bienvenu. Oh, mon Dieu … Paul, Paul, Paul.«

Bonnibelle kommt angerauscht zu dem wiedergefundenen Sohn, streicht ihm leicht über Haar und Gesicht und küsst ihm die Hände. Paul scheint nicht zu wissen, was er mit diesem Empfang anfangen soll. Alle umarmen und küssen sie ihn, sie weinen, lachen und reden durcheinander auf Französisch – was er nicht versteht. Ich nehme Einars Hand und halte sie fest. Er zieht sie ruckartig zurück und bedenkt mich mit einem abweisenden Blick.

»Einar. Dein Sohn ist hier.«

»Wie bitte?«

»Paul ist hier.«

»Willst du mich veralbern?«

»Nein. Er ist gekommen.«

»Warum sagst du das?«

»Weil es so ist. Da.«

Ich zeige auf den blassen grauhaarigen Mann in Chinos, der gerade mit Liebesbekundungen überschüttet wird. Fabien legt Paul den Arm um die Schultern und führt ihn an unseren Tisch. Ich strecke mich wieder nach Einars Hand aus. Diesmal lässt er es zu, dass ich sie nehme. Er betrachtet Paul, als wäre Gott höchstpersönlich vom Himmel herabgestiegen und ausgerechnet in Fabiens Bar gelandet. Mit weit aufgerissenen Augen und offenem Mund. Er bekommt keinen Ton über die Lippen. Nicht mal ein Räuspern. Er fährt sich mit seiner freien Hand übers Haar, um sich so hübsch wie möglich zu machen. Paul starrt ihn ebenfalls nur an. Vielleicht nicht so, als ob er Gott sehen würde, aber es ist auf jeden Fall etwas, was er noch nie zuvor gesehen hat, so viel ist klar. Ich stehe auf.

»Hallo, ich bin Agneta.«

Paul traut sich, einen Handschuh loszulassen und mich zu begrüßen.

»Paul. Du sprichst Schwedisch?«

»Ja. Und das hier ist Einar.«

Einar wendet sich an mich.

»Passiert das gerade wirklich? Oder ist das bloß in meinem Kopf? Ich bin grade nicht sicher …«

»Das passiert gerade wirklich.«

Paul räuspert sich und streckt Einar die Hand hin.

»Tja, freut mich, dich kennenzulernen … oder was man da so sagt.«

»Du freust dich?«

Einar steht auf, fährt sich mit beiden Händen durchs Haar, um eine zerzauste Stelle zu glätten, und zieht seinen schmutzigen Pullover zurecht.

»Ich freue mich nicht …«

Paul schaut sich verunsichert um.

»Ich könnte an der Decke tanzen vor GLÜCK! Das ist das Schönste, was mir jemals passiert ist. *Du* bist das Schönste.«

Einar geht auf Paul zu und schließt ihn in die Arme. Dann macht er einen Schritt zurück, schaut Paul ins Gesicht, um daraufhin mit den Fingern seine Nase, seine Wangen und seine Augenbrauen zu berühren.

»Du … du siehst aus wie ich.«

Wie alt Paul wohl ist? Vielleicht sechzig, schön rasiert, schön gekämmt, schön gekleidet und sehr, sehr steif. Aber er lässt sich von Einar drücken, und dann macht es PLOPP – Fabien hat eine große Flasche Champagner entkorkt.

»Du champagne pour tous!«

Neue Gläser werden geholt und bis zum Rand gefüllt, bis sie überlaufen. Arlette geht in der ganzen Bar herum, und alle bekommen ein Glas voll Sekt. Paul sieht aus, als würde er am liebsten davonrennen. Das hier ist zu viel für ihn. Viel zu viel. Ich kann es ihm nachfühlen.

»Paul und Einar? Was meint ihr, wollen wir nach Hause gehen?«

Ich zaubere einen Hähnchensalat aus den Resten vom Vortag, ein bisschen Brot, keinen Käse, aber ein paar leckere Oliven und einen annehmbaren Rotwein. Das Kloster ist auf jeden Fall extrem sauber, im Unterschied zu vorher. Wir sitzen in der Küche, aber keiner von uns isst etwas. Hunger kommt ganz unten auf der Liste der Dinge, die der Körper gerade braucht, es gibt viel zu viel anderes, was gerade wichtiger ist. Einar weiß gar nicht richtig, worüber er mit Paul als Erstes reden soll. Wie holt man sechzig Jahre auf? Wie zum Teufel macht man so was? Ich kann mir vorstellen, dass es schwierig wird, meine Kinder nach ein paar Monaten Abwesenheit wiederzusehen, weiß nicht, worüber ich mit ihnen sprechen soll. Dabei habe ich jede ihrer Hausaufgaben durchgelesen, ihnen Millionen von Malen die Hintern abgeputzt und zugehört, wie sie mir umständlich ihre Träume erzählten. Aber wenn man seinem Sohn kein einziges Mal den Hintern abgewischt hat? Nichts von seinen Träumen weiß? Nicht mal etwas über die Wirklichkeit weiß? Was war das erste Haustier deines Kindes? Keine Ahnung. Hat er überhaupt ein Haustier gehabt? Oder ist er allergisch? Oder sammelt er am Ende Meerschweinchen? Es gibt keine kleinen Einzelheiten, es gibt nicht mal grobe Pinselstriche.

Einar sitzt neben Paul. Streicht ihm ab und zu über die Wange, zupft ihm ein Haar vom marineblauen Pullover, fragt ihn, ob er friert und sich vielleicht eine Strickjacke leihen will. Paul scheint sich mit dieser Nähe nicht so recht wohlzufühlen, aber er bleibt trotzdem sitzen. Lässt Einar an sich herumzupfen, als wären sie zwei Schimpansen. Wenn jemand mit dem Small Talk anfangen soll, muss das wohl ich übernehmen.

»Einar hat furchtbar viel von dir geredet.«

»Sieh an. Und du wohnst hier mit ihm?«

»Ja, im Moment schon. Ich helfe ihm ein bisschen im Haushalt und so.«

»Schön, schön. Das kann man gut brauchen im Herbst des Alters …«

Einar fällt ihm ins Wort.

»Bei mir ist nicht Herbst. Im Moment ist der schönste Hochsommer. Mitte Juli ist es, das Meer ist lau, und der Sand fühlt sich warm an zwischen den Zehen. Wie geht es Margareta?«

Paul tupft sich den Mund mit der gestärkten Stoffserviette ab, obwohl er gar nichts gegessen hat. Es gibt ein trocken kratzendes Geräusch an seinem Kinn.

»Es geht ihr ganz gut. Ein paar Altersleiden, aber nichts Schlimmes. Sie ist vor Kurzem verwitwet, als Papa gestorben ist … Ich meine, Hans ist im Sommer gestorben. Jetzt ist sie also allein. Aber er war lange krank, wir haben alle damit gerechnet. Lungenkrebs.«

»Du bist mir so ähnlich. Es kommt mir vor, als würde ich vor einem Spiegel von gestern sitzen. Hast du Geschwister?«

»Ja, zwei jüngere Schwestern.«

»Sehen sie Margareta ähnlich?«

»Nein, sie ähneln Hans ziemlich stark. Er hatte rote Haare.«

»Dann hast du also Schwestern bekommen. Wie schön. Zwei kleine rothaarige Schwestern. Ist es dir gut gegangen?«

Paul lacht auf, nimmt einen Schluck Wein und schluckt hörbar.

»Im Leben, meinst du?«

»Wir können mit deinen Schwestern anfangen. Wie ist es dir mit deinen Schwestern gegangen?«

»Ja, schon, ging schon. Sie sind ja ein ganzes Stück jünger als ich und obendrein Mädchen, deswegen haben wahrscheinlich eher die beiden zusammengehalten. Aber doch, wir haben schon Kontakt und so.«

»Ich hoffe so sehr, dass du glücklich warst. Das ist das Einzige, was ich mir in all den Jahren gewünscht habe: dass du glücklich bist. Ich habe dich jede Minute vermisst, aber ich dachte mir, dass es so besser ist. Dass es einfacher und besser für dich war mit deiner neuen Familie.«

Einar legt Paul seine Stirn auf die Schulter und spricht weiter.

»Warst du glücklich?«

»Mir ging es schon gut. Mir hat es an nichts gefehlt.«

»Schön. Hast du auch Kinder?«

»Nein, leider nicht. Ja … nein. Keine Kinder. Aber eine Frau.«

»Du bist also verheiratet, wie schön!«

»Im Moment sind wir tatsächlich geschieden, aber das ist nicht weiter schlimm.«

»*Im Moment?* Wieso, wollt ihr wieder heiraten?«

»Nein. Ich hab mich ein bisschen falsch ausgedrückt: Wir sind geschieden. Und du, du wohnst in einem Kloster, hm?«

»Aber ich bin kein Mönch, keine Sorge.«

»Wie lange wohnst du hier schon?«

Ich beginne, den Tisch abzuräumen. Ich lasse Einar und Paul allein, während sie sich vorsichtig kennenlernen. Ich gehe in die Küche, wasche ab und wische Flächen ab, die schon trocken sind.

Wir sitzen im weihnachtlich geschmückten Wohnzimmer. Die schmuddelige Krippe ist wieder aufgebaut. Ich weiß nicht, warum, aber ich würde sie am liebsten abdecken, jetzt, wo Paul hier sitzt mit seinen Chinos, dem kerzengeraden Rücken und seiner Tasse Tee. Einar hat ihm Wein angeboten oder einen Schnaps, doch Paul wollte nur eine schlichte Tasse Tee. Mit übereinandergeschlagenen Beinen sitzt er wie auf glühenden Kohlen in einem der Zebrasessel. Einar hingegen beugt sich vor und sehnt sich quasi nach Paul, als würden ganze Ozeane zwischen ihnen liegen. Dann setzt er sich auf den Schemel neben Pauls Sessel.

»Du übernachtest doch hier, oder?«

»Ich habe schon im Hotel Petit Paradis in Avignon eingecheckt, aber danke für das Angebot.«

»Petit Paradis? Wir haben hier ein GROSSES Paradies,

mit massenweise Zimmern. Du kannst dir jedes Zimmer aussuchen, das du willst. Das Tigerzimmer, den Kristallsaal, das Balizimmer oder vielleicht die Katzenkammer?«

»Ich begnüge mich mit dem kleinen Paradies, danke.«

Ich sitze auf dem Sofa und kann nur eines denken: Warum ist Paul erst nach all diesen Jahren gekommen? Warum bist du jetzt gekommen, warum bist du jetzt gekommen, wa…

»…rum bist du erst jetzt gekommen?«

Einar und Paul blicken zu mir. Nein! Hab ich schon wieder laut gesprochen? Nein, nein, nein.

»Wie bitte? Ich hab dich nicht richtig verstanden.«

»Nein, nein, es war nichts.«

»Okay.«

»Warum kommst du gerade jetzt?«

Ich schlage mir die Hand vor den Mund.

»Entschuldige. Du brauchst keine Antwort zu geben. Noch Tee?«

Ich stehe auf, um die Teekanne zu holen, aber vor allem, um zu verschwinden.

»Nein, danke. Wie gesagt, mein … Stiefvater Hans ist vor einer Weile gestorben.«

Ich setze mich wieder, wobei ich sicherheitshalber meine Hand vor dem Mund lasse, während Paul weiterspricht.

»Da hat mir meine Mutter erzählt … na ja, dass du mir meine ganze Kindheit hindurch Briefe geschrieben hast, dass du es versucht hast. Ich habe zwar als Erwachsener auch noch Post von dir bekommen, aber … na ja, ich hatte wohl einfach keine besonders große Lust, dir zu antworten. Zum Teil, weil meine Mutter nicht so nett von dir gesprochen hat, aber vor allem, weil ich nicht wusste, dass du wirklich mein ganzes Leben lang versucht hast, Kontakt mit mir aufzunehmen.«

»Gott weiß, dass ich es versucht habe.«

»Als meine Mutter mir das endlich erzählte, hab ich mir auf jeden Fall gedacht, dass es schön wäre, dich kennenzulernen, bevor es zu spät ist.«

Einar funkelt Paul an.

»Es gibt kein zu spät. Es ist *nie* zu spät. Es gibt immer noch Zeit.«

»Das stimmt wohl nicht so ganz.«

»Warum sagst du das?«

»Weil es so ist. Natürlich kann es zu spät sein. Das Leben hat ein Ende, alles hat ein Ende. Oder habe ich da irgendwas missverstanden?«

Einar macht große Augen und lächelt.

»Das kann man verschieden sehen, mein Lieber. Alles hat einen Anfang. Genau in dem Moment, in dem es so aussieht, als würde etwas zu Ende gehen, ist das vielleicht nur der Anfang von etwas Neuem. Etwas Größerem, Lustigerem und Herrlicherem! Das Leben ist vielleicht nur ein Vorgeschmack darauf, wie lustig der Tod ist? Aber weißt du, ich hab auch solche Tage, an denen ich nur ans Ende denken kann. Obwohl ich jetzt so glücklich bin, dass ich in allem nur den Anfang sehen kann.«

»Ich bin da wohl etwas anders veranlagt.«

»War ich zu Anfang vielleicht auch. Aber ich war gezwungen, immer diesen Weg zu wählen. Ich habe zu viel geopfert: Ich habe *dich* geopfert. Das ist die Wahrheit, und sie ist ganz schrecklich.«

»Ja, schön ist sie wahrscheinlich nicht.«

»Nein, allerdings nicht. Aber ich wollte dich nie verlassen. Alles, was du um dich herum siehst – all diese Freunde, all diese Kunst, all diese Farben –, das ist meine Sehnsucht nach dir.«

»Du scheinst dich ja trotz allem ganz gut amüsiert zu haben.«

»Trotz allem – genau. Aber du weißt doch, wie es ist: Der Clown weint hinter seiner Maske. Darin sind wir Homosexuellen schon immer gut gewesen, zu allen Zeiten. Du wusstest doch, dass ich schwul bin, oder?«

»Das hab ich zu hören bekommen, aber nicht als etwas Positives, wie du vielleicht verstehen wirst. Aber die Zeiten haben sich geändert. Meine Mutter mag Peter Jöback so gern, und den vom Fernsehen, wie heißt der noch gleich? Pekka Heino! Und die sind ja, genau wie du ... homosexuell. Aber auch nette, ordentliche Menschen. Andererseits war es wirklich schwer für sie, bei der Abwehr, die sie aufgebaut hatte. Als ich ein Jugendlicher war, ist ganz viel darum gekreist, dass du ... Na ja, um deinen Verrat eben.«

»Ich musste mich eben entscheiden: Entweder musste ich dich verraten oder mich. Glaub mir, wenn ich sage, dass ich nicht sicher war, ob ich das Richtige getan hatte. Aber du hättest einen zutiefst unglücklichen Vater gehabt, wenn ich geblieben wäre. Hans war vielleicht ein bisschen fröhlicher?«

»Ich war nicht sein Kind. Es war immer deutlich zu spüren, dass du mein Vater warst. Und dass ich unter gar keinen Umständen so werden sollte wie du.«

»Darf ich dir meine Version erzählen?«

»Wovon?«

»Von meinem Verrat.«

Und dann erzählt Einar von der Volkstanzgruppe, dem schönen Lasse, Margareta, der Marine – allerdings ohne die schmutzigsten Details – und von Armand, dem Auto, der Wohnung, der Drohung mit dem Irrenhaus, dem Umzug nach Frankreich und den ganzen Briefen, die er an Paul geschickt hatte. Ich koche noch mal einen Tee, lasse die Katzen rein, stehe in Einars gestreiftem Mantel auf der Schwelle und lausche dem Regen, der unausgesetzt herunterkommt. Meine Bauchschmerzen haben vor ein paar Stunden aufgehört. Manchmal ist es ganz gut, wenn die Dinge ein bisschen in Perspektive gesetzt werden. Es gibt tatsächlich schlimmere Dinge, als mit einem Barbesitzer zu schlafen.

»Entschuldige.«

Paul taucht hinter mir auf. Er hat seine Jacke und die Handschuhe an und duftet nach Weichspüler.

»Ich fahr jetzt zurück zum Hotel.«

»Bist du sicher, dass du nicht bleiben willst? Wir könnten zusammen frühstücken und …«

»Ganz sicher. Aber ich komme morgen wieder. Einar will mir anscheinend das Dorf zeigen und das Kloster hier.«

»Natürlich will er das. Es ist toll, dass du hier bist. Wie lange bleibst du?«

»Ich hab hier in der Gegend auch noch ein paar andere Dinge zu erledigen, deswegen fahre ich Freitag in einer Woche wieder nach Hause.«

»Wohnst du in Stockholm?«

»Ja, in Täby.«

»Arbeitest du auch in Täby?«

»Ich betreibe dort eine kleine Wirtschaftsprüfungsfirma.«

»Seid ihr viele im Büro?«

»Nur ich.«

»Auch schön, dann bist du dein eigener Chef. Auf die Art konntest du dir zum Beispiel einfach freinehmen und herkommen, oder?«

»Ich hab nicht wirklich frei. Ich muss noch so einiges vorbereiten vor dem Jahreswechsel. Das ist hier keine Vergnügungsreise.«

»Verstehe. Ist natürlich alles ziemlich kompliziert. Wann willst du morgen vorbeikommen?«

»Nach dem Mittagessen.«

»Ich kann ja sonst was kochen, dann können wir zusammen essen.«

»Das ist nicht nötig. Ich komme irgendwann nach zwei.«

Paul stellt den Kragen seiner Jacke auf, durchquert mit großen Schritten den Klostergarten und verschwindet durchs Tor. Die Katzen bleiben bei mir stehen, und gemeinsam lauschen wir, wie seine Schritte sich langsam entfernen.

44.

Es ist ungewöhnlich hell im Turmzimmer, obwohl es noch so früh am Morgen ist. Als würde jemand mit einem großen Scheinwerfer vor dem Fenster stehen. Aber ich habe endlich geschlafen. Ist das gestern eigentlich wirklich passiert? Wahnsinn, stand Paul da einfach plötzlich in der Bar. Wenn ich mein Handy noch gehabt hätte, hätte ich googeln können, was man mit sehr erwachsenen Kindern machen soll, die plötzlich auftauchen. Was man einem älteren Herrn raten soll, der endlich seinen inzwischen erwachsenen Sohn trifft. Aber ich habe kein Handy und somit überhaupt keine Anhaltspunkte. Wie hieß noch dieses Buch, von dem in den Achtzigern alle behaupteten, dass sie es gelesen hätten? *Per Anhalter durch die Galaxis!* Ich hab versucht, es zu lesen, und ich habe auch behauptet, dass ich es gelesen hätte, aber ich verstand einfach überhaupt nichts. Tausend parallele Handlungen, und die Antwort auf die endgültige Frage nach dem Leben lautete 42. Aber diese Antwort konnte offenbar nicht im selben Universum existieren wie dem, in dem diese Frage gestellt worden war. Vielleicht sollte ich dem Buch noch mal eine Chance geben? Ich hab das Gefühl, ich könnte heute ein bisschen offener für die Sache mit den parallelen Handlungen und vagen Antworten sein, als wäre dieser Teil meines Gehirns inzwischen aktiviert worden. Der Teil, mit dem ich irgendwie akzeptieren kann, dass die Antwort auf alles 42 lautet. 42 Käsesorten! Ist das vielleicht die Antwort auf alle großen Fragen im Leben?

Was sollen wir machen? 42 Käsesorten.

Was ist der Sinn des Lebens? 42 Käsesorten.

Wie soll ich jemals meine Lebensfreude zurückgewinnen? 42 Käsesorten.

Wie in Dreiteufelsnamen soll ich meine Ehe retten? 42 Käsesorten (und dazu noch 42 Flaschen Wein).

Bitte sehr: Agnetas Wegweiser durch die Galaxie.

Es ist kalt, und ich ziehe die Decke um mich, als ich aufstehe und ans Nordfenster gehe. Ziehe die Gardinen zurück und werde geblendet … Draußen ist alles weiß, Pulverschnee liegt im ganzen Garten. Alles Laub ist überzuckert, und immer noch fallen große Flocken vom Himmel. Einar muss das hier sehen! Söhne tauchen auf, und plötzlich schneit es in der Provence – jetzt ist die Galaxie aber mächtig in Fahrt! Ich halte die Decke gut fest, schiebe meine Füße in die Pantoffeln und schliddere die Treppe hinunter zu Einars Zimmer. Sein Bett ist leer, es ist unberührt. Ich schaue mich um, und dort auf dem Sessel neben der Badezimmertür sitzt er.

»Hast du gar nicht gesch…«

»Pschsch!«

Einar legt sich den Finger an den Mund und flüstert, während er mich anschaut:

»Weck ihn nicht auf.«

»Wen?«

»Armand.«

»Armand?«

»Ja, er schläft so tief. Und das braucht er auch. Er hat die ganze Nacht im Atelier durchgearbeitet, deswegen lassen wir ihn jetzt ausschlafen.«

»Okay.«

Ich starre auf das leere Bett.

»Wolltest du irgendwas?«

»Draußen schneit es, ich dachte, das möchtest du vielleicht sehen.«

Einar hebt die Gardine an und späht hinaus.

»Schön.«

»Wollen wir … vielleicht runtergehen und frühstücken?«

»Geh du ruhig runter und iss, ich werde Armand im Auge behalten.«

Was ist die Antwort darauf? Auf jeden Fall nicht 42 Käsesorten.

Ich klopfe an die Tür, während ich in der anderen Hand das Tablett mit der Lauchsuppe, den warmen Sandwiches und einem Glas Weißwein balanciere. Keine Reaktion. Vorsichtig stupse ich die Tür mit dem Fuß auf und spähe hinein. Das Bett ist immer noch unberührt, aber es kommen Klopfgeräusche aus dem Badezimmer.

»Einar! Alles klar da drinnen?«

Die Badezimmertür steht sperrangelweit offen, und ich sehe die Statue von Armand. Der getigerte Morgenmantel hängt über seinem Kopf.

»Verdammte Scheiße!«

Das Badezimmer ist ein einziges Chaos. Alle Handtücher sind herausgerissen, nass und in alle Winkel verstreut. Die Whiskyflasche aus dem Badezimmerschrank liegt in tausend Scherben auf dem Marmorboden. Die Badewanne ist übergelaufen, der ganze Boden steht unter Wasser, alle Fensterläden stehen offen, und außerdem scheint sich Einar an einer Rasur versucht zu haben. Eine seiner Wangen blutet beträchtlich, das Blut ist ihm über die Brust gelaufen, und er steht nackt inmitten von diesem ganzen Chaos.

»Sie ist mir einfach aus der Hand gerutscht!«

Einar schaut unglücklich auf die ganzen Glasscherben.

»Bleib schön stehen, mein Lieber, dann bring ich das in Ordnung.«

Bibbernd steigt er auf einen Haufen Handtücher, während ich die Glassplitter aufsammle.

»Ist das nicht alles vollkommen bizarr?«

»Was meinst du?«

»Alles. Ich weiß nicht … Ist schon Abend?«

»Nein, es ist mitten am Tag. Ich hab dir dein Mittagessen hochgebracht. Ich dachte mir, du isst, danach machen wir dich fein, und dann setzen wir uns unten ins Esszimmer, genießen den fallenden Schnee und warten auf Paul.«

»Paul.«

»Ja, er wollte irgendwann nach dem Mittagessen kommen.«

»Kommt Paul allein?«

»Ja. Wer sollte denn sonst noch kommen?«

»Ich weiß nicht. Aber er muss doch wohl jemand dabei haben, oder?«

Die Glassplitter sind weggeräumt, und ich tauche die Hand in die Badewanne. Das Wasser ist eiskalt. Stöpsel raus, Wasser ablaufen lassen.

»Muss er das?«

»Ja, er ist doch noch ein Kind. Wer ist bei ihm?«

»Er ist mittlerweile erwachsen. Gestern haben wir doch zusammen zu Abend gegessen, weißt du noch? Paul ist mit dem Auto nach Avignon gefahren und hat dort im Hotel geschlafen, aber heute kommt er wieder.«

Mit zittrigen Beinen steigt Einar in die leere Badewanne. Setzt sich hin und lässt sich von mir warm abduschen. So behutsam ich kann, seife ich ihn ein und massiere ihm die Haare, wie ich es Bonnibelle habe machen sehen. Er macht die Augen zu, und ich kann förmlich sehen, wie sein Körper sich langsam entspannt.

»Paul kommt also heute hierher?«

»Ja.«

»Und gestern haben wir gemeinsam zu Abend gegessen?«

»Ja.«

»Wir hatten es nett, oder?«

»Ja, find ich schon. Das Eis musste natürlich erst mal gebrochen werden, aber alles andere wäre ja auch seltsam gewesen.«

»Wie alt ist er?«

»Um die sechzig vielleicht.«

Einar schlägt die Augen auf.

»Sechzig? Seltsam.«

»Jupp.«

»Wir sind gleich alt! Dann können wir ja Wein trinken und uns zusammen amüsieren.«

»Absolut. Heute wolltest du ihm das Dorf zeigen, und dann könnt ihr ja unterwegs ein Glas bei Fabien trinken.«

»Nein, das schaffe ich nicht.«

»Nicht?«

»Nein.«

»Hast du heute Nacht nicht geschlafen?«

»Ich weiß nicht mehr. Mein Gott, ich weiß es nicht.«

»Ist doch nicht so schlimm, du kannst doch schlafen, während ich Paul im Dorf rumführe.«

»Natürlich ist das schlimm. Ich kann mich so oft nicht an Sachen erinnern! Und hier ist so eine Unordnung. Ich weiß, dass Paul gestern hier war, ich spüre es in mir. Aber ich kann mich nicht mehr dran erinnern. Kann mich an nichts erinnern. Ich taste nach der Erinnerung, aber da ist nur ein großes, schwarzes Loch. Ich finde nichts da unten. Nichts!«

Einar stößt meine Hände weg und stolpert aus der Badewanne, bevor ich ihm das Shampoo ausspülen kann. Ich halte ihm ein Handtuch hin, das er sich um den Körper wickelt.

»Möchtest du, dass ich alles aufschreibe, was passiert ist? Dann kannst du dich ausruhen, dir alles durchlesen und hast ein bisschen mehr Überblick, wenn ihr euch trefft – was meinst du?«

»Ja, gerne.«

»Dann mach ich das. Soll ich dir vielleicht noch den Schaum aus den Haaren spülen?«

»Ich geb dir gleich Schaum!«

Es klingelt, dass das ganze Kloster nur so bebt, als würde ein Wecker mit Lautsprecher in der Küche losgehen, in einem der Wohnzimmer, auf dem Korridor und … Wie ist es möglich, dass ich dieses Geräusch noch nie gehört habe? Ist das am Ende ein Feueralarm? Hat Einar am Ende irgendwas angezündet?! Da sehe ich, dass ein gelbes Telefon blinkt, das an der Flurwand neben dem Schlüsselschrank hängt. Als ich den Hörer abnehme, sehe ich, dass es einen Knopf gibt, auf dem »Off« steht. Ich drücke auf den Knopf, und der Alarm hört auf.

»Hallo?«

»Entschuldigung, dass ich ein bisschen spät dran bin, aber es hat sich alles so lang hingezogen.«

»Paul?«

»Ja, ich stehe hier vor der Tür und …«

»Warte kurz, ich komm runter!«

Alle, die sonst zu Besuch kommen, wissen natürlich, wo das Schlüsselversteck ist. Aber Paul weiß es nicht. Ich zieh mir schnell Einars gestreiften Mantel über und renne hinaus in den schönen Schnee. Der ganze Klostergarten leuchtet weiß, und ich schiebe die schwere Eingangstür auf. Davor steht ein rotnasiger Paul mit seiner ordentlichen Jacke, den Lederhandschuhen und dem kleinen Schal, den er sich fest um den Hals gewickelt hat.

»Ist das nicht schön mit diesem ganzen Schnee?«

»Die Straßenlage war vielleicht nicht die beste zum Fahren.«

»Das kann ich verstehen. Aber hast du diese Schneeflocken gesehen? Die sehen aus wie Sterne!«

Ich deute auf die wahnsinnig schöne Schneeflocke, die auf meinem Arm gelandet ist. Mit mäßigem Interesse wirft Paul einen kurzen Blick auf die Flocke.

»Schön. Ist Einar schon fertig?«

»Einar hat gestern Nacht ein bisschen schlecht geschlafen, es war so schön gestern. Deswegen muss er sich jetzt ausruhen, aber wenn du willst, kann ich dich ja eine Runde durchs Dorf führen, was meinst du? Bis zum Abendessen ist Einar wieder munter.«

»Aha. Na ja, doch, das können wir machen.«

Wir spazieren durchs Weiß. Ich nehme Paul mit in die Kirche und erzähle ihm, wie die Glocke einfach nie die richtige Zahl schlagen will, ich zeige ihm den Marktplatz und fange an zu faseln von den 42 Käsesorten, die man hier mittwochs kaufen kann, wie das mit den Markttagen funktioniert und dass Yves im roten Wagen neben dem Brunnen das beste Fleisch hat, obwohl der Metzger im Dorf auch ganz okay ist. Ich sage bonjour und comment ça va und ça va bien zu den Menschen, die uns begegnen, und dann sind wir schon bei der Bäckerei! Ich plaudere in selbst gemachtem Französisch mit Madame Dupin, und wir kaufen drei kleine Tartes au citron. Es gibt viele verschiedene Sorten Baguette, aber ich erkläre ihm, dass das mit den kleinen schwarzen Mohnsamen im Teig meine Lieblingssorte ist, und davon nehmen wir dann auch gleich noch zwei Stück mit. Ich kenne alle Gassen, alle Straßen, weiß, wo es das schönste Zauntor gibt und wo die süßesten Katzen rauskommen, um Passanten zu begrüßen. Monsieur Deland, der immer so freundlich grüßt, wenn er seine Blumen auf der Treppe gießt, winkt uns heute stattdessen durchs Fenster zu.

Wir gehen durch die vier Stadttore, ich deute hierhin und dorthin, und von diesem Hügel mitten zwischen den ganzen Weinbergen hat man einen Ausblick über die ganze Gegend. Ob er dort vielleicht hinmöchte? Paul kommt kaum zum Antworten, da bin ich schon auf dem Weg mit dem ganzen Backwerk auf dem Arm. Die Sonne scheint so stark, und die Schneeflocken rieseln so langsam, und wir gehen mit Saint Carelle im Rücken den rutschigen Hügel hoch. Die Weinberge breiten sich vor uns in alle Richtungen aus wie Sonnenstrahlen. Im Osten ist ein großer Weinberg zu sehen und im Norden ein kleineres rosa Château, um das ich schon oft herumgeschlichen bin und sehnsüchtig über die Mauer gespäht habe, um einen Blick auf die schönste Laube zu erhaschen, die ich jemals gesehen habe. Ich beschreibe die schönen Platanen, die hier fast alle Straßen säumen, die müsse er doch auch gesehen haben auf dem Weg hierher, oder? Und ob er wisse, dass sie etwas ganz Besonderes sind?

Es beginnt schon zu dämmern, als wir wieder Richtung Dorf gehen. Als wir die Avenue du Taureau entlanggehen, die an der Bar vorbeiführt, trocknet Fabien gerade die Tische ab. Wir lachen über den zauberhaften Schneefall, und ich empfinde ihm gegenüber nicht mehr diese seltsame Ängstlichkeit. Wie gesagt, es gibt Schlimmeres. Fabien will uns alle zum Abendessen einladen, und am Ende bekommen wir Essenspakete mit nach Hause, die mit Lammschlegeln gefüllt sind, welche mit Wein, Schweineschwarten, Kräutern und Unmengen von Knoblauch geschmort wurden, ganz zu schweigen von den Kartoffeln, die mit Gruyère und Sahne zerstampft worden sind. Wir hinterlassen Fußspuren im Schnee und ziehen eine Knoblauchfahne hinter uns her. Als wir am Eingang sind, zeige ich ihm, wo der Schlüssel liegt.

»Damit du Bescheid weißt. Jetzt kannst du einfach reinkommen, wenn du mal wieder in der Gegend bist.«

»Das wird vielleicht eher selten der Fall sein. Ich wohne doch in Täby.«

»Ja, natürlich, aber ich meinte bloß, jetzt, während du hier bist. Alle Türen innerhalb der Mauern sind immer offen, also musst du bloß durch dieses erste Tor kommen, dann hast du freien Zugang zum ganzen Kloster.«

Ich schiebe den riesigen Schlüssel ins Schloss und drehe ihn einmal herum. Die Tür quietscht, und dann steht Paul da, mit den Händen in den Hosentaschen. Seine Nase ist jetzt noch stärker gerötet.

»Ich bin ihm überhaupt nicht ähnlich.«

»Wie meinst du das? Ihr seid doch die reinsten Kopien voneinander.«

Ich halte inne beim Öffnen der quietschenden Tür, während Paul auf seine Füße hinunterschaut und mit ihnen im Schnee scharrt.

»Was unser Aussehen angeht, ja, schon, aber ansonsten gar nicht. Ich weiß nicht, was ich erwartet hatte, aber vielleicht, dass ich ihm *irgendwie* ähnlich sein würde. Aber wir sind so unterschiedlich wie Tag und Nacht.«

»Bist du sicher?«

»Hundertprozentig.«

»Ich nicht.«

Paul hört auf, mit den Füßen im Schnee zu scharren, und schaut mich an.

»Es ist absolut keine Katastrophe, wenn du das meinst, ich bin völlig ohne Erwartungen hierhergekommen. Es war eher so, dass ich das abhaken wollte.«

»Ich kann mir nicht vorstellen, wie sich das alles für dich anfühlt. Ich kann nur sagen, dass Einar überglücklich darüber ist, dass du hier bist.«

»So überglücklich, dass er schlafen muss, wenn ich mal komme?«

45.

Ich habe den Tisch ganz fein gedeckt, mit weißem Leinentischtuch und Kristallgläsern, und die Lammkeulen liegen aufgewärmt auf einem Bett aus Kartoffeln auf goldenen Tellern. Alle Kerzen in der Küche brennen, die Katzen schlafen auf dem Fensterbrett, und ich habe die Ofenklappe aufgemacht, die weiter auf zweihundert Grad brummt, sodass wir ein bisschen mehr Wärme bekommen. Es ist jetzt richtig kalt. Ungewöhnlich kalt, ganz zu schweigen von der Tatsache, dass es auch ungewöhnlich viel geschneit hat.

»Schenk uns die Gläser voll, wir brauchen mehr Wein!«

Einar klopft Paul auf die Schulter.

»Danke, ich hab genug, ich muss ja noch Auto fahren.«

»Lass das Auto doch stehen! Es schneit, und wir haben Katzen, uns und Wein im Haus. Mehr braucht man doch nicht.«

»Wie gesagt, ich habe ein Hotel, zu dem ich später noch zurückfahre.«

»Schläfst du nicht hier?«

»Nein, danke.«

»Natürlich, du schläfst, wo du möchtest. Aber ich nehm mir noch mehr Wein.«

Einar kippt schon sein viertes Glas in sich hinein. Aufgeregt zuckt er hierhin und dorthin, holt Brot, will irgendwohin gehen, vergisst, wohin er gehen wollte, kommt zurück, stellt die Katzen zum dritten Mal vor und scheint kein bisschen zur

Ruhe zu kommen. Ich strecke den Arm zu Einar aus und lege meine Hand auf seine, wie um ihn zu beruhigen.

»Paul, erzähl doch mal ein bisschen aus deiner Jugend. Ich weiß, dass du alles darüber wissen willst, Einar, stimmt's?«

Einar nickt eifrig, während ihm gleichzeitig ein Stück Brot auf den Boden fällt. Er bückt sich, um das Stück wieder aufzuheben, und dann mustert er die Fliesen, als wüsste er auf einmal nicht mehr, was er da unten tun wollte. Er kommt ohne das Brotstück wieder hoch.

»Paul, erzähl. Wie warst du als kleines Kind?«

»Ich war wahrscheinlich wie die meisten Jungen.«

»Ich hab keine Ahnung, wie die meisten Jungen sind.«

»Ich hab Fußball gespielt, kam in der Schule ganz gut zurecht und las gerne *Das Phantom*. Solche Sachen halt.«

»Du hast also Fußball gespielt und *Das Phantom* gelesen? Das klingt ja schön. Aber das sind ja alles Dinge, die du *gemacht* hast. Ich wollte wissen, was du für ein kleiner Mensch warst. Hier drinnen.«

Einar stößt mit dem Finger ein bisschen zu fest gegen Pauls Brust, sodass Paul zusammenzuckt.

»Das ist wahrscheinlich gar nicht so leicht zu beantworten! Weißt du genau, was für ein ›kleiner Mensch‹ du als Kind warst, Agneta?«

»Ich? Ich war unsichtbar. Unsichtbar, abwartend und sehr viel in meiner eigenen Welt. Außerhalb der Galaxie, in der sich alle anderen mit irgendwelchem Kram beschäftigten.«

Paul wendet sich an Einar.

»Und du?«

»Ich war ein sehr seltsamer Junge. Ein neugieriger Voyeur. Ich stand immer etwas im Abseits und hab verfolgt, was die anderen so machen. Aber hab mich nie getraut, richtig mitzumachen. Ein kleiner Angsthase, könnte man wohl sagen. Ich hatte Angst davor, wer ich werden könnte, wenn ich die sichere Bande losließ. Ich wusste nicht, was in mir steckte. Aber vielleicht sind wir ja alle so?«

Paul nimmt einen Schluck Wasser und steht auf.

»Ich muss kurz auf die Toilette.«

»Hier gleich rechts ist eine.«

Paul verschwindet aus der Küche und ich ziehe meinen Stuhl neben Einar.

»Wie geht es dir?«, flüstere ich.

Einar flüstert überhaupt nicht.

»Warum fragst du? Wie geht es dir?«

»Mir geht es gut, aber ich hab das Gefühl, dass du ... na ja, dass du ein bisschen gestresst bist?«

»Ja, ich bin auch gestresst! Wärst du das nicht?«

»Nicht so laut! Flüster doch!«

»Warum sollte ich in meinem eigenen Haus flüstern?«

Ich stehe auf und fange an, den Tisch abzuräumen. Die Antwort lautet wahrscheinlich »Klappe halten und 42 Minuten abwaschen«.

»ANTWORTE MIR! WARUM SOLLTE ICH IN MEINEM EIGENEN HAUS FLÜSTERN?«

»Du brauchst nicht zu flüstern, sprich, wie du willst.«

»Darauf kannst du aber Gift nehmen! Ich rede, ficke und tue hier, was ich verdammt noch mal will. Wo ist Armand hin?«

»Du meinst Paul?«

»Sein Stuhl ist leer, also ist er wohl irgendwo hingegangen. Ich frag mich bloß, wohin? Darf ich das in meinem eigenen Haus fragen?«

Einar steht auf und geht nervös neben dem Esstisch auf und ab. Vorsichtig stelle ich die goldenen Teller in die Spüle. Er steigert sich gerade in irgendetwas hinein. Ich weiß nicht, was es ist, aber irgendetwas ist es. Paul kommt zurück, bleibt an der

Tür stehen, bemerkt die veränderte Atmosphäre und Einars nervöses Auf- und Abgehen.

»Da bist du ja! Ich hab mich schon gewundert, wohin du verschwunden bist.«

»Ich war auf der Toilette.«

Einar ruft mir zu:

»Ich hab's doch gesagt! Dass er hier war. Setz dich, mein Liebling, setz dich.«

Rasch zieht Einar einen Stuhl für Paul heraus, der sich verunsichert hinsetzt. Er füllt das Glas bis zum Rand mit Wein und legt seine Hand ein bisschen zu weit oben auf Pauls Oberschenkel.

»Was arbeitest du im Moment?«

»Ich hab meine Wirtschaftsprüfungsfirma.«

»Nein, ich meinte oben im Atelier. Du bist die meiste Zeit ja da oben, wir sehen hier unten keine Spur von dir.«

»Im Atelier?«

Jetzt klingelt auch noch das Telefon. Es ist Einars Handy, mit diesem lauten, grellen Klingelton. Er zieht es aus seiner Hosentasche.

»Ja, hier ist Einar. Warte mal kurz ... Ist es nicht furchtbar warm hier drinnen? Kann mal jemand kurz das Fenster aufmachen?«

Ich laufe zum Küchenfenster, schubse die Katzen weg und mache das Fenster auf. Schnee wird ins Zimmer geweht, und Einar fährt zurück.

»Mannometer, mach doch das Fenster zu, Mensch, es schneit doch.«

Paul steht auf.

»Wisst ihr was, ich glaube, ich muss jetzt nach Hause fahren. Es wird langsam spät und ...«

»Spät? Es ist doch noch früh am Abend.«

Ich bekomme das Fenster wieder zu, wische den nassen Schnee am Boden schnell mit dem Geschirrhandtuch weg und rufe Paul hinterher:

»Warte. Ich muss dir vorher noch was sagen.«

»Niemand geht hier irgendwohin! Armand, setz dich. Und was hast du gesagt?«

Einar drückt sich das Handy ans Ohr, während Paul die Treppe in den Garten fast schon im Laufschritt hinuntergeht.

»Deine Frau? Ich kann ja wohl kaum auch noch auf deine Frau aufpassen. Armand? Warte!«

Einar legt das Handy auf den Küchentisch und rennt hinaus. Ich sehe, wie er auf dem dunklen Flur stehen bleibt. Ganz still steht. Überlegt. Dann geht er zum Atelier statt in den Garten. Ich schiebe meine Füße in die Schuhe, schnappe mir das Handy und rufe gestresst hinein:

»Hallo, wir müssen jetzt leider auflegen und …«

»Hallo, hier ist Magnus.«

»Magnus, hallo. Ich kann jetzt gerade nicht sprechen, hier ist …«

Ich renne die Treppe hinunter, komme im Schnee ins Schliddern, aber kann mich grade noch an einem der Schwänze der Löwenstatuen festhalten. Paul zieht gerade die Tür auf.

»Paul! Warte! Verdammt noch mal.«

»Paul? Ich wollte mich nur noch mal vergewissern, wann du nach Hause kommst«, tönt es aus dem Handy.

»Was?«

»Wann landest du in Arlanda?«

»Ich weiß nicht. PAUL!«

»Du hast dir doch ein Ticket gekauft, wie wir vereinbart hatten? Und wer ist Paul?«

»Ich ruf dich später zurück, ich muss jetzt wirklich auflegen, es ist ein Notf…«

Ich lege auf. Paul macht die Autotür zu, und die Scheinwerfer gehen an. Gerade als das Auto anfängt zu rollen, reiße ich die Beifahrertür auf und lasse mich auf den Sitz plumpsen.

»Warte. Nur ganz kurz, dann kann ich dir alles erklären.«

Paul schaltet das Auto wieder ab und schaut auf die Uhr. Ich nehme innerlich Anlauf.

»Einar ist dement. Ich versteh nichts von Demenz, aber man könnte sagen, dass er zwischen den Welten schwebt. Manchmal ist er völlig klar, manchmal ist es chaotischer. Seit du hier aufgetaucht bist, ist irgendetwas in Gang gesetzt worden. Das liegt bestimmt am Stress.«

»Aha.«

»Missversteh das bitte nicht – es ist super, dass du gekommen bist. Aber du musst ein bisschen Geduld haben. Einar war gestern so angeheitert, dass er in der Nacht überhaupt nicht geschlafen hat, deswegen ist er jetzt so durcheinander. Ich bitte dich. Komm morgen noch mal. Ich werde zusehen, dass er ordentlich schläft und morgen ganz da ist, sodass ihr in aller Ruhe reden könnt. Einar ist das Warten wert, das verspreche ich dir.«

»Schauen wir mal. Es kommt auch ein bisschen aufs Wetter an.«

»Was ich von Einars Welt verstanden habe, ist, dass es immer um den Augenblick geht. Bei ihm muss man den Augenblick festhalten und nutzen.«

»Dann weiß ich ja Bescheid.«

»Kommst du dann morgen noch mal? Sagen wir gegen drei? Da ist er normalerweise immer gut drauf. Ich mach uns ein spätes Mittagessen oder ein frühes Abendessen oder … egal, es gibt einfach was zu essen!«

Paul nickt und lässt den Motor an.

»Könntest du jetzt bitte aussteigen? Ich würde nämlich gerne wegfahren, bevor der Schnee so richtig fest liegen bleibt.«

Dann verschwindet das Auto, und ich bleibe im kalten Schneegestöber zurück. Da klingelt es wieder. Magnus ruft wieder an. Ich muss nach Einar sehen, Magnus muss ich dann eben später anrufen. Ich schalte das Handy aus.

46.

Der Schnee fällt weiter, aber es ist nicht mehr so kalt. Die Flocken schmelzen, sobald sie den Boden erreichen. Der Sonntagsmarkt sieht teilweise aus wie immer mit allen seinen Strohkörben, Keramikschalen, Honiggläsern und frisch geröstetem Kaffee in knisternden Tüten. Aber heute hat die Blumenfrau unendlich viele Varianten von Weihnachtskränzen aus Tannenzweigen ausgelegt, und an mehreren Ständen wird Weihnachtsschmuck verkauft, was das Zeug hält. Ich kaufe rote Äpfel, Tannenzweige, Honig, frisch gemahlenen Kaffee und mache noch einen Abstecher zum Metzger, der mir ein paar Fleischstücke einpackt, die man anscheinend wahnsinnig lange und in ganz viel Wein kochen muss.

Ich koche die Fleischstücke in Rotwein, zusammen mit Unmengen von Knoblauch und ein paar Lorbeerblättern. In der Nacht hab ich neben Einar geschlafen. Ich hab ihn festgehalten, als er mitten in der Nacht unruhig wurde und aufstehen wollte, sorgte dafür, dass er in die Toilette pinkelte und nirgendwo anders hin, ging mit ihm hinunter in die Küche, als er Milch trinken wollte, sorgte dafür, dass er wirklich nur Milch trank, und dann gingen wir wieder ins Bett. Als er mich Armand nannte und sich an mich kuscheln wollte, ließ ich ihn gewähren. Einar flüsterte »mein Geliebter«, ich legte ihn erneut zu Bett und streichelte ihm übers Haar, bis er wieder einschlief.

Mit anderen Worten, ich habe unterm Strich maximal 42 Minuten geschlafen. Doch Einar ist ausgeschlafen, gut gekleidet, gekämmt und ruhig. Frisch gemahlener Kaffee, gesalzene Butter mit süßer Aprikosenmarmelade auf knusprigem Baguette und ein gekochtes Ei hat er verspeist, anschließend hat er sich die Zähne geputzt, und während die Fleischstücke vor sich hin köcheln, sitzen wir beide mit unseren Büchern am offenen Herd. Sogar die Katzen lassen es ruhig angehen, springen uns abwechselnd auf den Schoß und lassen sich ein bisschen kraulen. Wir reden über Paul. Dass wir es noch mal in aller Ruhe mit ihm versuchen wollen. Ihn von sich erzählen lassen, und das in einem Tempo, das ihm angenehm ist. Einar holt seine Fotoalben heraus, von denen eines nur Bilder von Margareta und Paul enthält. Paul als Neugeborenes, Paul, wie er gerade sitzen gelernt hat, Paul mit Sonnenhut zwischen Einar und Margareta, die ihre Trachten tragen. Dann kommen plötzlich keine Fotos mehr. Kein einziges Foto mehr von der kleinen Familie, nur leere Seiten, auf denen das Leben woanders auf eine andere Art weiterging.

Die Fleischstücke – offensichtlich Ochsenbacken – sind mittlerweile so mürbe, dass sie fast zerfallen, es geht auf drei Uhr zu, und ich decke in der Küche den Tisch. Aber diesmal ohne goldene Teller, vielleicht sollten wir doch versuchen, dem Ganzen einen alltäglicheren Anstrich zu geben. Einar, die Katzen und ich setzen uns ans Küchenfenster und starren hinunter aufs Eingangstor. Warten darauf, dass es aufgeht. Es wird halb vier. Es wird vier. Ich koche uns noch mal zwei Tassen Kaffee von dem leckeren frisch gerösteten, und es wird halb fünf. Die Katzen werden langsam müde und laufen weg, um aus irgendeinem anderen Fenster zu schauen, aber wir bleiben sitzen und trinken unseren Kaffee aus. Einar windet sich ungeduldig und wackelt mit den Beinen.

»Warum kommt er denn nicht?«

»Vielleicht ist ja Stau wegen des Schnees und so.«

»Hier sind nie Staus.«

»Vielleicht habe ich gesagt, dass er zum Abendessen kommen soll? Hab ich das gesagt? Ich weiß es nicht mehr. Vielleicht glaubt er, dass er erst um sieben kommen sollte? Das ist tatsächlich gut möglich. Ich war wahrscheinlich zu vage mit der Zeit.«

Wir begnügen uns mit dieser Antwort, essen ein bisschen Brot und Käse und legen uns dann Kopf an Fuß aufs Tigersofa, mit den beiden Katzen und einer Decke. Ich schlafe ein.

Und wache mit einem Ruck wieder auf. Draußen ist es dunkel geworden. Die Katzen und Einar sind verschwunden.

»Einar?«

Verschlafen blinzelnd stehe ich vom warmen Sofa auf und schalte auf dem Weg in die Küche ein paar Lampen ein. Dort sitzen Einar, Judy und Barry und starren zu dritt aus dem Küchenfenster, über den dunklen Klostergarten und zum Eingangstor.

Ohne sich umzudrehen, sagt Einar:

»Was sollte er auch mit mir anfangen?«

»Wie meinst du das?«

»Genau so, wie ich es gesagt habe. Was sollte Paul mit mir anfangen? Ich bin kein Papa.«

»Doch, du bist Pauls Papa.«

»Nein, eben nicht. Ich bin es nie gewesen, ich werde es nie sein. Ich habe ihn im Stich gelassen, und jetzt muss ich die Konsequenzen tragen. Er kommt nie wieder. Jetzt, wo er es weiß.«

»Wo er was weiß?«

»Wer ich bin. Ein alter Mann, der sich in die Hose pinkelt und sich in seinem eigenen Haus nicht zurechtfindet.«

»Du bist so unglaublich viel mehr als das.«

»Ja, bin ich auch. Ich bin faul. Ein fauler, feiger Egoist bin ich, ein Idiot. Natürlich hätte ich meinen Sohn suchen können. Ich hätte an die Tür klopfen können, bis mir jemand aufmacht. Ich hätte schreien und brüllen können und auf sämtliche Trommeln schlagen, bis ich meinen Sohn wieder im Arm halten kann. Ich hätte nach Schweden zurückziehen können, in seiner Nähe und Reichweite wohnen. Aber nein, stattdessen habe ich *Briefe* geschrieben, dass ich in einer Bar in meinem eigenen verdammten Dorf sitze, in einem weit, weit entfernten Land. Da konnte mein Sohn mich dann finden. Toll organisiert. Und dann sogar noch in einer Bar, sodass man sich einen Schnaps genehmigen kann, während man wartet, sehr praktisch. Ich hätte mich jeden Freitag um 17 Uhr vor das Haus meines Sohnes setzen und warten sollen.«

Einar starrt wieder aus dem Fenster.

»So einfach ist das nun auch wieder nicht, Einar. Man hat dich rausgeworfen und bedroht. Du hattest Angst, dass Paul Schaden nehmen könnte, wenn du aufgetaucht wärst.«

»Der Schaden war doch bereits angerichtet. Schlimmer hätte es kaum kommen können. Ich war so ein selbstmitleidiger Trottel. Ich bin doch nicht völlig von gestern! Ich weiß, was Facebook ist! Ich weiß, dass man einen Menschen durch einen einzigen kleinen … wie heißt das noch? Mausklick? Aber nein, das hab ich mich natürlich nicht getraut. Ich hatte eine Todesangst vor dem, was hinter diesem Klick stecken würde. Vielleicht ein Nein? Wie viel Angst muss Paul gehabt haben? Eine Todesangst! Mein lieber kleiner Junge.«

»Du solltest ihm das alles erzählen.«

»Wie denn? Er kommt doch nie wieder.«

»Doch.«

»Nein.«

»Doch! Weil ich ihn nämlich holen werde.«

Dann ziehe ich meine Schuhe an, Einars langen gestreiften Mantel und wickle mir einen von seinen Schals um den Hals.

»Bleib genau da sitzen, damit du hier bist, wenn er schon auf dem Weg hierher sein sollte und hier auftaucht.«

»Und was willst du machen?«

»Deinen Sohn holen.«

Einar nickt, während ich mir die Autoschlüssel schnappe und rausrenne.

Die Scheibenwischer des alten Opel quietschen jedes Mal grell, wenn sie über die Windschutzscheibe gleiten. Der Schnee ist in Regen übergegangen, und man kann in der Dunkelheit schlecht sehen. Ich brumme über die pechschwarzen Landstraßen, wobei ich das große Lenkrad mit beiden Händen gut festhalte. Es wird hell, plötzlich stehen Laternen am Straßenrand, und da steht »Avignon« auf einem Schild. Ich biege auf eine größere Straße ab, der Regen drischt herunter, die Scheibenwischer quietschen, und ich halte konzentriert Ausschau, um nur ja den richtigen Schildern zu folgen. Jetzt fahre ich auf eine Brücke, und da, da liegt die Stadt! Ich komme mir vor, als würde ich in ein beleuchtetes Mittelaltermuseum fahren, eine Stadtmauer mit Türmen überall und … was ist das denn für ein Palast? Und da noch einer!

Es fühlt sich falsch an, hier im Mittelalter mit dem Auto rumzufahren. Aber ich fahre langsam über die kopfsteingepflasterten Straßen rauf und runter und bremse bei jedem Hotel. Heißt das da vielleicht Hotel Petit Paradis? Nein. Das Auto ist zu breit, die Gassen zu eng, und die wenigen Menschen, die dem Regen trotzen, drehen sich nach mir um. Mein Gefährt ist auch ein bisschen mittelalterlich.

Ich kurble die Fensterscheibe herunter und erkundige mich bei durchnässten Hundebesitzern nach dem Hotel Petit Paradis, aber nein, keiner weiß, wo dieses Hotel liegt. Mit dieser Karre in den Stadtkern zu kommen, ist unmöglich, deswegen parke ich und gehe hinaus in den Regen. Der Mantel wird immer schwerer von dem ganzen Wasser, aber was für eine schöne Stadt das ist! Wohin ich mich auch drehe, sehe ich Denkmäler von irgendeinem alten Casanova oder einen Papstpalast und kleine Restaurants, die warm und einladend aussehen, doch Agneta mit den Schwefelhölzchen geht an allen vorbei mit ihren durchnässten Gesundheitsschuhen. Ich irre weiter durch die schmalsten Passagen, und am Ende stehe ich auf einem kleinen Turm, der von geschlossenen Bäckereien und Friseursalons eingerahmt wird, und plötzlich höre ich ein Quietschen.

In einer Seitengasse hängt ein schwankendes, quietschendes Emailleschild an der Fassade. Hotel Petit Paradis.

47.

Das Petit Paradis hat nicht allzu viel mit dem Paradies zu tun. Aber klein ist es, das trifft immerhin zu. Der junge Mann an der Rezeption erzählt mir fröhlich, dass »mon mari« in Zimmer vier im zweiten Stock wohnt. Ich brauche nicht mal den Nachnamen »meines Mannes« zu nennen, was Glück ist, denn ich habe keine Ahnung, wie er lautet. Ich hinterlasse nasse Schneckenspuren auf dem abgenutzten Teppich auf der Treppe – ich hätte mich genauso gut in voller Montur unter die Dusche stellen können, so nass bin ich.

Im zweiten Stock gibt es nur zwei Zimmer, und ich stelle mich vor die Tür von Nummer vier. Hole tief Luft und wische mir die Regentropfen vom Gesicht. Dann klopfe ich an. Es ist völlig still. Ich klopfe erneut. Jetzt höre ich etwas. Es rasselt und raschelt, und dann wird an der Türklinke gezerrt. Paul kämpft mit dem Türschloss. Endlich! Jetzt geht die Tür auf, und er schaut mich verdattert an. Ich versuche, so breit zu lächeln, wie ich nur kann. Mir ist klar, dass es wahrscheinlich geisteskrank aussieht, aber ehrlich gesagt, es könnte mir nicht gleichgültiger sein. Das Einzige, was mich kümmert, ist, dass ich Paul mit zum Kloster kriege.

»Hallo, Paul.«

»Hallo.«

»Dein Taxi ist hier.«

»Mein was?«

»Dein Taxi, das dich geradewegs zum Hotel Grand Paradis

fährt, wo ein leckeres Schmorgericht und dein Vater auf dich warten.«

»Ich weiß nicht, mir ging's heute nicht so gut und … Tja, wahrscheinlich sollte man sich nicht mit alten Menschen treffen, oder?«

»Diesen alten Menschen sollte man trotzdem treffen. Zieh dir deine Schuhe an, dann fahren wir.«

»Nein, danke.«

»Doch, bitte.«

»Nein. Ich kann nicht.«

»Warum nicht?«

»Ich will nicht. Jetzt muss ich … Ich habe einen ganzen Haufen Jahresabschlussberichte zu bearbeiten, deswegen kann ich leider nicht …«

Da sehe ich, wie sich mein Gesundheitsschuh in den Türspalt drängt, als wäre ich ein nassforscher Staubsaugervertreter in einem Charlie-Chaplin-Film, ich drücke die Tür auf und trete ins Zimmer. Da das Zimmer ein petit paradis ist, gibt es nur Platz für ein Bett und einen winzigen Nachttisch. Ich schiebe mich zwischen das Bett und eine Wand und bleibe dort stehen, eingekeilt und stabil.

Paul hat immer noch die Klinke in der Hand.

»Entschuldigung?«

»Tja, ich muss vielleicht auch ein bisschen um Entschuldigung bitten, dass ich hier einfach so reinkomme. Oder auch nicht. Aber ich werde nicht ohne dich zurückfahren.«

»Ich bin ganz sicher, dass du das musst.«

»Darf ich … etwas sagen?«

»Natürlich.«

Was zum Teufel soll ich sagen? Es klang, als hätte ich etwas schrecklich Kluges auf Lager. Oder einen Köder, den er unmöglich ablehnen kann. Aber ich habe nichts, nur Wasser, das mir den Rücken runterläuft, und Zehen, die in nassen Strümpfen stecken. Aber ich werde einfach mal schauen, was passiert.

Ich stehe eingeklemmt zwischen dem Bett und der Wand und warte. Paul wartet auch, immer noch mit der Hand auf der Klinke. Wie zwei Cowboys mit den Fingern am Abzug. Aber ich hab keine weitere Munition in meiner Pistole.

»Kannst du nicht einfach mit mir zu Einar zurückfahren?«

»Agneta. Ich weiß nichts über dich, und ich weiß nichts über meinen Vater. Aber eines hab ich verstanden. Ihr seid nicht ganz gesund, ihr beide. Wie dieses Haus aussieht, und ihr zwei, was auch immer ihr da treibt. Ich will da nicht mitmachen. Du kommst hierher, drängst dich in mein Zimmer und … nein, danke. Wenn du jetzt also bitte gehen könntest und …«

Mein Mund geht auf, und jetzt rede ich furchtbar schnell, mein Inneres hat doch irgendwie begriffen, dass die Zeit knapp ist, und die Worte strömen nur so aus mir heraus.

»Ich bin vor einem Monat hierhergekommen, um als Au-pair zu arbeiten. Vorher habe ich in einem Haus in genau der richtigen Größe in Sollentuna gewohnt, habe in der Datenerfassung gearbeitet und jeden Tag um 18 Uhr mit meinem Mann Magnus zu Abend gegessen, und ich glaube nicht, dass du verstehst, dass ich ein ganz normaler Mensch war. Ich bin wie du! Aber ich hatte solche Angst. Angst vor fast allem. Vor allem hatte ich Angst vor mir selbst oder davor, mich zu zeigen! Ich hab immer alles zurückgehalten. Ich konnte mit Freunden und Arbeitskollegen umgehen und hatte quasi eine Fassade nach außen, die dem entsprach, wie man sich meiner Meinung nach benehmen und denken sollte. Als könnte ich mich nicht auf die Person verlassen, die ich in meinem Inneren war. Dann bin ich zu deinem Vater gekommen, zu Einar, der mir mit einem offenen und neugierigen Blick begegnet ist, er hat mich quasi studiert wie ein kleines Tier. ›Oh, was haben wir denn hier für eine kleine Schnecke? Die wird bestimmt interessant zu beobachten sein!‹ Wenn jemand dich so anschaut, dann traust du dich am Ende, deine Fühler auszustrecken. Denn du weißt, dass niemand an ihnen rumpolken wird, deswegen musst du nicht mehr zurück in dein Schneckenhaus, und ich hab mit deinem Vater angefangen zu tanzen und …«

Paul unterbricht mich mit erhobener Stimme:

»Du redest von Angst? Was weißt du schon von Angst? *Zwischen Freunden sitzen und so tun, als wäre man jemand anders?* Freunde, sagst du? Herzlichen Glückwunsch! Ich brauche deine Predigt nicht. Ich weiß alles über Angst, vielen Dank. Wenn du wüsstest, was ich über meinen sogenannten Vater über die Jahre zu hören bekommen habe. Weißt du das?«

»Nein …«

»Meine Mutter hat ihn nie beim Namen genannt, bei uns zu Hause hieß er immer nur ›Der Verräter‹. Das war sein Name und mein Erbe. Daher komme ich. Und immer, wenn ich mal was falsch gemacht habe, hat meine Mutter gesagt, pass bloß auf, dass du nicht so wirst wie ›Der Verräter‹. Ich bin aufgewachsen, als hätte ich eine Zeitbombe in mir. Mein ganzes Leben war ich vollauf damit beschäftigt, das Gegenteil zu beweisen. Immer für andere da sein, nie zu spät kommen und niemals jemand enttäuschen, vor allem nicht meine Mutter. Schau mich an – ich bin das Kind, das einer totalen Enttäuschung entsprungen ist! Mit einem läppischen Verräter als Vater. Du glaubst, du weißt, was Einsamkeit ist? Du hast ja keine Ahnung. Du sitzt in einem Haus mit Kindern und Mann und fühlst dich einsam? Du Arme!«

»Aber du warst doch auch verheiratet?«

»Wir haben uns vor dreißig Jahren scheiden lassen, und das war natürlich, weil ich sie verraten habe. Weil mein Leben vollkommen deckungsgleich mit dem von Ödipus ist. Eine sich selbst erfüllende Prophezeiung, durch und durch. Meine Mutter hatte solche Angst, dass ich werden könnte wie mein Vater, und was wird aus mir? Natürlich ein Verräter, genau wie er! Obwohl ich tausend Umwege gegangen bin, um es zu vermeiden, lande ich immer wieder an dieser Stelle. Also halte ich mich abseits, übernehme meine Verantwortung und versuche, so wenig Unordnung wie möglich zu stiften. Und als ich hierhergekommen bin, um diesen Mann zu treffen, der mir immer im Weg gestanden ist, obwohl ich nie einen Schimmer von ihm gesehen habe, stoße ich auf einen lebensfrohen Scheißkerl, der in einem Kloster wohnt, in dem seit Jahrzehnten rumgesaut und gewütet wurde! Ohne jede Scham! Ich hatte gehofft, dass ich einen Vater mit Schuldgefühlen antreffen würde, irgendwie so einen wie mich. Aber er schämt sich überhaupt nicht, er tanzt rum wie ein Irrer! ›Der Clown weint hinter der Maske‹, ja, sicher. Aber ich sehe seine Tränen nicht. Ich hab mich noch nie in meinem ganzen Leben einsamer gefühlt als in diesen Tagen. Also: Nein, ich will nicht dahin zurück. Nie wieder.«

»Aber wofür sollte er sich denn deiner Meinung nach schämen? Dass seine ganze Familie und die Mutter seines Kindes ihn verstoßen haben, weil er schwul war? Das war in den Sechzigern, was hätte er denn tun sollen?«

»Dieses ganze Gefasel mit ›sich seines Lebens freuen und sich so gut wie möglich amüsieren, um den Kummer zu übertönen‹ widert mich an. Was ist das denn für ein Unfug?«

»Eine Überlebensstrategie. Ein bisschen so wie deine, nur umgekehrt. Du hast dich versteckt, er hat auf dem Marktplatz getanzt. Ihr habt beide getan, was ihr konntet, um zu überleben.«

»Auf dem Marktplatz tanzen? Da ist man aber nicht besonders traurig.«

»Davon verstehst du tatsächlich überhaupt nichts.«

»Warum hat er mich nie gesucht? Ich bin schon ziemlich lange erwachsen. Wäre das so schwer gewesen?«

»Bevor ich losgefahren bin, um dich zu holen, saß Einar am Küchenfenster und konnte den Blick nicht von der Tür losreißen. Er hat sich extra schick angezogen, um auf dich zu warten. Und jetzt werde ich versuchen, ihn richtig zu zitieren: Er hat gesagt, er weiß, was Facebook ist, und dass er dich durch einen Mausklick hätte finden können, aber dass er sich nie getraut hat, weil er so schreckliche Angst hatte, dass du ihm eine Abfuhr geben würdest, ihm ein dickes, fettes Nein entgegenschleuderst. Lieber hat er darüber phantasiert, dass irgendwo ein Sohn ist, der vielleicht eines schönen Tages Ja sagt und auftaucht. Und als er an seine eigene Angst vor diesem Nein dachte, fragte er sich, was für eine Todesangst du erst gehabt haben musstest. Mit anderen Worten, er ist alt und hat eine Todesangst. Du bist jünger und hast eine Todesangst. Ich habe ein Auto. Wollen wir nicht einfach da hinfahren und diese ganze Angst ausräumen?«

»Nein, danke.«

»Aber ich kann den Gedanken nicht ertragen, dass Einar zu Hause sitzt und vor Kummer kaputtgeht. Und du sitzt hier und gehst kaputt in einem total deprimierenden Hotelzimmer. Ihr seid jetzt so nah beieinander, ihr könntet euch so richtig kennenlernen. Wenn du dich ins Flugzeug nach Hause setzt, wirst du nie wieder zurückkommen. Ist es da nicht besser, wenn du jetzt mit mir mitkommst, statt dich hier einzusperren mit irgendwelchen Jahresabschlussberichten, und einfach die Zeit verstreichen lässt?«

»Ich gehe nicht kaputt.«

»Was?«

»Du hast gesagt ›du sitzt hier und gehst kaputt‹. Das stimmt nicht.«

»Stimmt, du sitzt hier und versuchst, die Fassung zu bewahren. Du hältst dich krampfhaft fest an etwas, was sowieso schon in tausend Stücke gegangen ist. Du wirst es niemals schaffen, das alles zusammenzuhalten. Hau doch den ganzen Scheiß ein für alle Mal kurz und klein und bau etwas Neues auf. Könntest du bitte ein Stück beiseitegehen, ich will raus.«

Paul weicht zurück, sodass er eins wird mit der Wand. Seine Finger umklammern immer noch die Klinke. Meine Füße machen quatschende Geräusche, als ich an ihm vorbei nach draußen gehe.

Der Regen hat kein bisschen nachgelassen, und jetzt weiß ich auch nicht mehr, wo ich das Auto geparkt habe. Stattdessen stehe ich im strömenden Regen mitten auf dem kleinen Platz und versuche mich zu entsinnen, auf welchem Weg ich gekommen bin. Das ist ziemlich schwierig, wenn alles dunkel ist und man auf dem Hinweg den Blick größtenteils auf den Boden gerichtet hat.

Wer da gerade mit mir gesprochen hat, war nicht der sechzigjährige Paul, sondern der neunjährige. Ein Neunjähriger, der gezwungen war, sich besser als alle anderen zu benehmen, der vielleicht von seinem Vater geträumt hatte, jemand, in dem er sich wiedererkennen konnte. Der sich endlich hierhertraut, zu dem Vater, an den er sein ganzes Leben lang gedacht hat, sei es nun als offene Arme oder als Idiot. Ein Vater, der nur »Der Verräter« genannt wurde. Paul muss schrecklich nervös gewesen sein, als er Fabiens Bar betrat. Nervös, weil Einar vielleicht nicht dort sein würde oder weil er eben doch dort sein würde.

Ich kann ihn nicht alleine lassen da oben. Er ist bloß ein Kind in diesem Spiel! Er braucht eine Umarmung. Keine Schelte. Ich drehe um und renne durch den Regen, winke dem Mann an der Rezeption zu und quetsche mich wieder die schmale Treppe hoch. Ich reiße die Tür zu Zimmer vier auf. Ganz vorne an der Bettkante sitzt Paul, der gefährlich blass aussieht. Hastig reiße ich mir den pitschnassen Mantel vom Leib, werfe mich fast neben ihn und nehme ihn in die Arme.

»Was machst du denn da?«

Er ist steif wie ein Stock, aber ich lasse ihn nicht los. In Filmen entspannen sich die Menschen immer, wenn die Umarmung kommt. Aber er weicht zurück und sperrt sich. Jetzt fasst er meine Arme, schiebt sie von sich und runzelt die Brauen.

»Was machst du denn da?«

»Ich versuche, dich in den Arm zu nehmen.«

»Ich will aber gar nicht in den Arm genommen werden.«

»Bist du sicher?«

»Ganz sicher.«

Okay. Das muss ich vielleicht respektieren.

»Entschuldige. Aber ist es okay, wenn ich eine Weile hier sitzen bleibe?«

»Nachdem du dich jetzt schon mal gesetzt hast, ja, von mir aus.«

Ich starre auf seinen Nachttisch und die seltsame Kanne, die darauf steht.

»Ist das ein Wasserkocher?«

»Ich glaub schon.«

»Könnte ich mir wohl eine Tasse Tee machen? Mir ist schrecklich kalt.«

Seufzend quetscht sich Paul bis zum Wasserkocher, füllt ihn im Badezimmer und schaltet ihn ein. Er rauscht, während er das Wasser heiß macht, und Paul wirft mir ein Handtuch zu. Dankbar trockne ich mir die Haare, meinen Nacken und das Gesicht. Schwungvoll ziehe ich mir auch noch meine Schuhe und die nassen Socken aus. Paul hält mir eine abgestoßene Tasse mit dampfendem Wasser und einem Teebeutel hin.

»Milch?«

Mein Blick fällt auf die Schale mit den Milchpulvertüten, und ich schüttle den Kopf.

»Nein, danke.«

Dann sitzen wir auf der Bettkante, jeder mit seiner Tasse in der Hand, und starren auf die Wand.

»Also, wie ist das Leben in Täby denn so?«

Ahne ich da ein Lächeln?

»Du bist wirklich ein seltsamer Mensch.«

»Aber ich mein die Frage ernst. Wie ist das Leben in Täby so?«

»Ganz gut, würde ich sagen.«

»Wie wohnst du?«

»In einer Dreizimmerwohnung, nicht weit von Täby Zentrum.«

»In der Nähe von diesem großen Einkaufszentrum?«

»Genau.«

»Wie nutzt du das dritte Zimmer? Denn ich hab den Verdacht, dass es ein Schlafzimmer und ein Wohnzimmer gibt.«

»Das ist mein Büro.«

»Die Wirtschaftsprüfungsfirma hat also ihren Hauptsitz zu Hause bei dir?«

»Ja. Das ist so am praktischsten. Und am günstigsten. Ich brauche kein großes Büro. Meine Kunden verlangen es nicht und ich auch nicht. Also arbeite ich von zu Hause aus. Ich stehe auf und frühstücke um sieben und ... interessiert dich das wirklich?«

»Ich liebe es, wenn mir Leute von ihren Gewohnheiten erzählen. Du stehst um sieben auf, hast du gesagt?«

»Dann esse ich Toast mit Marmelade und trinke eine Tasse Tee.«

»Wie viele Scheiben?«

»Nur eine. Meine Tätigkeit ist ja eine sitzende.«

»Aber diesen Marmeladentoast genießt du, oder?«

»Ja, natürlich. Dann dusche ich und zieh mich an und so. Dann geh ich in die Arbeit. Also in mein Arbeitszimmer.«

»Und was machst du zu Mittag?«

»Ich mach mir immer eine Lunchbox. Vom Abendessen am Vorabend.«

»Und wer leistet dir Gesellschaft?«

»Das *Svenska Dagbladet*.«

»Machst du auch das Kreuzworträtsel?«

»Manchmal.«

»Und danach?«

»Das willst du gar nicht hören, das ist einfach nur unglaublich langweilig. Ich hab ein furchtbar uninteressantes und langweiliges Leben.«

»Findest *du* es langweilig oder findest du es vielleicht nur angenehm ruhig?«

»Ich hab keine Angst, mich zu langweilen. Die Tage vergehen, und ich erfülle meine Pflichten.«

»Das kommt mir bekannt vor.«

»Wie bist du eigentlich dort gelandet?«

»Ich habe auf eine furchtbar seltsame und vage formulierte Annonce geantwortet. Per Google Translate aus dem Französischen übersetzt. Ich dachte zuerst, dass ich mich um ein Kind kümmern sollte, aber dann war es dein Vater. Ich konnte kein Französisch, war noch nie allein verreist und habe eigentlich noch nie irgendwas Spontanes gemacht. Und plötzlich saß ich im Zug nach Saint Carelle.«

»Und du bist immer noch da.«

»Ja. Ich dachte immer, das Leben ist zwangsweise langweilig, aber ich hab mich geirrt. Es kann sogar richtig lustig sein.«

»Kommt wahrscheinlich drauf an, wie man gestrickt ist.«

»Glaub mir, ich war ganz sicher nicht besonders sonnig veranlagt. Aber alles in diesem Dorf, ich weiß nicht … Irgendwas hat meine Lebensfreude geweckt. Entschuldige, mich provoziert dieser Ausdruck *Lebensfreude* dermaßen, aber ich finde einfach kein besseres Wort. Ich hab mich quasi immer zurückgehalten, weil ich gelernt habe, dass man das so machen soll. Du weißt schon, ich habe Diät gemacht und Sport getrieben und es ging rauf und runter und so, aber hier und mit Einar, tja … Es hat mir total gutgetan. Man darf jeden Tag ein bisschen Wein trinken, sich viel Butter aufs Brot schmieren und ganze Nächte durchtanzen.«

»Haben sie da einen Verein im Dorf?«

»Wir haben jeden Abend im Wohnzimmer von deinem Vater getanzt. Nur Einar und ich. Er kann das übrigens richtig, richtig gut.«

»Du isst also Butter und tanzt?«

»Ich hab auch neue Unterwäsche bekommen. Von Bonnibelle.«

»Bonnibelle?«

»Ja, sie ist Einars Nachbarin und Freundin. Eine alte Dame, die extravagante Unterwäsche näht. Das sind die reinsten Kunstwerke! Aber sie näht nur für eine kleine Schar von Menschen, wie eine heimliche Guerillabewegung in der Unterwäschebranche. Und dann hat sie mir auch welche genäht, nachdem sie tot umfallen wollte, als sie meine schreckliche alte Unterwäsche gesehen hat. Es war eine akute Nothilfe, könnte man sagen.«

»Sie hat dir also Unterwäsche genäht?«

»Ja! Und als ich die angezogen habe, ich weiß auch nicht, was da passiert ist, aber da sind auf einmal Dinge mit mir passiert. Ich kann nicht alles erzählen, aber ich hab sie weggesperrt. Ich kann sie nicht mehr tragen. Diese Verwandlung ging einfach zu schnell.«

»Was für eine Verwandlung?«

»Zum Prachtkleid. Zu dem manche Vögel – und ich anscheinend auch – im November wechseln.«

»Das versteh ich jetzt nicht ganz.«

»Stell dir einfach die Farbe im Eingangsbereich zum Gemeindeamt vor.«

»Hellgrau?«

»Ja! Das war meine Farbe. Aber als ich Bonnibelles Unterwäsche anzog, hatte ich das Gefühl, ein ganzer Regenbogen würde sich auf mich legen, aber ich war noch nicht bereit dafür. Ich hätte bitte lieber eine Farbe nach der anderen. Was hast du für eine Farbe?«

»Ich hab mal so einen Test gemacht, da war ich Blau.«

»Und was bedeutet das?«

»Dass ich ein ausweichender, vorsichtiger Mensch bin, glaube ich.«

»Glaubst du das?«

»Irgendwie wohl schon, aber was weiß ich. Diese Bonnibelle kann anscheinend das meiste aus dem Weg räumen. Noch Tee?«

»Ja, bitte.«

Paul streckt sich übers Bett, nimmt den Kocher und gießt noch einmal Wasser in unsere Tassen. Wir nippen langsam.

»So, jetzt muss ich aber wirklich nach Hause. Ich will nicht, dass Einar sich Sorgen macht.«

»Wie ist er eigentlich?«

»Er ist einzigartig. Ich kann unmöglich nachvollziehen, was du durchgemacht und empfunden hast. Aber ich glaube trotzdem, dass du ihn wirklich mögen würdest, wenn du ihm eine Chance gibst. Vielleicht würdest du dich selbst nach einer Weile auch besser leiden können.«

»Und seine Demenz?«

»Tja, die hat er eben. Ich weiß nicht, was für eine Art oder wie lange und was wir machen können. Aber es besteht kein Zweifel daran, dass er auf dem Weg ins Vergessen und in die Verwirrung ist.«

»Okay.«

»Und ich bin nicht immer so gewesen. Dass ich hier mit dir sitze und plaudere und versuche, dich mit ins Auto zu locken, das ist … na ja, das ist etwas, was ich sonst nie gemacht hätte. Ich bitte um Entschuldigung, dass ich mich so aufgedrängt habe.«

Mit diesen Worten versuche ich, meine nasskalten Strümpfe wieder anzuziehen, aber es ist ein so frustrierendes Unterfangen, dass ich sie zum Schluss zusammenknülle und in die Tasche stecke. Gerade will ich meine Füße in die Schuhe schieben, da hält Paul mich zurück. Dann fängt er an, in seinem wohlsortierten Koffer zu wühlen, und hält mir ein Paar trockene Herrensocken hin.

»Ich komm mit.«

48.

Meine Mutter hat all seine Briefe weggeschmissen. Nicht ein einziger ist übrig geblieben.«

»Du hast also gar nicht gewusst, dass Einar dir geschrieben hat oder dich gesucht hat?«

»Nein. Erst als ich erwachsen war und eine eigene Adresse hatte, begannen diese Postkarten von Einar einzutreffen. Aber es waren sporadische und unpersönliche Weihnachts- und Geburtstagskarten. Wie um mich zu verhöhnen.«

Der Regen prasselt auf die Windschutzscheibe, und ich muss mich übers Lenkrad beugen, um die Straße zu erkennen. Die Heizung funktioniert ein bisschen zu gut, und ich fühle mich, als würde ich nach dem Bad im Eisbecken wieder in die Sauna gehen. Paul schält sich aus seiner Jacke und sitzt neben mir auf dem roten Ledersitz, mit seinem gepflegten Lambswoolpullover, bei dem der Hemdkragen aus dem Ausschnitt schaut. Er hat einen ordentlichen Haarschnitt, hat sich ordentlich rasiert und hat seine Hände ordentlich aufs Knie gelegt. Sie sind gefaltet, als würde er in der Kirche in der ersten Reihe sitzen.

»Hans – so hieß doch dein Stiefvater, oder?«

Paul nickt, ohne die Augen von der Straße zu nehmen.

»War er gut zu dir?«

»*Gut* ist vielleicht ein bisschen zu viel gesagt. Aber er hat dafür gesorgt, dass ich hatte, was ich brauchte, heile und saubere Sachen, die halbwegs modern waren, ein eigenes Kinderzimmer im Haus. Er schimpfte mich aus, wenn meine Noten ins Wanken gerieten, und ich durfte in jeden Urlaub mitfahren.«

»War das denn nicht selbstverständlich? Ich meine, du warst doch schließlich ein Kind in dieser Familie.«

»Nicht ganz selbstverständlich, auf eine seltsam unausgesprochene Art. Wenn ich mich nicht benahm, war nichts selbstverständlich. Ich war nicht sein Kind, und das war sehr deutlich zu spüren.«

»Und deine Mutter? Du warst doch ihr Kind.«

»Ich war das Kuckuckskind, das er mitkaufen musste. Also hat Hans wohl gedacht, dass er ohnehin schon mehr tat, als er tun musste. Er fand sich wahrscheinlich sogar richtig großzügig. Die ganze Familie wusste, dass ich nur aus Gnade da sein durfte.«

»Deine Mutter auch?«

»Meine Mutter war einfach nur dankbar, dass Hans sich ihrer erbarmt hatte. Sie geheiratet hatte und dafür gesorgt hatte, dass alle es gut hatten, mit Haus, Auto und Ferienhäuschen.«

»Hast du viel an deinen richtigen Vater gedacht?«

»Ja. Ich wusste, dass er in Frankreich wohnte und dass er mit einem Mann zusammenlebte. Manchmal träumte ich, dass er in meine Schule kommen würde wie ein vermögender, gewandter Mann mit Privatchauffeur, der die Tür zum Rücksitz aufmacht, und dann darf ich da einsteigen und mitfahren, einfach weg von allem. Weg von meiner Familie, meiner Schule, von dieser ganzen Situation. Wie in diesem Buch *Mio, mein Mio*. Doch dieser Tagtraum wurde fast immer von einem Albtraum unterbrochen. Dass mein Vater zur Schule kam, aber aus diesem Auto stieg wie eine geschminkte Tunte mit üppiger Federboa, und dass alle in der Schule ihn und mich verspotteten. Ich erwähnte ihn niemals vor anderen. Alle glaubten, dass Hans mein Vater war, und ich ließ sie in dem Glauben.«

»Aber hast du denn nie deine Mutter nach ihm gefragt?«

»Nein. Es war ganz deutlich, dass sie nicht über ihn reden wollte. Nie. Er war aus dem Bild, und jetzt lebten wir dieses Leben, und jetzt sollten wir alle fröhlich sein. Da ging es nicht weiter. So was versteht man, wenn man ein kleines Kind ist.«

»Und als Erwachsener?«

»Natürlich habe ich seinen Namen gesucht. Habe Bilder und Artikel auf Französisch gefunden, denen ich entnommen habe, dass er eine Art Theatermensch war und mit diesem Künstler zusammenlebte.«

»Armand.«

»Genau, Armand. Aber ich hab immer geglaubt, dass er sein Leben führte, ohne im Geringsten an mich zu denken. Bis meine Mutter mir von den Briefen erzählte.«

»Und was hast du dann gedacht?«

»Meine Mutter hat sich geschämt. Sie hat sich wahrscheinlich eingebildet, dass sie versucht hat, mich zu beschützen, aber gleichzeitig hat sie gewusst, dass es vielleicht noch um etwas anderes gegangen ist als um meinen Schutz. Also wollte ich nicht noch Salz in ihre Wunden streuen. Ich versuche mir einzureden, dass sie auf jeden Fall gut daran getan hat, es mir zu erzählen, bevor sie tot ist.«

»Das hat sie auf jeden Fall.«

Paul löst seine gefalteten Hände und lässt die Schultern herabsinken. Vorsichtig schielt er zu mir herüber und lächelt ein bisschen. Ich lächle breit zurück.

»Du siehst Einar so ähnlich. Nicht nur im Körperbau und im Gesicht, sondern auch mit deinem Blick. Du hast seine Augen.«

»Meine Mutter konnte mich manchmal nicht anschauen.«

»Weil du aussiehst wie Einar?«

»Als ich klein war, war es noch nicht so deutlich. Doch je

älter ich wurde, desto deutlicher wurde es. Ich wusste nicht, wie er ausgesehen hatte, es gab ja zu Hause keine Bilder von ihm. Meine Mutter hatte alles weggeworfen. Aber ich begriff es trotzdem. Ich sehe meiner Mutter überhaupt nicht ähnlich.«

»Ich verstehe. Aber ihr seid furchtbar elegant, sowohl du als auch Einar.«

»Nein. Ich habe mein Aussehen immer gehasst. Als meine Mutter und Einar sich kennenlernten, waren sie ungefähr achtzehn. Als ich achtzehn war, sah ich genauso aus wie ›Der Verräter‹. Meine Mutter konnte mich manchmal nur mit Ekel ansehen. Von Hans ganz zu schweigen.«

»Verdammt aber auch.«

»Als ich elf war, wollte ich einen Jitterbug-Kurs machen. Da bekam ich eine Strafpredigt, die sich gewaschen hat. Dass das falsch sei und ob ich nicht lieber Fußball spielen wollte, und überhaupt, dieses Getanze könnte ich vergessen. Jetzt hat mir meine Mutter erzählt, dass sie Einar beim Volkstanz kennengelernt hatte. Dass Einar immer viel getanzt hatte und ein Naturtalent war. Und dass sie eine Todesangst bekommen hatte, als ich auch tanzen wollte. Das Erbe, du weißt schon. Wenn ich das Tanzen geerbt hatte, dann wäre es möglich, dass ich vielleicht auch alles andere geerbt habe.«

»Tanzt du heute?«

»Ich tanze nie.«

Wir sitzen schweigend nebeneinander, während wir uns Saint Carelle nähern. Ich weiß ehrlich gesagt nicht, was ich sagen soll. Ich würde am liebsten losheulen.

»Weißt du eigentlich, wie spät es ist?«

Paul zieht seinen Lambswoolärmel hoch und schaut auf seine Armbanduhr.

»Kurz vor halb elf.«

»Das wird ein spätes Abendessen, aber ich habe ja ein Schmorgericht gemacht, also ist es im Grunde egal.«

Ich biege rechts ab und fahre über die Avenue du Taureau aufs Kloster zu. Das Dorf ist dunkel, das Einzige, was leuchtet, ist die Weihnachtsbeleuchtung, als wir an Fabiens Bar vorbeifahren.

»Kannst du das Tor aufmachen?«

Paul nickt und steigt aus in den Regen. Er streckt die Hand nach dem großen Schlüssel aus, der oben in der Mauer liegt, schiebt ihn ins Schloss, und das Tor gleitet auf, als wäre es nie verschlossen gewesen. Seltsam, normalerweise gibt es doch immer einen gewissen Ruck, bevor es nachgibt. Ich fahre auf den Hof, und die Stille ist fast hörbar, als ich den lauten Motor abschalte. Da sehe ich, dass die Haustür sperrangelweit offen steht. Zwei Katzen äugen misstrauisch hinaus in den Regen. Zusammen gehen wir hinein, begrüßen die verschmusten Katzen, und ich rufe nach Einar. Er sitzt nicht in der Küche, nicht vorm Fernseher im Lesezimmer und in keinem der Wohnzimmer. Ich laufe voraus, Paul hinter mir her, und die Katzen, die von diesem plötzlichen Tempo wach geworden sind, bilden das Schlusslicht. Das Atelier, das Theater, die Salons, die abgeschlossenen Schlafzimmer, mein Turm, die Toiletten, die Badewanne, die Terrasse, der abgesperrte Turm. Wir gehen durch die rückseitigen Glastüren hinaus, stapfen durch den Garten, spähen in den leeren Pool, in den kleinen Schuppen mit den Gartengeräten, rennen runter in die Katakomben, Zimmer um Zimmer.

»Einar? EEEIIINAAAR!«

Doch ich höre nur das Echo meiner eigenen Stimme. Als wir wieder in die Küche kommen, sehen wir Einars Handy auf dem Fensterbrett liegen: drei verpasste Anrufe. Alle drei von Magnus. Paul späht aus dem Fenster.

»Weißt du was? Ich glaube, das Tor war offen. Als ich den

Schlüssel ins Schloss gesteckt habe, ist es einfach so aufgeglitten.«

»Natürlich – er ist zu Fabien gegangen!«

»Fabien?«

»Das ist der Typ von der Bar! Komm.«

Wir gehen wieder hinaus in den Regen.

Als wir die Bar betreten, stellt Fabien gerade alle Stühle auf die Tische, damit er den Boden ordentlich wischen kann. Er trägt ein marineblaues Hemd und strahlt uns aufrichtig an, als er uns sieht.

»Bonsoir, mes amis!«

»Bonsoir.«

Ich schaue mich um. Alle Stühle stehen oben, irgendein seltsamer französischer Hip-Hop tönt aus den Lautsprechern, und in der Luft liegt der deutliche Geruch von Putzmittel.

»Einar? Here?«

»Ici? No, no.«

Ich strecke meine Hand aus.

»Mobile, s'il te plaît.«

Fabien holt sein Handy aus der Gesäßtasche seiner Jeans und reicht es mir. Ich schreibe, so schnell ich kann.

Einar ist weg, das Haus ist leer. Weißt du, wo er sein könnte?

Vielleicht diese Bonnibelle?

Ich werd mal bei ihr nachfragen! Was, wenn er sich am Ende verlaufen hat?

Fabien hält einen Finger hoch, als wollte er uns bitten zu warten. Dann schnappt er sich seine Lederjacke hinter der Spüle und macht die Bartür auf. Wir gehen alle drei hinaus in den Regen, in Richtung Bonnibelles Haus.

Bonnibelle macht uns in ihrem rotsamtenen Morgenmantel auf. Ihre Haare hat sie mit Nadeln hochgesteckt. Nein, sie hat Einar nicht gesehen. Aber jetzt wird sie sich einen Tee kochen und am Küchenfenster Wache halten. Sie wird den Blick nicht abwenden, und sie verspricht, Fabien sofort anzurufen, wenn sie Einar zum Kloster zurückkommen sieht. Henri verteilt Regenschirme an uns alle, und dann sehe ich, wie die beiden sich am Fenster zurechtsetzen, mit Blick aufs Klostertor. Paul spannt seinen kleingeblümten Regenschirm auf.

»War sie das?«

»Wer?«

»Die mit der Unterwäsche?«

»Jupp.«

»Das hätte ich nicht gedacht.«

»Nichts ist so, wie man denkt. Nie.«

Dann teilen wir uns auf. Das Wasser spritzt mir in die Hosenbeine, als ich durch die Gassen trabe. Ich bin nicht nur müde und nass, ich habe auch noch Hunger. Das spüre ich jetzt. Gleichzeitig spüre ich aber auch noch etwas anderes als die nagende Angst, und es schaukelt sich immer weiter hoch. Wo ist er? Weiß er selbst, wo er ist? Oder … ist es noch schlimmer? Ich rufe, doch meine Rufe werden von den Wänden zurückgeworfen. Ich drücke mein Gesicht zwischen die Latten von Gartenzäunen, reiße Hintertüren von fremden Häusern auf und renne die Treppe zum Kirchturm hoch. Es ist so dunkel, dass ich auf manchen Straßen mit den Händen an der Wand entlangfahren muss, um sicher zu sein, dass er nicht irgendwo dort im Dunkeln steht. Aber er ist nirgends zu finden.

Ich renne am Kloster vorbei, werfe einen Blick hoch zu Bonnibelle am Fenster, aber die schüttelt nur den Kopf. Vielleicht hat er es ja unbemerkt ins Kloster geschafft, während wir in der Bar waren? Ich drehe noch mal eine Runde, aber da ist niemand. Wieder raus. Da sehe ich einen Schatten neben der Bäckerei, doch als ich mit einem Ausruf dort hinstürze, steht dort nur Paul mit verschrecktem Blick. Am Marktplatz treffen wir uns wieder mit Fabien, der im Laufen mit seinen Autoschlüsseln rasselt und auf seinen gelben Renault zeigt, der etwas weiter oben an der Straße parkt.

»Allez, allez!«

Wir fahren durch eine Straße nach der anderen. Die Scheinwerfer des Autos leisten uns dabei gute Dienste, weil sie in jeden Winkel leuchten, aber nirgendwo ist Einar zu sehen. Paul sitzt stumm auf dem Rücksitz, während Fabien und ich wild in die Gegend deuten, abbiegen, das ganze Dorf genauestens absuchen und auch die Straßen in der Umgebung abfahren. Langsam, ganz langsam fahren wir an den Weinbergen vorbei und durch die Alleen. Hupen, blinken, kurbeln die Fenster runter und rufen. Ich sehe, dass Fabien langsam besorgt wirkt. So richtig.

»Ich hab das Gefühl, dass ich Unglück bringe.«

Ich drehe mich zu Paul um.

»Wie bitte?«

»Ich bin ein Pechvogel. Alles, was ich anfasse, geht kaputt.«

»Das stimmt doch gar nicht! Dass du hier bist, ist das Beste überhaupt.«

»Wenn ich nicht gekommen wäre, dann wäre das alles nicht passiert. Das wissen wir alle.«

»Glaub mir, es wäre trotzdem passiert. Früher oder später. Aber wir werden ihn finden. Er muss hier irgendwo sein.«

»Er ist tot.«

»Nein. NEIN! Er ist am Leben. Er ist stärker, als du glaubst.«

»Ich habe meinen Vater getötet.«

»Das stimmt doch gar nicht. Außerdem ist er nicht tot. Niemand hat hier irgendjemand getötet und …«

»Doch, ich habe ihn GETÖTET …«

Fabien bremst so scharf, dass die Reifen quietschen.

»CALME! Calme, calme, calme. Please! D'accord?«

Paul und ich nicken. Mit aufheulenden Reifen kehrt Fabien auf der Straße um und fährt zurück Richtung Saint Carelle.

»Sollten wir vielleicht die Poli…«

Fabien bremst wieder so scharf, dass die Reifen quietschen, und ich hebe die Hände in einer schützenden Geste.

»Pardon, I just said that maybe we should call the police and …«

Doch Fabien hört mir gar nicht zu. Er reißt bloß die Tür auf und wirft sich hinaus zwischen die Rebstöcke, die von den Scheinwerfern angestrahlt werden. Paul und ich tauschen einen fragenden Blick und schauen dann Fabien hinterher. Er ist verschwunden. Wie verschluckt von knotigen Weinstöcken und der Dezemberdunkelheit.

»Annjetá. ANNJETÁ! PAUL! Venez ici!«

Jetzt taucht er wieder auf, winkt in der Ferne mit den Armen. Wir steigen aus dem Auto, und da sehe ich es. Wie eine leuchtende Schlange liegt er mitten auf dem Weg. Einars orange gepunkteter Schal.

49.

Einar sperrt den Mund ganz weit auf, während ich ihm einen Löffel geschmorte Ochsenbacke hineinschiebe. Wir haben ihn in drei Decken gepackt und ihm ebenso viele Kissen in den Nacken geschoben. Auf dem Nachttisch steht der alte Heizlüfter, der nach verbranntem Gummi riecht, und brummt wie ein kleineres Kraftwerk. Einars Haarsträhnen flattern im Wind, während er abwechselnd kaut, den Mund aufmacht, kaut, den Mund aufmacht, und manchmal streckt er eine zitternde Hand aus und zeigt aufs Weinglas. Ich führe es an seine Lippen, während Fabien Einars Nacken mit der Hand stützt.

Es ist kurz vor drei in der Nacht. Zwei von uns sitzen in Einars Bett, ich auf der Bettkante, und Fabien streckt sich daneben aus und plaudert unaufhörlich, damit unser Schützling nicht einschläft, bevor sein Magen voll ist. Paul hingegen sitzt ein Stückchen entfernt, auf dem Rattanstuhl am Kaminfeuer. Ja, Fabien hat ein paar riesige Gemälde beiseitegeschoben, und dahinter versteckte sich ein prächtiger offener Kamin, in dem es jetzt funkensprühend kracht und prasselt und brennt, während die trockenen Zweige aus dem Schuppen im Klostergarten verbrennen.

Meine durchnässten Sachen habe ich zum Trocknen ans Feuer gehängt und mir Einars abgetragenen getigerten Morgenmantel ausgeliehen. Was für ein Glück, dass wir ihn am Ende doch gefunden haben! Der orange gepunktete Schal wies wie ein leuchtender Pfeil über die Landstraße. Wer nichts von

Schals verstand, hätte glauben können, dass er ins Nichts hinauswies. Doch Fabien kennt sich mit Schals aus und wusste, dass der Pfeil uns den richtigen Weg zu Einar zeigte. Er lag unter einem Rebstock. Lehmverschmiert, durchgefroren, nass und verwirrt. Er konnte sich nicht erinnern, warum er rausgegangen war oder wohin er hatte gehen wollen, und als Fabien ihn fand, wusste er nicht mal, wo er war.

Einar sperrt den Mund wieder auf, ich schaufle ihm das nächste Stück Ochsenbacke hinein, gieße Wein hinterher und trockne ihm dann den Mund mit einer Serviette ab. Langsam, aber sicher kommt wieder Farbe in sein Gesicht, gleich ist es fast knallrot. Vorhin war er bläulich, jetzt knallrot – irgendwo dazwischen muss doch wohl der optimale Punkt sein, oder?

»Paul? Kannst du mal eine Decke wegnehmen?«

Paul zuckt zusammen und schleicht geradezu zum Bett. Er sieht müde aus. Unsicher bleibt er an der Bettkante stehen, starrt auf den Deckenhaufen, als hätte er keine Ahnung, was er jetzt anfangen soll. Ich deute mit einem Nicken auf die Kommode neben dem offenen Kamin.

»Leg sie einfach zusammen und wirf sie da drauf.«

»Ich soll sie werfen?«

»Oder sie richtig schön zusammenlegen oder was auch immer, entscheide einfach selbst.«

Mit zitternden Händen ergreift Paul die Decke am oberen Ende, unter Einars Gesicht, und zieht sie vorsichtig weg vom Kinn. Faltet sie behutsam zusammen, bis sie peinlich akkurat zusammengelegt am Fußende liegt. Einar verfolgt neugierig das sorgfältige Zusammenfalten und Paul, wie er zur Kommode geht, um die Decke in eine der Schubladen zu legen. Als sein Auftrag ausgeführt ist, weiß Paul nicht so recht, was er als Nächstes machen soll. Also bleibt er dort bei der Kommode stehen, während wir anderen uns im Bett drängen. Er sieht so einsam aus. Er *ist* einsam. Ich stehe auf, so schnell, dass ich versehentlich das Kabel des Heizlüfters aus der Steckdose reiße, und auf einmal wird es ganz still.

»Ich muss ganz dringend … aufs Klo. Meinst du, du kannst Einar weiter füttern, Paul? Ich muss wirklich dringend, und, na ja, du weißt schon. Hier!«

Ich werfe ihm den Teller fast in die Arme und laufe ins Bad. Als ich die Tür abschließe, rufe ich:

»Das kann hier dauern, also fütter du nur!«

Ich schalte den Kronleuchter an der Decke an, mache den im Badezimmer eingebauten Likörschrank auf, nehme ein Glas heraus und wasche es sorgfältig im Waschbecken ab. Ich gieße mir ein bisschen Whisky aus einer neuen Flasche ein. Ich kann Whisky immer noch nicht leiden, aber ich spüre, dass ich mir nach diesem Tag dringend etwas Starkes genehmigen muss. Ich lasse mich auf den Boden sinken und lehne mich an den handgeschnitzten Unterschrank unterm Waschbecken. Schiele hoch zu Einar und Armand, die mit ihren Prachtständern fast miteinander fechten könnten.

»Prost, ihr zwei.«

Dann kippe ich mir den Whisky in den Mund, verziehe das Gesicht und schlucke. Ich spüre, wie sich die Wärme erst in meinem Magen ausbreitet und dann in allen anderen Gliedern. Die Arbeitstage hier haben doch einen etwas anderen Stil als im Büro. Komisch. Da bin ich mein ganzes Leben lang rumgelaufen und habe irgendwelche Sachen von mir selbst geglaubt. Habe sie als absolute Wahrheiten betrachtet. Habe mich für undankbar gehalten, weil ich meinen Job als Archivarin nicht zu schätzen wusste, mein praktisches Haus und meinen Ehemann, der stundenlang Rad fährt, statt mir untreu zu werden. Aber ich war gar nicht undankbar. Ich war einfach nur am falschen Ort. Schüchtern bin ich doch eigentlich auch nicht, oder? Man muss mich nur an einen Platz stellen, wo es mir gefällt und ich richtig gesehen werde, und schon ist jegliche Schüchternheit verschwunden. Faul? Nicht im Geringsten. Ich kann rund um die Uhr im strömenden Regen arbeiten, ohne auf Überstundenausgleich oder Erschwerniszulage zu drängen. Solange die Arbeit mich interessiert. Gehemmt? Wie war das mit diesem BH, der an der Lampe hing? Vielleicht bin ich ja nicht mal hässlich? Manchmal fühle ich mich fast ein bisschen schön. Oder vielleicht ist schön zu viel gesagt, aber wenn Jacob oder Fabien mich mit diesem gewissen Blick ansehen, dann kann ich diesen Blick erwidern, und dann können weder ich noch sie mir widerstehen. Und langweilig? Wie bitte? Nein, mein Lieber, das bin ich ganz bestimmt nicht.

Und auch nicht unsichtbar! Ich bin wie dieses unsichtbare Kind, von dem Tove Jansson geschrieben hat. Als das Kind in die Muminfamilie gekommen ist, war es nicht zu sehen, aber je sicherer es sich fühlte, desto sichtbarer wurde es. Ein paar Tatzen hier, ein Haarschopf dort, und als der Muminvater sich einen schlechten Scherz mit der Muminmutter erlaubte, wurde plötzlich der Mund des Kindes sichtbar, das seine Zähne in Muminvaters Schwanz schlug. Es war kein vorsichtiges kleines Kind, das da auftauchte. Dieses Kind war noch schlimmer als die Kleine Mü. Und ich hatte immer gedacht, das sei nur ein Märchen. Dabei ist das die reinste Doku über mich! Einar ist meine Muminmutter, Saint Carelle mein Mumintal, und ich beiße vielleicht niemandem in den Schwanz, aber als ich Farbe und Form angenommen habe, war ich nicht, wie die anderen geglaubt hatten. Ich war ja nicht mal so, wie ich selbst geglaubt hatte. Hier bin ich zu sehen. Hier sehen mich alle! Und ich schaue zurück, ohne zu blinzeln. Armand?

Ich wende mich zu Armands Statue. Es kommt mir vor, als würden wir uns anblicken.

»Weißt du, was Einar zu mir gesagt hat? Als du aufgetaucht bist, kam es ihm vor, als hätte er heimgefunden. Du warst der Ort, an dem es alles gab, was er brauchte. Einar musste dich nur sehen, da wusste er einfach, dass er den Rest seines Lebens an deiner Seite verbringen würde. ›Wenn du dieses Gefühl hast, dann weißt du, dass du nirgendwo anders sein kannst.‹ Ich glaube, ich habe meinen Platz gefunden. Genau hier.«

Ich drücke auf die Spülung und mache die Tür zu Einars Zimmer auf. Fabien ist auf dem Bett eingeschlafen, er liegt mit offenem Mund da und schnarcht. Auf dem Boden steht ein leer gegessener Teller. Auf der Bettkante sitzt Paul, der mit dem Kopf an der Wand eingeschlummert ist. Einars Kopf liegt auf seinem Schoß. Mit einem leichten Lächeln auf den Lippen, rosigen Wangen und seiner Hand in der von Paul. Sie halten sich tatsächlich bei den Händen.

Mir ist, als würde mir das Herz schwellen und immer weiter anschwellen, bis mein ganzer Brustkorb ein einziges pochendes Herz ist. Mit diesem riesengroßen Herzen, das mir im ganzen Körper pocht, schlüpfe ich ins Bett. Zwischen Fabien und Einar gibt es einen perfekten Platz für mich. Ich krieche unter Einars Decke und streife mit meinen kalten Zehen über seine warmen. Endlich darf ich die Augen zumachen, und irgendwo da draußen höre ich die Kirchenglocke ihre seltsamen Schläge schlagen. Sie schlägt im gleichen Rhythmus wie mein seltsames Herz.

50.

Irgendjemand räuspert sich fast schon theatralisch. Ich kenne keinen, der sich so räuspert. Blinzelnd mache ich die Augen auf, ich bekomme die Lider kaum auseinander. Es ist hell im Zimmer, es muss mitten am Tag sein, vielleicht sogar schon nach Mittag. Die Fensterläden hat gestern niemand mehr zugemacht, deswegen badet das Zimmer jetzt in funkelnder Dezembersonne.

Auf meiner einen Seite schläft Einar mit roten Wangen und offenem Mund. Neben ihm schlummert Paul, in einer seltsamen, halb sitzenden Stellung. Der wird heute höchstwahrscheinlich ein steifes Genick haben, denn so schläft man nicht ungestraft. Auf meiner anderen Seite liegt Fabien und schnarcht. Auf dem Bauch, mit ausgestreckten Armen, von denen einer ein Stück weit auf meinem nackten Oberschenkel gelandet ist. Der abgetragene Morgenmantel ist aufgegangen, und mein halber Körper ist entblößt. Ich ziehe ihn zusammen, gähne und da kommt wieder dieses Räuspern. Moment – hier schlafen doch alle, oder nicht?

»Guten Morgen.«

Ich schaue mich blinzelnd im Zimmer um. Und da auf dem Rattanstuhl neben dem offenen Kamin sitzt ein durch und durch praktisch gekleideter Mann mit einem Rucksack auf dem Schoß.

»Magnus? Aber … träum ich das jetzt?«

»Vielleicht ist es ja ein Albtraum? Stör ich bei irgendwas?«

Jetzt fangen alle Männer an, sich zu bewegen und langsam aufzuwachen. Das hier sieht vielleicht nicht allzu gut aus. Nun gilt es, die Karten richtig zu spielen. Bloß nicht hysterisch werden. Hysterie wäre nur ein Zeichen, dass hier aufs Gröbste gesündigt wurde. Also immer schön mit der Ruhe.

Paul erblickt Magnus und schnellt vom Bett hoch. Wie ein Soldat in Habachtstellung, allerdings ohne dass er richtig wach wäre. Seine Sachen sind zerknittert, sein Blick kühl, aber der Rücken kerzengerade. Ich versuche, die Ruhe zu bewahren.

»Das ist Paul. Einars Sohn. Und das ist mein Mann, Magnus.«

Paul verbeugt sich mit ausgestreckter Hand, bereit für die Begrüßung.

»Freut mich sehr.«

Magnus schüttelt ihm die Hand, ohne aufzustehen. Vorsichtig klettere ich über Einar hinweg aus dem Bett, wobei ich mir den Tigergürtel zubinde. Nachdenklich verfolgt Einar mich mit dem Blick, schaut auf Magnus, schaut auf mich und dann wieder auf Magnus.

»Armand? Ist das Armand?«

»Nein, das ist Magnus. Mein Mann.«

»Dein Mann? Bist du denn verheiratet?«

»Ja, wie du weißt.«

»Ist er schon lange hier?«

»Keine Ahnung. Frag ihn doch.«

Einar rutscht ein bisschen im Bett hoch und lehnt sich an die ganzen Kissen.

»Wann bist du denn gekommen, Magnus?«

Ja, wann ist er gekommen? Und wie ist er gekommen? Und warum ist er gekommen? WAHNSINN, DAS IST JA VÖLLIG VERRÜCKT, MAGNUS IST HIER! Ausgerechnet *hier*, mitten in dem, was vor Kurzem nur mir gehört hat. Magnus pult nervös an seinem praktischen Rucksack herum. Ein amerikanisches Ding, mit jeder Menge Innentaschen für Computer, genäht mit extrastarkem Faden, aus wasserdichtem Material und mit gepolsterten Trägern, und ohne Inhalt wiegt er nur achthundert Gramm! Aber es passen tatsächlich fünfunddreißig Liter rein. Ein richtig guter Fang, der Testsieger. Perfekt als Handgepäck, und überhaupt sollte man ja immer mit leichtem Gepäck reisen.

»Vor ungefähr einer Stunde. Ich hab draußen eine Dame getroffen, die mich reingelassen hat.«

Einar lächelt breit.

»Bonnibelle! Das hat sie richtig gemacht! Schön, dich hier zu haben. Hast du schon meinen Sohn kennengelernt?«

Sowohl Magnus als auch Paul nicken. Einar wirft die Decke von sich und schwingt mit überraschender Geschmeidigkeit die Füße aus dem Bett.

»Frühstück! Mein Sohn soll nicht hungern müssen. Fabien! Auf, auf, raus aus den Federn!«

Während Einar seine Füße in die Pantoffeln schiebt, wirft er mit einem Kissen nach Fabien, der daraufhin wach wird. Fabien stöhnt, dreht sich auf den Rücken und fährt sich mit den Fingern durch die Haare. Er reibt sich mit seinen großen Händen immer wieder übers Gesicht, als wollte er sich ein bisschen Wachheit in den Körper kneten. Sein Hemd ist ziemlich weit aufgeknöpft, und sein Brustpelz sticht mir ins Auge.

Schön ruhig bleiben jetzt, Agneta. Nicht hysterisch werden. Steh auf, nimm Magnus mit, denk nicht all die grässlichen Gedanken, und vor allem glotz nicht so auf Magnus' gut gepackten Rucksack, denn dann wird sich dein Gewissen nie wieder erholen.

Fabien reißt die Augen auf und sagt etwas auf Französisch zu Magnus. Magnus antwortet. Zum Teufel, kann der jetzt auch noch Französisch? Wahrscheinlich hat er sich die Sprache auf dem Weg hierher beigebracht, das wäre typisch für ihn. Auf jeden Fall kommt jetzt Leben in Fabien. Blitzschnell springt er aus dem Bett, hebt seine Lederjacke vom Boden auf, verabschiedet sich höflich mit einem Handschlag von Magnus und dann ist er verschwunden.

Ich versuche, entspannt zu lächeln (was garantiert alles andere als entspannt aussieht).

»Seit wann sprichst du denn Französisch?«

»Ich hab es auf dem Gymnasium gelernt, parallel zu Deutsch.«

»Und du kannst es immer noch?«

»Ich beherrsche nur die Grundlagen. Aber auf einfache Fragen kann ich schon antworten.«

Ich schlage die Hände zusammen und bemühe mich, so fröhlich wie möglich zu lächeln.

»Du bist hier! Mann, wie komisch, aber wirklich toll. Aber auch wirklich komisch! Ich muss nur noch Einar helfen, dann können wir frühstücken.«

»Ich habe vor acht Stunden schon gefrühstückt.«

»Wie spät ist es denn?«

»Halb zwei.«

»Na, dann wird es eben ein Mittagessen. Ich muss nur kurz Einar helfen, dann können wir …«

Einar unterbricht mich mitten im Satz.

»Paul und ich kommen schon allein zurecht. Stimmt's, Paul?«

Paul, der immer noch in seiner seltsamen Habachtstellung dasteht, nickt. Sanft legt Einar ihm den Arm um die schmalen Schultern.

»Also geht ihr ruhig essen. Fabien hat sicher etwas in der Bar, was ihr essen könnt. Ich will mich ein bisschen allein um meinen Sohn kümmern.«

»Hier ist mein Zimmer.«

Ich mache die Tür zum Turmzimmer auf. Die Sonne scheint durch alle Fenster. Das runde Bett, die ganzen Bücherstapel, die Statuetten, die seltsamen Lampen, die Kunst – alles badet in Licht. Besonders das runde Bett. Die Sonnenstrahlen werden auf eine interessante Art vom Deckenspiegel reflektiert und schießen wie Leuchtraketen hinunter ins ungemachte Bett.

»Wann ist hier eigentlich zum letzten Mal renoviert worden?«

»Keine Ahnung, warum fragst du?«

»Es zieht von den Fenstern, und du siehst doch selbst, wie der Putz da bis zur Decke abblättert. Und diese Balken sehen auch nicht besonders stabil aus.«

»Ach, hier ist es egal, wie du schläfst. Ich glaube nicht, dass das Dach heute Nacht einstürzen wird.«

»Das würde ich nicht unterschreiben wollen. Und das Bett ist ja rund, sehe ich gerade.«

»Ja, ist es auch. Früher konnte es sich drehen! Es hat ganz von selbst angefangen, sich zu drehen, und ich hab …«

»Was hast du?«

»Ich hab mich gefreut. Beziehungsweise, ich meine, ich hab Angst gekriegt. Das hat urplötzlich angefangen, sich zu drehen! Schau, hier sind die alten Knöpfe.«

Ich ziehe die Decke weg und drücke auf den Ein-und-aus-Knopf. Es brummt unterm Bett, es bebt fast unmerklich. Skeptisch beäugt Magnus die Schalter.

»Das ist eine völlig veraltete Elektroanlage, auf der du da nachts schläfst. Du kannst froh sein, dass du nicht verbrannt bist. Willst du dir nicht ein paar vernünftige Sachen anziehen, damit wir in diese Bar gehen und was essen können?«

»Ich glaube, wir sollten lieber nicht in die Bar gehen. Da gibt es kein … so gutes Essen.«

»Okay. Wohin gehen wir dann?«

»Ich kann uns doch ein paar Baguettes mit Käse machen, dann können wir …«

»Ich esse kein Weizenbrot und auch keinen fetten Käse, wie du dich vielleicht erinnern wirst. Im Gegensatz zu anderen Menschen nehme ich meine Moral nämlich auch mit, wenn ich das Haus verlasse.«

»Wie meinst du das?«

»So, wie ich es gesagt habe. Was ist an dem Satz so schwer zu verstehen?«

»Ich hab durchaus verstanden, was der Satz bedeutet. Er war ja nicht besonders anspruchsvoll.«

Gereizt ziehe ich mir eine Jeans und meinen alten Fleecepulli über. Ich setze mich aufs Bett und schlängle meine Füße in ein Paar saubere Strümpfe. Dabei ahne ich mich selbst dort oben im Deckenspiegel: Ich fange schon wieder an, an den Rändern unsichtbar zu werden.

Wir gehen nebeneinander auf der Hauptstraße des Dorfes. Die Sonne scheint, die Straßen sind wieder trocken nach dem ganzen Regen, und ich kann meinen Fleecepulli oben aufknöpfen. Doch trotz der Wärme kann ich nur daran denken, wie man die Leute im Mittelalter bestrafte. Bilder aus dem Geschichtsunterricht in der Unterstufe kommen mir in den Sinn. Ein Bild nach dem anderen, wie eine alte Diaschau, die nie ein Ende nimmt. Wie Lehrfilme auf Speed. Frauen, deren Arme und Beine an vier Pferden festgebunden wurden, die dann in verschiedene Richtungen galoppierten. Die Stücke wurden dann per Zufallsprinzip verstreut, damit die ewige Unruhe für die Toten garantiert war. Jungs, die mit den Hoden von verstümmelten Dieben Fußball spielten. Und man konnte auch mit Honig eingeschmiert werden! Das klingt ja eigentlich nicht so schlimm, aber dann wurde dieser Honigbeschmierte den Wespen vorgeworfen, damit sie ihn mit ihren Stichen töteten. Doch alle Strafen begannen damit, dass der Schuldige über die Hauptstraße des Ortes wandern musste, zur Beschauung durch die Bevölkerung. Freigegeben zum Bespucken und Anschreien oder einfach nur für die sicher verspürte Ruhe, dass man an diesem Tag auf der richtigen Seite des Moralzaunes stand.

Vielleicht übertreibe ich jetzt, wenn ich Magnus' und meinen Gang über die sonnenbeschienene Avenue du Taureau mit einem mittelalterlichen Hodenfußballspiel vergleiche. Aber es ist, wie es ist. Ich bekomme die Diabilder nicht aus dem Kopf. Wenn die mittelalterliche Jury es nicht auf die Reihe kriegte, konnte manchmal Gott als Zeuge herangezogen werden. Gott rettet ja immer die Unschuldigen und straft die Schuldigen, er sieht das, was uns Menschen entgeht – geht es noch gerechter? In solchen Fällen werde ich demnächst an Händen und Füßen gefesselt, um dann im nächsten Brunnen versenkt zu werden. Wenn ich wieder an die Oberfläche steige, ist das ein Beweis dafür, dass mich nicht mal die dunkelsten Mächte haben wollen – tja, apropos schuldig. Raus mit dem Weib aus dem Brunnen und sofort hinrichten! Wenn ich hingegen ertrinke, bin ich unschuldig und bekomme die Ehre, in einem Stück in geweihter Erde bestattet zu werden. So fühlt sich das hier gerade auch ein bisschen an. Hinrichtung oder Begräbnis in geweihter Erde, ich hab die freie Wahl! Aber Moment. Es gab ja auch noch die *freiwillige Verbannung aus dem Lande*! Also, mein Gedächtnis ist manchmal wirklich großartig.

»Auch wenn ich mich meistens an Sachen erinnere, die mit Folter oder den Haustieren von irgendwelchen Promis zu tun haben.«

Magnus starrt mich an.

»Was?«

»Was ›was‹?«

»Du hast gerade was von Folter gesagt.«

»Im Ernst? Ich hab aber an freiwillige Verbannung gedacht.«

»Warum das denn um Himmels willen?«

»Die freiwillige Verbannung war eine sehr gute Einrichtung im Mittelalter. Billig für das betreffende Heimatland: Der Dieb nahm einfach sein Hab und Gut und ging weg. Für immer. Der saß nicht zu Hause und belastete das Rechtssystem oder nahm die Zeit eines gestressten Henkers in Anspruch. Außerdem mussten die Nachbarländer jede Menge Verbrecher aufnehmen, was sie beträchtlich schwächte. Das war dann praktisch, wenn man Lust hatte, ein bisschen Krieg zu führen und Dänemark zu erobern oder so. Warte, ich erinnere mich sogar noch an die Worte, die die Verbannten sagten, bevor sie weggingen!«

Ich hebe die Stimme und schlage einen theatralischen Ton an:

»*Hört dies, hohes Gericht. Ich verlasse Schweden und komme nicht wieder, außer wenn der König oder seine Erben mir verzeihen. Gott ist mein Zeuge.* Bonjour Madame! Ça va?«

Ich winke Madame Dupin zu, die den Gehweg vor der Bäckerei fegt, räuspere mich und fahre fort:

»Ja, und dann wanderte man in das neue Land aus, während einem die Nachbarn und die Familie nachspuckten und …«

Magnus fällt mir ins Wort.

»Und in dem neuen Land setzten die Verbannten ihre kriminelle Laufbahn oft fort. Weil sie die fremde Sprache nicht beherrschten und überhaupt keine Kontakte hatten. Die Frauen gingen meistens in irgendwelche Bordelle, in denen sie ihre Körper billig verkauften. Und es war äußerst ungewöhnlich, dass der König eine Ausnahme machte und einen Verbannten in seine Heimat zurückkehren ließ. Ist das die Bar?«

51.

Mit Honig eingeschmiert und den Wespen vorgeworfen fühlt sich fast erhebend an im Vergleich hierzu. Wir sitzen an einem Tisch vor der Bar, ja, so warm ist es heute in der Sonne. Erst kam Fabien heraus, mit verquollenem Gesicht vom Schlafmangel und immer noch in den Sachen, die er am Vortag schon angehabt hat, wenn auch noch eine Spur zerknitterter. Wenn ich das richtig verstanden habe, ist er ja von Kindesbeinen an solche Situationen gewohnt. Mit einer Frau zu schlafen, mit der er nicht verheiratet ist. Das ist ja fast eine Art Familientradition! Es sollte ihn nicht weiter aus der Fassung bringen. Im Gegensatz zu mir, die sofort panisch an mittelalterliche Foltermethoden und Verbannung denken muss. All das geht mir durch den Kopf, während Magnus sofort das Ruder übernimmt, auf Französisch bestellt und Auskünfte über das Dorf einholt.

Fabien richtet seine ganze Aufmerksamkeit auf Magnus, deutet, erklärt und lacht nett, während ich keinen Ton sage. Obwohl das hier doch mein Dorf ist! Meine Bar! Mein Geliebter! Na ja, Geliebter ist vielleicht etwas zu viel gesagt. Mein zufälliger Irrtum, meine ich. Ich hätte auch bestellen können. Besser gesagt, ich hätte nicken können, und dann hätte Fabien verstanden, was ich meinte. Wenn es ein normaler Tag gewesen wäre, hätte mein Lieblingsrotwein schon vor mir gestanden.

Aber dies ist weiß Gott kein normaler Tag. Also bekomme ich ein Evian (ohne Eis natürlich) und ein plat du jour, einen

Hähncheneintopf mit Cidre, Schweinebauch und kleinen Zwiebeln. Ich muss daran denken, wie ich in dieser Küche stand und lernte, wie man Sauce béarnaise macht, wie wir Wein tranken und das Brot in diese himmlische Sauce tunkten, wie ich mit den Stieren rannte, die Bar weihnachtlich dekorierte und in der Alpenhütte landete. Wie ich Einars Auto durch Sonne und Schnee und Regen lenkte, Paul in den Gassen jagte und ihn überredete, mit mir hierher zurückzukommen. Und getanzt hab ich auch, mein Gott, was hab ich getanzt! Und Liebe mit Jacob gemacht, dass das Bett anfing, sich zu drehen.

Ich habe auf dem Markt ein lavendelfarbenes Lambswoolkleid gekauft, während Einar auf einem Schemel saß und mir sagte, dass ich schön aussehe. Ich begegnete dem Blick der Frau des Königs Kandaules oben in Bonnibelles schönem Nähatelier. Dem geheimen. Dort bin ich auch gewesen. Nackt und angezogen und bekleidet mit lila Lavendelseide. Ich könnte den Mund aufmachen und das alles erzählen, aber ich kann nicht. Das war wahrscheinlich gar nicht ich. Das war irgendjemand anders, der das alles gemacht hat. Jemand, den ich mir für eine Weile ausleihen durfte. Denn jetzt ist der König hier, um eine äußerst ungewöhnliche Ausnahme zu machen.

»Bist du hier, um mich zu begnadigen?«

Magnus nimmt einen Schluck Wasser und bedenkt mich mit einem Blick.

»Agneta. Du bist so ein seltsamer Mensch. Was meinst du überhaupt damit?«

»Willst du mich mit nach Hause nehmen? Nach meiner freiwilligen Verbannung?«

»Ich verstehe deine melodramatischen Metaphern nicht. Hab ich noch nie.«

Fabien kommt mit zwei Tellern mit dampfendem Hähncheneintopf. Es duftet nach Knoblauch und Kräutern. Er stellt sie mit einem *bon appétit* auf den Tisch, und dann ist er wieder verschwunden. Hinein in die Wärme zu Arlette und den beiden Herren, die immer ein spätes Mittagessen in der Bar zu sich nehmen. Sie plaudern, und ich wünschte, ich könnte bei ihnen sein. Ich drücke meine Gabel in ein Stück Schweinebauch, ziehe es durch die Cider-Sauce und stecke es mir dann in den Mund. Magnus versucht indessen, die Haut von den Hähnchenstücken zu entfernen. Ich nehme einen Hähnchenschenkel in die Hand und beiße ab. Ich spüre, wie mir das Fett und der Saft am Kinn hinunterlaufen. Ich überlege, ob ich es über den Pullover, die Jeans und vielleicht sogar noch bis zu den Strümpfen weiterlaufen lassen soll. Aber dann nehme ich doch die Serviette und trockne mir das Kinn ab, wie es sich gehört.

»Es ist mitten in der Woche, du müsstest doch bestimmt arbeiten, oder? Trotzdem bist du gekommen. Warum eigentlich?«

»Weil ich mir Sorgen gemacht habe.«

»Sorgen weswegen?«

»Ich hab immer angerufen und angerufen, und entweder bist du gar nicht rangegangen, oder es hat sich angehört, als wärst du … in der Klemme. Oder vielleicht nicht unbedingt in der Klemme, aber an einem Ort, wo du nicht sein solltest.«

»Wie meinst du das?«

»Stell dich nicht dümmer, als du bist, Agneta.«

Da bekam er endlich das letzte Stückchen Haut ab und konnte auch abbeißen.

»Ich stell mich nicht dumm. Ich verstehe wirklich nicht, was du meinst.«

»So viele Männer die ganze Zeit. Wie soll ich wissen, was los ist und … ja, ob du in Gefahr bist? Außerdem hast du noch kein Ticket für die Heimreise gekauft. Wie sollen wir

Weihnachten feiern, wenn wir uns nicht an das halten, was wir geplant haben?«

»Ich bin einfach nicht dazu gekommen, es war so viel los. Einars Sohn ist aufgetaucht, alles war plötzlich nur noch Chaos, und ich habe wirklich vorgehabt, ein Ticket zu buchen, aber …«

»Na, jetzt hab ich das gelöst. Morgen um elf geht unser Flieger. Ich hab mit den Kindern gesprochen, damit sie wissen, was los ist. Sie klangen richtig erleichtert.«

»Wie geht es ihnen?«

»Ich hab vielleicht nicht direkt mit ihnen *gesprochen*, aber sie sind erleichtert.«

»Haben sie es geschrieben? Per SMS?«

»Ja. Per SMS waren sie erleichtert. Sehr.«

»Aber ich kann nicht einfach so nach Hause fahren. Nicht morgen schon.«

»Doch, das glaube ich schon.«

»Ich kann Einar doch nicht einfach so verlassen, egal, wie es ihm gerade geht, und …«

»Hast du nicht gesagt, dass sein Sohn aufgetaucht ist? Ich hab diesen Sohn sogar selbst begrüßt. Er heißt Paul, und wenn du mich fragst, sieht er mehr als zuverlässig aus. Ist er jetzt vielleicht verantwortlich für Einar?«

»Die beiden kennen sich überhaupt nicht. Einar ist furchtbar sensibel, und wenn ich mitten in diesem Chaos einfach verschwinde, weiß ich nicht, was er tun wird.«

»Wie lange bist du hier gewesen?«

»Anderthalb Monate.«

»Und wie alt ist Einar?«

»Über achtzig.«

»Genau. Er ist sein ganzes Leben ohne dich zurechtgekommen, außer in den letzten anderthalb Monaten. Ich glaube doch, dass er auch in Zukunft zurechtkommen wird. Hier gibt es doch auch ambulante Pflegedienste, genauso wie in Schweden.«

»Aber er spricht bloß Schwedisch, wenn er verwirrt ist.«

»Weißt du, wie viele alte Menschen in Schweden nur Arabisch sprechen? Die verstehen vielleicht nicht mal Schwedisch, im Gegensatz zu Einar, der ja tatsächlich Französisch beherrscht. Aber da wird doch deswegen kein arabisches Au-pair-Mädchen angeheuert, oder? Nein, sie nehmen die Hilfe an, die ihnen angeboten wird, und damit ist die Sache gut. Einar wirkt im Übrigen ziemlich munter, wenn du mich fragst. Er kann doch mit seinem Sohn nach Schweden ziehen. Er kann da dann in irgendeinem Heim wohnen oder was weiß ich. Aber er kommt zurecht, da kannst du sicher sein.«

»Aber *ich* vielleicht nicht.«

»Was tust du nicht?«

Magnus schluckt Hähnchen mit Perlzwiebeln herunter und gurgelt quasi mit Wasser, um wirklich jede Faser zwischen seinen Zähnen herauszubekommen.

»Zurechtkommen.«

»Warum solltest du nicht zurechtkommen? Du siehst gesund aus, um es mal vorsichtig zu formulieren.«

»Na ja, rein körperlich würde ich sicher nicht sterben, aber vielleicht …«

»Du wirst zurechtkommen. Du hast dein ganzes Leben in Schweden verbracht. Du bist doch keine Französin geworden, nur weil du anderthalb Monate hier gewohnt hast. Also, was muss man hier alles angeschaut haben, bevor man zurückfährt?«

Wir gehen durchs Dorf, grüßen die Bewohner, die ich kenne, und ich nehme ihn sogar mit auf den Hügel mit der Aussicht über die Weinberge. Während ich früher BONJOUR gerufen habe, dass es nur so durch die Gassen hallte, flüstere ich mich jetzt durchs Dorf. Höre auf einmal meine schlechte französische Aussprache, und die Küsse auf die Wangen fühlen sich nicht mehr an wie Küsse, sondern wie ein albernes Schauspiel. Ich bin doch Schwedin! Wangenküsse – du lieber Himmel.

Magnus ist ein skeptischer Zuschauer. Er lässt sich nicht täuschen von leerem Geprahle, Wangenküssen und gemalten Wanddekors. Alles muss durch und durch gut und wohldurchdacht sein und eine Funktion erfüllen, deswegen beeindruckt es ihn überhaupt nicht, als ich ihm die Kirche und den Brunnen auf dem Marktplatz zeige. Den mickrigen Kirchturm mit einer Uhr, die nicht mal richtig geht. Den kleinen Marktplatz mit den Alkis auf den Bänken, die zu laut rumgrölen. Der Brunnen, in dem im Winter kein Wasser rauscht und der jetzt nur verrottendes Laub zu bieten hat. Bin ich vielleicht die ganze Zeit blind gewesen? Hab ich nur das gesehen, was ich sehen wollte, um zu überleben? Um nicht gleich wieder nach Hause fahren zu müssen in Schimpf und Schande?

Dieses Dorf ist alt und hässlich, es liegt ja nicht mal in Meernähe. Und in ihm wohnen verwirrte Menschen, die in falschen Zimmern pinkeln, im Rollstuhl sitzen, über Bars wohnen oder heimlich Unterwäsche nähen. War diese Unterwäsche am Ende gar nicht so schön? Ich hatte bloß versucht, mit der Situation zurechtzukommen, in die ich mich gebracht hatte. Und jetzt hat mich die Realität eingeholt. Und die Realität sagt, dass ich nackt bin. Dass meine schönen Kleider, die ich zu tragen meinte, nichts als Luft waren. Je m'appelle *Der Kaiser ohne Kleider*.

Wir stehen auf dem Hügel und schauen über die Reihen von Weinstöcken, die sich in alle vier Himmelsrichtungen erstrecken. Auf die Berge in der Ferne, die Weingärten, all die goldroten Farben. Ich schlucke. Schlucke, schlucke und schlucke.

Ich weiß nicht, was ich da runterzuschlucken versuche, aber irgendetwas ist da. Da spüre ich Magnus' Arm. Er legt ihn um meine Schulter.

»Wir können doch jederzeit zu Besuch wiederkommen. Das alles bleibt doch so.«

Ich kann weder nicken noch den Kopf schütteln, ich schlucke einfach nur das, was ich nicht runterkriegen kann.

»Wir können doch im Sommer mit den Kindern herfahren. Da ist es bestimmt auch schöner. Du schaffst es bestimmt, bis dahin Französisch zu lernen, lernst die Sprache von Grund auf. Das ist immer das Beste, das ist der richtige Weg zum Erfolg. Du weißt doch, in fünfzehn Jahren gehen wir in Rente. Da haben wir dann alle Zeit der Welt für so was wie das hier.«

»Das hier?«

»Ja. Verreisen und neue Orte anschauen.«

»In fünfzehn Jahren?«

»Ja. Die sind im Nu um. Ich habe übrigens unseren Rentensparplan umstrukturiert, da ist die Chance groß, dass wir im Jahr 2035 ziemlich gute Monatsgehälter kriegen. Vorausgesetzt natürlich, du nimmst das Angebot deiner Chefin an. Ich hab gehört, dass deine Eltern dir versprochen haben, dir eine Grüne Karte zu zahlen? Das ist doch eine tolle Idee, oder? Dann können wir zusammen Golf spielen gehen.«

»Ja.«

Magnus legt jetzt auch noch den anderen Arm um mich und dreht mich herum, sodass wir uns gegenüberstehen.

»Ich hab übrigens einen Online-Massagekurs gemacht. Ich bin also demnächst diplomierter Massagetherapeut.«

»Online?«

»Jupp.«

»Aber muss man da nicht an echten Körpern üben und so?«

»Den Teil muss ich noch absolvieren, aber das kann ich ja bei den Intensivkursen machen, die sie an diesem Institut anbieten. Theoretisch hab ich schon ausgelernt. Ich kann dich jeden Abend massieren! Vielleicht sogar ab und zu ein Glas Wein trinken. Freitags oder samstags. Ich hab mir sogar einen Antischnarchkieferstützgürtel gekauft, der die Atemwege effektiv öffnet. Dann können wir auch wieder in einem Bett schlafen.«

»Okay …«

Magnus umarmt mich. Ich umarme ihn ebenfalls, während er weiterredet.

»O Mann, ich rede ja die ganze Zeit, merke ich gerade. Entschuldige. Aber ich bin nervös.«

Magnus? Nervös? Das ist ja was völlig Neues.

»Weshalb bist du nervös?«

»Ich …«

Er lässt mich los, zieht die Luft durch die Nase ein und schaut sich um.

»Ich will nicht wissen, was hier passiert ist. Erzähl mir einfach nichts. Ich glaube, dass … wir einfach nach Hause fahren und versuchen, uns zu bessern, und ansonsten einen Schlussstrich unter alles andere ziehen.«

»Aber …«

»Ich liebe dich doch.«

Eine Träne. Ich sehe sie! Ihm läuft eine Träne über die Wange. Ich wische sie weg. Spüre seine Bartstoppeln unter meiner Hand.

»Willst du mit mir nach Hause kommen?«

Jetzt beißt er sich auf die Lippe. Ziemlich fest. Noch eine Träne, aus demselben Auge. Und noch eine. Bald wird er sich die ganze Lippe durchgebissen haben. Vielleicht wird er sogar so richtig Rotz und Wasser heulen.

»Okay.«

Magnus zieht alle Tränen und den Schnodder, die schon

unterwegs waren, wieder zurück und nimmt die Zähne von der Lippe. Dann umarmt er mich, während ich über seine Schulter schaue und die runde Stadtmauer von Saint Carelle mit ihren vier Toren sehe.

52.

Bonnibelle hat den Tisch im roten Zimmer gedeckt. Den Salon, den Armand und Einar einst la chambre d'amour genannt hatten. Das Zimmer der Liebe mit seinen hellroten Barocktapeten, den bleischweren Samtvorhängen in tiefstem Purpurrot, einem roten Tischtuch auf dem großen Tisch und allen fünfzehn Stühlen mit ihren selbstverständlich auch in Rot gehaltenen weichen Bezügen. Schwarze Marmorstatuen balancieren riesige Kerzen vor jedem der mannshohen Fenster, überall stehen Kerzenständer und auf dem Tisch Tigerteller.

Ein ganzer Riesenfisch ist in Salz gebacken worden, während Kapern und Sardellen zu einer Anchoïade verschmolzen sind, und offenbar wartet im Ofen eine Gruppe von Tartes aux poires caramélisées. Paul ist hier, und Bonnibelle will ihm das Beste der Provence und auch von sich selbst bieten. Dass ich fahren werde, weiß niemand. Dass es ein Paul-hat-hergefunden-Essen und eine Auf-Wiedersehen-Agneta-Sitzung ist.

Magnus duscht im Badezimmer des Turmzimmers. Das Wasser rauscht ununterbrochen, man hört ihn leise singen hinter dem Zebravorhang.

»Meine Freunde, wo ist die Seife? Meine Freunde, seht ihr die Seife? Wunder und Schrecken mich ergreife – wo wo wo?«

Povel Ramel? Ja, Magnus ist zweifellos in Bestlaune. Er hat sogar gelächelt, als ich ihm einen Bademantel geliehen habe. In Pistaziengrün mit Leopardenmuster.

»Ich frage mich, wo ist die Seife, Bruder? Gib mir die Seife, Schwester!«

Ich denke an Mathematik. Diese Mathematik des Lebens, was etwas kostet und was gut schmeckt. Und an das Thema des billig Davonkommens. Wie viel kostet billig? Da auf dem Hügel vor ein paar Stunden bekam ich dieses billige Angebot. Statt in Honig gerollt und den Wespen vorgeworfen zu werden, habe ich ein Ticket nach Hause bekommen. Ich brauche dem Opfer meines Verbrechens keinen Schadensersatz zu zahlen. Nicht mal eine Gerichtsverhandlung gibt es. Das kann man wohl als »billig davonkommen« bezeichnen. Aber auch billig hat seinen Preis. Es gibt immer einen, der bezahlen muss. Wie wenn man ein Schnäppchen macht und ein T-Shirt für fünfundzwanzig Kronen findet, das ziemlich gut aussieht. Doch irgendwo auf der anderen Seite des Globus sitzt eben ein Kind, das rund um die Uhr nähen muss und deswegen teuer bezahlt, nämlich mit seiner Kindheit. Aber da man dieses Kind weder kennt noch sieht, kauft man das Oberteil gut gelaunt. Jetzt und hier billig davonzukommen, kostet eine ganze Menge. Es kostet mich das Kloster, Einar, Bonnibelle, Fabien, die Bar, das Auto, Barry, Judy, die Märkte, die Bäckerei, die ganzen Platanenalleen, all die guten Käsesorten, den Wein, Luzette, Saint Carelle, die Provence, meine Nachmittage im Klostergarten mit einer Tasse Kaffee und … die Lavendelfrau. Aber ich komme um meine Schuld herum.

Mein Koffer liegt offen auf dem runden Bett. Magnus fand es klüger, schon am Vorabend zu packen, weil wir morgen in aller Frühe abreisen müssen. Die ungelesenen Bücher werden eingepackt, meine Jeans, praktische Oberteile, meine ganze ausgewaschene Unterwäsche ohne vernünftigen Gummizug, und ich werfe einen scheelen Blick zum Wäscheschrank. Magnus steht immer noch unter der Dusche, also mache ich die

Schranktür auf, bücke mich und nehme die Statuette der indischen Gottheit heraus, die ich als Schutz zwischen mich und die heiligen Reliquien gestellt habe. Nach dem Besuch der Lavendelfrau. Die Göttin, die kurz auf die Erde herabgestiegen war, als sich plötzlich eine Lücke auftat, aus der sie heraustanzen konnte. Diese Lücke hat sich wieder geschlossen.

Sorgfältig hole ich meine Sachen heraus. Erst die Unterhose aus schwerer Seide, den BH mit der gerüschten Spitze und als Letztes mein weiches Kleid. Ich streiche mir damit über die Wange. Die Lambswool und die Seide sind so weich. Als ob sie gar nicht da wären. Und das sind sie vielleicht auch gar nicht. Ich strecke die Hand nach ganz hinten aus. Da liegt das Buch. Es ist so schwer, dass ich zwei Hände brauche, um es herauszunehmen. Dann habe ich es auf dem Schoß. Jacob. Ich blättere zu dem Bild, wo er mit seinem dunklen, ernsten Blick und dem gekräuselten Kragen dasteht.

»Wo ist die Seife, Bruder, gib mir die Seife, Schwester, wo wo wo!«

Unsere Blicke treffen sich. Langsam beuge ich mich vor und küsse ihn leicht auf den Mund. Dann schlage ich ihn zu und schiebe das Buch zurück in die Dunkelheit auf dem Regalbrett. Ich falte die Sachen eine nach der anderen zusammen, küsse sie und lege sie auch zurück. Mein Reliquienversteck in meiner eigenen Kirche, neben dem Wunderbett, das in einer dieser magischen Nächte anfing, sich zu drehen.

»Merci pour tout.«

Dann mache ich meinen Koffer zu und stelle ihn auf den Boden.

Einar ist in Bestlaune. Neben ihm sitzt Paul, und es sieht aus, als wären seine Schultern doch noch ein wenig herabgesunken. Er ist nicht unbedingt redselig, aber auf seinem Gesicht hat sich ein vorsichtiges Lächeln ausgebreitet. Erst werden Silberplatten mit Eis und Austern hereingetragen, und die Austern werden mit großem Appetit geschlürft. Ein bisschen schwarzer Pfeffer und Zitrone drauf, und plopp, da wurde auch schon die nächste Champagnerflasche entkorkt.

Raus mit den leeren Molluskenschalen und rein mit dem Fisch, der in einer Kruste aus Eiweiß und Salz in natürlicher Fischform gebacken wurde. Die Kruste wird unter Applaus zerbrochen, Teller werden über den Tisch hin- und wieder zurückgeschickt, man prostet sich zu, dann werden Käse hereingerollt und Katzen gestreichelt, Henri hebt sein Glas für einen Toast auf seine Frau Bonnibelle, die das Essen gekocht hat, und alle stoßen an, und dann will Einar noch einmal auf Paul trinken, und wir stoßen wieder an, aber diesmal noch lauter.

Die Katzen springen auf die Samtstühle hinauf und wieder runter, und manchmal ergattern sie einen Leckerbissen, mit dem sie davonrennen. Magnus isst große Bissen vom Fisch, taucht ihn, ohne zu zögern, in die Anchoïade, sogar die Käsesorten kostet er neugierig. Er fragt auf Französisch, aus welcher Milch sie hergestellt wurden und in welchen Formen, und Fabien erklärt es ihm, so gut er kann. Ziegenmilch hier und Kuhmilch dort, und Einar hat seinen Arm um Pauls Schultern gelegt. Paul lässt ihn gewähren.

Bonnibelle räumt ab und kommt mit den dampfenden Tartes aux poires caramélisées zurück, die noch kurz mit Birnenschnaps übergossen wurden, und Schlagsahne gibt es auch noch, wenn man will. Alle klatschen, alle wollen Schlagsahne. Es wollen auch alle noch mehr Wein, vor allem Einar. Er steht auf, um einen Toast auf seinen geliebten Sohn auszubringen, und wir kümmern uns nicht darum, dass er das schon gemacht hat, und stoßen an, als wäre es das erste Mal.

Magnus geht auf die Toilette, und meine Augen landen auf

Fabien. Er lächelt. Nicht schelmisch, nicht breit, nicht vergnügt, es ist eher wie ein vorsichtiges »wir haben uns trotz allem gern, und wenn es etwas gibt, was ich kann, dann ist es, Geheimnisse für mich zu behalten«. Ich verziehe den Mund, aber mehr in einem »jetzt ist es vorbei, und das war's dann auch«. Alle wischen sich den Mund mit ihren Stoffservietten ab, aber das brauche ich nicht. Denn ich habe nichts gegessen von den Austern, dem Fisch, dem Käse und der Birnentarte, weil irgendwas in meinem Hals steckt, was ich einfach nicht runterschlucken kann. Ich weiß, dass ich mit dem Messer an mein Glas schlagen und bekannt geben sollte, dass ich mich für alles bedanke, aber jetzt nach Hause fahre, um Weihnachten zu feiern, und nie wieder zurückkomme. Aber es geht nicht. Ich kann es nicht. Stattdessen schlägt Einar zum dritten Mal gegen sein Glas, steht auf und bringt einen Toast auf seinen geliebten, geliebten Sohn aus.

Der Abwasch ist abgewaschen, die Austernschalen liegen auf dem Austernschalenfriedhof rund um die Rosen am Pool, und die Gäste sind nach Hause gegangen. Ich bin weder satt noch hungrig, Paul liegt in der Katzenkammer im Bett, und Magnus hat sein Antischnarchband angelegt, ein breites, schwarzes Ding, das unterm Kinn verläuft, über den Kopf gespannt wird und praktische Löcher für die Ohren hat, damit sie Platz zum Rausstehen haben. Magnus kann kaum sprechen, weil seine Kiefer so zusammengepresst werden, aber während er die Laken straff zieht, kann er trotzdem ein paar Worte hervorpressen. Magnus ist wirklich hartnäckig.

»Toller Abend. Dieser Fabien kennt sich richtig aus mit Käse und Wein, hab ich gemerkt.«

»Ja, schon, der weiß so einiges.«

»Aber du fandest das Essen in der Bar nicht gut, oder?«

»Es ist schon gut, es ist nur, dass … Weißt du was, ich gehe kurz runter und sage Einar gute Nacht.«

»Deinen Koffer hast du gepackt?«

Ich zeige auf den Koffer, und Magnus nickt zufrieden.

»Hast du mit Paul sprechen können?«

»Ein bisschen.«

Nein, ich habe nicht mit Paul gesprochen. Ich hab mit niemand gesprochen!

»Und, was hat er gesagt?«

»Dass … sich das Ganze schon irgendwie lösen wird.«

»Na, hab ich doch gesagt.«

Das Ganze wird sich irgendwie lösen? Wie denn? Natürlich hat er das nicht gesagt, denn Paul fährt in zwei Tagen zurück nach Schweden. Er hat keinerlei Verantwortung für seinen Vater. Wenn er selbst es nicht will. Aber man kann Einar nicht einfach aus dem Kloster rausholen, genauso wenig, wie man Paul nicht einfach aus Täby rausholen kann. Und ich habe ja meine eigenen Eltern. Wenn ich schon mit alten Leuten zusammen sein soll, dann mit ihnen. Blut ist dicker als Wasser, oder wie war das noch? Also gibt es wohl diese Grüne Karte und Golf, und Berit mit ihrem Dackel ist dann sicher auch mit von der Partie. Einar ist nicht meine Verantwortung. In Frankreich gibt es auch einen ambulanten Pflegedienst. Es gibt gute Heime für Demenzkranke. Und wenn die Heime nicht so gut sind, spielt das ja keine große Rolle, denn die Patienten sind ja ohnehin dement. So in der Art hat Magnus es ausgedrückt. Wenn auch ein bisschen verblümter.

Also gehe ich weg. Ich werde genauso plötzlich verschwinden, wie ich aufgetaucht bin. Alle im Dorf sind früher ohne mich zurechtgekommen. Sie haben hier ihr Leben geführt, ich hatte keinen Schimmer von ihrer Existenz, und sie hatten definitiv keine Ahnung von mir. Zu diesem Zustand gehen wir jetzt wieder zurück. Magnus hat mir versichert, dass es funktionieren wird. Und normalerweise hat er ja immer recht.

Aber ich muss Einar noch einmal umarmen. Ich schlüpfe in meine Pantoffeln und gehe die Turmtreppe hinunter. Die vierte Stufe lasse ich aus, weil die immer so verflucht laut knarzt. Ich gehe durch die Flure und durch die Wohnzimmer und die Treppe hoch, obwohl kein Licht brennt. Ich ahne das Licht von Einars Tür, die einen Spalt offen steht. Vorsichtig spähe ich hinein. Er liegt im Bett und streichelt die Katzen. Sie gurren und krümmen sich, und Einar streichelt sie, wo sie gerne gestreichelt werden möchten.

Ich klopfe an.

»Agneta. Hallo, meine Liebe.«

»Hallo.«

»Komm rein, komm.«

Die Teppiche fühlen sich weich an unter meinen Füßen, die Funken sprühen aus dem offenen Kamin, und jetzt sehe ich, dass er ein paar Weihnachtsgirlanden an die Deckenbalken gehängt hat. Am Kinn hat sein Bart schon angefangen zu wachsen, und bis Weihnachten wird er einen richtigen weißen Vollbart haben. Energisch klopft er neben sich aufs Bett. Als wäre ich eine Katze, die man anlocken muss. Ich komme ins Bett und lege mich neben ihn. Mit einem dumpfen Plumpsen wirft sich Barry auf mich und streckt mir seine Kehle hin. Da will er gekrault werden, also kraule ich ihn. Einar hebt seine Decke an und legt ein Stück auf meine nackten Beine. Auf seinen Lippen liegt ein seliges Lächeln.

»War das ein schöner Abend.«

»Ja, allerdings.«

»Paul übernachtet hier.«

»Ich weiß. In der Katzenkammer.«

»Ich hab mal geträumt, dass mein Sohn dort liegen wird. Als

Armand die Wände mit diesen ganzen sich rekelnden Katzen bemalt hat, habe ich manchmal zu träumen gewagt, dass Paul eines Tages dort drin schlafen würde.«

»Und jetzt tut er es.«

»Ja. Wie geht's dir?«

»Ehrlich gesagt – ich weiß es nicht.«

»Das seh ich.«

»Darf ich dir zwei Geständnisse machen?«

»Was immer du willst.«

»Es ist total entsetzlich. Vor allem das erste. Aber das zweite auch. Wenn auch auf eine andere Art.«

»Wenn es so entsetzlich ist, dann musst du es wirklich rauslassen.«

Ich schlucke das, was sich nicht schlucken lassen will. Ich spüre Einars Hand auf meiner.

»Also. Was hast du getan?«

»Ich habe …«

Einar hebt Judy auf meine Brust. Jetzt hab ich einen ganzen Katzenhaufen auf mir liegen. Ich vergrabe mein Gesicht in ihrem Fell und flüstere:

»Ich hab einmal mit Fabien geschlafen.«

Kein Mucks von Einar. Ich blicke aus dem Fell hoch und schaue Einar an. Er schaut fragend zurück.

»Hast du was gesagt?«

»Ich hab mit Fabien geschlafen.«

»Und?«

»Das ist so beschämend.«

»Willst du mich auf den Arm nehmen?«

»Aber ich bin doch verheiratet!«

»Wirklich? Mit wem denn?«

»*Mit Magnus!* Der auch beim Abendessen dabei war.«

»Kann mich gar nicht richtig erinnern. Okay. Du bist also verheiratet und hast mit Fabien geschlafen.«

»ENTSETZLICH!«

»Das kommt drauf an. Meistens gibt es ja einen Grund dafür, wenn man mit einem anderen schläft als mit dem, mit dem man verheiratet ist. Manche Gründe sind besser als die anderen. Welchen hattest du?«

»Ich hab tausend Gründe und andererseits keinen einzigen. Aber so was tut man nicht. Man kann nicht einfach so mit irgendwelchen anderen Menschen schlafen. Ich könnte kotzen, wenn ich dran denke.«

»Bitte nicht auf die Katzen. Das ist so eine Höllenarbeit, ihr Fell wieder sauber zu kriegen.«

»Es ist so hässlich gegenüber Magnus. Aber was da oben über der Bar passiert ist, das war … so furchtbar schön. So ist es mit Magnus nie gewesen. Nie. Es war, als hätte ich mein ganzes Leben lang eine kleine Panflöte gespielt, und plötzlich hat mir jemand ein Drumset mit High-Hats und jeder Menge Pedalen hingestellt. Ich hab auch noch mit einem anderen geschlafen.«

»Ja?«

»Mit Jacob Jordaens.«

»Mit dem Künstler?«

»Ja. Das Bett hat mittendrin angefangen, sich zu drehen.«

»Wirklich? Ich schlafe manchmal gleichzeitig mit Marlon Brando und Alain Delon, das könnte Betten auch zum Rotieren bringen. Aber ich finde das alles ziemlich vorhersagbar. Es macht mir allerdings richtig Laune, dass Jacob dieses alte Bett wieder in die Gänge gekriegt hat. Ich hab bestimmt irgendwo noch ein Buch über ihn, das kannst du dir mal ausleihen.«

»Das hab ich schon.«

»Behalt es ruhig.«

»Bei dir klingt immer alles so einfach. Aber weißt du, beim Abendessen, als Fabien und Magnus zusammen am Tisch saßen … Ich hatte das Gefühl, ich würde in einem Meer von Schuld sitzen. Einem bodenlosen noch dazu.«

»Nichts ist einfach. Aber so ist es eben. Du bist jetzt in Schuld und Scham abgetaucht, aber ich glaube, du wirst wieder rauskommen aus diesem Bad. Eigentlich hast du doch nur gelebt. Zum Leben gehört furchtbar, furchtbar viel. Fehler machen. Das Richtige machen. Bist du ganz sicher, dass das mit Fabien auf der Fehlerseite landet? Und bist du ganz sicher, dass dieser … wie hieß er noch …?«

»Magnus.«

»Dass Magnus auf der Seite der Dinge landet, die du richtig gemacht hast?«

»Ich bin nicht in Fabien verliebt, falls du das glaubst.«

»Das hab ich auch nicht geglaubt. Aber irgendwie hat er ja wohl doch einen Schlüssel zu dir gehabt.«

»Weißt du was? Ich glaube gar nicht, dass das seine Schlüssel waren. Es waren meine. Allesamt.«

»Du meinst, du hast deinen eigenen Schlüsselbund gefunden?«

Ich schlucke. Es geht immer noch nicht richtig.

»Wie auch immer – ich fahre morgen wieder nach Hause. Das ist das andere Geständnis, das ich dir machen muss.«

»Nach Hause? Aber du bist doch zu Hause.«

»Nein, bin ich eben nicht. Ich habe ein Haus, einen Mann, zwei Kinder, zwei Katzen, zwei Eltern und vielleicht einen Job in der Verkehrsplanungsabteilung zu Hause in Schweden. Dahin gehe ich zurück. In die Realität.«

»Die Realität wird überschätzt.«

»Ich weiß. Es war wirklich unwirklich schön, hier mit dir zu sein.«

»Du weißt, dass das auch alles Realität ist, oder?«

»Leider nicht meine Realität.«

»Wir werden dich vermissen.«

»Ich werde euch vermissen. Kommst du zurecht?«

»Niemand kommt zurecht. Ich nicht, du nicht, die Katzen nicht. Aber bis dahin müssen wir eben gut gelaunt nicht zurechtkommen.«

Dann hebt Einar seinen Arm, und ich kuschle mich an ihn. Jetzt ist meine Kehle völlig zugeschwollen.

53.

»Wir frühstücken am Flughafen!«

Ich hatte mich so nach einem letzten Frühstück mit dem knusprigen Baguette, der Marmelade, der gesalzenen Butter und dem Kaffee gesehnt. Umständlich, befindet Magnus. Weniger umständlich, wenn wir uns in Folie verpackte dreieckige Sandwiches auf einem in Folie verpackten Flughafen kaufen.

Das ganze Kloster schläft noch. Es ist so früh, dass die Sonne noch nicht aufgegangen ist. Magnus ist eifrig bei der Sache, er trägt mit federnden Schritten unsere Koffer hinunter auf die Straße, während ich nicht weiß, wie ich Auf Wiedersehen sagen soll. Erst bleibe ich bei jedem Zimmer stehen und lasse meinen Blick über Zebrasofas, Statuen und Palmenlampen wandern. Aber da befällt mich eine so heftige allergische Reaktion, dass ich kaum mehr atmen kann. Ich bin ganz einfach allergisch auf Abschiede. So ist es eben bei mir. Dennoch gehe ich noch ein letztes Mal hoch ins Turmzimmer. Auf meinem runden Bett liegen die Decken und Kissen ordentlich zusammengelegt am Fußende. Alle Laken wirbeln in der Waschmaschine, die jetzt schon auf Hochtouren läuft. Wenn die Wäsche nach dem Frühstück aufgehängt wird, ist sie schon am Nachmittag trocken und duftet gut.

In meiner Tasche stecken drei Briefe. Ich hab sie in der Nacht geschrieben, während Magnus – trotz seines Antischnarchbands – lautstark neben mir schlief. Einen an Bonnibelle, einen an Fabien und einen an Einar. Ich beschreibe ihnen, was sie wirklich für mich bedeutet haben. Was die schönste Unterwäsche und die Postkarte mit dem Gemälde *König Kandaules von Lydien zeigt seine Frau Gyges* oben auf dem Dachboden mit mir gemacht haben. Und dass die Nacht über der Bar meine erste Nacht als Drumset war. Dass ich dank ihnen für einen kurzen Moment in die Lavendelfrau verwandelt wurde. Einar schreibe ich nur ganz kurz, dass ich ihn liebe und dass er der einzige Seelenverwandte ist, den ich jemals gehabt habe.

Ich drücke mich an den Wänden entlang und schaue aus einem Turmfenster nach dem anderen. Ich sehe den Pool in Penisform, die Austernschalen, die in mehreren Haufen unter den Rosenbüschen glimmern, den ganzen überwucherten Klostergarten, meinen Frühstücksplatz unter dem Kastanienbaum, Saint Carelles lädierte Zinnen und Türmchen und den Kirchturm. Ich stehe ganz nah bei meinen Reliquien. Meinen eigenen Reliquien. Übrig geblieben von meiner Zeit als Göttin. Die Unterwäsche, das Kleid und Jacobs Kunstbuch. Die einzigen Souvenirs, die ich von meiner Zeit als Au-pair habe.

»AGNETA! Das Taxi ist da!«

Ich höre Magnus vom Klostergarten her rufen. Nein. Ich kann sie nicht hier lassen. Meine Reliquien müssen da sein, wo ich bin, also reiße ich kurz entschlossen den Wäscheschrank auf, nehme den lavendelfarbenen Wäschestapel heraus und das Buch über Jacob. Dann verlasse ich das Turmzimmer, so schnell ich kann, wobei ich mir meine Heiligtümer fest an die Brust drücke. Ich lege den Brief für Einar auf den Küchentisch, und jetzt höre ich die Katzen miauen. Nichts wie raus und Tür zu, bevor sie angerannt kommen.

Magnus sitzt schon auf dem Beifahrersitz des Taxis, als ich auf die Straße komme. Er hat die Scheibe heruntergelassen und streckt den Kopf raus, der immer noch rote Streifen hat von seinem Antischnarchband.

»Was hast du da?«

»Ein Geschenk von Bonnibelle.«

»Was für ein Geschenk?«

»Unterwäsche.«

»*Unterwäsche?* Wer verschenkt denn Unterwäsche?«

»Sie näht sie selbst. Das ist die schönste Wäsche, die ich jemals gesehen habe, und …«

»Du weißt schon, dass die Fahrt eine gute Stunde dauert, oder? Und dann müssen wir auch noch mindestens zwei Stunden vor Abflug am Flughafen sein, die Zeit ist also schon ziemlich knapp.«

Ich renne über die Straße und schiebe den Brief für Bonnibelle in den kleinen Briefkasten neben der rosa Tür. Bleibe ein paar Sekunden dort stehen. Starre auf die Tür, wie man ein letztes Mal auf einen Sarg starrt, nachdem man die Blume auf den Deckel gelegt hat. Danke für alles. Danke für buchstäblich alles.

»Hallo?! Wir müssen uns jetzt wirklich ein bisschen beeilen.«

Magnus winkt mich heran, und ich setze mich auf die Rückbank.

»Wir müssen nur noch kurz bei der Bar stehen bleiben, ich muss da einen Brief abgeben.«

»Noch einen Brief?«

»Ja, ich habe einen an alle geschrieben, die mir während dieser Zeit geholfen haben.«

»Es ist doch wohl eher so, dass *du ihnen* geholfen hast, oder?«

»Nein, tatsächlich ist es eher andersrum. Avenue du Taureau, s'il vous plaît. Stop at the bar.«

Der Taxifahrer nickt, während Magnus gestresst auf seiner

Apple Watch herumklopft. Sowohl sein Puls als auch die Zeit gehen offenbar zu schnell.

»Es wird nur ein kurzer Halt.«

Die Sonne geht jetzt über Saint Carelle auf. Die Strahlen drängen sich in die dunklen Gassen, und die nassen Pflastersteine glänzen. Das Taxi bremst vor der dunklen Bar, und ich springe raus. Neben der Tür zur Bar gibt es keinen Briefkasten. Ich finde jedoch einen kleinen Eingang an der Seite des Hauses, wo auf einem rostigen Schild *F. Pierrepont* steht. Wenn ich an dieser Wand nach oben blicke, liegt Fabiens Dachkammerfenster direkt darüber. Ich werfe den Brief in den Briefschlitz und mich selbst ins Taxi.

Dann lassen wir Saint Carelle hinter uns, und Magnus' Apple Watch beruhigt sich beträchtlich.

Wir fahren durch die Platanenalleen. Felder mit Olivenbäumen und kletternden Weinranken rauschen vorbei. Ich sitze neben dem offenen Fenster, und mein Mund ist auch offen. Ich schnappe nach Luft wie ein Fisch an Land.

Magnus dreht sich zu mir um.

»Ist dir schlecht?«

»Nein, es ist eher … ich hab das Gefühl, keine Luft mehr zu kriegen. Keine Ahnung, was das ist.«

»Bleib einfach da am Fenster sitzen, das wird bestimmt wieder gut. Wir haben noch fünfundvierzig Minuten bis zum Flugplatz. Das schaffst du schon.«

Fünfundvierzig Minuten? So schnell? Magnus plaudert munter weiter.

»Zu Hause in Schweden haben wir tatsächlich Schnee. Zwar eher Schneematsch, aber immerhin. Und mitten in diesem Schneematsch haben die Öbergs, du weißt schon, die Familie ein Stück die Straße hoch, angefangen, ihre Fenster auszutauschen. Ich meine – mitten im Winter? Was haben die sich bloß dabei gedacht? Und an ihrer Grundstücksgrenze stehen jetzt so große, hässliche Schilder, auf denen die Fensterbauer für ihre Dienste Werbung machen. Schön ist das nicht, das kann ich dir sagen. Nur als kleine Vorwarnung, bevor du heimkommst, damit du keinen Schreck kriegst. Ich glaube, ich muss mit denen echt mal über diese Schilder reden.«

»Gut, dann weiß ich ja jetzt Bescheid.«

»Linda und ich haben jetzt auch angefangen, Padel-Tennis zu spielen. Das ist echt lustig, und ja, richtig schön zu spielen. Man steht wie in einem Glaskäfig, in dem man zwei gegen zwei spielt. Ich glaube, das könnte dir auch gefallen, das war richtig lustig und …«

Glaskäfig? Ich soll mich in einen Glaskäfig stellen und Ball spielen? Ich will nicht. Ich will nicht nach Hause. Dieser Glaskäfig und der Mann da vorne und … nein, das ist nicht mein Zuhause. Ich habe keine Schlüssel dazu. Kein einziger will passen. Was hat Einar gesagt? *Wenn dieses Gefühl kommt, dann weißt du es. Dass es keinen anderen Ort gibt, an dem du sein kannst, als diesen.* Ich bin an meinen Platz gefallen. Fallen ist genau der richtige Ausdruck, ich bin wirklich gefallen. Vielleicht bin ich schon gefallen, seit ich auf der Welt bin. Es fühlt sich fast so an. Ich bin an verschiedenen Stellen angestoßen und mit verschiedenen Menschen zusammengestoßen, aber immer bin ich wieder abgeprallt und weiter gefallen. Aber jetzt bin ich gelandet. In Saint Carelle. An meinem Ort. Es fühlt sich wirklich und wahrhaftig so an, als müsste ich sterben, wenn ich jetzt hier wegfahre.

»STOPP!«

Ich klopfe dem Taxifahrer auf die Schulter. Zu fest und zu stark.

»Stopp! La voiture! STOPP!«

Magnus schüttelt den Kopf und erklärt dem Taxifahrer, dass er definitiv nicht stehen zu bleiben braucht. Dann reicht er mir eine Plastiktüte nach hinten.

»Du kannst hier rein vomieren.«

Ich schlage die Tüte weg und höre mich selbst schreien. Laut.

»Ich muss mich nicht übergeben! RAUS! STOPP!«

Jetzt fährt der verängstigte Taxifahrer doch rechts ran und bleibt stehen, lässt den Motor aber weiterlaufen. Ich stoße die Tür auf, stolpere auf die Straße und stütze meine Hände auf die Knie. Verdammt. Verdammt, verdammt. Ich richte mich auf und lehne mich an eine Platane. Versuche zu atmen, versuche, Luft in meine Lungen zu kriegen, versuche zu schlucken. Aber es ist wie verhext. Alles pfeift nur. Meine Lungen, meine Ohren, es ist, als wäre ich von Kopf bis Fuß ein einziges Pfeifen.

Die Autotür wird zugeworfen. Magnus steigt aus.

»Wenn du dich übergeben musst, ist es besser, wenn du die Tüte nimmst, dann können wir nämlich gleichzeitig fahren, sonst verpassen wir …«

»Mir ist nicht schlecht.«

»Okay, dann sollten wir uns vielleicht wieder ins Auto set…«

»Aber ich werde meinen Flug verpassen. Besser gesagt, wenn ich mich in dieses Flugzeug setze, dann werde ich mich selbst verpassen.«

»Ich komm gerade nicht so richtig mit.«

»Ich bin hier zu Hause.«

»Wie bitte?«

»Ich bleibe hier. Das hier ist mein Zuhause.«

»Was? Das Kloster?«

»Nicht nur das Kloster. Das ganze Dorf. Die ganzen Menschen dort.«

»Du willst also alles aufgeben für ein schäbiges altes Dorf mit senilen Schwulen, alten Frauen, die jeden Augenblick sterben können, alten Männern im Rollstuhl und einem alkoholisierten Barbesitzer?«

»Ja.«

»Warum denn um alles in der Welt?«

»Weil ich mich hier mögen kann.«

Magnus zeigt Richtung Norden.

»Ich mag dich aber nicht hier! Du bist viel besser, wenn du zu Hause bist, das kann ich dir sagen.«

»Ich glaube nicht, dass du das ernst meinst. Was gibt es denn an dieser Agneta zu lieben? Nichts! Du bist doch lieber mit Linda zusammen als mit mir, und ich kann dich sogar verstehen!«

Magnus läuft rot an.

»Was glaubst du, warum ich hierherkomme und versuche, dich nach Hause zu holen? Weil du MEINE FRAU bist! Weil wir verheiratet sind und … Zieh Linda nicht in diese Geschichte mit rein. Das sagt mehr über dich aus und darüber, was in deinem bizarren Gehirn abgeht.«

»Gib's doch zu. Es ist so offensichtlich, dass du in Linda verliebt bist. Und ich will hierbleiben. Was zum Teufel machen wir also hier?«

Jetzt ist er dunkelrot. An der Grenze zu lila.

»Trennst du dich gerade von mir?«

»Ich glaube schon.«

Magnus fährt sich mit den Händen durchs Haar, vor und zurück, vor und zurück. Der Taxifahrer schaltet den Motor aus, lässt die Scheibe herunter, lässt das Taxameter weiterlaufen und zündet sich eine Zigarette an.

»Was hast du dir gedacht, wovon du leben willst?«

»Ich weiß nicht.«

»Sollen diese alten Leute dich etwa bezahlen? Oder willst du eine Unterwäscheboutique mit dieser alten Tante aufmachen? Das wär vielleicht was, du liebe Güte!«

»Eine Unterwäscheboutique? Das ist eigentlich gar keine dum...«

»Also, mit dem, was du jetzt machst, stellst du die Weichen für deinen eigenen Untergang, das ist dir schon klar, oder?«

»Aber ich ...«

»Und die Kinder? DIE KINDER!«

Magnus hebt die Stimme, aber ich übertöne ihn, als würde ich aus dem tiefsten Inneren meiner selbst schreien.

»Kannst du mal aufhören, diese ewige Kinderkarte zu spielen? Die Kinder sind über zwanzig und werden nie wieder nach Hause ziehen. Niemals! Und ich bin doch hier. Jeder, der will, kann gerne herkommen. Wie du weißt, gibt es im Kloster genug Platz. Ihr könnt alle zu Weihnachten kommen! Und es gehen ja auch ständig Züge nach Schweden, es wäre also kein Pro...«

»Meinst du das eigentlich alles gerade ernst?«

»Ja.«

»Gut. Dann hören wir uns wohl.«

»Natürlich.«

Magnus nimmt noch mal einen Anlauf.

»Also nicht mal zu Weihnachten! Da muss ich dann alleine mit den Kindern feiern! Flüchte dich nur in deine Phantasie. Du bist doch erbärmlich. ERBÄRMLICH! Und dann auch noch die Schuld auf Linda schieben, du hast wirklich kein Fünkchen Moral. Schau dich doch an. Siehst du dich eigentlich selbst? Nein, das tust du nicht, weil du dich anscheinend entschieden hast, in deiner eigenen jämmerlichen Einbildung zu leben.«

»Leck mich doch.«

Dann fange ich an, mir den Fleecepulli herunterzureißen, und werfe ihn auf Magnus.

»HIER! Ich hab mein ganzes Leben lang die Jacken für andere Leute gehalten. Jetzt kannst du mal meine halten.«

Ich ziehe mir den Pullover aus und die Jeans, die an meinen Fersen hängen bleibt und die Strümpfe auf eine völlig würdelose Art mitzieht. Ich werfe den ganzen Kleiderhaufen auf Magnus.

»Halt das hier auch mal. Halt alles! Jetzt bin ich dran mit Tanzen, während du meinen Krempel hältst.«

»Tanzen?«

In meiner ausgewaschenen Unterhose und BH stehe ich vor ihm und brülle:

»Das ist eine Metapher! Eine *METAPHER*! Fürs Leben, Herrgott noch mal, du hast mich nie verstanden. Nie!«

»Verstehst du dich überhaupt selbst? Du bist ja total übergeschnappt!«

»Hier nicht! Hier bin ich nicht übergeschnappt.«

Ich reiße die Taxitür auf und nehme das Lambswoolkleid heraus, während der Fahrer nervös in den Rückspiegel schaut. Fluchend ziehe ich meine alte Unterwäsche aus und schleudere sie auch auf Magnus. Dann ziehe ich die seidenschwere Unterhose und den BH an, wie durch Zauberei, ganz flott geht das. Und zuletzt mein lavendelfarbenes Kleid. Ich schnappe mir Jacobs Buch und zupfe mir das Kleid zurecht, ohne den Blick von Magnus zu nehmen, der meine Kleider gerade schwungvoll zwischen die Weinstöcke wirft. Die schmuddelige Unterhose landet auf einem Busch und flattert wie eine schmutzig weiße Flagge im Wind. Aber es fühlt sich nicht wirklich so an, als wäre Magnus bereit, die Waffen niederzulegen und mit den Verhandlungen zu beginnen. Er wirft mir einen scharfen Blick zu und setzt sich ins Taxi, das mit aufheulendem Motor davonfährt und durch die Alleen weiterdonnert, bis es nach kurzer Zeit ganz verschwunden ist.

54.

Es war ein herrliches Gefühl, wie ich Magnus alle meine Sachen zuwarf, aber jetzt fühlt es sich gar nicht mehr herrlich an. Es war entsetzlich. Bösartig. Dramatisch, wo Dramatik völlig unangebracht ist. Wenn man in der Zeitschrift der Warentester unter dem Begriff *Frau* nachschlägt, findet man mich ganz unten auf der Liste. Null Punkte in der Gesamtwertung. Jetzt denke ich auch an die Kinder. Und an Weihnachten und Magnus und die ganzen Heringe und … Ich weiß nicht so richtig, wohin ich mich wenden soll, also lehne ich mich an die Platane und schaue abwechselnd auf meine Sachen, die im Dreck liegen, und auf die andere Straßenseite, die an einen Olivenhain grenzt. Die schmuddelige Unterhose flattert leicht im Wind. Es ist, wie es ist. Ich hab nur gelebt. Mann, was hab ich in letzter Zeit gelebt! Es war weder nett noch würdevoll, aber ich hab gelebt. Wie Einar sagt: Manchmal macht man Fehler, manchmal macht man das Richtige. So muss das sein, wenn man lebt.

Jetzt kommt das Taxi in voller Fahrt zurück, direkt auf mich zu. Ich sehe den Fahrer und Magnus auf den Vordersitzen, beide mit gleichermaßen verbissenen Mienen. Zwei Männer, die sich abgesprochen haben. Zwei Männer, die … Warum werden sie nicht langsamer? Wollen sie mich etwa überfahren?

Ich werfe mich hinter die Platane, genau als das Taxi mit schmerzlichem Quietschen scharf bremst. Magnus springt heraus, rennt um den Wagen herum, macht den Kofferraum auf und reißt meinen Koffer heraus. Ich spähe hinter dem Baum hervor, als ein Magnus mit Schweißringen unter den Armen mir den Koffer vor die Füße wirft. So schwungvoll, dass der Kies hochgewirbelt wird.

»Entschuldige. Entschuldige, dass ich dich mit meinen Sachen beworfen habe.«

Magnus atmet hörbar durch die Nasenlöcher.

»Und entschuldige, dass ich nicht mit dir nach Hause komme. Aber weißt du was? Ich glaube, es ist besser so. Für uns alle.«

Magnus presst die Kiefer aufeinander, und ich entschuldige mich ein letztes Mal, wo ich grade so schön in Schwung bin:

»Entschuldige auch das mit Linda. Ich hab natürlich keine Ahnung, was zwischen euch passiert. So, ich glaube, das war jetzt wohl alles.«

Er sieht aus, als würde er innerlich bis zehn zählen. Dann holt er nach genau zehn Sekunden tief Luft.

»Ich sollte dich vielleicht auch um Entschuldigung bitten. Das war nicht schön, dass ich das gesagt habe, dass du … erbärmlich bist. Und für die Kinder spielt es wohl keine Rolle, wo du bist.«

»Ich werde mir ein neues Handy zulegen, damit ich ihnen wieder Geld swishen kann.«

Magnus lacht auf, und wir schielen uns um den Baum herum an.

»Ich muss jetzt wirklich los, damit ich den Flug noch erwische, aber ich will nur sagen, dass du wahrscheinlich recht hast. Nicht, was Linda betrifft! Oder vielleicht … Aber mit allem anderen. Es tut weh, aber es ist vielleicht richtig.«

»Was ist richtig?«

»Dass du und ich, dass wir vielleicht nicht … Na ja, dass es vorbei ist.«

»Vorbei klingt so dramatisch. Wir haben doch die Kinder und all die Jahre, die wir zusammengelebt haben, und das wird jetzt eben einfach etwas anderes. Aber es muss nicht vorbei sein. Es darf stattdessen eine Überraschung sein.«

»Eine Überraschung?«

»Ja. Ein Paket in einem Paket in einem anderen Paket, und was sich ganz in der Mitte versteckt, das werden wir erst im Laufe der Zeit erfahren.«

Wir lassen uns beide los. Schauen uns an und lichten die Anker.

Da bemerke ich auf einmal, dass ich atme. Tiefe Atemzüge nehme ich, ganz ohne Pfeifgeräusche. Und schlucken kann ich auch! Ein ums andere Mal schlucke ich, und ich winke. Schlucke, winke, schlucke, winke, atme. Magnus schaut mich noch mal an, als er die Hand schon am Türgriff des Taxis hat.

»Geht es dir wirklich gut? Du siehst ein bisschen seltsam aus.«

»Ich schlucke nur!«

»Du schluckst?«

»Ja! Jetzt funktioniert es wieder. Alles funktioniert! Alles.«

Mit nachdenklicher Miene steigt Magnus ins Taxi. Sah er nicht ein bisschen erleichtert aus, dass er nicht mehr diese Frau an seiner Seite haben muss? Die mit der niedrigsten Punktzahl beim Warentest? Sein Blick war ein Blick der Erleichterung.

Das Taxi verschwindet in einer Staubwolke zwischen den ganzen Platanen. Ich schiebe Jacobs Buch in den Koffer, drehe mich um und gehe in die entgegengesetzte Richtung. Ja, die Lavendelfrau steuert Saint Carelle an, mit dem neuen Schlüsselbund, der in ihrer Hand klimpert, und dem Koffer, der hinter ihr her schaukelt. Sie hat Hunger, die Lavendelfrau. Jetzt, wo sie endlich wieder schlucken kann, will sie etwas essen. Alles. Sie wird erst mal mit einem soliden Frühstück die Grundlage legen, und dann …

»Moment. Ich muss aufhören, von mir selbst in der dritten Person zu sprechen. Ich *bin* die Lavendelfrau. In der ersten Person! Jetzt werde ich es machen wie der Blauwal, der mit offenem Mund durchs Meer schwimmt und alles schluckt, was das Meer und das Leben mir zu geben haben. Sehe ich da nicht ein kleines Café an der Ecke?«

MERCI BEAUCOUP!

Es ist November 2019, und ich sitze in einem Kloster in der Provence. In einem Kloster, das nicht mehr von Mönchen und Nonnen bewohnt wird, sondern von zwei älteren französischen Herren, dem Künstler Charles Louis La Salle und dem kreativen Tausendsassa Joël Schneider, die sich hier ihr ganz eigenes Paradies geschaffen haben. Charles Louis will uns ein Gedicht vorlesen, das er geschrieben hat. Wir lachen, weil es auf Französisch ist, und er wird versuchen, das Ganze so zu übersetzen, dass ich auch mitkomme. Mit der Hand auf der Brust deklamiert Charles Louis mit starkem französischem Akzent:

»How do you do, my libido?«

Genau in diesem Moment, als ich dort am Bronzetisch in der verrauchten Küche sitze, mit Gemälden vom Boden bis zur Decke, mit dem kleinen Theater eine Treppe tiefer, Wand an Wand mit dem Atelier, mit dem Turmzimmer, in dem der große Stofftiger schläft, und dem Klostergarten, in dem die Schildkröte Luzette vielleicht gerade herumwandert – genau da weiß ich es. Hier soll mein nächstes Buch spielen. Ein magischerer Ort lässt sich kaum finden. Weder in der Phantasie noch in der Realität. Danke also, Charles Louis und Joël, dass ihr mir die Tore zu eurem Kloster weit aufgemacht habt. Und nicht nur die Tore. Sondern auch die Türen zu eurem Inneren, dem Schweren, dem Lustigen, dem Verrückten. Merci.

Mein Patrick. Ohne dich wäre ich ja nicht mal in dieses Kloster gekommen. Wie kann ich so ein Glück haben, dass der Mann, in den ich mich verliebt habe, so viele spannende Schlüssel an seinem Schlüsselbund hat? Mitsamt einem Onkel mit einem eigenen Kloster?! Du bist so großzügig mit deinen Welten. Immer machst du deine große, weiche Hand auf und sagst: »Komm mit, Emma!« Danke, dass ich sie halten und mit dir auf Abenteuerreisen gehen darf, die ich dann hemmungslos stehle, um Bücher darüber zu schreiben! Muahahahaha! Merci.

August Boj. Oh, liebster August. Stell dir vor, wir hätten uns am Ende nicht gefunden! Es war der absolute Glückstreffer, wir hätten uns gut und gerne nie begegnen können. Aber jetzt sind wir uns ja Gott sei Dank doch begegnet. Ohne dich hätte ich Einar nie gefunden. Während unserer Mittagspausen hast du ganz ehrlich und unverstellt über dein Leben geredet. Von deinem Leben beim Militär, der pochenden Lust, deinem Abend im Humlegården, wie ein eleganter Mann dich an jenem Mittsommerabend in seinem Auto mitnahm und wie ihr zwei eins wurdet, und von eurem unvergleichlichen Lebenswandel in eurer Turmwohnung auf Södermalm. Dein erster Mann war deine größte Liebe. Und ich durfte an deiner Erzählung deines Lebens teilhaben und sie zu Einars machen. Merci.

Maria Jernberger und Denize Karabuda, ihr habt mir auf ganz unterschiedliche Art geholfen, Agneta zu finden. Zusammen haben wir Beziehungen durchgekaut, die ewige Mathematik des Lebens, haben mit Eltern via FaceTime kommuniziert, wagen oder nicht wagen, und irgendwo dort habe ich Agneta gefunden. Merci.

Meine Tante Ninni hat mir mit großer Geduld erklärt, wie die ganzen Umstrukturierungen im Verkehrsplanungsbüro funktionieren. Und basierend auf ihren Erklärungen habe ich Agnetas Arbeitsplatz erschaffen und konnte mir ausdenken, wie sie von dort – auf eine gute Art – weggehen konnte. (Ninni hingegen fühlt sich an ebendiesem Arbeitsplatz superwohl und würde nicht im Traum daran denken, von dort wegzugehen, will ich betonen!)

Sofia ist nicht nur meine Nachbarin und Freundin, sondern auch meine Ärztin. Durch dich habe ich verstanden, wie verschiedene Formen von Demenz aussehen können und welche für Einar geeignet wäre. Merci.

Sofia Brattselius Thunfors. Meine liebe, liebe, liebe Verlegerin. Dieses Buch haben wir zusammen gemacht, du und ich. Aber jetzt ziehst du weiter zu neuen Abenteuern in einem anderen Verlag. Ich weiß, dass es gut ist, sich in Abenteuer und völlig neue Dinge zu stürzen. Aber oje, ich werde dich vermissen. Meine Bücher werden dich auch vermissen, deinen sanften Scharfblick und deine unerschöpfliche Hingabe! Merci.

Anna Hirvi Sigurdsson. Meine liebe, liebe, liebe Redakteurin. Die nicht nur meisterhaft Schwedisch beherrscht, sondern auch noch Französisch! Was ja mehr als Glück war in diesem Fall (weil ich völlig unfähig zu sein scheine, diese schöne Sprache zu lernen!). Du bist ein Fels in der Brandung. Ein sonnenwarmer. Merci.

Pia Printz. Meine neue Verlegerin! Als Sofia aus dem Verlag davonsegelte, bist du hereingerauscht. Es stimmt wohl wirklich: Wenn Gott eine Tür zumacht, öffnet er ein Fenster (das ist jetzt alles ein bisschen feierlich mit Gott und so, aber ihr versteht schon, was ich meine). Wir haben uns schon länger beobachtet, waren aber immer an verschiedenen Orten beschäftigt und konnten nie zusammenkommen. Aber jetzt haben wir es doch noch geschafft! Und du hast dich sofort in Agnetas Geschichte geworfen, mit Wärme, Neugier, Begeisterung und Respekt. Und deswegen fühle ich mich sicher mit allen Büchern, die wir zusammen in Zukunft machen werden. Merci.

Kristin Lidström. Es gibt Umschläge und Umschläge. Diesmal hat mein Buch einen Umschlag bekommen. Ein ganz eigenes Kunstwerk. Ich habe dich umworben wie eine liebeskranke Irre, bis du endlich eingewilligt hast. Ich will deine Kunst zum Frühstück essen, zu Mittag, zum Abendbrot und auch als Zwischenmahlzeit. Ja, ich bin immer noch liebeskrank. Merci.

Piratförlaget. Ihr seid die Besten. Vom ersten Schritt in euren Verlag bis heute seid ihr immer, aber auch wirklich immer großzügig, motivierend und ganz wunderbar zu mir gewesen. In jeder Hinsicht. Merci.

Meine Töchter Dörte, Nåmi und Saga, alle meine Freunde, meine Eltern – einfach meine ganze große, weitläufige geliebte Familie! Ohne euch wäre überhaupt nichts möglich gewesen. Ihr seid das Croissant, das Baguette, die gesalzene Butter, der starke Kaffee, der Milchschaum, die Marmelade dazwischen, der Frühstückstisch im Schatten unterm Baum, die Sonne darüber und alles Gelächter. Merci.

LESEPROBE

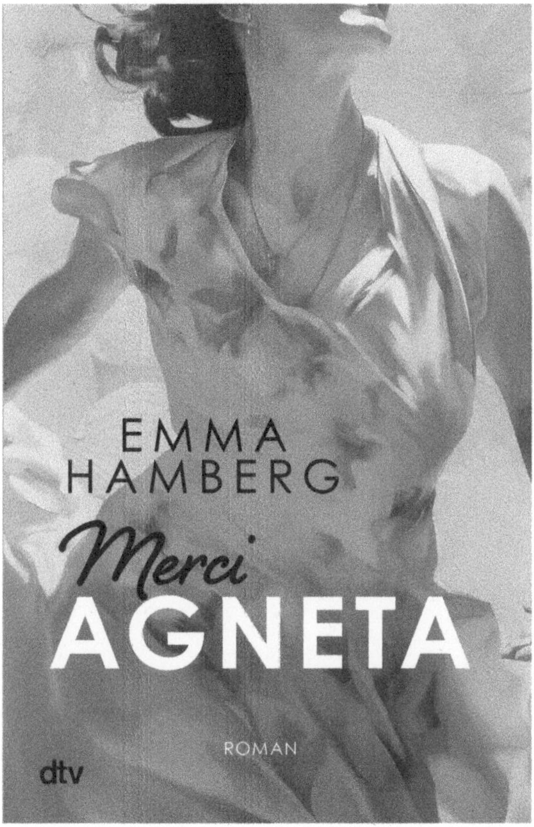

Aus dem Schwedischen
von Wibke Kuhn

ISBN der gedruckten Ausgabe 978-3-423-26397-9
eBook ISBN 978-3-423-44503-0

Erscheint im Oktober 2024

1.

HUHU, wir wollten bloß mal anrufen und dir mitteilen, dass wir noch leben! Papa und ich sitzen hier gerade auf dem Balkon und genießen das Leben. Mit einem Gläschen Sekt und … Kannst du mal ein Stück rutschen, sonst sieht Agneta mich doch gar nicht. Weißt du …«

Jetzt füllt der Mund meiner Mutter mal wieder den gesamten Bildschirm aus, während die Nasenflügel meines Vaters irgendwo in der rechten Ecke des Displays vibrieren. Hoppla, jetzt schwenkt die Kamera auf ein grünes Gebüsch neben dem benachbarten Reihenhaus. Meine Mutter kräht enthusiastisch, während sie eine Salzstange knabbert. Die Salzkörner bleiben an ihrem Lippenstift kleben, der dann auf ihre Zähnen kleben bleibt.

»Ann-Sofie und Lennart haben die Hecke umgestaltet, die haben einen Mann aus … Woher kommt der noch mal? Aus Litauen? Nein, Estland war's. UNGLAUBLICH netter junger Mann, spricht kein Wort Schwedisch, aber wie der diese Hecke geschnitten hat – er hat sie geradezu *liebkost* mit seiner Heckenschere.«

Das Bild auf dem Handy bebt, das Grüne verschwindet, und siehe da, jetzt bin ich wieder im weit geöffneten Salzstangenmund meiner Mutter. Ein Glas Sekt nähert sich, während die Nasenflügel meines Vaters schnauben, dass die Linse beschlägt.

»Und jetzt soll er uns bei unserer Hecke helfen. Wie hieß er noch gleich? Darmo …? Oder war es ein anderes Organ? Lungo? Lebri?«

»Tarmo, Schatz. Tarmo. Tarmo spricht überhaupt kein Schwedisch, aber er ist großartig. So was weiß man einfach, Agneta. So was spürt man.«

Meine Mutter senkt die Stimme, gleich wird sie mir etwas Vertrauliches erzählen.

»Tarmo bedeutet ›Energie‹ auf Estnisch, hat Ann-Sofie gesagt. Das trifft auf den kleinen Tarmo wahrlich zu. Du musst wissen, dass Tarmo mit seinem Lohn eine ganze Kinderschar ernähren muss. Wie viele Kinder hat er noch schnell zu Hause in Estland?«

Irgendwo hier schalte ich ab, während meine Eltern lebhaft von Tarmos Privatleben erzählen und auch noch etwas von einer Ladestation für Elektroautos erwähnen, für die sich Lennart sehr eingesetzt hat. Sie wissen nichts von meinem Leben. Sie rufen mich nie an, um sich zu erkundigen, ob *ich* noch lebe. Aber wenn sie mich fragen würden, würde ich (nachdem ich mich von diesem Schock erholt hätte) ungefähr so antworten:

»Liebe Mama, lieber Papa, wie schön, dass ihr fragt! Ihr ahnt ja gar nicht, wie sehr ich lebe. Ich glaube, ich hab mein ganzes Leben lang noch nicht so sehr gelebt. Es kommt mir vor, als würde ich alles nachholen, was ich nicht gelebt habe. Wie bitte? Wie ich lebe? Ich habe einen besten Freund. Einar, ihr wisst schon. Dann hab ich noch andere Freunde. Ja, ihr habt richtig gehört – ich habe eine Clique! Wenn ich noch in Sollentuna leben würde, würde ich mit dieser Clique in die Berge fahren, wir würden zusammen Mittsommer feiern und nach Benidorm zum Golfspielen fahren. Diese Beispiele zähle ich nur auf, damit ihr versteht, wofür das Wort ›Clique‹ steht, ansonsten haben diese Menschen nämlich nichts mit Golf, Mittsommer oder Bergen am Hut. Bonnibelle, Henri, Colette, Paul und Fabien heißen sie. Meine Freunde. Meine Clique. Wenn man sich das mal überlegt – warum handelt eigentlich jedes Lied, jeder Film und jedes Gedicht von der romantischen Liebe? Warum gibt es kein einziges Musical über die Freundschaft? Musicalmenschen, die in der Schlussnummer hysterisch lächelnd über die Bühne tanzen, während Ballons und Schneeflocken vom Dach herunterschweben, weil sie endlich einen echten Freund gefunden haben! Ihr solltet mal sehen, was diese Freunde mit mir gemacht haben. Wie war das, Mama? Du willst mich sehen? Moment, ich dreh schnell die Kamera um ... Hier bin ich! Das Kleid sieht doch super aus, oder? Hab ich auf dem Markt in Arles gekauft. Ich weiß, es ist kurz, aber Einar findet, ich sollte alles zeigen, was ich habe. Und zwei Beine sind ganz offenkundig eine super Sache. Nicht alle haben zwei Beine. Und wenn sie zwei Beine haben, können sie sie vielleicht nicht so bewegen, wie sie wollen. Ich kann mit meinen Beinen sogar tanzen! Ich tanze fast jeden Abend mit Einar. Hier zu Hause, oder jeden Freitagabend unten auf dem Marktplatz. Was? Nein, nein, ich wohne nicht in einem Schloss. Was ihr da hinter mir seht, ist das Kloster. Ich habe einen eigenen Turm zum Schlafen, mit Ausblick in alle vier Himmelsrichtungen und mit einer schusseligen Kirchenglocke nebenan. Die schlägt und gibt Töne von sich, wie es ihr gerade passt. Und ihr solltet mal den Klostergarten sehen, jetzt, wo der Sommer kommt, er sieht aus, als wäre er mitten in der Pubertät. Alles sprießt und gedeiht und wächst auf einmal, Hormone auf Speed sozusagen, ihr wisst schon: Peng – Aprikosen, peng – Feigen, peng – Kirschen, der ganze Rosengarten – pengbumm, voll aufgeblüht! Wir könnten hier auch einen Tarmo gebrauchen.«

»Agneta, bist du noch dran?!« Meine Mutter klopft aufs Display, während sie gleichzeitig zu meinem Vater sagt: »Hat sich das Bild jetzt aufgehängt oder wie man das nennt? Sie bewegt sich nicht. Du musst mal unsere Netzwerkverbindung prüfen.«

Die sonnenverbrannte Nase meiner Mutter nähert sich dem Display, flattert irritiert, und ich winke den beiden zu.

»Ich hab mich nicht aufgehängt, ich bin immer noch hier. Hallo!«

Die Miene meiner Mutter hellt sich auf.

»Also, ich hab gerade erzählt, dass … Aber hoppla, da ist er ja schon!«

Die Kamera wird erneut erschüttert, dreht sich ein paar Mal im Kreis, und jetzt blicke ich direkt auf einen Männerschritt in Arbeitshose.

»TERE TARMO, TERE!«, deklamiert meine Mutter übertrieben laut und deutlich. Mir flüstert sie vertraulich zu: »Tere heißt Hallo auf Estnisch, Agneta.« Jetzt hebt sie die Stimme wieder. Es ist, als würde ein hysterisches Kind am Lautstärkeregler sitzen. »This is Tarmo! He will talk garden with Papa now, so we say goodbye. Tarmo, you like the cava? It is bubbles in the wine, you see, and …«

Klick.

Dann sind sie weg – meine Mutter, mein Vater und Tarmo. Ich lege Einars Handy auf den gefleckten Marmortisch.

Das Handy hat Einar von Paul bekommen, damit sie miteinander facetimen können. Und das tun sie auch, obwohl es ein bisschen anstrengend für Einar ist zu durchschauen, wie das alles zusammenhängt. Ist Paul hier oder dort oder einfach bloß in seiner Fantasie? Ist das die Demenz oder ist das jetzt Face-Time? Auch für einen völlig gesunden Menschen ist das nicht ganz leicht zu erfassen. Am meisten wird das Telefon allerdings von meinen Eltern genutzt, die mich in regelmäßigen Abständen anrufen, um mir von den neuen Ladestationen ihrer Nachbarn zu erzählen, wie wahnsinnig spannend es neulich wieder beim Bridge war oder um zu bestätigen, dass sie noch leben und mir die heckenscherenliebkosten Hecken ihrer Nachbarn zu zeigen.

Wenn sie mich mal nach meinem Garten gefragt hätten, dann hätte ich ihnen gezeigt, was ich jetzt sehe: Die Sonne geht gerade unter. Es brennt geradezu zwischen den Obstbäumen hinten neben der Klostermauer. Der Himmel ist ganz rosa. Ich sitze auf einem der schiefen Caféstühle im Hof des Klosters und lasse den Blick über den Klostergarten schweifen. Nein, ich bin kein Tarmo voller Energie, ich bin eine Agneta voller Liebe. Liebe mäht keinen Rasen. Liebe bewirkt, dass der Rasen zu einer Wiese wird. Ich weiß ja nicht mal, wie die ganzen Blumen heißen, die hier wachsen, aber es sind auf jeden Fall viele. Der Rosengarten ist so unbändig verwildert, dass er anfängt, über die Obstbäume zu wuchern und …

»BRÜÜÜÜLL!«

Aha, ist es mal wieder so weit. Dasselbe Lied jeden Abend in der Dämmerung.

»MuuuuÄÄÄÄ!«

Ich greife nach dem Gartenschlauch, der aufgerollt an der Wand hängt, ziehe Meter um Meter heraus und drehe das Wasser auf. Jeden Morgen und jeden Abend. Obwohl es erst Juni ist, ist es schon brutal heiß. Wenn ich ein paar Tage nicht gieße, fängt alles sofort an zu welken.

»BRÜÜÜÜLL!«

»Bist du das, Agneta?«

Einar macht die Fensterläden seines Schlafzimmers auf und schaut verschlafen heraus.

»Äääh, nein … Das sind die Kühe.«

»Kühe? Hier im Garten?«

»Nein, drüben bei den Dumonts.«

»Bei den Dumonts?«

»Die Familie mit den Kühen und Stieren, du weißt schon. Diese Kampfstiere, die du immer anfeuerst.«

Einar starrt auf den Klostergarten. Fast blindlings. Da dröhnt erneut das Muhen durch Saint Carelle.

»MUUUÖÖÖ!«

Seine Sinne scheinen wieder zu funktionieren, und er muss lachen.

»Jetzt geht es ihr gut, das hört man. Ach, Tier bei den Dumonts müsste man sein. Jede Nacht von einem dieser eleganten Stiere bestiegen werden, noch dazu im Freien. Nichts ist so wunderschön, wie von einem Stier unter freiem Himmel bestiegen zu werden. Hast du schon gefrühstückt?«

»Ja, vor zwölf Stunden. Aber wir essen bald zu Abend. Hast du Hunger?«

»Ja. Auf Stier.«

Einar seufzt sehnsuchtsvoll zu den Dumonts hinüber. Da klingelt das Handy wieder. Meine Mutter ist zurück auf Face-Time. Ich gehe ran, und meine Mutter spricht im Flüsterton, während sie mit den leeren Sektgläsern auf einem Tablett zum Haus zurückgeht. Das Handy liegt auch auf dem Tablett, ich sehe ihren schweren Busen unter dem türkisen Oberteil wogen.

»Agneta. Ich hab noch was vergessen.«

Jetzt kommt's. Jetzt passiert's! Jetzt fragt sie mich, wie es mir …

»Papa und ich haben uns unterhalten, wir finden, dass es langsam Zeit wird, dass du wieder nach Hause kommst. Jetzt hast du dich ein bisschen amüsiert, und jetzt ist deine Frau-in-den-Vierzigern-Krise auch durch und … ROLAND?! Du sollst doch diese Schalen nicht in die Spülmaschine stellen!«

»Mama, ich bin keine Vierzig. Ich bin fünfzig. Und ich habe keine Krise. Es geht mir besser denn je.«

»Dein Vater bringt mich noch zur Verzweiflung! Wie oft hab

ich ihm schon gesagt, dass der Goldrand an diesen Schälchen in der Geschirrspülmaschine abgeht? Man muss doch aufpassen auf Goldränder.«

»Alles um mich herum hat gerade einen Goldrand. Und ich passe so gut darauf auf, du wärst stolz auf mich. Nichts wird in der Spülmaschine gewaschen.«

Jetzt hat meine Mutter das Handy auf die Arbeitsplatte gelegt, und ich schaue direkt an die Decke, während ich höre, wie sie die Schälchen mit der Hand spült und laut weiterredet.

»Wie auch immer, es gibt da so eine Redensart: Man soll nicht zu viel in den Mund nehmen.«

»Den Mund nicht zu voll nehmen.«

»Du bist Schwedin, Agneta. Du bist keine Französin, auch wenn du dir vielleicht so vorkommst. Das wird langsam albern. Möglicherweise verpasst du das beste Stück, weil du schon zu viel im Mund hast. Magnus, das Haus, eure Kinder und dein Job. Darauf musst du doch Acht geben. Ist das denn so furchtbar, was Papa und ich hier zu Hause haben? Wir sind glücklich damit, und das kannst du auch sein, wenn du nur … Roland! ROOOLAAA…«

Ich glaube, jetzt »hänge« ich mich gleich auf. Danke, Mama, für diese perfekte Art, ohne ein Wort ein FaceTime-Gespräch zu beenden. Ich sitze ganz still mit offenem Mund da. Meine Mutter starrt mich an und tippt mit den Fingern auf sämtliche Knöpfe, die sie finden kann.

»Mist, jetzt hat sie sich schon wieder aufgehängt.«

Klick.

Meine Mutter hat aufgelegt.

»BRÜÜÜÜLL!«

Und da wurde wieder eine Dumont'sche Kuh bestiegen. […]